多瑙河传奇

曹乃云 编译

人民文学出版社
PEOPLE'S LITERATURE PUBLISHING HOUSE

图书在版编目(CIP)数据

多瑙河传奇/曹乃云编译.—北京:人民文学出版社,2020
ISBN 978-7-02-014899-8

Ⅰ.①多… Ⅱ.①曹… Ⅲ.①民间故事-作品集-德国 Ⅳ.①I516.73

中国版本图书馆CIP数据核字(2019)第014877号

责任编辑 **朱卫净 汤 淼**
装帧设计 **李苗苗**

出版发行 **人民文学出版社**
社 址 **北京市朝内大街166号**
邮政编码 **100705**
网 址 **http://www.rw-cn.com**

印 刷 **上海盛通时代印刷有限公司**
经 销 **全国新华书店等**

字 数 **358千字**
开 本 **720毫米×1000毫米 1/16**
印 张 **22**
版 次 **2020年1月北京第1版**
印 次 **2020年1月第1次印刷**

书 号 **978-7-02-014899-8**
定 价 **69.00元**

目　录

前　言

美丽、蓝色的多瑙河汹涌澎湃、波澜壮阔，它不愧为欧洲的女儿，河流的女王。多瑙河沿途景色随高就低，有时欢快，有时沉闷，有时无边无际，有时海阔天空，让人难以忘怀。美丽的多瑙河源于德国黑森林的两条溪流——勃莱克和勃里伽赫。两条溪流从碧绿的草地和茂密的芦苇丛中喷薄而出，几经转身，顿时让两条晶莹剔透的涓涓细流汇合于多瑙新根，从此开始了多瑙河的滚滚洪流，一路高歌。

多瑙河全长为 2857 公里，途经德国、奥地利、斯洛伐克、匈牙利、克罗地亚、塞尔维亚、保加利亚、罗马尼亚、摩尔多瓦和乌克兰等十个中欧以及东欧国家。

多瑙河湍急流淌，纵横交错，沿途接纳了三百多条大小不等的支流，然后在辽阔的多瑙三角洲地带以三条河流的雄伟姿态，咆哮奔腾，巨龙一般跃入黑海，无比壮观。多瑙河在途中穿越阿尔卑斯山、流经险象环生的铁门峡时，但见空中山峰林立、危岩怪诞，让人感到多么的惊悚。而站在德国帕骚城的舌尖岛上、站在奥地利狄恩教堂的围墙旁放眼多瑙河时，只见河流浩浩荡荡，天河一般，无比神圣，动人心弦。

游人无论徒步、骑车或者乘船经过多瑙河在奥地利境内的瓦豪地区时，但见两岸青山绿水，河面上掩映着蓝天白云，他们如同看到自身的生命烙印，听到生命的步伐在前进。此情此景如天堂一般，促人虔诚，教人善良，让人不禁赞美生命，进而思索生命的价值。大自然的美好风光让人觉得多么通透，从而发现灵魂深处感受到的熏陶和震撼多么巨大。

美丽蓝色的多瑙河，音乐之河

德国伟大的诗人荷尔德林曾经称赞多瑙河是“朝气蓬勃而又悦耳动听的急流。

它的流程如同一曲交响乐，每句歌词都是不同的。可是，它的主题却是永恒不变的”。多少人引吭高歌赞美多瑙河，说它是河流的女王，是变化腾挪的艺术高手。

试看多瑙河从高山急流到峡谷奔腾，然后进入平原地带时的浩荡之气，说它是诗、是歌，对蓝色的多瑙河来说都是受之无愧的。说到河流与歌曲，我们中国的读者不由自主地就会想起激越高亢的《乌苏里江船歌》，想起长江上的《纤夫歌》和黄河上的《皮筏歌》，想起《淮河两岸好风光》的美丽赞歌。而由弗朗茨·冯·格纳尔特作词、约翰·斯特劳斯的儿子作曲，并于1867年由维也纳男子合唱团首演的《多瑙河圆舞曲》所取得的惊人成就，可以说是举世无双，独一无二的。从此以后，动人的诗歌《在美丽、蓝色的多瑙河畔》如同插上翅膀，从多瑙河飞向全世界，成为献给伟大河流的永恒颂歌。

作为奥地利著名的法学家和作曲家，弗朗茨·冯·格纳尔特吟诵的长诗《在美丽、蓝色的多瑙河畔》真是神来之笔，他和约翰·斯特劳斯的儿子通力合作，完成了一部响彻云霄的天堂之歌、神仙之曲。奥地利人认为《多瑙河圆舞曲》是他们的第二国歌。

每年的除夕晚上，当新年钟声响起，在这辞旧迎新的庄严时刻，奥地利的国家电台就开始播放欢乐而又深沉的《多瑙河圆舞曲》。民众们不约而同地站立起来，他们翩翩起舞，沉浸在音乐之美的幸福之中，迎来了新的一年、新的希望。

让我们点数一下《多瑙河圆舞曲》的优美音符，迈步其中，《在美丽、蓝色的多瑙河畔》是这样开始的：

蓝色的多瑙河，
穿越山谷和平原，
波涛汹涌，静静地流淌，
我们的维也纳问候你，
你像一条银色的飘带，
连接一个国家又一个国家，
在你美丽的河岸旁，
欢乐的心在激烈地跳荡。

接着，诗人如同回到多瑙河的摇篮旁，歌颂美丽的河流如同活泼的精灵一般：

你从遥远的黑松林匆忙而来，
奔向大海，你的行程指向东方，
在纵横交错的途中洒满了幸福和祝愿：
团结和睦的图像留传千秋万代。
古老的城堡从高高的山峰往下俯瞰，
兴高彩烈地从远方向你问候，
高山上的花环掩映着欢乐起舞的多瑙波浪。

诗人不忘古老的童话和传奇，他兴奋地告诉多瑙河：

身居河床的女妖们，
她们悄悄地低头耳语，
把你在蓝天下看到的一切，
通通地宣告周彻。
因此在遥远的古代
就有献给你的赞美颂歌。
我们的歌儿慷慨激昂，
不断地为你赞美颂扬。
请在维也纳停下你的波涛脚步，
它对你是多么的热爱、呵护，
不管你终将流向何方，
再也找不到第二个维也纳。
欢乐如同魔术一样
从胸膛里喷薄而出，无拘无束，
忠诚的德意志思想
播撒它的种子，直至远方。

写到这里，诗人把他的笔锋从美丽蓝色的多瑙河转到葡萄飘香的莱茵河岸，然后诚恳地动问多瑙女王：

你一定认识莱茵兄弟？
莱茵两岸，葡萄飘香，
那里也有坚强忠诚的哨岗，
警惕守卫，日日夜夜。
千万别羡慕那份苍天的礼物，
你的幸福汹涌澎湃，滚滚而来，
一只无比英勇的手，
保卫着我们的祖国家园。
让我们紧密地团结一致，
兄弟携手，跳起轮舞，
高高兴兴地面向混浊的时代，
坚定、勇敢，不惧危难如山！
多瑙河边的家乡啊，
你是我们心灵的纽带。
为了你，不惜贡献家财和热血，
永远传承，矢志不渝！

诗人以铿锵的语言表达了坚强如钢的决心，然后又柔情如水，看着小船儿在波浪间缓缓地摇荡：

寂静的夜晚，
只有爱情挣脱了梦乡，
渔夫对着亲爱的耳旁甜言蜜语，
倾诉早已付给她的情牵意惹，
念念不忘。
呵，但愿苍天垂怜忠诚相爱的男女，

保佑他们，永远避免危难侵袭！
他们在幸福的平静中一路远行，
小船儿始终不离，陪伴左右！

诗人无限感慨，引吭高歌：

青春热血，豪情满怀，
呵，让人们感到多么幸福，
你们对着他们倾心地哈哈大笑！
胸膛里充满了爱情和欢乐，
完成人生最大的宏伟事业，
于是唱起一曲幸福愉快的歌，
嘹亮的歌儿声震九霄云外，
然后又在心田里久久回荡，
牢固的纽带把我们紧紧地拴住。

诗人不忘唱歌的内容和初衷，因为

歌声和行动透露出自由、忠诚，
给维也纳送上崇高的敬意，
它获得了新生，
多么壮观，华丽，
英勇地征服激烈跳动的心。

诗人始终不忘忠诚和团结，不忘美丽、蓝色的多瑙河，他不由得动情地唱道：

最后，请允许送上一声问候，
献给可爱的多瑙，
艳丽无比的河流。

无论时代给我们带来何等祸福，
忠诚和团结，
应该永远地保护我们，
是的，忠诚和团结！

呵，蓝色的多瑙河成为一曲永恒的颂歌，激越的歌声伴随着多瑙河的滔滔波浪，永远流淌。如果人们领略了多瑙河流经罗马尼亚原始老林时的荒凉，放眼多瑙三角洲的旖旎风光，回忆多瑙河的一路浩荡，这时候，他们就能满怀信心，从此理解了号称欧洲第二大河的豪迈气概和动人乐章。

毫无疑问，响彻全球的《多瑙河圆舞曲》还能让人们进一步理解为什么世界上如此多的顶级音乐大师，如海顿、贝多芬、勃拉姆斯、舒勃特、李斯特和莫扎特，还有冯·勃鲁克纳、斯特劳斯父子，甚至雷哈、巴尔托克，他们全都成名于蓝色的多瑙河沿岸，这是何等的音乐奇迹。

今天，在匈牙利地区仍然流行着茨冈人拉动胡琴演奏的查尔达斯音乐，那么热烈、那么深沉，真是如歌如泣，无比凄凉、忧伤。此外还有多瑙河下游地区动人心弦的风笛和保加利亚姑娘合唱团的民歌，那种拨动灵魂的陌生、深入肺腑的怨诉伴随着多瑙河的滚滚浪花，演奏成一曲轰动世界的多瑙河大合唱，让美丽、蓝色的多瑙河成为一条名副其实的音乐之河。

汹涌澎湃的多瑙河，文学之河

我们知道，流行于世界的“文学”一词源于拉丁文，是“书面文字”的意思，它在16世纪以后慢慢地演变成“书面文字艺术”，是指人类精神的文字表达。从狭义的角度上讲，它是指美好精神的文字总和。当然，文学是按时代、国别和具体的领域分类的。人们总是把一个民族的文字作品称之为民族文学，而把作用超越于民族界限的作品称之为世界文学。

多瑙河让多少墨客文人触景生情，让他们诗意大发，文思喷薄。

我们且来看看德国浪漫主义诗人约瑟夫·冯·艾兴多夫在小说《一个无用人的生平》中是如何描述的：“鸟儿在树林里鸣啭，从河流两岸远方的村庄里传来呼唤晨祷的钟声。有时候，人们听到云雀在空中歌唱。……当我突然看到多瑙河又蓦地出现在眼前时，我不由得大声欢呼起来。我们立刻跳上行船的甲板，船夫打了个手势。船儿迎着美丽的朝霞飞速前进，在高山和草地间一路往前。途中，我坐在船首的尖端，让我的双腿下垂，在水面上方自由地晃荡。我极目远眺，船儿在飞驰，波浪在我的脚下潺潺流动，发出多少泡沫，推动船儿驶向蓝色的远方。绿色的岸边上出现一座又一座塔楼，一幢又一幢宫殿，然后在我们的身后消失不见了……”

艾兴多夫不仅在小说中，还在他的散文作品《想象和当代》里描写美丽的多瑙河。多瑙河的不绝涛声给诗人送上不尽的灵感和思想。奥地利的诗人阿达尔贝尔特·施迪夫特在他的历史小说《维铁柯》和教育小说《深夏》里也以细腻的笔触描述了令人惊讶和感慨的多瑙风光。

当然，诸如克罗地亚的诗人彼得·冯·泼雷拉多维克，斯洛文尼亚的弗朗茨·泼勒西尔，匈牙利的小说家约翰·阿拉尼，罗马尼亚的卡尔曼·锡尔娃以及保加利亚的诗人和小说家拉其丁都向雄伟的多瑙河倾注了自己的深情厚谊。我们还必须提到丹麦的童话作家安徒生，他也兴致勃勃地游历了多瑙河，为多瑙河的文学色彩增添光辉。

歌颂和描述多瑙河的奥地利作家更多，他们的名字和作品可以排成长长的一串。不难看出，素有神仙之称的多瑙河是如何强烈地吸引着诗人们的灵感和笔触。

此外，我们知道，欧洲有两部重要的古典文学名著，一部是号称希腊《圣经》的《希腊古典神话》，另一部是号称德国《圣经》的《尼伯龙根之歌》。两部作品源远流长，精彩动人，营养和熏陶了多少代芸芸学子和青少年读者。

《尼伯龙根之歌》是从上游地区进入多瑙河的。人们推测，《尼伯龙根之歌》成书于公元1200年前后，作者或编汇者的姓名不详。《尼伯龙根之歌》虽然托名于歌，实际上却是一部叙事诗，是一部英雄传说。

从内容上看，《尼伯龙根之歌》是由两个原本并不相连的传说，即《西格弗里特传奇》和《布尔恭腾王朝覆灭记》重新组合而成。《尼伯龙根之歌》的故事纵横欧洲大地，它的脉络分布从故事的北欧起源到欧洲中部的莱茵河地区，然后几经颠沛流离又把故事角色命运的舞台重新搬到欧洲东部的多瑙河流域。

于是，帕骚、贝希拉恩、梅尔克、图尔恩、维也纳、格朗、布达佩斯等一系列多瑙河流经德国、奥地利和匈牙利境内沿岸的历史名城，如同星光灿烂的夜空，令人目不暇接。读罢全诗，让人们不得不感慨万千地掩卷沉思，脑海中重新泛起了铿锵作响的刀光剑影和可歌可泣的儿女情长。

德国的古典文学名著《尼伯龙根之歌》留给多瑙河的影响是巨大的。试看位于多瑙河畔的帕骚城，它几乎成为《尼伯龙根之歌》的诞生地和培养它茁壮成长的摇篮。帕骚城内留下《尼伯龙根之歌》标志性的巨幅壁画，如同宣布《尼伯龙根之歌》的家就在帕骚城一样。由德国的帕骚一路往东，很快到达奥地利境内的贝希拉恩，城里建有《尼伯龙根之歌》的纪念碑。这座历史古城里更有惊世骇俗的奇异风景，它的老城街道全是用《尼伯龙根之歌》故事中的人物命名的，而且不分书中原有的阵营和派别。

奥地利的贝希拉恩是个美丽、平静、祥和而又富裕的城市。贝希拉恩的居民慷慨大度，他们努力地希望让自己的家乡沉浸在《尼伯龙根之歌》的文学光环下。屹立在多瑙河畔的梅尔克修道院名闻遐迩，威震全欧，修道院的图书馆内藏有《尼伯龙根之歌》的古老抄本，让图书馆成为文学巨著的摇篮之一。

多瑙河顺着梅尔克往东流淌到克莱姆斯，这个地段俗称瓦豪，沿途山水赛过漂亮的山水画。它在途中流经的图尔恩城里也建有一座生动活泼的《尼伯龙根之歌》纪念碑，让人们又接受一回文学巨著的熏陶。顺着梅尔克修道院往西到伊泼斯，然后从梅尔克往东一直到克莱姆斯，多瑙河的那段行程索性被叫做“尼伯龙根区”，给《尼伯龙根之歌》增添了巨大的荣耀。

一部文学作品跟一条浩浩荡荡的大河结下如此深厚的不解之缘，它让读者平添了对文学作品的喜爱，增添了对文学艺术的赞美和敬畏。这是发生在多瑙河上游的故事，如同阿拉伯的文学巨著《一千零一夜》一样，故事套着故事，无比精彩。

此外，多瑙河还从下游，即从黑海方面的入海口成为文学巨著的伟大载体而让人经久难忘。这里，我们可以以二十一世纪出版社出版的《希腊神话全集》为例。该全集一共分为八卷，打开第五卷，翻到第三十一页时，那是阿耳戈英雄们经过艰难困苦终于取得了梦寐以求的金羊皮。他们把金羊皮绑在大船的桅杆上，商量如何返乡，从而演绎了一场精彩的归途风云。

书中写道“想要回到希腊王国，我们面临两种选择”，佛里克索斯的儿子齐铁索洛斯说道：“其中一条路是你们来时走过的。另外一条路是穿过巨大而又宽阔的河流伊斯特洛斯，然后直达希腊王国西部的大海。我想，我们应该选择这条归途。它虽然长一点，而且会增加许多的艰难，可是它却让我们有机会避开柯尔奇斯的追兵和船队。阿埃特斯是决不会想到我们驶入伊斯特洛斯的。”

阿耳戈英雄们见他说得有理，便点头赞同。安克奥斯立刻调整方向，阿耳戈号向北行驶过去。他们驶入伊斯特洛斯的入海口，那是被后人称为多瑙河的区域。那里的海面十分平静，他们在辽阔的洋面上一连航行多天，直到有个清晨看到远方出现一块狭长的地带。它在西方的地平线上时隐时现，等到他们驶近时，突然看到平坦的海岸间长满了高高的芦苇，形成一条富庶的海湾。

“呵，你们看，这里其实只是长满芦苇的海湾，而且还是宽阔河流的分支。我们找到伊斯特洛斯河了！”林扣斯大声说道。事实上，林扣斯的判断是正确的。

伊斯特洛斯河就是多瑙河。确切地说，多瑙河发源于勃莱克和勃里伽赫两条溪流，它们在多瑙新根汇合，组成一条新生的河流。人们习惯上把从多瑙新根流淌到塞尔维亚岸边铁门峡的河段称为多瑙河。多瑙河从铁门开始，面向黑海，一路高歌。它的这段流程又被叫做伊斯特洛斯，或者叫伊斯特河。

如果按照我们中国人的习惯，把多瑙河称为一条巨龙，那么希腊神话就像一颗光芒四射的珍珠活跃在巨龙的口前，为河流增添了许多的欢乐和辉煌。令人感到无比惊讶的还有，《希腊神话全集》在书中描述的多瑙三角洲的芦苇荡直到今天仍然是当年的风光。

多瑙河在德国黑森林起源是一片沼泽，遍地芦苇，它在流入黑海前又是芦苇遍野，满地青色。呵，真所谓：

> 大苇朝天，迎黑海波涛汹涌，无比雄伟；
> 云空万里，看多瑙洪流湍急，令人赞叹。

奔腾不息的多瑙河，旅游之河

多瑙河沐浴着阳光雨露，坚定不移地面向东方，完全不顾时代的风云和羁绊，始终保持着自身的活泼、纯洁和豪迈，保持着骄人的青春气息。气象万千的多瑙河真是一条难以多得的旅游之河。

德国黑森林地区的弗尔特汪根是一片平缓的丘陵地带，大片的树林夹杂着大片的草地。草地上生长着许多的蒲公英，德语中称它为“狮牙”。远远望去，开着黄花的“狮牙”为绿色的草地增加一抹淡淡的金色。大自然的优雅，让人感到分外和谐。距离勃莱克涓涓细流的源头不远处的山包上耸立着一座小型的马利亚教堂，山包下是一户农家住房。空旷的山坡上放牧着五六头母牛，正在悠闲地啃青。平静的大地映衬着蓝天白云，让人不由自主地惊呼一声，赞美纯净的大自然。

所谓勃莱克河的源头，其实就是在马利亚教堂的山包旁突然从草地下流淌而出的一道水流。我们中国人喜欢讲“黄河之水天上来，奔腾到海不复还”，用这句诗形容多瑙河也很像。可是，它不是从“天上来”，而是从地下流出来，是在地下生成并渗出地面的清泉。勃莱克源头上的溪流很狭窄，三五十厘米的宽度。它就是襁褓中的多瑙河，一个牙牙学语、活泼可爱的婴儿，这里的多瑙河跟后来咆哮万里的它是不可同日而语的。勃莱克和勃里加赫两条溪流终于在多瑙新根聚合一道，确切地说，当地还有一条小河也跟它们凑到了一起，那就是多瑙小溪。它们三条溪流诞生在黑森林南部的巴尔地区。

巴尔地区土地肥沃，山势平稳，从地下渗出许多水源。地表水时隐时现，汇成小溪。德国人在溪流的汇合处砌造一口水井，旁边圈以石质的栏杆，算是多瑙河的始发地点。井圈边上建有雕像，那是母亲巴尔为年轻的多瑙姑娘指示前往东方的道路。人们看到泉水、井栏、雕像、石凳组合在一起，无比祥和，彰显多瑙女士的优雅、圣洁、端庄。多瑙河迈开前进的步伐，开始了那曲响彻云霄的波涛大合唱。

于是，乌尔姆的教堂、雷根堡的石桥、帕骚的舌尖岛、梅尔克的修道院、狄恩山的旖旎风光和传说中关押英国国王狮心理查德的山上残堡，名闻遐迩的维也纳音乐城里飞出了歌唱蓝色多瑙河的优美乐章，荒凉的特文古堡雄踞多瑙河边，眺望前方的斯洛伐克，雄伟而又古雅的布达佩斯，山水连绵、海浪滔天的克罗地亚，俯瞰多瑙河的贝尔格莱德要塞，还有位于塞尔维亚和罗马尼亚的铁门峡，如同电影一样，一幕接着一幕，给人们送上一个又一个的惊喜。

铁门峡口的悬崖峭壁又高又陡，有的地方高出一千二百米，河面下暗礁林立，危机四伏。这里是多瑙河全程令人印象最深刻，不过也是最危险的地段。多瑙河上曾经有多少水手丧身铁门关前，对那些沉没水底的冤魂屈鬼来说，多瑙河上的铁门关成为向他们催讨索命的鬼门关。

铁门关的岸上是一座特别高大的城堡。城堡依山傍水，周围耸立着几座在别的地方难以见到的伟岸塔楼。城墙是用碗口或面盆大小的石块砌成，包角处的石块更加巨大。这一类设备在冷兵器时代的军事用途是显而易见的，它还应了中国人的一句古话：一夫当关，万夫莫开。

看起来，它比我们的长江三峡更加让人觉得心悸、惊颤，可以感受到当年人工砌造城堡的艰难。思想的游轮离开铁门峡后渐渐地驶近罗马尼亚和保加利亚的边境，多瑙河在这里成为一条天然的屏障和界河。其实，多瑙河并没有在玫瑰花盛开的保加利亚境内登堂入室，轰然流淌。它只是一条边境界河。当地人戏称它像一根晾衣绳，而保加利亚如同一件晒在多瑙河绳上的衣物，随着时代的风云变幻飘飘荡荡，可是始终保持着自身的民族独色，如同姹紫嫣红的玫瑰花，保持着永远的鲜红。

从保加利亚的河岸开始，巴尔干的高山渐趋平稳、和缓，河面更加开阔、平坦。有时候，人们看到河岸附近的草地上坐着一位稍有年岁的大娘，大娘左手擎着捻干，把纺成的羊绒毛线盘缠在右手旁的线团上。那是一个简单而又麻利的机械传动装置，不知是谁发明的，肯定没有专利，既原始又实惠。可是，这样的画面让人惆怅、恍惚，不知道它跟多少世纪前有没有时空的区别和差错。

一江春水向东流，几多欢乐，几多忧愁。汹涌澎湃的多瑙河终于来到风景如画的乌克兰境内。且来欣赏一下乌克兰境内多瑙河的艳丽风光！那里是蓝天白云，多瑙河水清澈见底，倒映着沿岸的树林、房屋、牛羊，美丽的画影随波荡漾，真是：

游人抛却凡心事，
惊讶眼前是天堂。

从地图上看，多瑙河在它的三角洲地区形成三河扑海的动人场面，如同一条闹海的蛟龙，横空出世，欢腾跳跃。多瑙河从德国的黑森林发源以来，一路流淌，弯弯曲曲，既定东向。它途经匈牙利境内时，突然如同打坐的膝盖，蓦地成九十度的姿态折道南方，然后到克罗地亚的伏尔柯娃才重新找到了东方，沿河而去，逶迤曲折，尽展优美的姿态，来到黑海岸前。

欧洲人喜欢彰显个性，提倡自由，因此，他们的人文景观更加丰富多彩，让人赞赏不尽。欧洲人能歌善舞，把唱歌跳舞看作个性解放的标志，可是并不追求出人头地。他们的歌舞如同多瑙河水在宽阔的河面上哗哗流淌一样，没有刻意地追求高精尖，也不需要绝对的整齐划一。当然，他们忠实于相同的方向，热烈、欢快，轰轰烈烈。他们把个性融合在集体之中，不张扬，不冒失，显示了民族性的教育和礼仪，不失为良好的民族素养。

其实，多瑙河流域的人文就是欧洲的人文。它在不同的地方又有不同的创意，例如累根堡城附近台根村教堂里的大蜡烛让人看了大开眼界。台根村人用高大的树木做成两根高大的蜡烛，十二三米高，然后由几个年轻力壮的小伙子簇拥着把它们送进教堂。运输途中是不准折断蜡烛的，否则会有出现战争的危险。小伙子们齐心协力，把十二三米高的蜡烛平平安安地送进教堂，竖立在祭坛前。

多瑙河人喜欢热闹也喜欢平静。他们生活在古老的传统和风俗之中，没有跟昨天告别。逢到节日时，多少人穿戴起节日的盛装，或歌或舞，欢天喜地，一派祥和。每年的 11 月 1 日万圣节和 11 月 2 日的万灵节，他们就会带上蜡烛和鲜花前去祭祀先人的墓地，表示敬重和纪念。

若是说到历史，人们可以看到，汹涌澎湃的多瑙河本身就是一部厚重的历史书。

奥地利瓦豪地区的维伦多尔夫曾经在多瑙河边出土一件文物，那是一件石制的维纳斯像，高约十一厘米。据考证，这是两万五千年前的人类杰作。无独有偶，人们在距离铁门不远处的墓地里也曾发掘出两件精致的陶俑，那是被称为“想念”的男性和女性墓葬品。据考证，它们都是距今六七千年的作品，从中可见多瑙河沿岸人类生命的足迹。

说到多瑙河的历史，那是离不开罗马帝国的。当年的罗马帝国是迄今为止唯一能够全程控制多瑙河的政治体系，就是说从多瑙河的起源到多瑙河的入海口。从公元前 74 年到公元四世纪末，多瑙河几乎成为罗马帝国的内河，罗马帝国在那里维持了将近五个世纪的统治。因此，它直到今天还留下许多的历史痕迹，例如当年的堑壕、城堡、要塞，甚至连今天的罗马尼亚也是直接来源于当年的罗马王国。

古罗马人对多瑙河十分敬重，把多瑙河视若他们的神仙达奴比俄斯。于是，达奴比俄斯成为拉丁文中多瑙河的别称。它从一开始就是一条重要的交通要道，是边界，又是纽带，连接欧洲东西方多民族的文化，甚至成为连接亚洲文化的枢纽。

浩浩荡荡的多瑙河，传奇之河

德国的伟大诗人席勒曾经在最后的病榻上说过："请给我童话和传奇，让我阅读，因为在它们中间孕育着一切的美好、伟大和善良。"席勒的这句话直到当今的时代都应该是通行无阻的，因为在童话和传奇之中隐藏着人类文化的财富和精神的传承，它们值得发扬光大。

多瑙河的传奇之宝犹如粼粼波光，让人赏心悦目。

《新杜登百科全书》解释"传奇"一词时说道："它首先是建立在口头流传基础上的散文传说，跟某些现实的内容相连。后来，人们进行丰富想象的描绘，让它们进入文字。传奇故事中常常出现小侏儒、巨人、会说话的动物、神奇的植物等等，由它们共同担当故事的伙伴。"《新杜登百科全书》的解释让我们对《多瑙河传奇》充满着期待，希望阅读它、欣赏它，先睹为快。其实，多瑙河在源头上就已经包裹和缠绕着精彩纷呈的传奇故事，这里有女妖、精灵、侏儒、雾怪等。故事的角色川流不息，时而跃出水面，时而隐藏地下，为多瑙河增添了让人惊讶的活力。

多瑙河源头上的清泉和山溪婀娜多姿，它们时而跟林中姑娘窃窃私语，时而跟水下精灵谈情说爱，还常常和山地侏儒搂抱一起，妩媚动人地翩翩起舞。这般蜿蜒流淌的溪流，如此欢乐活泼，把它们称为小妖精，恐怕就是在中文里也是无出其上的选择。好个多姿多彩的小妖精，十分形象，惹人喜爱。

这里有个有趣的现象，流淌在多瑙河地区的传说也有扎堆之处，即在某个地方拥有更多的故事和传说。例如在多瑙河流经奥地利境内的瓦豪一带，那里水势平缓，河面开阔，物产丰富，看来是多瑙河的心脏地区，生命力特别旺盛。于是，滔滔不绝的河水流淌出成串成串的优美故事，成为多瑙河传说的黄金之地。

赞美不尽的多瑙河，生命之河

世界上几乎没有一条河流如同多瑙河一样流淌出那么多的精彩故事和传说——也许莱茵河除外。多瑙河对沿河地区各个民族的发展起到了至关重要甚至是决定性的作用。它是一条促使民族大迁移的河流，是养育他们成长的生命之河。

有时候，它又是激烈战斗和攻城拔寨的水上舞台。十字东征时，兵丁们借道河流一路东去。斯拉夫人和土耳其人一反其意，他们浩浩荡荡，往西而来。几千年以来，多瑙河一直承担着交通运输的繁忙事务，后来又忙碌着商贸交易，直到现在，从未停歇。

有的人类学家甚至撰文称赞，说多瑙河是人类涉足的第一条大河。

相传在五千多年前，多瑙河的东部地区就聚集起许多的游牧部落。他们逐水而居，沿着河岸寻找自己的生计和活路。可是，他们不断地受到武装兵丁的骚扰和压迫，居无定所，到处转移。而在三四千年前，沿岸迁徙的步伐又在加快，多少人溯流而上，贯穿大河。后来，希腊人如同他们的神话一般出现在多瑙河三角洲。他们开拓河流，给它命名，把它称做伊斯特洛斯河，那是从多瑙河的入海口上溯到铁门为止的河段。凯尔顿人在上游地区自西向东，甚至建立了像雷根堡这样的住宅大区。

前面说过，罗马人把多瑙河当作伟大帝国的北部边境和界河，他们以自己的神仙达奴维乌斯称呼河流，从此奠定多瑙河的名称，算是为多瑙河进行洗礼。今天，多瑙河沿岸的许多地方还残留着当年罗马帝国的城墙遗迹，它们是罗马人用于守卫的堡垒。中世纪时，聚居多瑙河沿岸的人越来越多。西方的文化在河岸两旁生根开花，其中有哥特式和巴洛克式的教堂，有青年式的建筑，还有许多现代的住宅。

当然，也有一些东方势力，诸如土耳其人的力量在不断增长。土耳其人在1521年征服了巴尔干半岛上的贝尔格莱德，八年以后，他们的部队已经出现在维也纳的城门前。

不难想象，多瑙河上常常兵戎相见，杀戮惨重。十七世纪时，哈布斯王朝主宰着多瑙河的极大部分地区，河流渐趋稳定，因此出现了安享沿途自然风光的观光旅游，共同拉开了现代旅游的大门。多瑙河上的旅游在开始时几乎都是顺流而下的，因为溯流而上的话，由于风急浪高、技术不过关，成本太高。这样的困境一直持续到 1829 年，多瑙河开启了蒸汽船航行的崭新历史。

近年来，欧洲的一系列社会变革又让多瑙河开始成为一条贯穿欧洲多个民族的生命之河。刀枪林立的可怕场面终于成为过去，人们可以合理地改造河流，欣赏两岸的旖旎风光。正如世界上许多大江大河一样，多瑙河也分为上游、中游和下游三大部分。

一般说来，从德国黑森林的发源地到斯洛伐克的首都布拉迪斯拉伐上首玛尔赫支流流入多瑙河的河口称为上游；从玛尔赫支流入河口到铁门为中游，流程大约为 1880 公里；从铁门开始直到黑海的入海口称为下游，流程大约为 944 公里。

多瑙河河水非常充沛。它一方面有赖于大小不等的三百多条支流，这些支流给多瑙河注进了无限的活力。另一方面，它还得感谢阿尔卑斯山的积雪在夏天时给多瑙河提供了巨大的补给，源源不断，滔滔不绝。因此，多瑙河上修起许多的水闸，用于控制流速和蓄水、发电，发挥出了多瑙河的更大功能。

一条河流就像一条生命一样，它是需要呵护和管理的。人类对河流的呵护和管理才能促使河流更加通畅，让它自然化、合理化，而不是残酷地剥削它，甚至虐待它。大自然是经不起人类对它的亏待和破坏的，它会反弹，也会报复。多瑙河，尤其是上游地区经过疏理以后，它的河面渐趋平稳，出现的变化并不剧烈。

多瑙河河面在开始阶段呈现山溪面貌，涓涓细流，无比妖艳。等到疏通以后，例如从乌尔姆到累根堡之间，河面的宽度大约在四十米到九十五米不等。累根堡到匈牙利隘口的河面开始宽阔起来，达一百三十米到三百米上下。往后的河面更趋浩瀚，在三百米到四百二十米左右。多瑙河在罗马尼亚境内有时达一千五百至一千八百米，有的地段超过三千五百米宽。多瑙河在下游时的某些地段，由于支流交错，沼泽成片，夏天发大水时，河面如海，竟有二十公里上下的宽度。真是浩浩荡荡，一眼望不到尽头，无比壮观。

综观多瑙河的全程，它有时候水流湍急，汹涌澎湃，气吞万里如虎。有时候，它又显得波光粼粼，轻歌曼舞，慷慨大度，充满着诗情画意。多瑙河由于不同的水流速度和不同的水下活动，使得水面下的景观更加丰富多彩。它在许多的暗礁和旋涡之处真是险象环生，无比凶险。

多瑙河一路往东，连接中欧、东欧和南欧广大地区的三百多条支流，形成巨大的水的网络、水的世界。多瑙河里一共有七十多种不同的鱼儿，众多的鱼儿一起娱乐和欢腾，为生命之河增添了无比的生命活力。因此，多瑙河渔业生产十分丰富、发达，渔业生产甚至成为多瑙河沿岸不少地区主要的产业。多瑙河两岸不仅有熙熙攘攘的热闹渔村，还有人声鼎沸的渔民城，例如位于多瑙河三角洲的维尔柯夫。

多瑙河河水充沛，纵横交错，水生植物也很多，尤其是芦苇。它在三角洲地段上形成了无边无际的芦苇荡、芦苇海。这些有利的条件为鱼鹰、仙鹤和多少漂亮的鸟儿提供了天堂一般的生活居所。

多瑙河水下不仅有鱼，也有黄金。从前，人们曾经开采过，他们洗砂淘金，只是含金量并不高，满足不了愿望，这才慢慢作罢。现在，人们又在水下发现铀矿，也是鼓舞人心的利好消息。

当然，人们还是不能忘记风急浪高的多瑙河曾经颠覆过多少航行的船只。当时，由于生产力低下，人们眼睁睁地看着湍急的河水卷走了新鲜活泼的生命，无能为力，难以救援。他们只得大声地安慰或者默默地念祷，让在水中挣扎的伙伴“放弃努力，安心地去吧，多瑙河需要你”！多么的凄惨，多么的无可奈何!

当然，多瑙河水面下并不全是冤魂屈鬼，那里还有许许多多的沉船之宝。它们也是多瑙河上不绝的话题和传说。呵，美丽、蓝色的多瑙河如诗如画，滔滔不绝，娓娓动听地诉说着自己的昨天和今天，孜孜不倦地梦想着它的未来和辉煌，让人类赞美不绝。

是为前言。

有记忆的松树

在德国有一句古话："勃里伽赫和勃莱克送多瑙河启程。"勃里伽赫和勃莱克是两条溪流，它们从黑森林分流而下，奔向多瑙新根。到了多瑙新根以后，它们合并而成多瑙河。

其实，勃里伽赫发源于希尔茨森林。在希尔茨山迎着太阳升起的山坡上有两棵松树，它们孤零零地屹立在山旁。茂密的枝叶纵横交错，从远方看，许多人还以为是一棵大树呢！

如果问当地的农民，这两棵大树既然影响着他们耕田收种，为什么没有砍伐掉它们，却让它们一直生长着。年迈的农民自会振振有词："呵，这是两棵有记忆的大树。它们是有灵性的，它们让大家记住多瑙河的发源地，所以应该生长在这里。即使到了我们的孩子，以及到了孩子的孩子那一代，他们也应该保护两棵大树，直到上帝亲自下令，要把两棵古老得无法古老的大树召唤回去。"

多瑙女妖

从前，德国黑森林地区的崇山峻岭覆盖着成片的原始老林，周围的树木盘根错节，生长茂盛。当时，只有一些小溪小河才能勉强流经根本无法穿越的山林地区。原始老林漫山遍野，遮天蔽日，方便了多少林中精灵。林中精灵在树林里为所欲为，干尽了淘气事。其中有水妖和仙女，她们喜欢逐水而居，在溪流、池塘和湖泊上游戏玩耍。山精灵则住在斯瓦本山上，以山为家。

当地有一条河叫勃莱克，发源于福尔特汪根的马丁教堂附近。另有一条河叫勃里伽赫，是从圣格奥尔根旁边农庄的地面上冒出来的水。有一句谚语说得好："勃里伽赫和勃莱克送多瑙河启程。"这里也有一个令人难忘的传说。

相传水妖和河中仙女外表看起来和漂亮的姑娘一样，身材苗条，无限温柔，但她们的手指间往往长着精细的蹼膜，因此都善于游泳。姑娘们的双眼闪烁着蔚蓝的光芒，飘逸的长发从肩上披散下来，绿中透蓝，多么动人。水妖和河中仙女都喜欢上岸，人们很容易认出她们，因为她们的衣服始终是潮湿的。

她们中有的对人类很善良，有的却很凶恶。不少年轻的渔夫会被她们的歌声迷住，那就十分危险了。当渔夫在他们的船上醉心于女妖的歌声时，渔夫也许顷刻就被女妖伸出的洁白双臂搂在怀里，拖向水底。没有人能从那里活着回来的。

不过，勃里伽赫和勃莱克女妖都是尚未成年的孩子，她们自然不会对年轻的渔夫感兴趣。另外，她们也没有拖人下水的场所，两条河位于河流的起源地段，自然都因为太浅而无害。一天，女妖们在黑森林里感到十分寂寞和无聊，有两个女妖索性离开崇山峻岭，准备前去看望泉水女怪。女怪住在现在被称做多瑙新根的宫殿花园里，那是一塘水池，周围砌上了石井。三个女妖聚在一道，她们高高兴兴地一起嬉耍、聊天，歌声哗哗，细水长流，真是难得的欢乐。

等到她们相互告别时，三个女妖顿时显得悲悲凄凄，十分孤单。她们在黑森林里感到寂寞，多么希望能够长期地厮守一起，相互作伴！

“你们说什么呀？”勃莱克开口问道，她是三个女妖中最漂亮的，“我们不是可以让我们的源泉合并在一起，让它们流成一条大河吗？那样，我们可以一路往前，游览天下。而且，我们也不用这般孤孤单单的，可以在一起寻欢作乐！”

小女妖多瑙新根听到这些话时，不由得大吃一惊，觉得勃莱克的确不同于诸位女友河妖。多瑙新根喜欢孤单寂寞，她觉得唯有寂寞才让她更加自由自在。

“不，我喜欢独自一人。”多瑙新根细声细气地耳语，一面把她的泉水重新拉入地下。

“悉听尊便！”勃莱克十分委屈，回答一声。

“我跟你走。”勃里伽赫义无反顾地支持勃莱克。

小女妖多瑙新根钻入地下，可是水流渐渐地消失了，她感到很不幸。水妖和河中仙女一样，她们需要水和空气，否则，无法生活。她们常常借助从地下冒出地面的水流，有时候，她们放任自流，在大地上咆哮奔腾、高歌猛进。

多瑙新根隐蔽一阵以后觉得难受极了，于是重新冒出地面，才湿漉漉地流动起来。她恳请勃里伽赫无论如何都要带上她，勃里伽赫欣然答应。这样，她们三个女友便能相聚一道、互相流通了。她们组成了一条大河。

勃里伽赫和勃莱克看到河面宽阔，河水奔流，便争执起来，那条大河该叫什么名字呢？她们争来争去，直争得泡沫四溅，还是没有统一的意见。她们无法确定河流的名字，后来，她们决定给河流起一个新的名字。于是，她们一致决定把聚合以后的那条水流叫多瑙。

不久，两个女妖又陷入激烈的纠纷之中。勃里伽赫希望前去看望莱茵河，而且陪同莱茵一起流入博登湖。勃莱克却是心趣高昂，志向远大，她在黑森林时已经梦想着去到许多远方的王国，梦想着气势磅礴的黑海。她们不断地争执，争论得水声哗哗、浪花四起。她们流淌的口水越来越多，话儿越来越激烈，真是互不相让，难分上下。

两个女妖气呼呼的，水势便不断上涨，竟然沾湿了斯瓦本地区山精灵的双脚。山精灵十分恼怒，便让多瑙河瞬息之间隐入他的山石之中，让两个女妖难见天日。河流顿时失去了哗哗不绝的歌声，连河床都裸露在外，干涸得无比可怜。

斯瓦本山精灵把两个女妖拘押一旁，不加理睬。当然，这位精灵本不是凶恶野蛮的人，不久，他便通融了。他看着被拘押在旁的女妖，开始可怜起她们来。其实，他已经悄悄地恋上年轻的女妖勃里伽赫。

“我们放勃莱克连同多瑙一起前往黑海吧，”山精灵对勃里伽赫说道，“可是你必须留在这里！我有很多幽静漂亮的山洞，一个胜过一个。你可以隐身在内，愉快地住下。”

“呵，不行，”美丽的女妖勃里伽赫弯曲着身子，滔滔不绝地回答，“如果长期隐身地下，我的水就会干枯，从而失掉生命的活力，我会死掉的。我需要掩映着蓝天白云的河流或者湖泊。亲爱的精灵，我请求你，别再纠缠于我，放开我吧！”

山精灵看到留不住她而感到悲伤，可是，他对女妖的一番深情厚谊又让他不忍加害勃里伽赫。因此，他再三思考后只得放手，让勃里伽赫欢乐地流淌而去。勃里伽赫获得自由而高兴万分，她从山地里一跃而起，在一个水钵里欢乐地打转，让水塘成为泉水。

后来，人们把那个水钵叫阿赫钵，勃里伽赫从中欢腾过后跟阿赫河一起流向莱茵。莱茵河牵着她高高兴兴地淌入博登湖，那是勃里伽赫早已心仪的风水宝地。

山精灵看着勃里伽赫远去的背影，只得转过身来和被拘押在自己山洞之中的女妖勃莱克聊天解闷。一旁还有多瑙河，她也屈居在山洞间，难以腾挪身姿。山精灵大发善心，他这回把多瑙也放归地面，让她回到自己的河床。

女妖和多瑙挣脱了山峦的羁绊，感到分外幸福，于是一路高歌，奔腾而去。多瑙河向东流淌，它在途中搏击多少野蛮的山岭，穿过许多山谷、平原、草地和树林。女妖在漫长的旅途上结识了许多山水精灵和女怪，他们十分慷慨，纷纷把自己的河水引入多瑙河。

多瑙河日积月累，终于成为气势磅礴的湍急河流，浩浩荡荡，奔向黑海。

摩默尔湖的姑娘

德国黑森林间的摩默尔湖是因为几个叫摩默尔的姑娘而得名，她们如同鱼儿一样在湖水里居住下来，无比欢乐。白天，她们浮现在水面上，如水百合般亭亭玉立。晚上，每当月光轻泻时，她们又变成身体纤弱的湖水姑娘，坐在湖边纺纱织布。她们把自己的面纱晾挂在柳树枝条上，面纱迎着天空上的一轮冰盘闪闪发光。

姑娘们开开心心地在湖中沐浴，她们欢乐起舞，歌声嘹亮，舞姿优美。湖水成了她们美满生活的幸福天堂。姑娘们的身体洁白如雪，闪发出神奇的光芒。午夜时分，她们的父亲拨开湖水，从湖面上升腾起来，招呼女儿们顺着起伏的波浪立刻回去。姑娘们知道父亲是个严厉的妖魔，不敢违抗他的意志，只能乖乖听话。她们悄悄地走上岸滩，收起面纱戴上，然后沉入湖水。第二天，她们又像出水芙蓉一样，跃出水面。

从前，猎人和牧人时常看到那些女妖。有个年轻漂亮的猎人甚至看到女妖站在河岸上，手上擎着一束野花。年轻的猎人看到可爱的姑娘，立刻就朝她走去。姑娘刚刚看到他的身影，立刻惊恐地跳进湖水中，不见了身影，可姑娘的面纱还挂在树丛间。年轻的猎人仅仅看到姑娘一眼，他的心里却已经产生了强烈的爱情。他很快走到树丛边，收起姑娘的面纱，把它藏在自己的胸前，如同珍贵的信物一般。

从此以后，猎人的心情再也无法平静。白天，他在田头转来转去，面色苍白，手足无措。晚上，他默默地来到摩默尔湖，一双眼睛定定地盯着湖面，可是再也没有看到姑娘。猎人把心头的秘密告诉他的朋友，朋友立刻从他的胸前撕下面纱，把面纱系在一块沉重的石头上，扔进摩默尔湖。可是，猎人的心结并没有被打开。他的渴望越来越强烈，无法释怀。

那是一个月圆的夜晚，猎人又来到湖边，心情沉重。他看到原来平静的湖面上泛起了奇怪的浪花，而且波浪连着波浪。月光下，猎人看到昏暗的波浪间漂浮着姑娘的面纱。

“面纱，面纱，那是可爱的姑娘在召唤！”猎人大喊一声，毫不犹豫地纵身跳下湖去。

猎人挥动着强健的胳膊，拨开水流，朝面纱游去。他几乎是游到了湖中央，然后伸手抓住了面纱。这时，他似乎感到有人拉住他的身体，把他吸入水下。波浪在他的头顶泛起一朵花儿，然后又静静地合并在一起，没有留下任何痕迹。

时过境迁，可是人们并没有忘记那个动人的故事。

一个夏日的晚上。有个牧童坐在湖边的草地上看着他的牧群，然后掏出一支木笛，开始吹奏一支欢乐的歌儿。突然，牧童身边的草地里发出沙沙的响声。他还没有缓过神来，已经看到面前站着一个湖水女妖，水灵灵的，十分可爱。

牧童从来都没有见过这么漂亮的姑娘。姑娘对他微微一笑，说道：“呵，你为什么不吹了？我喜欢听你的歌儿。”

牧童听后便顺手把木笛送到口边，继续吹奏起来，这回的歌声更加悠扬动人。不一会儿，他便吹奏得精疲力竭，只得停下来。于是，他和湖水姑娘面对面地坐下。牧童稍稍克服了一点心中的恐惧，开口问道：“你是湖中女妖吗？你们就住在下面的黄金宫殿里吗？”

“呵，是的，我是摩默尔姑娘，”女妖回答，“可是，这里远离水面，让我更加满意。我愿意跟你在一起。”

“我希望跟你一起沉入湖水，那里一定比地面上美丽千倍，你带上我吧！”

摩默尔姑娘回答：“那是不行的，我不能带你下去，这是不被允许的。”

牧童听罢讲话，悲伤地垂下脑袋。随后，他抬起头呐呐地说道：“那么，你就每天到我的身边来！”

“我愿意，”女妖回答，“可是，如果有一天我没有来到你的身边，你可千万别到湖边呼唤我。否则，我们两个都会遭殃的！”

牧童答应遵守诺言，他们又坐了一会儿才分开。从此以后，牧人和湖水姑娘在摩默尔湖旁度过许多美好的时光。年轻的牧人每天都把他的羊群赶到湖边放牧。姑娘每天清晨都从湖水中升腾起来，轻提软步，走到他的身旁。有时候，姑娘没有出现。不过，到了第二天，她又会准时来到年轻牧人的面前。

说话间夏天已经过去，秋天来临了。白天明显变短，天气也越来越冷。年轻的牧人开始担忧了，他想到黑乎乎的冬天漫长又寒冷，很少能够见到阳光。那时候湖面上肯定结了厚厚的一层冰，姑娘听罢却开心地哈哈大笑，说道："呵，冰冻锁不住湖水的。等到春暖花开时，我们又能够见面了，再来庆祝我们的白天！"

有一回，牧人一连两天也没有等到心爱的姑娘。第三天，牧人一直等到傍晚，还是没有见到姑娘的身影。牧人在湖边心绪不安地走来走去，他忧虑重重地瞅望着湖面，怀着无比热切的渴望。突然，他听到从湖水中传来沙沙的响声，那是姑娘每回升腾出水面的声音。

牧人高高兴兴地迎上前去，大声呼喊着："呵，摩默尔，来吧！你别让我久等不见呀！"

可是，这些话还没有说完，只听一阵猛烈的飓风从湖边的松树林中冲了出来。刹那间，雷电轰鸣，如同天崩地裂，湖水下面传来一阵阵撕心裂肺的呼唤。湖面上荡漾起一朵凄惨的血花。原来，牧人的喊声激怒了年迈的湖水国王，他立刻动手杀了站在一旁的女妖摩默尔。牧人看到血花，惊恐地从湖边奔逃出去，后来再也没有露面。

从此以后，摩默尔姑娘们不敢上岸玩耍了，再也不见她们的身影。

很多很多年以后，有一位头发花白的隐士在湖边不远处的教堂里住了下来。隐士沉默寡言，除了祷告外再也不讲一句话。有一位年迈的猎人说，那位隐士看上去跟摩默尔湖边的牧人十分相像，只是身子僵硬，如同石头一样。

黑森林的勇猛之师

寒冬季节，白雪皑皑，德国的南方分外妖娆。这里有四个神圣的夜晚尤其让人难以忘怀，它们是十二月二十一日的夜晚，十二月二十五日的圣诞，十二月三十一日的新年前夜以及一月六日的三圣王节。节日连连，瑞气浩荡，其中的神圣和奥秘自然不消说。

这时，一群勇猛之师的咆哮响彻黑森林的上空。有人按照沃堂神的意愿把他们称做沃提斯之众，沃堂是主宰暴风之神，或者叫做野蛮狩猎神。这支野蛮之师在空中嬉戏、咆哮。一马当先、率领这支勇猛之师的是一位白马骑士，他挥舞马鞭，直打得天地火花四溅，一面大声呼唤："前进！让一切荡然无存！"

骑士身后是一支无穷无尽的妖魔之师，这里有妖怪、恶魔、精灵，不计其数，后面还有一群狂吠不止的恶犬、发出呼噜之声的野猫和咕咕叫唤的野猪，它们一起为勇猛之师殿后。可怜夜间行路之人，他们一旦蔑视骑士的警告，没有立刻伏倒地上，没有在口中连连念叨神仙之名，便难免遭遇杀身之祸。这群勇猛之士会立刻前来架起他，把他拉扯至死。

有一回，那是托马斯节的夜晚。有个年轻的手工匠从伽埃辛根前往荷尔特斯特顿。天色已晚，手工匠走向一家孤零零的农户。他举手敲门，请农民提供方便，让他借宿一晚。农民随手一指，让他在空洞洞的仓库里休息。年轻的手工匠随即躺下来，不一会儿便呼呼入睡，进入梦乡。

可是，天有不测风云。年轻的手工匠刚刚入睡，外面狂风骤起，撕裂天地的怒吼声把他从睡梦中惊醒了。他听到外面狂风怒号，不由得吓出一身冷汗。突然，仓库里如同白昼，无比明亮。年轻人看到仓库中央有一张餐桌，餐桌上摆满了价格昂贵的水晶碗盏和盘子，有些碗盏甚至是由纯金制成的，里面盛满了可口的菜肴，热气腾腾。一旁还有许多大罐，金黄色的啤酒泛起了漂亮的泡沫花，盘子前还有斟满的葡萄酒，一片深红。

年轻的手工匠感到惊讶不已，突然听到外面的大门被强行打开了。一群妖魔鬼怪喧嚣尘上、混乱嘈杂地闯入进来。他们顺着餐桌坐下，开始风卷残云，大吃大喝，口中还发出呼噜噜的吧嗒声。接着，他们仰起脖子灌下许多美酒，喝得耳鼻发麻，双眼发直。

年轻人躲在角落里，对眼前的一切看得清清楚楚。这时，他听到其中一个妖怪开口说道："今天的菜肴真好，十分可口。可是，我还想吃一顿特殊的烧烤。我知道离这里不远之处有个未曾做过洗礼的孩子，我们可以把他抓来。"

两个妖怪听罢讲话便举起他们的扫帚，骑上走了。不一会儿，他们回来了，带回一个刚刚出生三个星期的孩子。妖怪把孩子举起来给众位同道展示一番，一面大声喊叫："上等口福!"

年轻的手工匠看到这里不由得大吃一惊，他猛地跳起来，走上前，口中连连呼喊："神仙保佑！神仙保佑!"刹那间，仓库里一片漆黑，连一丝亮光都不见。大门砰地一声关上，地狱般的妖魔鬼怪通通逃出库房，再也没有任何作恶的痕迹了。

可是，刚刚出生三个星期的孩子还躺在地上，哭声不绝。年轻的手工匠心惊胆颤地抱起孩子，急步朝农舍走去，他把孩子交给女主人。女主人闻听刚才发生的一切，心中着实慌乱。她连忙唤来丈夫，跟丈夫一起走进仓库希望察看究竟。农民夫妇看到仓库内杯盘狼藉，地面上堆满了没有啃完的骨头，还有牛粪、猪粪，奇臭难闻。

第二天，农家女主人听说附近有个年轻的妈妈几乎把眼睛都哭瞎了，因为早上发现她们家婴儿的摇篮里空空的，孩子不见了。后来，当妈妈在农民家找到失去的孩子时，真是喜从天降。到了星期天，孩子便立刻送去教堂接受洗礼，年轻的手工匠当了孩子的教父。

许芬根的树精

勃莱克河旁有个叫许芬根的小镇，那里有座不大的树林，可一直以来，树林里活动着一个精怪。精怪的模样像个年迈的女人，身材短小，如同四五岁的孩子。精怪危害地方、恐吓行人，实在是个祸害。不过有时候，精怪也同情人们，而且提供积极的帮助。这样好坏兼有的精灵，让大家不知道说什么为好。

镇上的人始终不忘那则故事：

却说三十年战争以后，就是那场从1618年至1648年的欧洲战事，许芬根地区出现一个陌生的女人。女人在林间为自己建造了一幢简单的茅屋，她独自一人住在里面。夏天，女人出去捡拾药草和浆果，然后送到城里出售。到了冬天，她才回到许芬根请求一点布施，让她有个休息过夜的暖和地方。人们并不情愿给她提供帮助，可是不敢拒绝她，担心她会魔法，能伤人。

许芬根人并不希望她从此以后在当地落脚生根，不愿意负担她的日常生活，因为她毕竟不是出生在许芬根的人氏。不过，埃尔塞勒——人们这样称呼她，还是在当地生活下来，而且一连许多年。

有一年冬天的天气特别寒冷，大家看到她许久没有露面，都说她肯定死了。她不仅在冬天没有露面，在春天也没出来。许芬根人高兴极了，他们终于摆脱了这位妖魔女子，于是奔走相告。可不久以后，人们就在树林里看到她的“魔法”作祟了。

“她变坏了，”有人说道，“开始害人了。”

于是，树林的名声被破坏了。如果有人必须到树林里去，他一定记住要赶在日落以前离开那里。许芬根的镇议会自然也有在树林里的活动，议员们在树林里处处提防着，注意每片树丛间的声音和反应。他们不敢大声讲话，生怕引起那位年迈女人的注意。可是，他们常常迷失在树林深处，找不到回家的道路。

有个商贩赶着一辆驴车必须穿林而过，没有其他途径了，经常遭到“戏弄”。有一回，他的驴被玩弄了，像中了魔一样喘着粗气，停止拉车，老驴还把驮在背上的货物丢在地上。商贩吓得两眼发光，似乎在树丛间看到一个奇怪的女人。女人嘲笑般地看着他，然后暗自欢喜地消失在高大的松树背后。

有时候，女人跳上行人的背脊，让行人把自己背到树林跟田野的交界处才纵身跳下。行人早已累得精疲力竭，连腿都迈不开了。如果猎人在林间看到从松树顶上垂挂下来的发辫，他们立刻就会退回去。他们明白，恶毒的女人就在附近，招惹不得。

在夏天的收获时间，一些手持镰刀的农民有时也会看到女人在林间跳跃，而且朝农民们存放衣服和帽子的地方走去。她会抱着所有的物件一溜烟地奔进树林深处，消失不见。等到农民们手持镰刀骂骂咧咧地追赶上去时，他们的衣物又会突然回到原来的地方，一件也不少，让人哭笑不得。

树林精怪对待穷人也自有一副热情，常常帮助他们劈木柴。而且，她还身体力行，把拾柴拾浆果的孩子们领到物产丰富的地方，让他们尽兴而归。后来，人们再也听不到有关精灵女子的传闻和消息了。他们觉得精灵女子一定解脱了罪孽，终于找到了自己的平静和安宁。

不过，现在长着满头白发的老汉老妪们还是信誓旦旦地告诉大家，他们的确在树林间看到过矮小的女精灵。

精灵纵队

多瑙河静静流淌，波光粼粼，有时又波澜壮阔，无比雄伟。不过，有的地方十分空旷，尤其到了阴冷的夜晚，空中常出现一些精灵纵队倏忽而过的奇怪现象。他们发出巨大的呼啸声，穿山越岭，让人始料不及。精灵纵队里都是一些凶恶的妖怪，他们生前靠打猎为生，可是，他们虐待动物、虐待乡邻，所以死后找不到安静的居所，被罚在空中到处转悠。

曾经有一支群魔乱舞的精灵队伍，从一个地方赶到另一个地方。为首的老人骑着一匹白马，白马打着响鼻，奔跑得呼哧呼哧的。老人穿一身长袍，胸前飘拂着长长的白须，打着响鞭，火光闪闪。有时候，他也吹动着兽角，一面在空中高声大喊："让开，让开！谁给我挡道，有他的好戏！"

有时候，野蛮的精灵纵队凭空越过十字路口。如果有人遇上他们，必须立刻扑倒在地上，闭起眼睛，静静地等待那支队伍如同飓风一般穿越而过。如果旁边有个十字架，行人应该紧紧地抱着它，口中呼唤上帝的名字。那么，他就会安然无恙，不会遭受任何的伤害。他要是疏忽大意、不作任何防范，只是干巴巴地站在那里，他将被精灵纵队裹胁而去，劫持到遥远的地方。或者，他会被精灵们撕扯得粉身碎骨。

精灵们并不惧怕多瑙河。

那是一个漆黑的夜晚，有个男人从伽埃辛根赶路前往荷尔特斯特顿。当他来到一个十字路口时，猛地感到空中起了狂风，如同末日到来的一样。附近的树林里更加凶恶、可怕，咆哮声、呼唤声、呻吟声和叹息声混作一团，让人毛骨悚然，连抬腿的力量和勇气都没有了。

男人似乎看到从远方驶来一辆燃烧的马车，越来越近，他不由得出了一身冷汗。于是，他急忙扑倒在地上，双手抱定路边的十字架，不敢发出任何的声音。这时，白马骑士率领他的纵队从他的身旁呼啸而过，他头顶间传来猫的叫声、狗的吠声、蛇儿的丝丝声、鸟儿的啼鸣声，真是一片嘈杂，似乎要把整个世界推入废墟之中。可是持续的时间不长，一会儿便风平浪静，都过去了。

男人听到可怕的喧嚣声消失了，连忙睁开眼睛朝周围看了一眼，发现精灵纵队没有对他造成任何伤害。男人立刻站起来，急急忙忙回家去了。后来，他常常想起那回奇异的遭遇。不过，他每次都还会被吓得浑身上下起一层鸡皮疙瘩。

高尚的摩灵格

骑士摩灵格来自摩灵根城堡，他除了拥有令人自豪的城堡外，还有几座庄园。他在多瑙河畔建造了一座水磨坊，广有田地。骑士摩灵格不仅殷实、富裕，而且为人正直，性格平和，是一位高尚的绅士。摩灵格德高望重，深受民众喜爱。人们索性把他称做“高尚的摩灵格”。

他的妻子名叫阿格纳斯，是多瑙山谷地区最漂亮的女人。女人为丈夫生下一个漂亮的女儿，这户人家真是夫妻恩爱，幸福满门。

一天，骑士突然感到身体不适，原来已经身患疾病。从此以后，摩灵格的病情日趋严重，在生死线上受尽了折磨和煎熬。妻子阿格纳斯日夜不离病榻，她心里又惊又怕，时时刻刻为丈夫祈祷，求告神仙保佑。可是，骑士越来越虚弱。当他感到来日无多回天乏力时，他不由得发愿，如果神仙能够让他恢复健康，他愿意前往圣地朝拜。

仁慈万能的神仙对高尚的摩灵格大发慈悲。不久以后，骑士果然摆脱了病魔的羁绊，彻底恢复了健康。

骑士想到自己的誓言，于是作好准备要立刻前去朝拜。他把城堡和其他事务委托给一位友好的高贵人士。可是，在他外出期间谁能够照顾他的妻子和女儿呢？骑士思来想去，最后唤来年迈的宫殿看门人，请他对自己的妻子和女儿多加照应，直到他从圣地回来。

看门人听后不由得大吃一惊，说道：“呵，亲爱的主人，我已经年迈力衰，无法胜任这等繁重的任务。你不妨请个聪明的年轻人，他会不辱使命，让你放心外出的。”

高尚的摩灵格见他说话有理，便想寻找另外的人照顾自己的妻子和女儿，她们可是骑士最为心爱的两个女人。不久，他便找到年轻的容克瑙宇芬，瑙宇芬是骑士摩灵格家中的常客，两家交往良好。摩灵格告诉了他自己的愿望，年轻的容克知道这样的委托事关重大，于是答应尽力而为。

骑士摩灵格见他应承重任，顿时如释重负，心中感激。当骑士跟他的妻子告别时，只见妻子泣不成声，难分难舍。妻子对丈夫情深意长，不愿放丈夫独自远行。高尚的摩灵格安慰妻子道："你必须等我七年时间。如果我到时不能平安回来，那么，我肯定是在异国他乡安息入土了，你可获得自由。"

骑士吩咐完毕立刻动身，前往圣地还愿。从此以后，日复一日，年复一年，时光如水。可是，关于高尚的摩灵格却是信息杳无。年轻的容克瑙宇芬忠诚地侍候着他的女主人，事事尽心，正如他对城堡主人许诺过的那样。

骑士逗留在外的时间越来越长，时间过得愈久，女主人愈是感到希望渺茫，她觉得丈夫断无生还的机会了。

高尚的骑士摩灵格实则在圣地英勇奋战。可是，基督徒们夺取耶路撒冷后，不料军中暴发一场瘟疫，骑士摩灵格也被传染上了。他遭病魔缠身，经过苦苦挣扎才终于摆脱危险，恢复健康。后来，骑士乘坐的船只在海上突遇风暴，一直被刮到埃及海岸。如同其他一些朝拜的人士一样，高尚的骑士摩灵格被苏丹的守卫抓去为奴，干尽了笨重的粗活脏活，生活十分艰难。

一天夜里，摩灵格精疲力竭地躺在床上睡着了。他做了一个奇怪的梦，梦见一位天使对自己说道："你告别妻子女儿独自外出，已经过去整整七年了。你跟妻子约定的期限已经结束。明天，她将举办跟年轻容克瑙宇芬的婚礼。"骑士听到消息，顿时从梦中惊醒。不过，他不是躺在铺垫厚实、干燥舒适的麦杆草堆上，而是身处一片绿油油的菜地，旁边有一架风磨，耸立在多瑙河畔。

骑士惊奇地揉了揉眼睛，翻身坐起。他走上前举手敲了敲磨坊的门，请求主人施舍膳食和饮料。磨坊主人看到外面站着一个陌生的客人，对他顿生怜悯，于是好生款待。不一会儿，主客之间开始热烈、友好的谈话。

"呵，城堡和国内有何新闻呀？"

"关于国内的新闻，想必你知道得比我还清楚，你是远道而来的客人，见多识广。关于城堡的确有许多传闻，明天，阿格纳斯，就是高尚的摩灵格的遗孀，将要嫁给年轻的容克瑙宇芬。”

骑士听到这话不由得心内惊悸，他随即反问一声：“摩灵格已经死了吗？”

“也许死了。他前往圣地朝拜，一去未回，没有任何音讯。整整七年过去了，任何人都不知道他的生死。”

陌生的客人对磨坊主道谢一声，然后动身朝城堡走去。骑士听到从远方城堡传来欢乐的乐曲声、唱歌声，多么热烈。

年迈的守门人听到外面有人敲门，他打开大门，见到一个陌生的客人。可是，他没有认出来客就是昔日的主人。根据古老的风俗，人们必须善待旅途在外的客人。看门人把骑士引到餐桌旁，让他坐在餐桌的下首，给他递上吃喝。接着，看门人又朝容克瑙宇芬走上一步，说道：“我们这里历来有个风俗，请前来城堡的陌生客人献上一曲歌儿，让我们跟他共同欢乐。”

“如果风俗如此，我们应该遵守。”容克瑙宇芬回答，一面吩咐仆人给客人递上琉特琴。骑士接过乐器，调试一下琴弦，然后引吭高歌。他歌唱爱情和忠贞，歌唱时代和永恒，歌声动人，如诉如泣。

容克的未婚妻也悄悄地侧耳倾听。不一会儿，她就觉得心痛如绞，十分难受。她感到歌儿似曾相识，歌声那般熟悉，难以离弃。可是，她不知道这一切都是因为什么。等到歌手唱完最后一曲歌时，阿格纳斯命人给他送上一杯葡萄酒。骑士接过酒杯一饮而尽，然后从自己的手指上脱下一枚金戒，他把戒指放入杯中，把酒杯还给城堡女主人。

阿格纳斯接过酒杯，瞅见里面有一枚闪闪发光的金戒。女主人顿时明白了，她不由得呼唤一声：“我的丈夫！”然后瘫倒在地，不省人事。坐在里厢的容克瑙宇芬觉察事情有变，连忙追出来。容克朝客人仔细看了看，认出他是高尚的骑士摩灵格。

容克瑙宇芬不由得惊叫起来，说道：“呵，主人，我没有辜负你的信任。我可以拿生命作担保，向你起誓！”容克瑙宇芬双膝跪下地来。

“我在异国他乡整整七年，”骑士摩灵格回答，“我给妻子设下的最后期限已经过了。我应该还她自由！”这时，阿格纳斯扑倒在丈夫的怀里，承认自己始终爱着丈夫。高尚的摩灵格听到这话，把妻子幸福地搂在自己的怀里。

城堡姑娘，即骑士的女儿也在大厅里。她在父亲外出期间长大了，出落成一位漂亮的姑娘。父亲朝她走上一步，牵着她的手朝容克瑙宇芬走去。“呵，你瞧，我的女儿是否继承了她母亲的花容月貌?”骑士说着，露出一脸微笑，“如果她愿意，可以让她嫁给你为妻。你把我的妻子还给我吧!”

两个年轻人相互对视一眼，他们感到自己的心扑通扑通地跳个不停。于是，歌手和乐手继续他们的欢乐，被中断的庆祝恢复了，并获得新的活力。他们共同庆祝年迈夫妇和年轻夫妻的婚姻幸福。

呵，容克瑙宇芬还跟高尚摩灵格的女儿跳上了热烈的订婚舞。

沉降的大钟

从前，黑森林地区圣乔治的居民们接受了路德教，一些虔诚的老教徒便要离开当地，到别处落脚谋生去了。可是，在他们离开的前一天却出了一件怪事。

原来，当人们敲响大钟“苏姗纳”准备布道时，大钟突然从教堂塔楼上滚落下来，顺着山坡往下滚动。僧人们觉得这反映着上帝的圣意，于是把地上的大钟装在牛车上运了回去。当地的农民已经习惯聆听宏亮的钟声，一天也不能缺少。现在，他们看到僧人们想把大钟运回去，立刻追赶上来，要把大钟重新挂在圣乔治的教堂里。

他们赶上僧人时看到那里有个泥潭，牛车陷在里面不能动弹了。农民们十分生气，大声叫喊起来：“苏姗纳，苏姗纳，不论上帝喜欢还是不喜欢，你都必须挂在我们的教堂里!”

农民的话刚刚讲完，载着大钟的牛车开始滚动起来，结果连同前面的公牛一起陷落下去，沉入潭底，从上面看没有任何的痕迹。

不过，这辆牛车直到今天还留在潭底。圣诞节的夜晚，每当时钟敲过十二点时，苏姗纳也会发出宏亮的响声，拉车的公牛在怒吼，车夫挥舞着鞭子。农民们喜欢围着泥潭转上几圈，他们可以听到车轮滚动的声音。冬天，当湖面上的结冰裂开一条缝隙时，他们都可以听到苏姗纳从下面传来的钟声。人们会说：“呵，苏姗纳在提示我们了!”

巨人罗玛埃阿

大约在四百年前，在维林根地区生活着一个巨人。人们送给他一个名字，叫罗玛埃阿。罗玛埃阿出生在甲虫山，离城市不远。他的父亲长得并不高大，母亲甚至是个小侏儒，只有他猛地往上蹿。当他在街上走动时，住在三楼的人也会抬起头来看他。

罗玛埃阿喜欢在帽子上插三根孔雀毛，让他看起来更加高大。一天，他扛起两根沉重的树干，准备装上牛车。结果，拉车的两头公牛使尽了气力，也拉不动牛车。罗玛埃阿看得不耐烦了，他伸出粗壮的手臂抓住两头公牛，把它们装在车上，然后拎起牛车回家去了。

如果城里人没有给他活干，那么他就到附近的树林里撒野，狂奔乱走。人们很想抓住他，不过没有办法。他有那么大的气力，谁能抓得住他呀？当然，罗玛埃阿是个善良的人，他在艰难困苦的时代为维林根作出过巨大的贡献，算是有功于城市的人。特别在战乱的年代里，罗玛埃阿更是冲锋陷阵，他常常跟周围地区的民众一同出征，然后大获全胜，带着巨大的收获回家。

有一回，他从远方的教堂塔楼上偷盗了一口大钟，顺便在附近的城门前卸下城门，然后拎着大步流星地回到家中。家乡的人为纪念他的英雄壮举，索性把大钟挂在维林根的教堂塔楼上。

罗玛埃阿长得牛高马大，他的饭量也是十分惊人的。有一回，他们在征战途中经过一家农舍，里面没有人影，可餐桌上摆着足够七个人饱餐一顿的午餐。罗玛埃阿立刻走进去，独自一人把午餐吃得干干净净的，连面包屑都没有剩下。不一会儿，农民们回来了。罗玛埃阿问他们是否还能给他一点儿食物充饥。

罗玛埃阿建立了许多骑士功勋。后来，他开始骄傲起来，甚至敢于嘲笑官府。市议会知道没有人能够靠近他，便寻思一条计策准备捕捉他。人们给他找了个干活的机会，清理和打扫米歇尔塔楼的禁闭室，而且答应付给他很高的报酬。罗玛埃阿不知是计，毫无顾虑地走进监狱准备打扫。人们看到他顺着楼梯走了下去，立刻把楼梯抽开，然后关上大门。

罗玛埃阿被关进了监狱。为了照顾罗玛埃阿用餐，监狱里每天都要杀一头牛或者一只羊丢进去。罗玛埃阿不仅骄傲，还是个十分狡猾的人，他把吃剩下的牛骨羊骨收集起来，填塞在墙壁的缝隙间。时间长了，填塞的牛羊骨像架梯子一样，一直连接到塔楼的顶端。

他看到那里堆积许多麦秆和干草，于是用麦秆和干草搓成一根粗壮的大绳。一天，他趁着夜晚漆黑爬上顶楼，然后顺着粗绳溜到地面，逃掉了。他独自一人来到与维林根发生战事的库仁山城堡前，大胆地把城墙包围起来，不容任何人进出。库仁山城堡被围得水泄不通，万般无奈，只得投降。

维林根人见他如此了得，又恩宠起他来，还在圣灵山谷给他建造了一幢巨大的住房，把他安顿下来。从此以后，罗玛埃阿就在那里生活，连死后都被埋葬在山谷。维林根城的城徽就是他的巨大肖像，直到今天，它还挂在城门上，让多少人驻足留恋。肖像旁刻着几行文字，那是一首歌颂巨人罗玛埃阿不惜冒险的诗。

你能说维林根城没有这位英雄吗？

君侯山的伯爵

在铁溪和乌拉赫河流入山地前，那里有一道铁锤河流淌在君侯山的城堡废墟前，城堡毁于农民战争时期，距今过去很多很多年了。

从前，那座城堡的主人是个残忍又野蛮的伯爵，一个肆意奴役民众的人物。民众们必须为他当牛做马，整天为他干活，几乎没有时间照顾自己的耕地。如同在荒凉的山区一样，农民们在自己的地里种下一点燕麦，收成微薄，只能供他们烘烤一些粗糙的黑面包。城堡主人却是衣衫华丽，大鱼大肉，而且骄奢淫逸，不知收敛。

遭受剥削和压迫的农民只得忍气吞声地苦度光阴。可是，饥寒交迫的他们又计划着铤而走险，准备杀掉凶恶的伯爵。不过，尽管他们小心计划、秘密行事，最后还是走漏风声，让伯爵抓住先机，在农民们行动前及时逃离现场。农民们白费心机，扑了一个空。

伯爵骑着快马涉过乌拉赫河，突然，他看到前面又有一群农民挡住去路。伯爵急忙把皮帽往下拉了拉，挡住自己的脸，希望蒙混过关，逃出菲伦巴赫。可是人们却立刻认出他，有个罗顿堡的人凑近他，一把拉下伯爵头上戴的帽子，大声叫喊起来："你们瞧，他就是恶毒的伯爵！"

农民们闻听消息，朝他扑了过来，把他拖下马背，乱刀砍死。后来，君侯山的伯爵后裔又在地方上执掌权柄。后裔们不忘寻衅菲伦巴赫，希望报仇雪恨。可是，菲伦巴赫城历史久远，曾经受过百般灾难，伯爵的后裔们只得放弃自己的打算和计划。

不过，他们还是颁布命令，强迫菲伦巴赫人在自己的城徽上雕刻一头笨驴。这头驴像在城门上方挂了很长时间，用来耻笑菲伦巴赫及其邻近地区。直到很久以后，伯爵后裔们的后裔才同意解除菲伦巴赫城徽上的驴像，那已经是另外一则故事了。

野人山的侍童

多瑙河从托特林根附近穿越斯瓦本山轰然而出，咆哮东去。两岸山地怪石嶙峋，危岩交错。厚实的城堡和废墟相互对峙，俯视山谷，地势多么险峻。其中有一座城堡屹立在山岩之上，看上去如同鹰巢一般，它就是野人山上的特鲁茨堡，十分雄伟。

从前，这座城堡属于骑士亨利希，他的全名是野人山的亨利希。人们称他为"野人"是有道理的，因为他是个刚愎自用、难以驾驭的武士。亨利希收养了一个侍童为他服务，侍童名叫沃尔夫，即"狼"的意思。这头侍狼的确野蛮，暴戾恣睢，丝毫不逊色于他的主人。可是，他毕竟是仆人而不是主人。因此，一旦和主人出现纠纷时，理屈词穷的终归是他，这是不言而喻的，直到今天都是如此。

有一回，主仆两人又起风波，纠纷不断。亨利希勃然大怒，挺起一杆长矛就把侍童挑到一旁。沃尔夫受了重伤，疼痛不已，但侍童咬紧牙关，一声不响。可是，他在心里却开始酝酿一项计划，希望为眼前的耻辱报仇雪恨。

机会说来就来。有一天，骑士亨利希接到附近城堡达官贵人们的邀请，请他一同外出狩猎。侍童因为身负重伤，必须留在野人山养病。亨利希有两个儿子，他们都还年幼，不宜随同外出打猎，于是跟侍童一起留在山上。两个儿子站在城堡的大门前，神色紧张地盯着下面的多瑙山谷，亨利希和他的客人正在那里紧张地围猎。

沃尔夫看到天赐良机，迫不及待要实现自己的报复愿望，那是一个罪恶的计划。他连忙拉起架设在城堡护城河上的吊桥，把吊桥拉得高高的，然后让它顺着惯性自由落下，冲入深深的壕沟。只听轰然一声，沉重的链条断了，桥板如同山崩一样倒下来，掉入护城河。侍童沃尔夫随即抓起主人家的大儿子，将他顺着桥板扔下去，二儿子见状不由大声惊叫，哭声不绝。

骑士们正在打猎，他们听到孩子哭声后知道事情有变，立马掉转马头，朝着城堡飞驰而来。可是，他们回来晚了。他们还没有来得及阻拦侍童，只听那里传来一阵狞笑。亨利希不得不亲眼目睹小儿子被沃尔夫抓住，然后如同他的兄长一样，被摔进护城河。这时，云端里出现一道闪电，接着，雷声隆隆，直冲城堡塔楼。塔楼里传来一声巨响后顿时爆裂，倒塌在地上。侍童沃尔夫被深深地埋在废墟堆里，这是上天的惩罚，天意难违。

骑士回到家中，希望找到两个孩子的尸体，然后隆重地安葬他们。突然，他看到两个孩子躺在城堡脚下的灌木丛中，正在呼呼大睡。呵，真是喜从天降，福从山来。骑士感到一阵惊喜，激动万分地把两个孩子抱在怀里。他发誓，从此以后再也不会暴怒对人了。

骑士对这回神奇的天赐之福感激万分，于是命人建造了一座小教堂，这就是迄今为止仍然高耸的保宇龙教堂。可是，恶毒侍童的灵魂却难以获得平静。每当他那臭名昭著的报复行动逢周年之际，城堡内就会响起一阵惊恐的呼啸，然后是拖得长长的喊叫声，声嘶力竭，不胜恐怖。最后，恐怖的呼喊演变成经久不息的悲哀和叹息。周年过后，野人山的城堡重获一年的沉默，那么安静，如同坟墓一样。

苔藓女和洗衣妇

从前，在跟巴伐利亚交界的树林里住着一群勤劳的苔藓女。

一天，她们成群结队地朝一位年轻的樵夫走去，樵夫结束劳动，正要回家。苔藓女是一群小侏儒，她们围着年轻的樵夫，请他在砍伐树木后的树桩上用斧子刻个十字，那么就能保证她们免受野蛮猎人的伤害。原来，野蛮的猎人有时候在夜间如同一阵狂风呼啸着穿过树林，苔藓女和洗衣妇完全抵挡不住他们的猛烈和粗野，甚至被卷上天空。许多小侏儒最后被野蛮猎人的伙伴们撕碎吃掉了。

樵夫听完她们的诉苦感到十分难过，于是，他重新走到树墩面前，举起斧子把它们做成一个个十字架，然后扛着大斧准备回家。可是，小侏儒们又把他团团围住，不让他走。小侏儒们都想感谢他，个个都想送他一枚松果。树林里铺天盖地都是这种果实，但樵夫不想拒绝她们的盛情和美意，因此任凭她们往自己的口袋里装填松果。最后，他带着鼓鼓囊囊的口袋回家去了。

回到家中，他把口袋里的松果拿出来堆在灶膛前，因为松果里面有油脂，便于引火。突然，他惊讶地发现那些松果全都闪发出黄金般的光芒，而且立刻变成一堆贵重的赤金。呵，这是多么明智的选择啊，我没有拒绝侏儒们的盛情和美意，没有拒绝她们赠送的礼物。

可是，在多瑙河畔的树林里还居住着其他的小侏儒，他们是洗衣妇和她们的丈夫。洗衣妇历古以来都喜欢走进渔夫们的草房，帮他们整理房间，清扫地面。她们和其他的小侏儒一样，都是悄悄地为人们做好事，而且从来不计报酬。她们通常都在夜里干活，那是人们正在休息和睡觉的时间。

有一回，一个年轻的渔夫想要抓一个洗衣妇，于是在家里支起一个鼠夹。他在夜里支起鼠夹，第二天清晨，里面就夹住了一个洗衣妇。

“放我出去吧，”小侏儒说道，“否则，我无法为你整理房间了！”年轻的渔夫拉开夹子，放洗衣妇出来，洗衣妇拿起大扫帚开始扫地。接着，她把脏袜子全部收拾起来洗干净，把它们晾晒在附近一棵柳树的树枝上。后来，她又开始擦窗户，还为渔夫烧一锅草根汤。

洗衣妇手脚麻利，收拾房间的速度很快，年轻的渔夫都不知道周围发生了什么。一连几天，洗衣妇都来帮忙干活，从不间断。一天，阳光灿烂，年轻的渔夫问洗衣妇：“呵，亲爱的洗衣女，你愿意嫁给我，从此永远跟我生活在一起吗？”

“我愿意呀，”洗衣女回答，“我对你感到很满意。可是，我不能嫁给你，我已经有丈夫了。”洗衣妇说完，立刻喊了起来：“呵，我的丈夫，快来接我回家！”

小侏儒男人应声而至，他牵着妻子的手对年轻的渔夫说一声：“我现在领她回去了。”侏儒夫妻正想迈腿回去时，只听年轻的渔夫声说道：“且住！我还必须向洗衣妇支付报酬呢！”

侏儒丈夫和侏儒洗衣妇几乎异口同声地回答：“我们从心底里乐意帮助你，这就是我们的报酬，我们已经心满意足了。”说罢，侏儒夫妻手牵着手走了出去。

小匣人

托特林根附近屹立着高耸的红山，山上有一座崩塌的城堡，一片废墟。废墟间有一个匣子，匣子上坐着一个小人，人们叫这个小侏儒小匣人，或者叫地窖侏儒。小侏儒的任务可不简单，他忠诚地守护着巨大的财富，那些财富都是日益积累起来的。

有一回，托特林根附近的一户贫民家生下一个男孩，父亲到树林里砍伐树木，希望做一个摇篮。他无意中砍倒了一棵中了魔幻的树，然后把树干锯成木板，为新生婴儿做成一张小床。后来，孩子长大了。一天，他来到城堡废墟前，看到一个坐在匣子上的小侏儒。小侏儒看到有人过来，连忙打开匣子，他把里面的宝物作为礼物送给来客。

后来，小侏儒又出现在几个女乡邻面前。女乡邻们冒着酷暑正在田头挥镰割禾，她们不停地擦去额头上的汗水，抱怨不迭。小侏儒答应帮助她们，承诺把附近庄稼地里的麦子全部割完。的确，当天晚上，有人看到小侏儒率领一群精灵来到地头，他们在田里割庄稼、打捆。小侏儒还不时催促他们：“快，收拾得干干净净的！”从此以后，那块地就叫“干干净净”。

蓝色锅的来历

距离乌尔姆城不远的蓝山脚下有一块神秘的盆地，如同一口烧水锅，锅内盛满了清水，深蓝透绿。这口池塘就叫蓝色锅，从中发源出蓝河。蓝河蜿蜒曲折，顺水流淌，两岸高山林立，怪石嶙峋，山势险峻。中世纪以来曾经有许多骑士沿山建造了不少的城堡。于是，俯视山谷的城堡耸立，多么雄伟、自豪。

相传，人们在山谷的盆地上建造过一座城市，就是今天的蓝色楞城。从前，那里是一汪湖水，四周城堡围绕，其中有鲁克、荷恩格赫森、蓝山堡等等。这些城堡都是图宾根地区伯爵们的领地和财富。

从前，伯爵希吉波托和他的女儿贝尔塔居住在蓝山城堡内。伯爵是个热情洋溢的人，喜欢打猎，他可以整日不停地在林中围猎。晚上邀请伙伴们一起用餐，他们高谈阔论，其乐融融，在一起唱歌跳舞，交杯换盏。有时候，他们还骂骂咧咧，粗话不绝。此情此景，自有滔滔不绝的多瑙河为此作证。

伯爵的女儿贝尔塔是个安静又胆怯的姑娘。她对城堡里的粗野和放荡并无兴趣，只是喜欢独自沿着湖边愉快地散步。有时候，她就坐在一棵大桤木的树荫下，若有所思地俯视着神秘莫测的山谷。

有一回，姑娘贝尔塔又漫步到湖边，悄悄地坐在湖岸旁，思绪犹如矫健的海燕追逐着心头起伏的波浪，飞到很远很远的地方。突然，她似乎透过清澈的湖水一直看到湖底，那里有一幢宫殿，完全如同玻璃建造的一样，光芒闪闪。宫殿跟周围的湖光山色相映成趣，多么美丽、和谐。

这时，湖水荡起了涟漪，呼呼有声。不一会儿，有个年轻的男子拨开水面来到岸上。男子披着一头金发，深蓝的眼睛，如此美丽，真是人间无双。男子朝姑娘走上一步，往她的额角送上一吻。姑娘听到湖水发出潺潺的流动声，年轻的男子刹那间消失不见了，如同他来时那般神奇、突然，令人不可思议。湖下的宫殿也不见踪影了，眼前的湖面一片幽暗，神秘得让人望而生畏。

伯爵希吉波托看到女儿越来越沉默，心中担忧。他看到女儿十八岁生日在即，决定为女儿举办一回隆重的生日庆典。于是，邀请的信函如同雪片一样在斯瓦本王国上下飞舞，飘进骑士、伯爵和多少高贵女士的家中，接到邀请的宾客都会前往蓝山堡参加庆典。伯爵悄悄地怀着心愿，希望众多的贵宾中能有一位年轻的骑士，能够赢得女儿贝尔塔的青睐。

城堡的大厅里灯火闪烁，大厅装饰得金碧辉煌。贝尔塔跟她的表兄卡尔芙伯爵一起步入大厅。他们跳起首场舞蹈时，生日庆典顿时欢乐地开始了。年轻人围着圈子跳起轮舞，他们嬉戏玩耍，歌舞不绝。乐手们吹弹演奏，竭尽全力。大厅里的气氛越来越浓烈，越来越放纵。

半夜时分，音乐戛然而止，舞蹈也结束了。父亲希吉波托端起一杯葡萄酒朝女儿走上一步，开口说道：“倘若你特别心仪哪一位，请把这杯酒递给他吧！”

贝尔塔接过酒杯对着人群瞧了一眼，心中十分犹豫。她该把酒杯递给哪一位呢？周围的年轻骑士啊，谁也未能拨动她的心弦。站在大厅的年轻人个个翘首以待，紧张地等候着命运的安排。这时，从远方传来竖琴的演奏声，声音越来越清晰，越来越近。大家正不知怎么回事时，只听大门咚地一声打开了，一个年轻人步入大厅。年轻人披散着一头金发，蔚蓝的眼睛，那么美丽、动人。他的手上提着竖琴，弹奏着熟练而又神奇的曲调，真是天籁之音，凡人世界几乎很难享受得到的。贝尔塔立刻认出了那位年轻人，他就是从湖底升上来、往自己额头送上一个吻的水中贵客。

听到年轻的水中贵客歌声刚落，姑娘毫不迟疑地朝他走去，高高兴兴地把手中的酒杯递到他的手上。一道闪电自空而降，接着一声炸雷，宫殿在抖动，大厅内火光熊熊。伯爵和客人们大吃一惊，他们拔腿就逃，奔到野外的空旷之处。不一会儿，蓝山堡在火海之中化成一片废墟。伯爵突然想起了他的女儿，他到处寻找，可是不见女儿的踪影。伯爵于心不甘，走遍森林和田野，可是一无所获。

贝尔塔消失不见了，没有留下任何踪迹。可是，眼前的湖泊却发生了奇异的变化。水平面沉降下去，湖面越来越小，湖水急速地流动，似乎流向一只锅内一样，那个地方就叫蓝色锅。伯爵希吉波托自从女儿失踪以后变得不知所措，他就在蓝色锅的边缘地带建造一座小教堂，供自己修道之用。伯爵每天都在教堂里祈祷，为女儿祝福。后来，他在那里为自己寻得灵魂的安宁。

一个月以后，人们找到他时，看到他躺在马利亚的祭坛前，可惜已经死了。伯爵被隆重地安葬在小教堂内，可是，贝尔塔却再也未能回来。时光如水，一连又过了很多年。有时候，人们可以奇异地听到从蓝色锅的下面传来神奇的乐曲声，那是竖琴的曲调。如果有人安安静静地侧耳倾听，他似乎能够分辨出竖琴声中正在述说古老的美好时光。

斯瓦本人是如何捕捉太阳和月亮的

在美丽的斯瓦本王国有个小镇，名叫蒙特金根。那里的居民曾经下决心捕捉太阳和月亮。镇长召集年迈的老人一起开会，他大声呼唤：

“乡亲们，你们知道，邻近的阿埃斯特山几乎彻底荒芜了，连一棵小树也不长。我只要计算一下我们丧失了多少收入，心里就很生气。我反复寻找过其中的原因，为什么山上寸草不生？于是，我常到附近山上查看，我看到太阳垂直地照耀着阿埃斯特山，心里不由得寻思起来，难道太阳就是准备烧毁我们山坡的伙计吗？

“我站在那里不断地查看，后来，月亮来到头顶，道道冷光照得山坡一片冰冷。于是我又想，月亮伙计，你实在找不到其他的角落去耍威风，就是要来光顾阿埃斯特山吗？你难道不知道让一下路，把你的光芒投射到平地和草原上去？你必须翻山越岭，照得山上冷光嗖嗖的吗？

“因此，众位先生，我想，原因并不难寻找，也不难确定，是太阳的热和月亮的冷造成了现在的荒山野岭，让山上寸草不生。请你们立刻为我拿个主意，如何才能解决这个问题！”

其中有个老人名叫彼得，是大家的智囊。彼得当仁不让，站起来发言道：“我觉得，我们应该采用温和的办法和平地解决这个问题。我们可以在山上竖个木桩，上面写一行字：任何人都不得惊扰此山，不得步行穿过、骑马经过，也不得空中掠过，违者罚款十个塔勒硬币，连太阳和月亮也不例外。如果有人胆敢违反，必须被逐出王国，直至永远。”

老人们个个聪明，他们开动脑筋、献计献策，大家忘掉了天高地厚。于是，个个说得天花乱坠，不着边际。镇长早已摸不着头脑了，不过，他在总结的时候还是振振有词、不乱方寸：“呵，我明白了大家的意思，我们在山上悄悄地竖立两根柱子，上面架设粗绳。当太阳和月亮经过山坡往下投射光芒时，他们一定会被粗绳缠住，这就是我们对太阳和月亮下的套。”

大家看镇长侃侃而谈，全都支持。不过有几个旁听的老太太却心存顾虑，一旦把太阳和月亮捕捉住了，以后该怎么办呢？的确也是个困扰人的难题！

镇长见多识广，立刻有了主意：“呵，不难不难，我们可以估摸着太阳和月亮的大小做两个匣子，匣子上开个洞当窗户用，旁边挂个窗帘。我们在教堂的塔楼上有许多空地，不妨把关闭太阳和月亮的匣子搁在那里，省得占用太多的地方。”

农民们听了解释，高兴得心花怒放，决定按计行事。

镇长的儿子还小，不过已经开始读书了。他知道乡亲们的主张和意见后，心里感到担忧，不相信凭着两根柱子和一道粗绳就能抓住太阳和月亮。他认为应该建造高台，直接到达太阳和月亮的身旁，才能手到擒来。蒙特金根是个智慧的村镇，大家议论来议论去，还是不知道如何才能缚住太阳和月亮。

时间却过了一天又一天。一切照旧，白天晒太阳，晚上见月亮，没有发生任何的变化。

劳姑娘的笑声

贯穿多瑙河的水精灵无数，其中有男有女。多瑙国王是他们之中最强大的人物，他的王国蜿蜒曲折，从黑森林直通黑海，一黑到底。国王的宫殿坐落在距离入海口的不远处，那里是一幢华丽的水晶宫。后来，多瑙河分作三条强大的支流，浩浩荡荡，跳跃而去，扑入大海。

有一回，多瑙国王的邻居黑海国王大摆宴席招待他，参加陪同的还有许多的水中好汉，众多的水精灵、水妖怪和雾女士。多瑙国王高高兴兴地前来赴宴，他在宴会上遇见一位神奇漂亮的姑娘，国王对姑娘一见钟情。那是远道而来的美丽的劳姑娘，她的家乡在斯瓦本王国的蓝色锅。那里有一汪清沏的池水，池水映照着蓝天白云，更为地方增添神奇的色彩。蓝色锅位于斯瓦本山的边缘地带。

劳姑娘的父亲是一位水中好汉，母亲却是人间美女。姑娘的皮肤洁白如雪，头发乌黑乌黑的。她的一双眼睛清水一般，闪烁着蔚蓝的光芒。姑娘在手指和脚趾间还有一层细腻的蹼膜。劳姑娘笑声如银铃般动人，听到姑娘笑声的人会顿时如同着了魔的一样。多瑙国王希望娶她为妻，让她当王后。于是，他向姑娘求婚，姑娘羞涩地答应了国王的请求。

不久，在多瑙河入海口附近的水晶宫内举办了隆重而又热烈的婚礼。开始时，多瑙国王和王后十分恩爱，生活幸福。可是，年轻的妻子变得越来越沉默，她银铃般的笑声也越来越少。

一年以后，年轻的妻子生下一个孩子。可是，孩子生下后不久就死了，王后劳姑娘显得更加悲伤。第二年，她又生下一个孩子，不过也死了。一年以后，又是第三个。命运的打击一个接着一个，美丽的劳姑娘默默无言，艰难地承受着悲伤的煎熬。

“多瑙王后没有笑声了。”人们在宫殿里悄悄地议论。国王为她请了许多医生，医生看过后只是摇头，不知如何是好。

一天，一个智慧的女人走进宫殿，对多瑙国王说道：“问题的关键在于王后丢失的笑声。王后也许不忘故土，思念多瑙河上游的亲人。她只有找回自己的欢笑，才能生下一个健康的孩子。”

多瑙国王听从建议，让妻子返回故里蓝色锅省亲。

美丽的劳姑娘回到故乡，朋友们和亲戚们见她回来了，十分高兴。他们千方百计地让劳姑娘欢乐、愉快，想让她找回银铃般的笑声。可是，他们没有成功。劳姑娘还是闷闷不乐，满怀悲伤。劳姑娘在蓝色锅一连住了几年，多瑙国王每年都派使者前来探望，希望知道他的妻子是否开怀大笑过。国王知道，如果妻子笑过三回以后，那就意味着她已经治愈了忧郁症。国王到时候就可以重新把她接回黑海，回到他们的水晶宫内。

又过了两年，美丽的劳姑娘还是笑颜难开。她思来想去，最后决定离开湖区，回到人群中去。劳姑娘从湖中游泳而去，她穿过一道水井，来到旅馆“尼姑庵”门前，旅馆坐落在蓝色锅的湖岸上。姑娘浑身上下湿漉漉的，径直朝里走去。

老板的女儿看到眼前多么奇异的景象，不由得大为惊骇，连连地搓揉眼睛。老板的女儿看到来人的手指和脚趾间长着游泳划水的蹼膜时，顿时露出一副怪脸。劳姑娘看到她的瞬间变化，不由得哈哈大笑，姑娘的笑声悠扬，如银铃一般。

女店主见客人的衣服上下湿透了，便拿出一套姑娘的服装让她穿上。劳姑娘也不拒绝，连忙换上。她换罢衣服，站在镜头前照了照，看到自己穿着红裙子，围着蓝围裙，不由得高兴地大笑起来。这时，店主人的儿子过来特地向奇异的客人表示欢迎，年轻人以一口斯瓦本地区的方言对劳姑娘说道：“问候上帝！”

美丽的劳姑娘希望答谢他的问候，可是从他口中出来的话儿如此有趣，让她禁不住又哈哈大笑。多瑙王后就在欢迎她的人群中居住下来。这一天，多瑙国王的使者又来到她的面前。王后明白，自己应该离开当地，返回宫殿了。于是，她友好地向朋友们一一告别，还给女主人送上一个神奇的陀螺表示感谢。

“拥有这个陀螺的人可以避免纠纷和争执，”劳姑娘说道，“如果家中出现争斗，你只要旋转陀螺，陀螺自会发出奇妙的乐曲。听到乐曲的人都会停止无聊的口角，静静欣赏。等到大家安静下来时，你可以解下围裙，朝着陀螺盖上去。那么，一切都会恢复平静，如同没有出现过任何纠纷一样。”

劳姑娘说完，分别给女主人、店主的女儿和儿子送上一个告别吻，接着，她登上停泊在岸边的大船，顺流而去。多瑙河水清沏见底，大船飞流直下，不一会儿就来到多瑙国王的水晶宫前。国王迎上一步，把王后幸福地搂在怀里。

第二年，国王举办全流域最大的庆典，因为美丽的劳姑娘给他生下一个健康的儿子。智慧女人的预言灵验了，多瑙王后只有重返故里，才能赢得她的哈哈大笑。从此以后，劳姑娘的笑声不绝，银铃般的回音在水晶宫内经久不息。

如果有人静静地坐在多瑙河边，注视着滔滔不绝的波浪，他有时候不仅听到多瑙河流水潺潺，还能听到多瑙王后的欢乐笑声，如同银铃一般。王后的笑声从多瑙河的河床一直漫延开来，传到人间，让人间笑声不绝。

乌尔姆的家雀

乌尔姆的教堂特别高大，有人说它是世界最高的教堂。这座教堂高达一百六十米，塔尖高耸入云，多少人抬起头来往上观看时，头上的帽子已经落在地上。

乌尔姆居民是在公元 1377 年奠基建造这座教堂的。他们雄心勃勃，希望建造一座比世界上任何教堂都要华丽和巍峨的神仙庙宇。他们首先需要木材做脚手架，此外还要大量的建筑木材，多少男人被派到树林里希望砍伐到有用的木材。

不久，第一棵高大的树木被伐下了，可以当作长长的房梁。树木十分沉重，六个身强力壮的男人才能抬得起来，他们比齐了脚步往前走动。不过，他们抬着树木是横着往前的，六个人一字排开艰难行进。接着，又有六个男人走上来接替他们，他们反复交换，勉强往前。后来，抬木材的男人来到乌尔姆的城门前。可这回事情大了，因为城门狭窄，无法容纳粗大的树木横着进城。怎么办呢？

“城门狭窄，树木太长太大。建造教堂的师傅们忧心忡忡，心里害怕。”人们不忘议论纷纷。

“有人建议把木头锯掉一点！”

“那它就太短了，无法作正梁！”

“我们可以扩大正门，”有人动议，“只要把城墙拆去一段，就可以方便木材进出了。”

乌尔姆居民觉得这是个好主意，立刻同意尝试一下。可是，无论他们如何努力，根本无法拆除城墙，拆墙的人挥汗如雨，城门却岿然不动，真是让人干着急！

“我们索性把城墙捣毁！”又有新的建议。

“呵，那是不允许的。”许多人一致反对。

人多口杂，莫衷一是。他们争来争去，主意越来越多，议论到口干舌燥也不知道出路在哪里。这时，有个男孩过来，他在人群中听了一会儿。“你们瞧，那边树上有一只家雀！”男孩指着一棵大树高声说道。

大家抬起头来，看到一只家雀正在筑巢，它口中叼着一根麦秆。可是，它没有横着往巢内添置，而是顺着草茎的方向穿插到巢上。乌尔姆人看到这里，眼睛瞪得大大的，似乎开窍了一般。原来，他们六个人抬着树干想要横着进城，怎么可能呢？应该一字长蛇阵，竖着进去呀！

“我们必须如法炮制。”男孩说完就离开了。乌尔姆的男人们抬着长长的树干顺溜地走进城门，城门高高大大的，非常宽敞，一点儿也没有碰撞，真是奇怪。

教堂建造完毕。乌尔姆的居民不忘家雀的聪明，他们在教堂屋顶上建造了一只家雀的雕像。雕像高高地坐落其上，俯视全城，直到今天。乌尔姆人可是增长了见识，难怪他们有一句谚语：“如果直路不好走，我们必须及时回头。”

这里不仅有文学，恐怕还有哲学或者其他什么学的道理。

君茨堡的织女

从前，如果有人在星期六的夜晚纺纱织布，那可是不大不小的罪孽。妇女们都知道的，因此，她们到了那个时刻就不碰纺槌和织机了。却说在君茨堡有个贪婪的女人，女人没有尊重这条不成文的规定，她常常想在星期六的夜晚能多织一些布。

有一回，女人一直织到半夜。等到教堂塔楼上的钟敲过十二下时，她凑着灯光看到织机旁站着一个身影。女人仔细一看，发现那个身影正是死去的祖父。祖父威胁似的伸出一根手指，朝着吓得半死的织女说道：“呵，你如此顽固，你难道不知道在星期六夜晚织布是个罪孽吗？你必须立刻停止，否则，你将为此受到惩罚！”

身影说完话就消失不见了，女人吓得如同风中树叶抖个不停，她发誓再也不在星期六夜晚织布了。可是，她猛地发现自己已经站不起来，而且如同被钉子钉在座位上一样，无法移动。女人无可奈何，只得勉强动手，把织机整理得干干净净。她的确不敢再违反这个规定了。

这时，祖父的身影又出现在眼前，而且说道：“呵，你这回听从上帝的劝告，所以免遭惩罚。否则，你可是凶多吉少呢！”说来奇怪，祖父的身影刚刚消失，女人就能够从织机上站立起来了。

从此以后，她再也不敢忘掉自己的誓言了。

风向旗

距离金根堡不远的地方是一座山谷，名叫勃伦茨，里面的山坡上还残留着决森堡厚厚的城墙废墟。晚暮时分，夕阳西下，山谷如同一幅美丽的油画，让人惊叹不已。

大约在十五世纪时，在这座城堡内住着一位勇敢的骑士，骑士虽说勇敢，可是心地残忍，让人感到讨厌。他总是站在高高的城墙后面对外张望，只要看到行人或者商人沿着多瑙河结伴而行，便立刻率领士兵朝着客人队列冲过去，把他们抢劫一空，甚至把那些无辜的陌路人通通打死。如果行人或商人并没有抵抗，束手就擒，那么，他们就会被送入城堡的牢房关押起来。他们只有付出高昂的赎金才能走出监牢。

骑士不仅危害外来的商旅，对周围的居民也是如此。他到处抢劫，无论贫富，甚至连孤儿寡母也不放过。周围的城市曾经联合起来准备捕捉他，可是，每次都被他逃脱，对他无可奈何。

有一回，乌尔姆人把骑士抓住了。乌尔姆人还没有来得及高兴，金根堡的骑士随从就给他们送上一颗乌尔姆商人的脑袋，而且传话说，如果他们的首领在两天时间内没有回到金根堡，他们就把所有的乌尔姆商人通通杀掉。乌尔姆人不敢大意，金根堡给出的限期还没有到，骑士就已经高高兴兴地回到他的城堡，一面还放出风声，要敲诈乌尔姆一笔厚厚的赎金。

骑士动用那笔款项，在城堡的塔楼上建造了一道纯金的标记，那是一条龙，专门用来指示风向。金根堡的骑士劣迹斑斑，臭名远扬。邻近的农民实在忍受不住了，他们奋起反抗，把罪恶的骑士乱棍打死。至于那面黄金风向旗，它最后改名换姓，插到其他村庄的教堂塔楼上去了。

左撇子提琴手

恭特尔芬城位于多瑙河畔，那里的居民都是左撇子。不过，他们运用左手如别人使用右手一样灵活、方便。至于他们如何成为左撇子的，民间确有不少的传说。

从前，恭特尔芬城里住着一个贫穷的提琴手，名叫乌尔利希。他的右手有点儿残疾，所以习惯用左手拉琴。乌尔利希的提琴拉得好极了，听到琴声的人都会驻足留恋，侧耳倾听，不忍离去。他在酒家拉琴时，年轻人通通挤过去，甚至还有老年人焕发青春，前往助兴，让酒家其门如市，生意兴隆。

人们喜欢围着他的提琴转。提琴手无法应付接二连三的邀请，于是想出一个主意，让几个年轻人当他的助手。不过，那些年轻人都必须用左手拉琴。大家觉得乌尔利希拉得如此动听，是因为用左手的原故，左手离心脏近，所以拉出来的音乐更加动听。他们已经不愿意看到有人用右手拉琴了。

后来，提琴手乌尔利希死了，有个画家想要为他立块纪念碑。于是，画家在教堂的墙上画了一位天使，天使如同著名的提琴手一样正在拉琴，也是一位左撇子。也有人对这幅画不满意的，他们不理解天使是那么完整的形象，为什么要残疾着右手。于是，他们提一桶涂料把画像涂没了。

直到一百年前，人们开始整修教堂，他们把残破的涂料刮净，里面露出拉琴的左撇子天使。从此以后，恭特尔芬的居民又恢复了左手拉琴的传统。他们觉得连天使都用左手拉琴，何况小城小镇的凡人呢！

鞋　匠

公元九世纪时，匈牙利人一路西进，闯入斯瓦本地区。当地的皇帝奥托一世急忙率领军队前来抵抗，双方在离多瑙河不远的老鹰根和法埃命根宫殿前摆开阵势，互不相让。双方来来回回地打了几仗，互有胜负，不分上下。后来，他们想出一个主意，与其久拖不决，不如双方推举代表进行决战，以定输赢。

皇帝挑选出他的元帅，元帅高高兴兴地接过任务，仔细推敲如何才能不辱使命，为他的皇帝争夺荣耀。正当元帅左思右想时，只见一个陌生人来到他的面前，对他说道："放下这些胡思乱想吧，它只会让你浪费时间，坐失良机。我告诉你，你不用为皇帝去决战，他自有老鹰根的鞋匠为他出力、卖命。"

元帅听到讲话不由得大吃一惊，连忙问道："你是谁？我如何敢拒绝皇帝交待的光荣使命呢？"

"我是圣乔治，"陌生人回答，"为了表示我说的全是真话，请你看看我伸出的大拇指。"

陌生人说完，果然朝元帅伸出大拇指。元帅深信不疑，立刻朝皇帝走去，向皇帝报告一切。皇帝听说可以选用鞋匠迎战对方，心中大喜。他立刻传下命令，让鞋匠准备一切。鞋匠出战果然一举获胜，为皇帝争下荣誉。

皇帝立刻答应满足他的三个愿望。鞋匠提出第一个愿望就是希望得到老鹰根附近的一块草地，那块草地原本是和其他城市的公共财产。第二个条件，鞋匠希望他们的契约都能盖上市府的红印，这是一件荣耀的事情，只有直属于皇帝的城市才能盖红印，其他城市没有这等福分。鞋匠的第三个请求更是直截了当，希望让当地男士的头盔上挂一个非洲女人的肖像，作为珍贵的礼物。

皇帝当即点头答应。从此以后，老鹰根多了一块鲜美嫩绿的草地，而且居民们的契约上都能盖上市府红印，真是光彩夺目、无比荣耀的事。尤其让他们难以忘怀的便是男士们的头盔上装饰着非洲女人肖像，让他们感到巨大的佑护。

可是，为什么选中一个非洲女人的肖像呢？这位被神仙选中的鞋匠带着这个秘密进了坟墓，所以没有人知道谜底。不过，当地的居民还是用黄金铸成圣乔治的手指，收藏起来留作纪念。

否则，你从哪里才能听到今天的故事呢？

老鹰根的面包师

从前有一个面包师，他是在乌尔姆学艺，后来到维也纳从业。他在沿着多瑙河顺道而行时，途经老鹰根城。面包师对这座城市十分满意，决定留下来在城内生活一阵。

面包师名叫约翰・里曼，能够烘烤精致的8字饼，手艺杰出，无人能及。因此，他的名声远近闻名，多少顾客慕名而来，希望品尝他的烤饼。他所工作的面包房主人由此成为富人。城里有许多面包师对此感到愤怒，他们希望辞退约翰・里曼，让他远走高飞，免得影响自己的生意。

可是主人不愿意放他远去，约翰・里曼继续留在老鹰根城烘烤8字饼。他烘烤的8字饼又脆又松，实在让人垂涎三尺。

里曼也有自己的打算，他希望在皇城维也纳落脚谋生，而且希望享受维也纳淳厚的风土人情，与维也纳城日夜相伴。

一天，里曼找到主人，希望主人为他写下一纸路条和职业推荐。“呵，亲爱的主人，我在老鹰根时长日久，现在应该离开了。”他恳请主人道。面包房主人不由得大吃一惊，他担心为此将会影响他的生意，减少收入。因此，主人再三挽留，希望里曼留下来。可是，里曼去意已定，无法劝留。

面包房主人万般无奈，只得来到市议厅。他向市议员们咨询，看看有何良策可以留下里曼。议员们对里曼的手艺赞不绝口，他们都吃过里曼烘烤的8字饼，觉得余香在口，因此答应面包房主人愿意助他一臂之力，为他献计献策。

一天傍晚，里曼在上工前想呼吸一下新鲜空气，希望到城外溜达散步。他刚到城门口，不料被城门守卫拦住了。里曼不解其意，生气地问道：“呵，这是怎么回事呀？”

“这是市议厅的指示，没有通行证，任何人都不得离开城市。”守卫的回答振振有词。

里曼无可奈何，只得走到另外一处城门。这里的守卫也很严厉，不让他跨出城门半步。可怜的 8 字面包烘烤师被困在老鹰根城，寸步难行。

一天，有位鞋匠从乌尔姆来到老鹰根。鞋匠跟里曼早就认识，这回相见更是欢喜异常。他们一起来到酒馆，希望假酒叙旧。谈话间，只听里曼长叹一声。鞋匠不知就里，便动问何故。里曼把自己的苦衷对朋友一五一十地叙述清楚。鞋匠是个明白人，他稍稍思考了一会儿，不禁哈哈大笑，一面说道：“你且放心，一切由我去办理。我会让你顺风顺水地驶出城去。”说完，他们端起酒杯一饮而尽。后来，鞋匠回旅馆睡觉，面包师到面包房干活去了。

第二天清晨，鞋匠怒气冲冲地朝城门走去。城门守卫拦住他，盘问他这么早到哪里去。鞋匠回答：“我要为面包师备办一些必需之物，可是城里缺货。他正在烘烤 8 字饼，非用不可，我只得为他效劳。”

不一会儿，鞋匠从外面带着一只小盒子走进城门。城门守卫希望知道究竟是什么东西如此重要，鞋匠装做十分神秘的模样，不愿吐露半句。城门守卫觉得更加新奇，他们见鞋匠不想回答，索性夺下他的小盒子，随即打开。小盒子打开了，从里面跳出四只肥肥胖胖的癞蛤蟆，那是鞋匠刚刚从护城河里抓来的。

“这是怎么回事，真是活见鬼？”城门守卫不由得惊叫起来。

“呵，你们觉得奇怪，是吗？”鞋匠说道，“面包师是拿蛤蟆烘烤的。他从前在乌尔姆学艺，乌尔姆的面包师都有自己的拿手绝活。他们逮住蛤蟆，把它们烘干、磨碎，然后均匀地和在面粉里搓成面团，烘烤成饼。这样的 8 字饼又脆又松，无人能够烤得出来。”

里曼用蛤蟆烘烤 8 字饼的消息不胫而走，如同山火一般烧遍了老鹰根城。人们愤怒地包围面包房，面包房主人费尽精力才勉强挡住愤怒的人群，可是门前的生意早已一落千丈，无法收拾了。里曼见到有机可乘，急忙辞去面包房的生意。他和鞋匠收拾一番，匆忙来到城门。

城门守卫见到他们两人，佯装不知内情，心里巴不得他们立即离开老鹰根城，免得惹人心烦。鞋匠和面包师对此心领神会，因此拔脚飞奔，弃城而去。后来，老鹰根人提到 8 字烘饼时，总会感到心里不舒服，该不是吃得太多了吧！

老鹰根的胖女人

老鹰根的屠户们都是一些欢乐的人，他们不缺想象也不乏智慧。

有一回，他们聚集在一道做了一根大血肠，俗话叫做“高高大大的胖女人”。居民们看到大血肠时都很高兴，欢欣鼓舞。这个怪东西又粗又长，像条蛇似的，几乎能够让全体老鹰根人吃上美美的一顿晚餐。可是，真是糟糕极了，城里找不到一口能够煮熟这根血肠的大锅。

屠户们很快有了主意，他们想把血肠放在多瑙河里煮熟。为此，他们砍伐了整整一座树林，然后挥汗如雨地忙碌着劈木柴，木柴堆得比山还高。他们把木柴堆放在多瑙河的两岸，这么高大的柴堆真是史无前例。政府也不甘寂寞，到处贴满了告示，宣告在何时何地开始制作这道奇异的膳食。

到了规定的时刻，男女老少全都穿戴整齐，在音乐伴奏下走出城门。他们中的老人更是肩负重任，老人们用一根长长的木棍，一起抬着巨大的血肠，把它送到多瑙河的大桥下。接着，他们一起动手，把血肠的两端捆扎在多瑙河两岸的高大树桩上。大血肠越过多瑙河，在水面上摇摇晃晃，多么壮观。

市长和老人们一起动手点燃了巨大的柴堆，熊熊烈火，冲天而起。风助火势，把滚滚浓烟吹向挤得水泄不通的人群。他们踮起脚尖，昂着脑袋，张开大口，呆呆地看着高高大大的胖女人在水面上晃悠、动弹。可是，血肠并没有被煮熟，它只是在水面上欢乐地摆动着。

人们在河岸上起劲地添柴助火，忙碌了整整一天。结果，多瑙河没有沸腾，血肠也没有煮熟。

屠户们个个傻了，惭愧得垂下脑袋。他们看到周围的人群都在讥笑，便匆匆忙忙地离开现场。那个场地本来应该能让他们扬名千里、流芳百世的，他们让高高大大的胖女人挂在桥下的水面上。

事也凑巧，第二天清晨就有一个市民从多瑙河的桥旁经过。秋高气爽，市民看到河面上升腾起浓浓的白雾。市民看到这里，他都来不及思考，便急急忙忙地奔向老鹰根，气喘吁吁地告诉市长：“多瑙河沸腾了，血肠熟了！”声音宏亮，半个城市的人都听到了。

全城的人都奔了出来，市长一马当先，率先来到多瑙河大桥。市民们早已跑得口水直流，一半是累的一半是馋的。可是，这回又是徒劳，血肠还是生冷的，空荡荡地悬浮在多瑙河水面上。市长十分失望，重新率领着同样失望的人群回去了。

从此以后，善良的老鹰根人就被人耻笑着称做高高大大的胖女人，让他们十分尴尬。

稀罕的客人

从前，在老鹰根城里住着两个老人。他们辛辛苦苦劳动一辈子，注重节约，可是一辈子都未能积攒起任何的财富。为了维持家庭生活，尤其在冬天时不受寒冷的威胁，丈夫必须冒着严寒到树林里捡拾柴禾。

有一回，他又到树林里捡拾柴禾去了。老人一路来到高大的栎树旁，看到一根粗壮的枯树枝。老人正想弯腰捡拾树枝时，突然看到树枝下方躺着一条大蛇，还在蠕动。老人大吃一惊，急忙放下树枝，往后退了几步。不过，他还是希望得到这根大树枝。于是，他重新走上前去，准备赶走那条长蛇。没有成功。老人只得悻悻地走了，希望第二天再来碰碰运气。

可是，等到第二天老人来到树林时，他看到长蛇这回索性躺在树枝上。老人壮着胆抓住树枝，可是，天哪，蛇儿竟然抬起头朝着老人游动过来，一面缠住他的胳膊。老人不由得大为惊恐，急忙丢下树枝，把放在附近的柴捆背在肩上，匆匆忙忙回家去了。

回到家，老汉正想把奇怪的经历告诉老伴时，两个老人突然惊吓得几乎喘不过气，原来从老人背回来的柴捆中游出一条蛇，它开始跟家猫一起玩耍起来。善良的老人这回深信不疑，知道这条蛇儿从前一定是个人，死后变成动物的模样。呵，真是作孽！从此以后，蛇儿生活在贫困的老人家中，不受饥饿和寒冷的威胁，生活平静。

蛇儿似乎也给家中带来了福分。老人外出干活时，每次都能获得很高的报酬。当他在市场上出售从林中捡拾到的浆果、蘑菇和柴禾时，别人给他的钱也比他想象的多。两个老人生活得多么美满，他们没有任何怨言了。

后来，两位老人比齐了年龄的脚步，赶在同一时刻去见上帝。从此以后，家中的蛇儿也消失不见，再也没有回来。

白　马

大约在四五百年前，老鹰根地区出现了一匹小白马，不久，它就长成一匹威武雄壮的大白马。白马奔跑如飞，遇到障碍时立刻纵跳过去，真是马中之王，全国上下其他的马都无法与之匹敌。大白马十分神奇，不让任何人靠近它，除了年迈的斯推凡。那是个驼背长工，依靠大家施舍才能勉强度日。斯推凡非常爱护大白马，每天准时喂食，用刷子刷洗它的毛皮，牵着它走上辽阔的草原，让马儿来回奔跑、撒野，十分欢乐。

一天，老鹰根的市长身患重病，看到他的人都说市长无法熬到明天了。

“没有人能够救他，除非那个住在多瑙维特的教父塞弗琳。”塔楼看守是个有经验的人，说道。

“我相信你的话，”城市书记员回答，“可是，多瑙维特离这里很远。兴许我们还没有接到教父塞弗琳时，市长就已经去了。他现在可是滴水不进，危在旦夕。”

的确，即便轻快的马车，从老鹰根到多瑙维特也需要两天的行程。正在困难的时刻，长工斯推凡自告奋勇，愿意骑他的白马赶往多瑙维特接回教父和医生。斯推凡骑马来到城门口时，那里拥挤着一辆干草大车。周围的人全都无法进出，大家抱怨不迭。大白马却如同神马一样，纵身跳起来，腾空飞跃过去，然后扬起马蹄旋风一般往前奔去。

等到夜幕降临时，斯推凡已经回到老鹰根，马背上骑坐着神医教父塞弗琳。教父给市长一滴药剂。呵，瞧吧，市长的高烧立刻退了。几天以后，市长健康如初，又能到市议会上指挥一切了。

多少年以后，神奇的大白马死了。屠户把它解剖，他们这才明白大白马为什么能奔跑如飞，原来它有两颗心脏。为了让子孙后代不忘地方上的神马，老鹰根人立刻请画家把骏马画在教堂的塔楼上。从此以后，那座塔楼就被叫做“白马塔”。

磨坊主和蛇儿女王

多瑙河畔的斯塔因哈埃姆是个村庄，三十年战争时遭到严重的破坏。后来，国内恢复了和平，许多居民重新回来了，他们看到眼前满目疮痍，真是心痛不已。

瞧吧，多少磨坊被烧掉了，多少房屋被推倒，大片田地荒芜了。有个逃离在外的磨坊主也回到故乡，他来到郊外的磨坊旁，看到磨坊并没有遭到严重的破坏和损伤，心里顿时高兴起来。于是，他又开始为乡亲们碾压磨面了，收取稍许的报酬。他常常看到湖岸旁闪烁着火花，不过，他并没有过多地在意。

有一回，他清清楚楚地看到一条白蛇从树丛中游出来。蛇儿头上戴一顶光芒四射的小王冠。白蛇把王冠摘下，把它搁在湖边的草地里，然后游入湖水，舒心地沐浴起来。磨坊主悄悄地走过去捡起小王冠，然后跳上马车，挥上一鞭离开了。

沐浴的蛇儿看到有人偷盗王冠，急忙从湖里上来，顺着逃遁的马车追赶过去。白蛇打出一个响亮而又犀利的呼啸声，只见从四面八方的树丛和岩石下游出无数条蛇儿，如同云空里亮起了无数道闪电。蛇儿们包围住奔逃的马车，它们的口中发出咝咝的响声，缠住车轮，咬住马腿，撕碎口袋，让面粉洒落一地。

磨坊主不识时务，还想扑打源源不断游动过来的蛇儿，蛇儿们无所畏惧地朝他扑了上来。倘若磨坊主不是在恐怖和绝望之中把偷盗的小王冠朝着蛇儿们扔出去，这回就有他的好戏看了。他肯定会被蛇儿们撕成碎片！蛇儿们看到小王冠重新回到自己的行列，于是如同它们来时一样，呼啸一声退下去，消失不见了。

磨坊主这回不仅没有得到小王冠，连面粉也泼洒一地难以收回了，他吓得从此以后再也不敢从小湖边上行走了。

中空蛋糕

“圆锥形的中空蛋糕。”那是人们用来称呼多瑙河畔高城居民的，是对他们的嘲笑。实际上，圆锥形的中空蛋糕只是居民们爱吃的一种食品。人们还补充着嘲

笑他们，说高城人的家中都有三块中空蛋糕，面包房里藏一块、背包里塞一块、口中含一块。他们说："高城人如果不这样做，他们就不算头脑正常的人。"高城周围不乏舌根恶毒的人，他们甚至说高城人有一回烘烤中空蛋糕时还遭遇不测，贻笑大方。

那是一个要表彰市长先生的重大节日，市民们希望把节日蛋糕烘烤得分外漂亮。是啊，它应该十分特殊才对。于是，他们赶制精细的甜甜的面团，把它装在漂漂亮亮的瓶式模样内，送进炉灶烘烤。市民们精心制作，分外成功，等到蛋糕烘烤完毕，他们却无法把蛋糕从模子里取出来。他们多么希望大展身手，给城市长官送一个大瓶似的蛋糕啊！

他们拿着连着模具的蛋糕反复尝试，还把模具颠倒过来反复摇晃，都不行。蛋糕跟模具似乎成了连体一般，真是天晓得！高城的居民们十分惭愧，连头都抬不起来。幸亏有人在急难之中对他们施以援手。那是个邻近地区的陌生人，他从高城走过，看到许多人正在跟中空蛋糕战斗得无法开交时，对他们十分同情。于是，他举起手杖，把瓶状的模具敲碎，蛋糕顿时露出了可爱的面容，又脆又香，甜甜蜜蜜的，多么诱人。居民们纷纷感谢帮助他们解除困难的陌生人，把他送进市议会大厅，请他坐上主桌一起就餐。

陌生人甚至坐在市长夫人的旁边，后来还获得高城荣誉市民的称号。

石头男人

离多瑙河新堡不远的地方有一片山谷，那里有一块奇异的岩石。从远处看，岩石如同一个张开双臂的男人，舒舒服服地躺在地上，在他的脚旁是一座小山，模样像一块面包。居民们把那块大的山岩叫石头男人，为此还有一个有趣的传说。

从前，那里有个吝啬的农民，他对待长工十分刻薄，一点儿也没有善心。有一天，他来到田头。他的长工们赶大清早就在地里干活，临时休息一阵也是常理，长工们趁着休息希望赶快用早餐。农民把一切看在眼里，立刻朝长工们奔过去，夺下他们拿在手中的面包，大声说道："我希望，你们别吃面包，通通吃石头吧！"

农民刚刚把一番恶毒的话儿讲完，大家只感到头顶上传来雷鸣电闪。不一会儿，一道电闪划破天空。电闪正好落在农民的头上，把他打倒在地。等到长工们惊魂稍定，匆匆忙忙赶过去时，他们看到了可怕的天理报应：吝啬的农民变成一块双臂伸开的石头，变成石头的还有那块他从长工手中夺下然后扔在脚旁的面包。

托尔巴特的教堂

托尔巴特位于英戈尔城附近，那里有一座古老的教堂。教堂的墙边站立着一座石刻的巨人像，巨人只有一条腿，特殊的巨人像有着一个特殊的故事。

从前，地方上曾经住过两个巨人，那是两位杰出的建筑大师。两个巨人都有很强的好胜心，想方设法地希望超过对方。有一回，他们约定在同一时间开始建造一座教堂，看看谁的本领更加高强。

两座教堂位于两个不同的地方，一座在托尔巴特，另一座在白溪，两地相距一个小时的路程。他们约定的条件很苛刻，谁能更早地把教堂建造完毕，他就可以占有对方的田地和钱财，而且可以终身支配对方，让对方当助手。说定以后，他们立刻着手清扫山间的废墟和垃圾，然后把石头堆积起来砌成围墙。两座围墙转眼间就砌造完毕，真如雨后春笋，速度惊人。

有一回，白溪的巨人趁着休息的当儿透过山梁朝托尔巴特瞅上一眼，他发现对方已经比自己多建造了一层。巨人觉得对方一定会比自己提前完成工程，白溪的巨人想到这里，不由得心头大怒，因此对着托尔巴特扔出几块山岩巨石，不过没有砸到对方的头上。后来，他弯着腰掠过山地，找了个隐蔽之处埋伏起来，准备伺机袭击他的对手。

白溪的巨人看到托尔巴特巨人把最后一块石头砌在教堂上时，便举起大槌朝对手扔了过去。大槌砸在托尔巴特巨人的左腿上，托尔巴特巨人的左腿当时就被砸断了。后来，他还为此付出了自己的性命。托尔巴特人为了纪念这位死去的巨人，他是为他们建造教堂而献出生命的，特地挑选一块巨大的石头，雕刻一座生动的石像。他们把石像安排在教堂的墙边上。

直到今天，你还可以看到那座石像，不过缺少一条左腿。

英戈尔城的圣母像

英戈尔城历史悠久，城里街道纵横交错，十分古老，许多宏伟的广场让人流连忘返。城里还有伯爵宫殿，哥特式的圣母教堂，这一切都让英戈尔城在巴伐利亚崭露头角，成为历史名城。圣母教堂庄严、雄伟，那是按乌尔姆教堂的模式建造的。教堂里有一件圣物尤其贵重，那就是祭坛上的圣母像。圣母像是用黄金制造的，上面装饰着许多宝石。这件圣物工艺精细，称得上艺术瑰宝。

圣母马利亚曾经在教堂内显灵，人们直到今天都记忆犹新。那是一个礼拜天，教堂里正在举办弥撒。有个女人跪在圣母像前，向圣母倾诉满腹苦衷："呵，圣母马利亚，我唯一的孩子连续几天高烧不退，命在旦夕。我请求您大发慈悲，让他恢复健康吧。"女人恳求似的抬起目光，注视着圣母。可是，她看到圣母的脸上似乎没有任何表情，肯定没有听到她的苦苦哀求。圣母只是慈祥地瞅望着抱在怀里的耶稣，毫无疑问，她并没有听到不幸女人的哀求和诉苦。

女人更加情真意切地恳求："呵，圣母马利亚，请示意一回，让我明白您同情我的艰难处境！"可是，圣母似乎不动声色。女人绝望了，她立起身朝塑像走上一步，把耶稣像从圣母的怀里抱出来，藏在教堂的角落里。接着，她又朝圣像走过去，生气地说上一句："如果你丢失了唯一的孩子，那么该知道作为母亲的心情究竟是多么痛苦了。你现在该注意我的讲话了吧！"

有几个前来教堂做弥撒的人看到女人的恶作剧，顿时朝她冲上来，想把她拖出教堂。其中有个教徒急忙去找被藏在一旁的耶稣，他把耶稣像取出来，塞回圣母像的怀里。圣母像的脸上顿时亮堂起来，嘴角边上泛起一丝微笑。信徒们看到这里，齐刷刷地跪在圣母像前。他们向圣母祈祷，向她问候。

可怜的女人做完祷告，回家去了。她心里惦记着病中的孩子。母亲回到家中，朝小床俯下身去，只见孩子欢笑地朝她伸出双手，看上去如此健康、活泼，如同溪水中的小鱼。女人知道圣母这回听到她的求告了。

圣母微笑的肖像和治愈孩子的喜讯顿时传遍了东南西北。结果，从四面八方来了许多人，他们不厌其烦地对着圣母像诉说自己的喜怒哀乐。从此以后，圣母虽然没有作出过任何明显的示意，可是人人心里都有了一杆秤，知道圣母是显过灵的。他们还知道，如果有人希望寻求帮助，那么心灵则诚，因为圣母马利亚是不会袖手旁观的。

泼菲尔岭的肝肠

瑞典人趁着三十年战争的机会闯进巴伐利亚的多瑙山谷。那里的泼菲尔岭市场十分富庶、繁忙，瑞典人自然不会收敛，瞪着一双双贪婪的目光。他们希望把市场占为己有，让市场成为他们的钱囊，可是，他们并没有这等福分。

泼菲尔岭是个小地方。可是，小地方的小人物全都怀有大志气，他们并不惧怕比自己优势大上几倍的瑞典人，敢于积极抵抗，粉碎了瑞典人的多次进攻。瑞典人看到使用武力无所斩获，决定把村庄团团围住，让泼菲尔岭人尝尝饥饿的味道。于是，他们把泼菲尔岭包围得水泄不通，不让任何的食物进入地方。

“包围圈里的人一旦断了食物和饮料，他们肯定会投降的！”瑞典人在心里盘算着。

围困的时间很长，泼菲尔岭的市场上几乎没有食物供应了。城里还流行疾病，勇敢的泼菲尔岭人真是沮丧极了。在这困难时期，忍饥挨饿的泼菲尔岭人突然看到多瑙河的河面上流淌着一根长长的肝肠，顺流而下。

有个泼菲尔岭人发现了那根奇异的肠子，立刻把它捞起来。泼菲尔岭人虽然饿得头晕眼花、双腿浮肿，可是，他们仍然克服着自己的贪婪和渴望，而是把肝肠穿在一根长长的棍子上。他们把肠子举在城墙上空挥舞、呐喊。泼菲尔岭人受尽了苦难，不过，他们仍然站在城头，和着节奏唱起歌来。歌声里反复拖长着“哟哟”的欢乐声。

瑞典人的首领看到这里，连忙招呼他的伙伴们说道：“哟，真是没有想到，泼菲尔岭人直到今天还有这么多的猪肉，他们正在庆祝自己的胜利。我们应该解散，不要浪费时间，徒劳兵力了！”

瑞典首领立刻传令撤下包围泼菲尔岭的营房，带领他的武士们两手空空地回去了。

克尔赫姆的侏儒

从前，在克尔赫姆的老磨坊山谷里居住着一群善良的小侏儒，他们身穿绿衣，十分幽默。他们从来都不会伤害人类，小侏儒们为山谷居民的幸福欢欣鼓舞。他们为居民们做好事、做善事，多么勤劳。

居民们感到满意的是小侏儒们总是帮助他们干重活。如果有个农民病得不能下地耕作时，他只要把耕犁和种子搁在门前，小侏儒就会趁着夜晚来帮助他耕田播种，把田地收拾得干干净净、整整齐齐的，连杂草都被彻底清除掉。

侏儒们也帮助农民收割青草。当割草的农民在晚上休息时，侏儒们便从他们的手中接过镰刀。等到第二天清晨，草地上的青草早就割完了，搁在田头。有时候，他们看到农民收割庄稼时人手不够，立刻自告奋勇，帮助解决困难。

小侏儒不仅下田干活，也会帮助妇女赶做家务。有时候，忙碌家务活的女人由于疲劳而睡着了，侏儒们就会接过她们的活，整理房间、打扫地面、洗涤衣物，直到第二天黎明，然后消失不见。

小侏儒也喜欢出现在别人面前，而且会给穷人送上钱财或者礼物，帮助他们渡过难关。小侏儒特别愿意奖励在田头干活的农民。有时候，农民们干活累了，他们会看到路旁的大树下摆起了餐桌，上面搁着烤肉、煎鱼和葡萄酒——这是小侏儒对他们的犒劳。

一天，有个住在多瑙河边世堡的渔夫在午夜时分清清楚楚地听到有人大声呼喊："过来吧！"渔夫撑着小船过去了，看到一个小侏儒。小侏儒看到来人，急忙跳上小船，跟渔夫一起回到对岸。渔夫回到对岸，停泊小船时，不知怎么回事，小船上不是只有一个侏儒，而是出现了一群小男人。他们都很慷慨，各人拿出一枚金币，高高兴兴地塞在渔夫的手中。贫穷的渔夫一下子收到这么多的金币，心中分外高兴。从此以后，他再也没有衣食之忧，过着幸福、满意的生活。

宫殿山的姑娘

克尔赫姆附近有一座宫殿山。从前，山上有一座城堡，城堡里住着三个骑士姑娘。姑娘们都很富裕，周围的草原、田地和树林都是她们的财富。她们的珍宝馆和钱库通通装填得满满的，真是富得冒油。骑士姑娘虽然富裕，却个个吝啬得出奇，她们几乎都不愿意给对方提供呼吸的空气。

有一回，三个骑士姑娘出现了激烈的争执。最后，她们决定把共同的财产分作三份，希望一劳永逸地解决财产纠纷。她们有一个忠诚的仆人，姑娘们慷慨大方地让他骑马飞驰一个小时，这段时间内经过的田地全部归他。然后，她们把其余的田地分作三份，三个姑娘各占一份。仆人分得的那块土地从此以后就叫“快白杨”——快，是指仆人骑马快奔；白杨是说他的一个小时的骑程到达时正好赶上田头边有一棵白杨树。这块土地成了仆人的财产。

等到姐妹们瓜分她们的大宗钱财时，她们都不知道该动用什么方法了，只能操起搁在手旁的大斗，然后把钱币盛在大斗里，你一斗我一斗，一斗一斗地分下去。可是，最小的妹妹是个瞎子。两个姐姐开始作弊，轮到给妹妹的一斗时，她们总是不让大斗装满，而是马马虎虎地对付过去。

妹妹虽然是个瞎子，可是心里有数，不会轻易地上当受骗。她等到分第三斗时，便朝斗内伸出手摸了一下，立刻发现遭受欺骗了。妹妹不由得心中大怒，开始诅咒城堡里的一切，要让城堡天崩地裂。说来奇怪，她们脚下的土地顿时裂开口子，城堡沉降了下去。三个姑娘自然无法幸免，连同她们的钱财沉入山底。三个骑士姑娘被镇压在深深的山洞里，出不来了。有时候，人们在山坡上还能听到她们的叹息声和哭泣声，还有人甚至在月光下看到三个姑娘的身影。她们在宫殿山上攀登，张开双臂，呼唤救命。

有一回，一个男人在午夜时分朝宫殿山走去，突然看到一个身穿白衣的女人身影朝他迎面走来。女人开口说道：“呵，你不用害怕。如果你能按我的吩咐行事，那么你就幸福临门了。”

这个男人是个穷汉子，正在渴望着幸福，此外，他也并不胆小。于是，他往前走上一步，回答道：“只要并不超过我的力量范围，那么我愿意听你的话。”

白衣女人说道：“你明天在同一时刻过来，可以在这里看到一只大箱子，而且由一条黑狗看守着。我会交给你一把开锁的钥匙，不过，我会以另外一种身影出现在你的面前。你根本不用害怕，别怕我，也别怕那条黑狗。这一切全都是影子，不会伤害你的。你接过钥匙后立刻打开箱子，然后掏出箱子里的钱币，装满你的大小口袋。”

男人听白衣女人说完话，只觉得眼前吹过一阵风，风儿托着白色的衣影绕着山梁，犹如一道轻轻的薄雾。男人回到家中，他对谁也没有提起这件怪事。

第二天深夜，他又来到宫殿山。他从远方就看到一只箱子，箱子上面蹲着一条凶猛的黑狗——只是不见姑娘的身影。黑狗的眼睛闪闪发光，如同两颗碧绿的星星。后来，它们变得越来越大，像是两堆大火。男人越走越近，来到箱子旁边，他看到黑狗的眼睛愈加凶恶，分外可怕。突然，从箱子前面的地底下游出一条长蛇，蛇儿口中衔着一把赤金的钥匙。这时，黑狗开始发出威胁般的呜呜声，露出可怕的牙齿，口中还吐出一圈圈的火焰。

这一切都在考验着男人的胆量，他不由得浑身发抖，转身就走。突然，空中响起一阵惊雷，那是从山底挤出地面的。雷声过后，箱子、黑狗和蛇儿全都消失不见了。男人撒腿就逃，他听到从背后传来姐妹三人的埋怨：“呵，我们感到心痛极了。你为什么不能勇敢点儿呢？你只会获得巨大的幸福，我们也会彻底解脱。而现在呢，一切都完了！”

男人回到家，不断地埋怨自己为什么胆小如鼠，竟让自己丧失了凭空而来的幸福。后来，他还常常走上宫殿山，可是再也没有遇到过白衣女子的身影了。

急流王后的女儿

在侯爵城克尔赫姆和世堡修道院之间曾经有一片石灰山。从前，多瑙河穿山而过，向东流淌，留下多么秀丽的山水佳画。

船夫们看到两岸高山林立，怪石嶙峋，便给它们都起上了好听的名字。瞧，眼前的枯黑岩笔直地瞅望着脚下的多瑙河，还有巴伐利亚雄狮也动情地欢送急流远去。除此以外，彼得和保尔山、圣母岩、仇恨的三兄弟以及处女峰全都仰望蓝天，为多瑙河日夜站岗放哨。另有一座山岭名叫长壁，上面垂挂着许多铁圈。多少驳船正是凭着它们的帮衬才能够逆流而上。

多瑙河险峻之处河水湍急，汹涌澎湃，那里正是急流王后居住的地方。有时候，王后趁着浪花跃上高墙峰，就坐在山峦上晒太阳。多少渔夫忍不住抬起头来，注视着山顶上的美女。美女披散长发，白皙的皮肤闪闪发光。渔夫们忘掉脚下的波涛汹涌，多少人被卷入波浪，从此沉没水中，葬身鱼腹。

被渔夫们起名叫做处女峰的那座高山真是山势险要。相传曾有一位多瑙女妖，她趁着月夜徜徉在动荡起伏的波浪间。有个年轻的渔夫驾着小船在多瑙河上撒网打鱼，渔夫正在忙碌着，突然看到美丽的女妖。呵，多么漂亮，在月夜里闪闪发光。

渔夫顿时如同着了魔的一样，迷恋着多瑙女妖。他慢慢地驾着小船向着女妖驶去，一面朝她撒下渔网。被渔夫捕捉住的女妖不禁哭声连连，请求渔夫放她回去。渔夫把她拉上河岸，开口说道："你比人间世上的任何姑娘都要漂亮千万倍。我希望娶你为妻，而且非你不娶。"

"我是急流王后的女儿，"女妖回答，"我的母亲禁止我跟世人来往，因为他们十分狡猾，心冷如鱼。请你可怜我，放我回去吧！"渔夫不忍离她而去，直到女妖答应第二天夜里再来跟他相聚，他才放走女妖。

从此以后，女妖每晚都来与他相会。多瑙女妖对渔夫敞开胸怀，而且对他的山盟海誓深信不疑。一天深夜，女妖等候着渔夫，只是不见他及时过来。女妖顺着河流朝上下两面张望、等待着，直到天上的星星变得苍白，一颗接着一颗从天上消失，渔夫还是没有露面。第二天夜里，渔夫仍然没有过来，第三天也是如此。女妖知道，渔夫无情，轻易失信，破坏了忠诚的誓言。可是，女妖已经怀有人子，急流女王知道消息后，不由得义愤填膺，立刻把不听话的女儿变成一块山石。

却说渔夫每晚跟女妖见面，时间长了，他感到无聊，就懒得驾船前往。他觉得还不如跟乡村姑娘幽会来得方便呢，用不着躲躲藏藏的。后来，他把女妖忘掉了。女妖不是说过世人狡猾、不可轻信的话吗？可惜她还是太善良、太天真了。

一天，渔夫领着年轻的妻子驾船驶上多瑙河，他们来到一块从前未曾见到过的山石面前。渔夫驶近岩石，仔细瞅望山石，认出了从前女妖的面目。这时，他在心里感到无比后悔。第二天，他独自一人驾船来到山石前，想请求急流王后原谅他和女妖，希望恢复女妖先前的模样。

女妖见他前去求情，便满怀希望地等候渔夫归来。她等了整整一夜，后来又等了三天，渔夫没有回来。女妖知道，渔夫一定跳入急流，落水而去。变成山石的女妖直到今天还站立在多瑙河的岸旁，如果有人仔细辨认，他会从石头中看到女妖当年的美好娇容。只是时代久远，女妖的五官已经风化不少，并不那么清晰了。

世堡的盲僧

位于克尔赫姆城和世堡间的多瑙山谷真是风景如画，无比浪漫。多瑙河穿越石灰岩而过，典型地应了那句话：山不转水转。世堡修道院俯视滚滚流淌的多瑙河，这座修道院历史悠久，在巴伐利亚地区享尽了朝拜和赞扬。

很多很多年前，卡尔大帝曾经率领大队人马溯流而上，前去拜访修道院。修道院院长和僧人们热情洋溢，他们以巨大的虔诚迎接远道而来的贵宾。只有一位僧人缺席欢迎仪式，那是一位盲人，名叫罗摩阿尔特。院长亲自下令，让他回避接待皇帝的隆重仪式。

皇帝参观神圣的弥撒，院长为他设宴接风。修道院能够烹调的菜肴悉数亮相，真是琳琅满目，热气腾腾。有鱼、有肉，煎的、烤的，精心的糕点和甜食，暖人肠胃。当然，修道院还有酿酒场，人们从中端出有名的啤酒，端出高贵的莱茵葡萄酒。

盲僧罗摩阿尔特也获准参加宴会，他坐在长桌的末端，一双没有光彩的眼睛盯着院长和皇帝讲话的地方。一会儿，卡尔大帝开始注意他了，皇帝觉得奇怪，他好像在哪里见过这张脸似的。皇帝开始问盲僧叫什么名字，问他的起居和往昔。修道院院长回答得十分勉强：“我们并不知晓。有一天，他的两位兄弟领着他一起过来。他们是从罗尔西教堂过来的，请求我们收留他。他递给我一封当地修道院院长写下的书信，信中称，别打听他的姓名，别询问他的来历。”

皇帝听完不由得低头思索起来，他的脸色暗淡下来，突然感到胃口不佳。没想到欢乐开始的一天，等到结束时却索然无味，大为扫兴。这天夜里，卡尔大帝不能入眠，他站在窗前陷入沉思。皇帝的一双眼睛直瞪瞪地凝视着夜空，思绪不断。

突然，他想到了伯爵塔西洛，巴埃尔氏族中最后一位伯爵。想到这里，过去的一幕顿时活生生地浮现在他的脑海里。从前，他亲自下令把伯爵的双眼烤瞎，把他驱入一家修道院，让他终身不得离开。后来，皇帝夺取了巴伐利亚的伯爵地盘。想到这里，皇帝感到心里沉重，十分不安。

深夜，时钟敲打了十二下。这时，门呀的一声打开了，从门外传来步履蹒跚的响声。卡尔大帝走出房间，看到盲僧在一名侍童的扶持下慢慢走动着。卡尔大帝不由得大吃一惊。盲僧和侍童沿着阶级走进教堂，卡尔大帝如同着魔一般跟在后面，仔细看着侍童如何把盲僧送到祭坛前。僧人双膝跪倒在地，朝天空伸出双臂祈祷着："呵，强大的上帝，请饶恕我的敌人，那位皇帝，原谅他对我、对我的妻儿老小所做过的一切吧！请保佑我的巴埃尔族人和土地，请赐给皇帝善于治理王国的智慧和力量。"

卡尔大帝顿时明白了，这位盲僧不是别人，正是巴埃尔人的伯爵塔西洛，而自己曾经对他不仁不义，让他遭受许多灾难。皇帝想到这里，立马跪倒在地，把脸埋在自己的手中。不一会儿，他站起身朝盲僧走上一步，对他深深地鞠上一躬，开口说道："呵，伯爵塔西洛，我对你犯下滔天大罪，请原谅我的过失。我愿意恢复你在巴伐利亚的一切权力。"

"呵，你占有了我的一切，"僧人回答，"可是却给我留下一件宝物：心灵的平静。你去统治我的王国吧，好生治理，让百姓们心满意足，让他们享受幸福。我愿意回到罗尔西修道院，在那里礼拜、祈祷，平安终老。"

事情果然如此，伯爵当年十二月十一日死于罗尔西。自此以后，每当塔西洛伯爵忌日的夜晚，他总会在野人堡教堂内显圣一次。他跪在祭坛前，为他的王国和巴埃尔民众虔诚地祈祷。

马利亚圣地

纳泼河流入多瑙河的地方距离雷根堡不远，两条河流相互交错，形成一块舌璜型的平地。那里有个村庄叫马利亚圣地，村庄本来没有名字，大家习惯上只把它叫做“地方”。

村子里有个小教堂，教堂里供着一个马利亚的立像，那是由一块完整的石头雕刻而成的。圣母右手抱着耶稣，耶稣用双手抱着一只褐色的黄鼠狼，圣母的左手给孩子递上一朵不知名的花儿。那里雕刻着一行古老的文字，文字为后人解释着这座立像的起源和价值。

公元726年，那是拜占庭的皇帝雷沃三世执政时期，拜占庭就在现在的伊斯坦布尔，位于土耳其境内。雷沃三世发布命令，王国各地必须从广场和教堂内撤走全部的圣像，彻底销毁。那是几个妖魔大师的主意，他们宣称拜祭圣像是亵渎神圣，因此说服了雷沃三世，让皇帝发出命令。

命令遭到民众和祭司们的反对，可是，许多宝贵的圣像还是被破坏和毁灭了。教堂里空空如也，僧人们被驱逐出去，有的甚至惨遭杀害。有一座马利亚神像十分沉重，四个身强力壮的男人才能抬起它，最后也被扔进黑海，遭遇灭顶之灾。可是，这座圣像又从水中漂浮上来，然后随波逐浪，朝着北方一路流淌。后来，它被茂密的欧刺柏丛林挡住，不过，它还是站立着，没有受到任何的损伤。

圣像就在多瑙河旁，停在距离雷根堡不远的地方。一座无名村庄，或者被叫做“地方”的居民们立刻撑着小船来到圣像旁。他们把圣像从水中捞起来，安放在自己的村庄里。村民们决定在圣像之地建造一座美丽的小教堂。于是，他们开始筹集砖瓦和木材。村民们十分慷慨，觉得这是上帝赐予的幸福，于是造起教堂，供奉圣像。

人们还在教堂后面栽种了许多欧刺柏，几百年以来，树木成林，青苍碧绿，让人心旷神怡。1654年，西班牙人派出使团前来参加雷根堡的帝国大会，他们砍伐了不少欧刺柏，几乎破坏了那片圣林。村民们十分悲伤。

后来，那片丛林慢慢恢复了元气。现在，它又焕发了无比的青春活力，衬托着马利亚的圣像，让马利亚圣地更加让人难以忘怀。

圣埃默朗的福音书

从前，有个国王按照古老的风俗来到雷根堡，希望在圣埃默朗教堂祭供圣人。

不过，他也暗藏祸心，想要偷盗珍贵的福音书。这部福音书从前是法国巴黎附近的一座教堂之宝，经过多种辗转途径最终来到圣埃默朗教堂。僧人们日夜守护着这本价值无比的宝书。

他们听说前来作客的国王包藏祸心时，立刻向他们的主教请教，该如何防范准备盗宝的客人。主教命令他们把宝书供在高高的祭坛上，然后对作客的国王说道："如果有人胆敢从教堂里拿走这部福音书，那么他在末日审判时将会遭到圣人的责问。而且，他说不定还没有赶上那一天就已经领受上天的惩罚了。"

国王听闻后不由得心中大怒，他立刻下令让随从的骑士从祭坛上拿下福音书。后来，他离开教堂，跨上战马，他的仆人随手给他递上教堂之宝。国王的手还没有碰到福音书，浑身上下已经感到火烧火燎，疼痛难熬。国王无奈，只得从马背上下来，由仆人搀扶着，免得自己滚落地下。直到这时，他才知道自己犯下罪孽，于是传令立刻把宝书送回原来的地方。

事情到此还没有结束，这位国王并没有脱离惩罚。他从当天开始常常感到身体里面万般难受，如同有虫子在咬一样。而且，那种感觉始终伴随着他，直到他躺在宫殿的灵柩上。主教看到他的警告竟如此灵验，心中十分感动。为了感谢上天的佑护，他筹集到许多黄金，从希腊请来有名的大师在圣埃默朗教堂建造一座黄金祭坛，上面修饰着许多的珍珠宝石，多么昂贵，隆重。

雷根堡的桥

雷根堡的石桥横跨多瑙河，是一座坚固的建筑，它坐落在十六个花岗岩弧形拱圈上，桥面宽七米，桥长三百十二米。相传建造这座石桥的时间几乎跟建造雷根堡教堂是相同的。

建造教堂的大师和建造桥梁的负责人展开比赛，看谁的工程首先完成，他们约定，打赌输掉的人应该骑坐"木驴"在城里示众。所谓木驴其实是一种刑具，上面布满了铁钉，坐在木驴背上的人肯定会受尽折磨。当然，骑坐木驴的人还会遭受市民的嘲笑和唾弃。可是，他们两位大师都信心满怀，志在必得，所以高高兴兴地接受比赛。

从此以后，两位建筑大师夜以继日地忙碌着备料、垒石，不敢稍有懈怠。两项工程进行得十分顺利，教堂的工地日新月异，雷根堡桥的工程却稍有怠慢。一根桥脚刚刚完工，立刻被湍急的多瑙河水卷走了。建筑大师绞尽脑汁，想方设法地推进工程进度。可是，不管他如何兢兢业业、任劳任怨，工程进展只是缓慢不前，对面的教堂却越来越高。

桥梁大师忧虑重重，担心自己会是“骑驴”的那个人。后来，当立下的桥桩又被河水冲走时，大师不由得连呼见鬼。却说大师的身前正有个魔鬼一直隐身在旁，魔鬼听到有人要“见”他，立刻挺身而出，大声呼叫：“呵，我能为你干什么呀？”

“建桥速度太慢，你能帮助一二吗？”

“能的，能的。”魔鬼回答。

“你需要什么报酬吗？”

“等到桥梁建成以后，第一个踏上桥面的生物的灵魂应该归我。”

建桥大师没有思考太久，便跟魔鬼签订协议，答应照办。

从此，建桥速度突飞猛进。魔鬼率领他的地狱伙伴在多瑙河两岸同时开工，他们建造桥墩，然后往上面搭起巨大的拱弧。不久，横跨急流的多瑙河大桥几乎就要完成了。当教堂大师看到自己将要输掉比赛时，心中绝望极了，他急忙登上建造一半的教堂塔楼，朝着外面纵身一跳，结束了自己的生命。

建桥大师听到消息，不由得大为惊骇，浑身上下起了一阵阵鸡皮疙瘩。大师惊颤不安地等待着建造大桥完工的时辰，那时候，魔鬼将获得特权，取下第一个踏上大桥生物的灵魂。

大桥竣工了。雷根堡人蜂拥而来，希望聆听牧师为大桥顺利通行的祈祷。魔鬼悄悄地躲在桥桩下，等候着前去捕捉即将属于他的生物灵魂。建桥大师心慌意乱，站在一旁，拿不定主意。他的心在怦怦跳动，发出的响声周围的人可能全都听到了。

正在极度危险的紧急关头，大师突然灵机一动，有了主意。他看到主教正要上桥，便匆忙脱下戴在头上的帽子，把帽子扔向桥面。大师养着一条小狗，小狗看到主人的帽子滚落到桥上，立刻扑了过去。魔鬼看到有生物扑倒在桥上，立刻伸出魔爪把它抓住。可是，当他看到抓住的是一条小狗时，不由得怒气横生，狠狠地拧下小狗的脑袋。

建桥大师感谢上帝佑护，让一切进行得十分顺利，天衣无缝。可是，他对自己的功名心却是后悔莫及，连连责怪。从此以后，他越发虔诚地生活，朴素又低调。为了表示不忘小狗的救助功德，他在桥身上装饰起一只石头小狗，只是没有脑袋。这组装饰多么漂亮，直到今天还栩栩如生，让人看到以后不忘当年的建桥历史。

瘟疫如何进了巴伐利亚大树林

公元十七世纪初，巴伐利亚树林里暴发了一场瘟疫。当年，巴伐利亚树林还被叫做波希米亚大森林。瘟疫肆虐，民众遭殃。那时候，人们都没有防疫的概念，他们只是听信传说，借以知道瘟疫是如何叩开树林之门，从而进入树林。

一天傍晚，在多瑙河的海宁渡口来了一位迟到的客人，艄公已经准备拔船上岸，停工休息了。当年的海宁渡口后来归入了帕骚城。

“艄公，请快快把我撑过河去，我会给你更多的报酬！”陌生的客人个子高大，却骨瘦如柴，身上裹一件血红的披风，头上的便帽深深地压在眉毛间，暮色苍茫，让人无法清晰地看到他的脸面。

真是个怪人，艄公心里寻思，我要回家了，却来了这位不速之客。可是，客人提出的报酬十分吸引人，艄公权衡再三，不想放弃。艄公正想把小船推下水时，陌生的客人却说道：“呵，用这条！”他一面说着，一面指着一条巨大的平底船，平底船搁在小船旁的泥地上。

“这条木船吗？我只有在运输马匹或者装载木柴的车辆过河时才会使用，那是因为重量沉重的原故。”

“就用它！我不是说过将会加倍给你报酬的吗？”

艄公用平底船载上客人，撑船下水。不一会儿，他们来到河水的中央，一切都像平时的航行一样。不一会儿，平底船吃水越来越深，它好像不是装着两个人渡河，倒像运载着三辆沉重的牛车。客人若无其事地站在那里，一声不吭，目光紧紧地盯住对岸。艄公在心里感到十分诧异，越来越不自在。可是，他只能继续划动船桨。

等到他们终于到达对岸时，客人开口说道："我要给你报酬！"他从血红的披风口袋里掏出一枚金币，送到艄公的手上，然后猛地跳出平底船，上岸去了。

艄公正想看时，陌生的客人已经消失在夜幕之中。艄公不觉大吃一惊，心中害怕，他感到对方的手上全是骨头。莫非是死神，天哪，我把死神渡过河了。船公想到这里十分恐惧，连忙划船回去，当他来到河中心时，顺便把捏在手上的金币扔入河水。

可是，在多瑙河的北岸的巴伐利亚大森林，当夜就暴发了瘟疫。瘟疫张牙舞爪，吞食了多少人的性命。尸横遍野，连埋葬死者的掘墓人和为死者祈祷的牧师都死了。死亡主宰着大地，瘟疫让多少村庄不见人烟。不久，从天空飞来一只小鸟，它给绝望的人们带来一丝希望："你们赶快服用龙胆和茴芹，那么，你们就能够站起来，减少死亡的机率！"

面临死亡威胁的人们立马吞食了不少的龙胆和茴芹，果然，瘟疫的威力减弱了，许多人获得新生。获得生还的人不忘鸟儿的恩德，每年，他们都在鸟儿飞来的那一天斋戒面包和水，用于追念和感谢鸟儿对他们的拯救。

阿格纳斯·贝尔娜

大约在五百年前，奥古斯堡城内举办武艺比赛，许多人倾巢而出，准备迎接前来参赛的骑士和他们的随从。

巴伐利亚的公爵阿尔贝莱希特是民众们热衷等候的人选，阿尔贝莱希特不仅体力强壮，而且是个漂亮的年轻人，十分勇敢。公爵骑坐着高头大马，后面簇拥着一群武士，他们拿着长矛和盾牌，真是相貌堂堂，威风凛凛，看来胜利非他莫属。

观众们排列两行，欢呼雷动。他们目送着公爵骑马朝奥古斯堡的比赛场地一路而去，阿格纳斯·贝尔娜也在人群之中。贝尔娜是一位漂亮的姑娘，父亲是奥古斯堡的浴室老板。贝尔娜也是一位聪明和谦虚的姑娘，她竭尽全力地帮助穷人和受苦人，让他们渡过难关，获得安慰。人们称她为"奥古斯堡的天使"，姑娘当之无愧。

阿格纳斯·贝尔娜站在队伍的前列，看到公爵从面前骑马而过。他们两人的目光碰撞在一起，公爵阿尔贝莱希特顿时如同着了魔的一样，对美丽的姑娘一见钟情。姑娘贝尔娜也丧魂落魄地站在那里，浑身没了主意。

武艺比赛结束，公爵阿尔贝莱希特派人前去寻找美丽的姑娘。当姑娘来到他的面前跟他讲话时，公爵全然忘掉了自己的高贵出身，连声地请求姑娘嫁给他为妻。姑娘羞涩难挡，答应了求婚。

第二天，牧师就在教堂里悄悄地为公爵和姑娘主持婚礼。阿尔贝莱希特的父亲，巴伐利亚的公爵恩斯特听说儿子娶了门第不当的妻子时不由得暴跳如雷。他要拆散这对夫妻，因为他看中不伦瑞克的安娜，希望儿子娶她为妻。公爵阿尔贝莱希特却一如往昔地坚持自己的选择，忠诚于自己挑选的妻子阿格纳斯·贝尔娜。

公爵婚后不久，雷根堡发布消息，邀请武士们前往比试。阿尔贝莱希特应邀前往，他准备出发时看到门外有几根横木挡住去路。这是公爵恩斯特发布的命令，他希望以此让儿子明白，由于门第不当的婚姻，儿子的身份已经跌落，不配跟其他的骑士们一起演练武艺。父子两人发生了一场激烈的争吵。

“你找的妻子是个妖精，她让你走火入魔，魂不附体！”公爵恩斯特大叫大嚷，“把她赶出门去，你会重新获得荣耀。”

“阿格纳斯是我当着神仙之面娶下的妻子，”公爵阿尔贝莱希特回答，“我发誓对她忠诚到底，我不能食言，必须信守自己的誓言！”

父子两人互不相让，怒火冲天。公爵阿尔贝莱希特领着年轻的妻子转身回去。他们有时候住在福堡，有时候住在斯特劳平的宫殿里，夫妻恩爱，生活幸福。斯特劳平城的民众对公爵夫妻十分敬重，因为一个平民姑娘当了他们的公爵夫人，让他们欣喜万分。

可是，天有不测风云。年轻妻子的幸福也好景不长，难以为继。

一天，公爵阿尔贝莱希特接到邀请前往狼子胡特打猎，他的父亲见到有机可乘，决定实行自己的魔鬼计划。阿尔贝莱希特逗留在外，父亲立刻派差役前往斯特劳平宫殿，秘密逮捕阿格纳斯。不幸的女人到达法庭，只听公爵对她大声控诉：“她是一名女妖，对我的儿子实施妖法。我的儿子即使疯了，也不会想到娶妖精为妻的。因此，必须对女妖判处死刑。”

法官们胆小如鼠，不敢对公爵的话提起公诉。于是，他们一致决定判处年轻的女人溺水而死，阿格纳斯无法为自己辩护。那件事发生在1435年10月12日，刽子手们把阿格纳斯·贝尔娜押解到多瑙河边，他们把女人从多瑙河桥上推入急流。可是多瑙河比那群刽子手善良，公爵夫人的衣服在水面上摊开着，结果把她推动着送上河岸。

“你们瞧，她果然是个妖怪。现在，你们都不需要证据了！”恩斯特公爵愤怒地大声叫嚷。

刽子手又揪住不幸女人的头发，把她送入急流，甚至把她的脑袋摁入水中，直到她再也不能呼吸为止。

公爵阿尔贝莱希特回来后听说妻子的遭遇和命运，着急得心痛欲裂。从此以后，他没有笑颜，而且再也没有跟父亲讲过一句话。公爵恩斯特感到心里不安，他后悔自己的所作所为，经受着无比惨痛的折磨。为赎取自己的罪行，恩斯特让人在斯特劳平的圣彼得公墓建造一座阿格纳斯·贝尔娜教堂，里面设下一座纪念碑，用来纪念可怜的公爵夫人。碑文上写着，纪念碑是献给“道德而又忠诚的女人”。可是，敌人和刽子手们希望剥夺她的却是威望，荣誉和做人的尊严。

伯爵的松树

从前，巴伐利亚人和波希米亚人并不和睦，他们经常兵戎相见，杀作一团。波希米亚人常常入侵巴伐利亚地区，他们烧杀抢掠，危害地区，直到多瑙河岸。据十五世纪时的一则记录说道：“在帕骚附近的波希米亚林区，阿尔勃山的地势最高，那里有一座大湖。波希米亚人和巴伐利亚人仍然处于战争状态，他们的协议是这样的，谁取得胜利，就把打败的人扔进湖水。”

亨利希四世时，波希米亚人更加歹毒。皇帝左思右想，决定把一支强大的骑士武装派到遭受威胁的地段，那是为了加强边境地区的守卫。此外，他还动员多瑙河两条支流雷根和伊尔茨地区的伯爵一起出力。皇帝封赏给他们许多边界的村庄，让伯爵们在那里建造牢固的城堡。他们共同派遣训练有素的人员，随时准备打击侵略成性的波希米亚人，不让他们进攻。

有一回，年景特别被看好，雷根山谷间粮田成片，麦浪滚滚。波希米亚人从邻近的山头往下看到对面的丰收景象，心里止不住地想要出去抢割不是自己播种的庄稼。于是，他们集合大队人马，拥出树林和山谷。波希米亚人漫山遍野地冲了下去。

可是，雷根地区的伯爵早已作好准备。他们看到有人进犯，立刻举火为号，组织大规模的反击。他们一连打了三仗，把波希米亚人彻底打退，保卫了自己的家园。最后一仗就是在距离多瑙河不远的地方进行的。雷根的伯爵在激烈的战斗后坐在一棵松树下休息，脑子里盘算着如何建造一座纪念碑，来记住这一艰苦的时刻。

突然，他感到眼前一亮。于是，他拔出宝剑，朝着身旁的大松树横着竖着连砍两下，做成一个十字架的模型。大松树成为庆祝战斗胜利的纪念碑。从此以后，人们把雷根的伯爵看作地方上的佑护神，而且给他一个绰号，叫“波希米亚克星”。

那棵大松树在那里生长了几百年。人们从来不去伤害它，而是虔诚地走近它、抚摸它，甚至朝它祭供，向它祈祷。松树上的十字架清清楚楚，那是伯爵用利剑砍下的标记。后来，里面流出了丰富的松脂，结成十字。再后来，那棵松树枯老，被冬天的飓风吹断而死。可是，地方上认为它始终活着，而且万古常青。

麦顿教堂的起源

从前，在巴伐利亚的麦顿地区有一棵大树，围绕这棵大树常有一些奇异的事情，让人们难以忘怀，连连称奇。就在那棵大树耸立的草地上住着一个虔诚的牧人，牧人常常在附近放养牧群。除了星期天，牧人每天都是高高兴兴、欢乐开怀的。可是，到了星期天，他会感到十分悲伤。他多么希望在那一天能够尽心地为上帝服务啊！可是，他毕竟力量有限，无法如愿。

有一回，他坐在大树下打盹，后来睡着了。牧人做了个梦，梦中看到一车《圣经》，如同石头一样压在他的胸前。等到他从梦中惊醒时，他发现胸前的确有一部《圣经》。牧人高高兴兴地收起书本，知道这是上天对他示意，自然不可小觑。后来，他反复阅读这本书，还亲自拜见主教，请他对自己提问考查。主教看他如此虔诚，非常欣赏他的毅力和精神，于是提名让他担任牧师。

牧人担任牧师以后十分尽力，深得地方好评。很多年以后，牧师年岁大了，死了。他的许多弟子全都赶回来治理丧事，丧事完毕，许多弟子就在多瑙河沿岸居住下来，过着隐士生活。

有一回，卡尔大帝来到巴伐利亚，他常常到附近打猎。他跟随从分开了，独自一人转转悠悠，找不到回去的路。皇帝精疲力竭，几乎迈不开双腿了，后来看到一幢孤零零的隐士住宅和一个虔诚的隐士。隐士因为干活累了，躺在地上休息，已经睡着了。

在阳光的照耀下，隐士在野外的入睡场景简直像一幅美丽的图画。大帝惊讶地打量着眼前的胜景，不由得朝熟睡的人走上一步，却把隐士猛地惊醒了。隐士听陌生人说自己在林中迷路了，立刻鼓励他，请他不用担心。隐士自告奋勇，答应送他走出荒凉之地。

他们走出林区，周围已经簇拥着一群虔诚的居民。居民们对着皇帝鞠躬，表示愿意为他服务。不一会儿，皇帝的随从奔跑过来，他们已经寻找大帝多时，非常着急。直到这时，林中隐士才知道自己帮助的对象原来就是名闻四海的卡尔大帝。

大帝对隐士说可以满足他的愿望，请隐士大胆提出。隐士请皇帝在贫穷的隐居之地建造一座教堂，让他们从此以后有个地方为上帝服务。卡尔大帝当即答应了隐士的请求，终于在公元801年建造完毕麦顿教堂。虔诚的隐士就是教堂里第一任牧师。

蛇　山

从台根村往北，距离麦顿修道院不远就是蛇山。蛇山突兀在大片的平原上，周围都是平地，孤零零地耸立着一座山。当地民众都觉得它是从天上掉下的礼物。不过，它不是从天上掉下的，它是妖怪们抬着送来的山峦。

从前，台根村的村民都很虔诚，使得魔鬼多年来都未曾从他们中间获得一个灵魂。魔鬼感到愤愤不平，每当台根村或者麦顿修道院里的钟声敲响时，魔鬼就感到自己头上的一对触角疼痛难熬。

有一回，他几乎深信不疑，认为有个贫穷的罪人难逃他的魔掌，暗自庆幸可以带领这个灵魂下地狱。可是，贫穷的罪人却在咽气前追悔了自己的行为，及时挽救了自己的灵魂。魔鬼落得两手空空，愤怒得气儿不打一处出。他发誓要报复台根村人。他在心里盘算着，希望一举消灭他们。他首先想从台根村附近堵塞多瑙河，让河水漫溢，从而破坏周围的住房和牲畜，让台根村人溺水而亡。

因此，魔鬼想要寻找一块合适的山石，用它来堵塞河流。他在巴伐利亚地区找来找去也没有找到，于是，他飞越阿尔卑斯山来到意大利。魔鬼在意大利找到一块巨大的石头，他觉得这块巨石完全适用自己那份地狱般的计划。于是，魔鬼伸开双臂抱住巨石，然后如同飞箭一样来到台根村。

正当他希望让两只胳膊放松和休息一下时，不料麦顿修道院的晚祷钟声响起，接着又是台根村的教堂钟声。魔鬼的法力顿时被粉碎了，他不由得发出绝望的咒骂，让巨石从手上脱落下去。巨石轰然一声，落在多瑙河右岸的平原上。直到今天，它还高高地耸立在那里，这块巨石因为来历古怪，如同盘旋的大蛇，所以被叫做蛇山。

母猪林的魔鬼

从前，在天使哈埃策尔地区有个魔鬼。一天，魔鬼坐在多瑙河畔高大的石头上，心里生着闷气。他看着多瑙河顺流而下，一直流向富饶而又美丽的红衣主教城帕骚。魔鬼仇恨圣水，他十分怀疑帕骚的红衣主教会用虔诚的咒语把多瑙河变成一条圣水，从而把沿多瑙河居住的魔鬼们驱逐出去。

魔鬼坐在那里左思右想，希望知道如何应对，他看到脚下的多瑙河汹涌澎湃，十分险恶。魔鬼突然灵机一动，想到可以因此毁灭虔诚的帕骚城，不由得心中大喜。他要趁机发难，把帕骚和它的居民以及红衣主教通通淹没在多瑙河里。

魔鬼立刻动手开始寻觅石头，他搬来许多大块的石头和整块的石板。四周的农民看到魔鬼把他们田地上的石块搬走了，兴奋不已。魔鬼想在多瑙河里打一道拦水坝，让水流越积越高，然后浩浩荡荡地对着帕骚城冲击过去。

魔鬼把石头运到他坐过的石堆上，他从这里方便把石头扔向多瑙河。拦水的魔鬼墙越叠越高，十分危险。魔鬼只能在夜里才能干活，他看到公鸡和母鸡飞上横杆准备休息和睡觉时，便开始干活。可是，等到东方欲晓公鸡开始啼鸣时，他必须立刻收工，因为魔鬼是不能见到阳光的。

魔鬼的事业似乎即将成功了，那座鬼墙高高大大的，蓄住了河水，而且越积越多，帕骚城位于它的下游，危险极了。河水很快就要越过河岸，淹没那些大大小小的教堂和房屋，魔鬼是多么开心啊！可是，多瑙河始终比魔鬼更强大，它把魔鬼扔入河床的大小石头又一古脑儿地冲走了，甚至让它们穿过奥地利、匈牙利、保加亚利、罗马尼亚直到乌克兰，最后卷入黑海。

一座伟岸而又高大的鬼墙被大水冲走了，魔鬼无可奈何，心里暗暗地咒骂着。可是，多瑙河浩浩荡荡，一往无前。它以永恒创造了历史，迎来了现在，面向着未来，气势磅礴，波澜壮阔。魔鬼不想看到多瑙河的辉煌灿烂，于是恼怒地迁到母猪林腹地去了。

不过，当年被他扔入河中的有一块巨石仍然保留至今，未曾被冲走。那就是横卧河中的约亨山，它是魔鬼当年躺过和坐过的地方。你要是仔细观看，还能找到当年的一些痕迹。另外，山石上还残留着一丁点儿魔鬼的气息，那是难闻的硫磺味。

约亨山进入多瑙河

围绕着帕骚城的巴伐利亚人非常虔诚，尤其以虔诚著称的恐怕要算约亨地区的居民了。约亨山其实是多瑙河巴伐利亚地区的一座小村庄，跟奥地利交界，现在是下格利斯溪镇的组成地区。约亨山人对上帝那么敬畏，连魔鬼都感觉到了，不敢向他们寻衅、挑战，因为约亨山人不受他的诱惑和欺骗。

魔鬼对此心怀不满，仇恨满腔。他在心里默默地念叨，如果我不能在他们死后把他们带入阴曹地府，那么我就把地狱给他们造到世上去。从此以后，魔鬼日思夜想，希望知道究竟如何对付约亨山地区的居民。可是，他思来想去，也没有找到合适的方法和主意。魔鬼的惯用伎俩是迷惑个人的灵魂，现在，他要对一个地区的人集体施恶，还真的无计可施呢！

已经到了寒冷的冬天，魔鬼还是没有想到任何可行的计划。白天越来越寒冷，魔鬼对约亨山的居民越来越仇恨，他看到约亨山人甚至冒着冰雪严寒一起到教堂做弥撒，有的人每天都去，还有的人一天做两回。魔鬼看到他们如此虔诚，愤怒得鬼气不打一处出。

三月的一天，魔鬼看到多瑙山谷和周围地区的上空乌云密布，似乎酝酿着一场暴风雨。突然，天空中又出现了冰冷的云层，乳白色的白云如同一堵大墙，横扫大地，让微微显露的温暖和春意荡然无存。树木往前伸直了枝干，似乎要被风儿连根拔起。花蕾和嫩芽散落一地，如同彩色的雪花铺盖着大地，连房顶也是一片彩色。

夜晚时分，狂风怒号。多少树林被噼啪吹断，多少大树被连根拔起，躺倒地上。月光下，周围的层层山峦似乎也要驾风而去，飞往天边。魔鬼看到月黑风高，顿时有了主意。他走上多瑙河岸的陡坡，从山上扯下一块巨石，朝着约亨山奋力扔下去。嘿嘿，魔鬼心想，石头一定会把你们这些约亨山人和讨厌的教堂一起砸碎，让你们受尽苦难，看你们是否还想违抗我的心愿。魔鬼想罢，幸灾乐祸地朝着山谷走去，他迫切地希望看到自己所造成的破坏现场。

可是，魔鬼失望了，约亨山安然无恙地屹立在眼前。那块山石飞得太远了，端端正正地落在多瑙河的中央，连激起的水花都没有伤及村庄。魔鬼又羞又恼，猛地跳到多瑙河中的巨石上，提起脚狠狠地往下踩踏。最后，他的脚上都踩起了血泡。他在心里更加愤慨，希望继续对约亨山人施恶。可是，如何进行呢？

他想啊想，只是出不了鬼主意，脑子里一片空白。这时，传来了教堂的钟声，多瑙河对岸的教堂在呼唤进行早弥撒。原来，当巨石落在多瑙河时，巨大的响声惊醒了教堂的敲钟人。敲钟人以为天已大亮，连忙敲起大钟，不知道当时还是半夜时分。魔鬼对教堂的钟声十分害怕，他感到无计可施，只得悻悻地离开，溜之大吉。

位于多瑙河中的巨石就跟村庄一样被叫做约亨山。虔诚的约亨山人在山上建造一座教堂，树起了圣人约翰·纳帕莫克的塑像。不过，魔鬼用脚踩踏山顶时留下的脚印仍然留在原地，那是两个凹塘，其中一个如同马蹄形，另一个如同公羊脚。

伊莎的住房

约亨山到底是如何进入多瑙河的，众说纷纭，另有不同的版本。

相传有个魔鬼，他往多瑙河中扔下一块高山一般大小的石头。他不是想砸死约亨山的村民，他是希望堵塞河道，让河水淹没附近的村庄，因为那些村庄的农民都很虔诚，不肯听信魔鬼的引诱。可是，他扔下的那块巨石并没有伤害到附近村民，却引起了另外的一则故事。

魔鬼扔下的巨石被当地人叫做约亨山。却说山下河水中住着一位漂亮的女妖，伊莎。村民们早就知道那里住着漂亮的女妖，因为河水常常转起小小的旋涡，水底下有时候还亮光闪闪的，甚至传来轻轻的歌声。女妖伊莎常常帮助船夫和渔夫，给他们指点方向，让他们避免触碰礁石的危险。不过，她也把许多的船夫和渔夫引入水底，让他们从此以后再也没有回家的机会。

有一回，三个渔夫因为浓雾在约亨山附近迷路了。他们捕捉了很多鱼，正想摇船回到岸边，不料把方向搞反了。他们全力以赴地摇动船桨，不一会儿，连他们自己也不敢讲是否处在正确的航行途中。这时，女妖伊莎从他们的小船附近冒出水面，女妖浑身上下闪烁着光芒，口中似乎还在哼唱一曲独特的小调。

“跟着我吧！”女妖对渔夫们说道。

渔夫们顺着发光脑袋的指引，果然不一会儿就来到安全的河岸。可是，渔夫们刚想开口对女妖表示感谢，她已经消失不见了。渔夫们精疲力竭地回到家中，两位年岁大一点的渔夫暗自庆幸，他们终于摆脱了迷雾中的可怕航行，平平安安地回到家中。

可是，他们都忘了提醒第三位渔夫，在急难之中遇到女妖是一回事，如果专程前去寻找她，那就危险至极，甚至必死无疑。不过，当年轻的渔夫一心牵挂着女妖伊莎时，恐怕再多的警告和提醒都是没有用的。年轻人无法抑止自己的渴望之情，耳边不断地响起女妖甜蜜的歌声。

第二天深夜，年轻的渔夫驾船外出。他驶上多瑙河，希望能够找到美丽的女妖。不一会儿，他果然听到奇异的歌声，女妖从约亨山前的旋涡中转了出来，光芒四射，比前日更显妩媚、漂亮。年轻的渔夫从小船里纵身跳下水，陪伴女妖一直来到河底，那里是女妖的山石住房。

从此以后，人们再也没有听到关于年轻渔夫的消息。不过，女妖伊莎却在多瑙河岸留下一尊雕像。

死神教父

巴伐利亚的台根村实际上是位于多瑙河边的一座小城。相传在十五世纪末，台根村有一个织布匠，名叫保尔。周围的人交给他织布的活儿很多，他整天忙忙碌碌，可是生活依然拮据，十分艰难。

他的家中有十一个孩子，孩子们嗷嗷待哺，整天叫嚷着要吃面包。正当织布匠感到难以为继的时候，他们家中的第十二个孩子又出世了。织布匠不知道这回该是高兴还是不高兴，他很是忧愁。保尔十分为难，不知道在哪里可以为孩子请到洗礼的教父。他是深有教训的，前面的十一个孩子几乎让他到处碰壁，很难找到愿意为穷人家洗礼的教父。

真是上天无路，入地无门，孩子不能不进教堂洗礼。织布匠只得像个乞丐似的沿门挨户到处请求，不断地打听、询问。他敲过所有亲戚和熟人家的大门，每回都跟从前一样，只是遭到拒绝，处处碰壁。后来，他想起一个朋友，朋友住在台根村，保尔曾经为他干过活，有一点交情。

“他也许不会拒绝我的请求。”保尔思量着，立刻动身前去找他。等到这回也被无情拒绝后，保尔真是心灰意冷到脚后跟，连寻死的心思都有了。穷人到哪里才能找到活路呢？他在回家的途中穿过一片昏暗的树林，看到前面有个大树根，便一屁股坐下，喝了一口水。织布匠不由得呼唤死神，请死神前来帮助他，让他从此摆脱沉重的苦难。

他的呼唤刚刚停止，便感到肩膀上搁着一只冰冷的手。保尔大吃一惊，急忙四下观望。他看到旁边站着一个高大的身影，不过两条腿却是干巴巴的，十分瘦弱。身影上下罩着一件长袍，头戴一顶宽边大帽。织布匠感到一股寒流穿过自己的心房，他想站起来逃跑，可是身体却像被绑住一般，无法动弹。

“我就是你呼唤和请求的死神，”陌生人说道，“你有什么迫切的愿望吗？”

刚才，织布匠是那么强烈地希望死亡，现在，他却更加希望活着。于是，他扑倒在死神的脚前央求着，请死神怜悯自己，大发慈悲。保尔颤颤悠悠地向死神讲述自己的苦难，说自己为新生的孩子寻找洗礼的教父，可是四处碰壁，真是绝望透顶，没有生路了。

死神仔细地听他申诉，然后用一种空洞洞的声音回答：“因为没有人同情你，我可以助你一臂之力，帮助孩子洗礼。”

保尔听到可以获得帮助，不由得心中大喜，连忙答应了。等到为孩子进行洗礼时，死神准时走进教堂，抱起孩子，成了孩子的教父。死神看起来很奇怪，总是让人不寒而栗。可是，在场的人都不知道他是谁，因为织布匠没有对任何人说起过这位教父。

洗礼结束后，死神把织布匠拉到一旁，对他说道：“我现在送给孩子一件礼物。可是，我本人是没有金银财物的，因此我只能送一件让你能够迅速致富的宝贝，保证你的妻儿老小从此脱离贫穷和饥寒。如果你能按我的话行事，你可以成为一位有名的医生。你告诉周围的人，说你曾经学过秘密的医术，他们一定会重视你，请你去给病人行医、治病。当你去给他们治病时，我每回都会出现在病人的床前；倘若不是你去治疗的病人，别人是看不到我的。我如果坐在病人的头边，那么这个病人就能治愈，恢复健康。我如果坐在他的脚端，那个病人必死无疑。这样，你就知道该对病人和家属说什么话了，知道病人是否有救。不过，你要千万记住，不能违背我的提示。否则，你就面临大难，无可救药！”

死神叮嘱完毕，消失不见了。织布匠果然成了一位神医，其门如市，财源滚滚。不久，他就成了大富人。织布匠富了以后就嫌居住的地方太小，于是搬出台根村，拖儿带女地沿着多瑙河搬迁到维也纳。织布匠治病有方，他的声誉响彻维也纳城，前来请他看病的人络绎不绝，几乎挤破了大门。不过，织布匠随着财富的积攒，也染上了富人贪婪的坏脾气。对他说来，无论面前堆聚多少金银财宝，他从来不嫌多，到了贪得无厌的地步。

有一回，住在维也纳拉克森大街底楼的一位奸刁商人身患恶性重病，听到有名医在旁，派人去请织布匠医治。那个商人十分富有，只是品性极坏，喜欢捉弄邻里。死神早就关注上他，让他下地狱是早晚的事。织布匠看到死神出现在奸刁商人的脚端，知道商人必死无疑，于是宣布任何药物都对病人无效，静候死神临门。商人的家属们绝望之余还不忘央求神医，请他施展法术，挽救商人一命，而且信誓旦旦，愿意出几千杜卡登金币以示感谢。

织布匠今非昔比。自从发财以后，他就如同换了一个人似的，不知天高地厚了。他这回听到有数千金币的报酬，顿时眼前一亮，立刻寻思骗过死神，赚得这笔钱财。于是，他走出家门，率领四个壮汉来到奸刁的商人床前。织布匠命令壮汉抬起商人的病床，把病床掉个头，让死神坐在商人的头间。

果然，奸刁的商人逃过一难。死神对着织布匠挥舞着瘦骨嶙峋的拳头，朝他投去一道凶恶的目光，然后消失不见了。织布匠收下巨款，立刻雇一顶暖轿找人抬起，回家去了。经过一条狭隘的岔路时，轿夫们停了一下。织布匠跨出轿门，让轿夫们抬着空轿走在前面，自己慢慢在后面跟上。

织布匠还不忘掏出封口结实的皮袋，无比满意地欣赏着里面的黄金白银和许多货币，那是他设计骗过死神而为自己赚来的钱财。突然，有人拍了拍他的肩膀，织布匠抬起头来看到死神站在身旁，怒气冲冲地看着自己。

“呵，你个不幸的骗子，为什么设计败坏我的事业？”死神斥责地说道，“你欺骗那个奸刁的商人，希望为他捡回一命。告诉你，那是不可能的。而且，你还必须为此遭受惩罚，赔上一命，算是抵偿。”

这时候，任何的后悔、哀求和抱怨全都无济于事。死神伸出冰冷的手，一把抓住织布匠，把他拖过一道大门，进入一座大厅。厅内闪烁着千百盏灯光，有大有小，明亮的，暗淡的，各不相同。

死神对他解释：“这就是人类的生命灯，你的命灯也在其中。可是，你瞧，它只剩下最后一截了，随时都会燃尽，成了风中残烛。喏，就是这盏！”

织布匠听到讲话，心里怕得要死。他伸手抓起自己命灯旁的一支蜡烛，那道烛光十分明亮。织布匠希望借用那根蜡烛为自己的残灯添加几滴烛油，让自己苟延残喘，稍稍延长一点生命。可是，急忙之中，他的衣袖却把自己的命灯掀翻，他的烛光熄灭了。织布匠翻身倒地，死了。

晚上，家里人等他不着，便沿着来路寻了回去。他们在岔路上找到织布匠的尸体，于是把他埋在圣斯推凡的公墓里。至于那个奸刁的商人，也已经在公墓里迎候他了。

骑士图塞尔

维尔斯荷芬教堂始建于1376年，苏尔特瑙的骑士图塞尔是建造教堂的创始人。从前，在教堂边上有一块石头，上面雕刻着一行文字，内容如下：

> 石头上站着小羚羊，
> 吸引游客来到树林旁，
> 两条家犬亡命海角天涯，
> 剩下骑士独自一郎。

亨利希·图塞尔曾经为埃及苏丹服务多年，后来，他感到年岁日渐，便回到巴伐利亚。苏丹不忘他的功勋，给他许多赏赐，有金有银，让他荣归故里。图塞尔希望建立家庭，安享家庭之乐。他迎娶了一个来自维尔斯山谷的贫穷姑娘，当然，也是个出落得十分漂亮的姑娘。年轻的姑娘生活在上了年岁的骑士身旁，对这场婚姻并不满意，还看中了一位年轻的贵族子弟。

一天傍晚，骑士外出打猎回来。他看到城堡里既没有漂亮的妻子，也没有年轻的贵族，没有人知道两个年轻人到哪里去了。善良的骑士并不怀疑，也不觉得有人抢走了他的妻子。于是，他拎起拐杖，东奔西找，他的双脚几乎走遍了大半个世界，只是为了寻找失踪的妻子。

骑士一连寻找了三年。一天，他来到一座陌生的小城。骑士打算在城内稍稍休整几天，顺便找个鞋匠，修补一下几双跑得头穿底落的鞋子。他走进一家鞋匠铺，让他目瞪口呆的是，他看到了年轻的贵族和苦苦寻找的妻子。骑士直到现在终于明白，原来妻子背叛了自己，跟年轻的贵族私奔。现在，他们身处异国他乡，如同夫妻一般生活。

骑士想到这里，对这位私奔在外的妻子十分恼火。他举起拐杖，就想结果这对年轻的男女。可他又想到，古话说得好，得饶人处且饶人。于是，他未发一言，悄悄地从鞋匠铺退了出来。骑士回到自己的家乡，他不想冤冤相报，于是出资建造了维尔斯荷芬的教堂，让人在他的武器和家具上划上“独自一郎”的字样。因为他独自一人，孤独到老。

为了纪念他的善良和操守，维尔斯荷芬教堂的男士们直到今天还把“独自一郎”的文字印制在他们的僧袍上。

砍　头

从前，有个来自冷溪的瓷碗商人。有一回，商人来到帕骚，在那里出售他的精致碗具。商人跟另一个商人发生争执，盛怒之下，他竟然动手把那个商人打死了。法庭经过审判，判处他死刑，而且是砍头之刑。

砍头之刑真是可怕，特别是脑袋会在地上滴溜溜地打滚、转动，可不是开玩笑的事。法官看到那个卖碗的客人十分可怜，对他怜悯起来，因此希望在执行砍头时不要让客人过分疼痛。于是，他找到一把锋利的宝剑，又薄又硬，行刑时一定干净、利落。他把利剑交给刽子手。

苦难的时刻到了，可怜的犯人被绑在行刑椅上等待执行。刽子手挥舞利剑，迅速穿过犯人的脖子，因为砍得太快了，结果脑袋还坐落在脖子上，纹丝不差，而且没有流血。帕骚人看得呆住了，这样的场面他们从来都没有经历过。

法官们起身，他们放犯人走了。他们知道，这个犯人一定忍受着万般的恐惧，所以要珍惜这等奇迹。刽子手看到他站起来，便给他提个建议，然后送他上路：“你要当心脑袋，让它慢慢地重新长结实。否则，它会滚落下来的。”卖碗商人扛着一颗危险的脑袋，一路走动，回到家乡。他走进一家餐馆，点了丰富的菜肴，吃鱼吃肉，还喝了一杯啤酒。

有个邻居看到他回来了，便给他递上一个鼻烟壶。卖碗的商人是喜欢吸鼻烟的，他高高兴兴地接过烟壶，送到鼻下。突然，他感到鼻子奇痒，便张开大口打了个“阿——嚏”！天哪，他由于用力太猛，脑袋竟然从脖子上飞了出去，掉在餐厅当中，滚动着。

卖碗的客人还没有来得及说上最后一句话："天哪，上帝保佑，他们这回真的行刑了！"已经倒在地上，死了。

苔藓姑娘

从前，在帕骚附近的母猪林里住着一群神奇的苔藓姑娘。她们的身高还不及三岁的孩子，可是，她们的年龄却比树林里最古老的大树还要大十倍。她们终日穿着一条苔藓裙子，还用松树皮做裙子，围在胸前。

姑娘也有天敌，那就是野蛮的猎人。她们于是整天待在树林里，从不外出一步。她们的生命全都牵挂在树木上，树木是她们的佑护天神。每个姑娘都有自己的佑护大树，如果树被砍伐了，姑娘就会干枯而死。有时候，她们也会帮助樵夫砍树，给他们送上许多松果。冬天寒风凛冽，有时候，飓风折断树枝，破坏她们的美丽衣衫，甚至把她们的衣服撕成碎片。

有一回，有个猎人在林间遇到一位苔藓姑娘，姑娘坐在石头上看着农民在耕地，发出会意的欢笑。姑娘正在欢乐时，突然看到猎人朝自己走来。姑娘十分害怕，顿时消失不见了。

另有一回，有个年轻人正在林间砍伐树木。等到夜幕降临，年轻人想要收工回家了，突然，他看到面前站着苔藓姑娘。姑娘头戴红帽，干瘦的手上拄一根拐杖，姑娘朝他伸出乞讨般的双臂，说道："请可怜我，请在被你伐倒的树干上刻画三个十字，它会给我们赐福的。今天，将有野蛮的猎人过来，他还牵着一群猎狗，多么可怕。我们没有丝毫的宁静，只得坐在砍伐在地的树干上。如果树干上刻画三个十字，它会帮助我们，野蛮的猎人就不敢伤害我们，那是我们的幸福。"

年轻人心想十字架是个吉祥的符号，于是满足了姑娘的请求。苔藓姑娘再三称谢，为他祝福。姑娘的祝福十分灵验，年轻人果然财运亨通，而且身体健康，直到高龄时还身强力壮。

海星小溪的魔鬼

海星小溪位于多瑙河畔。那里有一座山，山上有一座城堡，已经成了废墟。直到今天，废墟还望着山谷发呆，不堪回首往日的辉煌。

从前，城堡里住着一个骄傲得不可一世的可怕的骑士强盗。长期以来，强盗危害乡邻，被大家看作地方一霸。骑士强盗不断袭击沿多瑙河行商的旅客，把他们抢劫一空。有时候，他还在多瑙河上拉起一道铁索，迫使沿山谷航行的船只无法前进，只得停靠岸边。这时，强盗们顺着山坡冲下去，把抢夺的货物搬运上山，藏匿在城堡深处。

帕骚的主教曾经希望劝说强盗，让他们改邪归正，皈依基督教。他反复劝说，不断提醒，甚至警告动用教堂的惩罚，海星小溪的强盗骑士只是无动于衷，还嘲笑主教无能。

一天，命运找上了他。骑士在外出抢劫时从马背上滚落下去，折断了脖子。正当骄横的骑士躺在灵柩上等候埋葬时，当天夜里城堡遭遇巨大的雷鸣电闪，美丽的城堡被打成一片废墟。

后来，帕骚的主教在梦中见到自己站在火光冲天的悬崖峭壁旁，听到从下面传来呼喊声："主教先生，请可怜我吧！只有你才能减轻我的苦难！你可以写一封信送到海星小溪，请人抬走我抢夺而来的全部财产。别让我忍受黄金的煎熬。"

主教果然给海星小溪发去信件，而且盖上教堂的大印。午夜时分，信使把书信送到城堡废墟。周围一片漆黑，多瑙河波涛汹涌，许多船只等候一旁。突然，只听到一声巨响天崩地裂，城堡的废墟间顿时火光熊熊，无可阻挡。大家害怕得不知所措时，只见从城堡塔楼的废墟中钻出两个火焰妖怪，好像两条火龙。两个巨型魔鬼顺着山坡滚落下去，不一会儿来到平地。

船上的水手见到这般光景，早已吓得毛骨悚然，不敢吱声。他们看到魔鬼搬动了两个箱子，把它们盖紧，然后坐在上面，模样可怕。船上的水手们不敢前来认领货物，便大声说道："呵，我们还是走吧，逃命要紧！"

两个魔鬼听到讲话，惊恐地从箱子盖上跳起来，朝着多瑙河纵身一跳。他们

的头顶间冒出两串水花，然后销声匿迹，不见踪影。强盗骑士偷抢的货物被原封不动地运到帕骚城。

帕骚的约翰

莱茵河和伊尔茨河在帕骚流入多瑙河，组成三河交界的壮丽景观，令世人无比遐想。在距离帕骚不远的山坡上坐落着古老的上屋城堡，它的城墙和壁垒顺势往下屋城堡而去，那里是伊尔茨和多瑙河咆哮怒号、发出轰鸣响声的交汇之地。

从前，帕骚的约翰就住在那里，是个勇敢而又骄傲的骑士。约翰打过很多胜仗，迫使许多对手后撤。可是，他却难以战胜自己。这是一场尤其艰难的战斗，因为骑士是个暴戾恣睢的人，十分可怕。每当他怒发冲冠、不能克制自己时，他便破口大骂，骂出来的话又脏又粗，亵渎神圣。周围的农民和伙伴都称他为“粗口约翰”。

有一回，城堡主人爱上邻近贵族家的女儿阿格纳斯，一位温顺而又漂亮的姑娘。任何人都没有听到姑娘高声大气地说过话，更不用说骂人的话了。可是，这样的姑娘却成为粗口约翰的妻子，你说怪不怪？当骑士向姑娘求婚时，姑娘开口说道：“我愿意嫁给你，可是你应该向我承诺，以后不再骂骂咧咧的。口中不断喷出恶毒的语言，实在是不轻的罪孽。”

骑士约翰庄严宣誓，决定痛改前非。不久，他们在城堡举办豪华的婚礼，婚后，夫妻恩爱，相敬如宾。他们生活得美满幸福，真是令人羡慕。可是，几个星期后，约翰忘掉自己的誓言，重蹈覆辙，又陷入恶劣的陈旧习惯中去了。他只要稍有不如意，便暴跳如雷，恶毒咒骂，而且比婚前更加猖狂。

阿格纳斯感到心痛如绞，她不断地央求丈夫戒除骂人的习惯，丈夫就是不愿听从。妻子越来越沉默，面色越来越苍白。城堡的大厅和房间内再也听不到她的朗朗笑声，女仆们悄悄地走动，心情沉重。贴身的希尔特伽特更是忧虑重重，担心女主人的安危。

这一切似乎并没有触动骑士约翰。有一回，当阿格纳斯又面色寥寥、无限悲伤地走回房间时，他还大声叱责：“一个病恹恹的女人，让魔鬼拖走吧！这样的婚姻我受够了！”说完，骑士领着他的随从打猎去了，他的随从如同主人一样蛮横无理，骂起人来一点儿也不输于主人。

晚上，骑士回来，看到厩棚仆人没有跑着过来服务，便开始大声叫骂。妻子阿格纳斯温柔地规劝他，骑士非但不听，又对妻子咒骂起来：“你见鬼去吧！”他的语音刚落，只听阿格纳斯大叫一声，倒在地上。骑士以为她晕过去了，连忙呼唤希尔特伽特前来侍候。

希尔特伽特俯身朝女主人看了一下，立起身来对骑士说了三个字：“她死了。”骑士听到讲话，立刻跪倒在地上，对自己的野蛮任性追悔莫及。他这回真是绝望透顶，城堡神甫百般相劝，才让他回心转意，没有自杀身亡。

阿格纳斯被搁在城堡的教堂里。来自帕骚和邻近的村庄的人们络绎不绝地来追悼阿格纳斯，不忘她生前的热情和恩德。悼念完毕，他们恋恋不舍地离开阿格纳斯的灵柩，回去了。教堂里只留下骑士约翰独自一人，他站在妻子的棺木旁，看到棺材敞开着。

骑士看着死去的妻子，心里悔恨交加，他骂骂咧咧地把头埋在妻子的胸前。突然，他听到妻子的心脏在跳动，骑士仔细地看了看妻子的脸，借着微弱的烛光，他看到妻子的脸上挂着一行泪水。骑士不由得连声呼唤“阿格纳斯”！

妻子微微地张开了眼睛，骑士约翰大喜过望，连忙把妻子从棺材里扶起来，一把抱住，送入房间。“你的悔意让苍天原谅了你的过失，让我得以重返生命，”阿格纳斯小声地说道，“你要答应我，口中别再出现骂人的话，否则，我会重新踏进刚才的世界。我们从此以后天地相隔，再无见面的机会。”

骑士急忙跪在地上点头答应，城堡女主人获救的消息不胫而走，如同山火一样传遍大地。听到这般奇迹的人顿时从四面八方赶过来，希望看看这位享受上帝恩德的女人。

骑士决定举办一回隆重的庆典。主教、帕骚城里的市议员、邻近的贵族男女和许多高尚的市民全都接到邀请。阿格纳斯并不喜欢抛头露面，她害怕纷繁混乱，因此建议丈夫取消庆典。骑士约翰却坚持举办，他说：“我希望忘掉死神用双手把你搂住的可怕景象。现在，我要用双手拥抱你，而且让大家看得清清楚楚、明明白白。”

“可是，如果我们安安静静地感谢上帝，不忘上帝对我们做过的一切，那么，上帝会更加喜欢的。”阿格纳斯回答。约翰的愤怒神经又开始膨胀起来，他用拳头狠狠地擂击桌子，一面高声叫骂：“让魔鬼抓你……”恶毒的话音刚从骑士的口中溜出，阿格纳斯仰天一跤倒在地上，灵魂悠忽一声飘出体外。

主教、市议员、贵族和市民们怀着对庆典的期望来到城堡。可是，他们却被请进小教堂。城堡女主人的灵柩搁在那里，阿格纳斯安详地躺在棺材里，骑士约翰守卫一旁。骑士把妻子安葬以后，决定不再逗留在城堡了。他出走了，远走高飞。谁也不知道他到哪里去了，谁也没有再见到他。

几百年过去了，可是，人们在城堡女主人忌日的夜晚常常听到从下屋城堡的废墟里发出叹息和怨诉的声音。

变成石头的三兄弟

下磨坊村就在多瑙河畔，村里住着一个年迈的船夫。他和妻子造了一幢小房子，不过，他们的生活贫困、简陋。

那是一个寒冷的冬夜，老人躺在床上没有睡着，旁边是他重病在身的老伴。简陋的房子里只有一盏灯，凑着灯光勉强能够看到多瑙河上的冰块流动，十分危险。半夜时分，船夫听到外面有人敲击窗户，接着响起几个粗鲁的男人讲话声：“老船夫，快出来，解开你的小船，送我们过河。我们必须到对岸参加婚礼！”

船夫感到几个夜间的客人十分可怕，便回答一声：“你们别打扰我，我不想为几个钱踏上渡船。外面冰天雪地的，多么危险。再说，我的妻子重病在床，我不能把她撇下不管。”

几个男人开始诅咒起来，他们是兄弟三人，说道：“怎么，一个老人就把我们吓住了？我们三个人年轻力壮，如果我们奋力划桨，很快就会到达对岸的，然后再回头对老人嘲笑几声，让他明白自己是个胆小鬼！”

三个人说罢，便跳上摇晃的小船，他们一起划桨，离开河岸。当他们来到河流中心时，三个人高兴得手舞足蹈。他们嘲笑般地对着河水大喊一声：“出来吧！”

“出来吧！”夜空里传来激烈的回声。

兄弟三人被自己的回声吓了一跳。于是，他们努力划船，终于穿过激流，到达对岸。正当他们想要上岸时，只见一道波浪凭空而起，波浪间坐着多瑙国王，头戴金冠，身高如塔。他的头发和胡须垂直往下，不过都是蔚蓝色的，身上穿一件紫金长袍。多瑙国王伸出蓝色的手臂，朝着站在对面的兄弟三人头上摸了一把，他们三人顿时变成三块没有生命的石头。

兄弟三人骄傲自大，不懂规矩，这回受到了惩罚。船夫却在整夜都听到“出来吧”的呼喊声。第二天清晨，多瑙河上风平浪静。船夫渡过多瑙河，看到岸边站立着三块变成石头的身影。

三块石头直到今天还站在下磨坊村，清晰可见。

浮士德住宅

阿夏赫的对面是一座山，山上有一幢漂亮的房子。房子注视着多瑙河水，多么亲切。民间把这幢房子称做“浮士德住宅”。其实，住宅看起来更像一座小巧玲珑的宫殿。

相传闻名于世的黑色艺术家浮士德博士把灵魂典当给魔鬼后，便开始了他的远方之旅。他要闯荡世界，而且可以支配魔鬼和魔鬼的下属，让他们为自己当奴作差，殷勤服务。

一天，浮士德和魔鬼精疲力竭地来到多瑙河边的狼齿哈格村。当他们登上狼齿哈格山时，浮士德实在迈不开步，走不动了。魔鬼万般无奈，只得立刻为他建造一座小宫殿，让他能够在漂亮的屋檐下暂度一夜。新造的宫殿十分漂亮，里面还有一间书房。浮士德看了以后心中满意，希望在那里住上一段时间。

他在这里向周围人民显露他的魔术本领，跟他们玩笑欢乐。不久，山谷地区的男男女女、老老少少全都认识他了。浮士德可以驾驭一批魔鬼，他像驱使猎犬一样地操纵他们。他们如果稍有反抗和不满，浮士德就会惩罚他们，把他们打得嗷嗷直叫。

有一回，那批黑色的家伙必须在五秒钟内为多瑙河架设一条通往阿夏赫的桥梁。可是，等到浮士德骑坐高头大马跳过大桥时，他们必须立刻拆除大桥。另有一回，魔鬼们必须为他变出一桌丰盛的菜肴，浮士德希望邀请农民们前来赴宴，跟他们一起大肆吃喝。宴会上情绪高涨，浮士德对农民们说，他要在多瑙河上建造保龄球道，供大家游玩。当然，他是不会自己动手的，只是唤来他的地狱差使，再布置任务。

第二天黎明，农民睁开眼睛时不由得大吃一惊，原来在多瑙河上已经建造起一条漂亮的保龄球道，球道迎着初升的太阳光芒万丈。浮士德博士高高兴兴地邀请大家一起打保龄球。可是，农民们胆小，他们不敢跑上河面。于是，这位胆大的黑色艺术家一马当先，第一个骑马踏上急流，他根本没有沉没下去，身上也没有溅湿。

他甚至跟下属的魔鬼们开起了玩笑。大魔鬼亲自担当服务员，不断地重新扶起被打倒的保龄球。保龄球肆无忌惮地在水面上滚动，沿着各个方向飞上河岸。大魔鬼十分艰难地到处寻找和捡拾，把它们重新竖立起来。农民们站在岸边惊奇地观看，只是没有人敢下水一起游戏。

还有一回，浮士德博士命令在五分钟内建造一条以石块铺路的街道，街道连接他的宅第和王宫。他希望骑上火焰般的骏马穿过街道，奔驰而去。等到浮士德博士阳寿将尽，魔鬼便想履行协议，夺去浮士德的灵魂。一向大胆行事的黑色艺术家这回却吓破了胆，他一面叹息一面呻吟，多么可怜。浮士德的呻吟惊扰得周围没有人能够合眼睡觉。

浮士德躺在床上，把大门锁得十分严密，那是为了不让魔鬼进门，免得把他抓去。午夜时分，周围响起一阵可怕的声音，如同地震一般。魔鬼趁着雷鸣电闪闯进房间，他抓住呻吟不止的黑色艺术家，领他穿过巨大的墙洞，那是他在骑马时踩踏而成的，然后高高地升上天空。浮士德已经听到天使的歌声了。

浮士德十分后悔，抱怨自己罪孽深重，于是连连呼唤上帝保佑。可是，有个声音从九霄云外传到他的耳际："呵，浮士德，浮士德！你的后悔太迟了！"接着，魔鬼带着浮士德的灵魂一路凯歌，高高兴兴地消失不见了。

经过这场变故以后，周围的农民再也不愿意住进浮士德宅第了。而那个让魔鬼领着浮士德穿过的墙洞直到现在还依稀可见。当船夫们在多瑙河上驶经狼齿哈格山时，他们都会朝那幢房子投去一瞥，然后说道："浮士德博士正从那里俯视世界呢！"

拉那律特尔堡

在古老的主教城帕骚和奥地利的阿夏赫之间有一道高山林立的多瑙山谷，山谷间布满了高大雄伟的城堡和传说众多的宫殿，真是山水连绵，洞天福地。离开天使哈埃策尔不远的拉那律特尔堡是从前的军事要塞。过去，这里还有另外的堡垒，那是老鹰山家族的骑士获得的偿地。相传那是一位家境殷实的骑士，他两次出征，进攻非基督教徒，因此带回珠宝无数。他把巨大的财富全都收藏在城堡里，没有人知道具体的数目。

战乱时期，敌人的部队曾经推进到多瑙山谷。他们烧杀抢掠，无恶不作，连老鹰山家族的古堡也没有放过。城堡骑士率领他们的兵丁奋勇抵抗，可是，敌人从城墙上打开几条通道，然后射出尾部带火的利箭。城里如同下了一场火雨，城堡被烧成一片废墟。

老鹰山家族的骑士知道城堡的命运已定，难有挽回之势。可是，眼看妻儿老小全在面前，骑士不忍弃堡而去，尤其最小的儿子才刚刚落地，他更不忍心看到城堡遭受涂炭。于是，他决心奋力捍卫，即使大难临头也在所不惜。骑士不能眼睁睁地看着妻儿老小通通死在自己的脚前呀！当火焰沿着城墙反复往上窜动时，骑士唤来一名勇敢而又聪明的使女，他把最小的孩子托付给使女。武士们趁着敌人没有察觉的机会，用绳索把使女和孩子送下城墙，让使女和孩子来到野外。

那个勇敢的使女名叫埃尔塞。她抱着孩子沿小路来到多瑙河谷，从那里跳上一只小船，把孩子放在船舱板上。可是，埃尔塞还没有离开河岸，只听混乱之中飞来一箭，射在她的背上。使女一个踉跄，倒在急流之中，死了。几乎就在同一时刻，城堡主人和他的守卫武士全部壮烈阵亡。拉那律特尔堡内火光冲天，烧成一片火海。

带着孩子的小船在黑夜之中沿河而下，一直来到施律根河套地区。多瑙河从这里开始往回流淌了。小船停泊在岸旁，有个年迈的渔夫听到孩子啼哭，急忙过去。他看到孩子孤零零地躺在船舱板上，连忙把他抱起来，交给骑士枯宁根的妻子，枯宁根是海星小溪的宫殿主人。

骑士的妻子十分怜悯漂泊而来的孩子，给他起个名字叫汉诺。从此以后，骑士夫妇把汉诺抚养长大，如同亲生的儿子一样。汉诺以为自己就是养父母的亲生儿子，认为自己是阿尔波尔伽的嫡亲兄长。阿尔波尔伽是养父母的亲生女儿，按照当时的风俗，汉诺被送入一家诸侯宫殿，他作为宫廷侍童学习百般骑士武艺和道德规范。

三年以后，汉诺成为一名显赫的骑士，重新回到海星小溪宫殿。他听到王国上下盛传一则谣言。人们窃窃私语，说拉那律特尔城堡遭遇大火时，一切昂贵的珠宝都被掩埋住了。可是，没有人能够发掘它们，因为有个神秘的城堡幽灵镇守在旁。任何胆敢靠近城堡的人都会遭到幽灵的进攻，被打得抱头鼠窜。

汉诺希望尝试一下，骑士枯宁根反复劝说都没有用。母亲更是声泪俱下，希望儿子回心转意，免得遭受无妄之灾。可是，汉诺仍然坚持自己的主张，他说："我不怕城堡幽灵。我想知道，人们众说纷纭，他们到底有何依据？"

年轻的骑士备好马鞍，高高兴兴地沿着多瑙山谷催马扬鞭。他一路劳顿，匆匆忙忙来到从前的城堡。骑士跳下马，沿着烧得漆黑的城墙走了一遭，他看到周围一片废墟，心里不禁产生一股异样的感觉。他感觉曾经到过这个地方。汉诺迟疑着跨过灌木和草丛，慢慢地来到一座城门前，他看到城门上锈蚀斑斑，杂草丛生，可是仍然紧闭着。

汉诺尝试着拉开大门，却感到大门是从里面被打开的。一个身穿灰色大衣的白胡子老人出现在他的面前。"我知道你终有一天会来的，"神秘的声音开口说道，"因为你是老鹰山家族谱系中的骑士，是这座城堡合法的继承人，重建城堡的使命责无旁贷地落在你的肩上。而且，你应该把它建造得更漂亮、更雄伟。"

老人说完便点起火把，嘱咐汉诺跟在他的身后。他首先把汉诺引到汉诺父母亲被埋葬的地方，然后穿过长长的过道进入地下室。地下室里堆满了金银货币，它们在火把的照耀下闪闪发光。汉诺看到这么多的货币，直刺得双眼生疼，他连忙闭住了眼睛。

"我为你保管这么多的财富，"白胡子老人慢条斯理地说道，"现在，你需要多少都行，只要你扛得动，这是你的财产。"

年轻的骑士睁开双眼，眼前的老人突然悠忽一声不见了，可是，那些闪闪发光的黄金、白银还在。这一切全都证明了骑士并没有跌入梦中。汉诺立刻上到地面，他纵身跳上马背，回到海星小溪。他把城堡精灵所做的一切对骑士枯宁根和夫人叙述一遍。

骑士夫妇向他证实，说是一位渔夫从前在多瑙河边的渔船上收留了他。他们接受了啼哭不止的婴儿，把他抚养长大，如同自己的孩子一样。不久，拉那律特尔堡的宝藏重见天日，汉诺为他的父母亲建造了一座庄严的坟墓，然后把城堡重新加工、砌造。完工以后，城堡果然比从前更加漂亮、雄伟。

骑士枯宁根和他的夫人喜欢养子汉诺，他们把自己的女儿阿尔波尔伽许配给他，让他们择日完婚。汉诺决定举办盛大的庆典，庆祝自己双喜临门。他一方面成为新堡的主人，同时又跟美丽的妻子阿尔波尔伽如胶似漆，无比恩爱。幸福和甜蜜自天而降，怎么不令骑士汉诺心花怒放。

拉那律特尔城堡内街谈巷议，人们纷纷赞扬合法的继承人，说他顺利地回到故乡。可是，关于城堡幽灵，人们从此以后再也没有听到任何的传说。

埃弗尔丁的跳跃老板

埃弗尔丁城外有一片广阔的草地，供人游玩。两百年前，那里有一家古老的酒店，酒店远近闻名，人们习惯于称它为“跳跃老板”。酒店的大门上挂着一块招牌，招牌上画一个在空中逗留的小丑。关于“跳跃老板”的名字和“空中小丑”的画像还有一段美好的传说。

相传在很多很多年以前，有一个小伙子在漫游途中顺着尘土飞扬的乡村大道一路来到埃弗尔丁。小伙子兴致勃勃，口中吹奏一支欢乐的歌曲。不过，他已经累了，外加饥饿难忍，因此，他迫切地希望找到休息的地方。突然，他看到一家酒馆，便高高兴兴地走进去，一面跟周围的人打着招呼，十分礼貌、友好。酒店里有几个倦意浓浓的庄稼汉。他们围着几大罐啤酒坐成一堆，直喝得眼睛发斜，身体疲软。账台后面坐着性情乖张的老板。老板在口中骂骂咧咧的，抱怨天时不济，运道不佳。

老板看到进来的年轻人背着花背包，头上戴着一顶欢乐的便帽，便开始嘟囔起来：“这个人看上去也是身无分文的。”老板没好气地问年轻人有何愿望。年轻的客人没有生气，反而高高兴兴地订一瓶葡萄酒。“要最好的。”他朝着老板的背影喊了一声，老板拖曳着疲劳的脚步朝地下室吧嗒吧嗒地走去。

后来，老板给年轻人斟酒时问道："先生从远方来吗？"

"不远，从埃弗尔丁过来。可是，我认识天大的世界。我游历过德国和意大利，甚至到过匈牙利。"

"先生操持何等职业呀？"老板忍不住好奇地问起来。

"呵，我是个博学的人，学过各等自由手艺。我叫马丁奴斯·约科比斯·罗特哈特，连皇帝的宫殿里也知道我的名字，因为我在那里表演过许多手艺和本领。"

农民们听到讲话全都乐了，他们伸头探脑的，窃窃私语，暗自发笑。

老板继续说道："看来先生是个艺术家，我们希望见识一下你的高明。"

"可以，可以，"罗特哈特大声回答，"我们可以打个赌，你同意吗？"

老板点点头。他们相互击掌，达成了相互间的约定。庄稼汉们渐渐地聚拢过来，他们睁大眼睛、竖起双耳，生怕漏掉眼前的乐趣。

"我打赌，可以跳得比你的房子高。我们赌一桶葡萄酒，不过是匈牙利的名酒托卡埃尔。"

老板不由得哈哈大笑，说道："呵，我的先生，你开了个贵重的玩笑。我倒无所谓，你可吃不消的！你如何才能跳得比我的房屋高呢？这是不可能的呀！"

"你马上就会笑不出来的。"罗特哈特回答。

庄稼汉们忍耐不住，连连起哄："让他显示一下自己的本领，你们应该遵守比赛规则。"

罗特哈特果然脱下外套，带着助跑猛地往上一跳。不过，他跳得没有桌子高。

"你瞧，"他对老板说道，"我赢了。快把托卡埃尔葡萄酒端上来吧！为了让大家看看我的跳跃本领，请给在场的人都斟倒一罐上等啤酒，通通记在我的账上。"

老板听罢讲话，先是吃了一惊，继而大发雷霆，叫骂着说道："这算怎么回事？你以为我愿意当傻子吗？你是个牛皮大王，而且是个说谎话的高手！"庄稼汉们哈哈大笑。

罗特哈特回答："老板先生，且请忍耐片刻。现在，请你的房子跳一下。它如果跳得比我高，那么我就输了，你赢了。"庄稼汉们笑得满地打滚，连老板也忍不住哈哈大笑。

老板连忙从地下室取出一桶托卡埃尔葡萄酒。不一会儿，大家喝得东倒西歪，嘴巴里吐露着疯狂的酒话，连鼻子里也是酒气冲天。罗特哈特讲了许多粗鲁的笑话。庄稼汉们笑得前俯后仰，连腰都直不起来。

老板在一旁忙忙碌碌，帮助斟酒。他不停地走进地下室，搬出一桶又一桶的葡萄酒，拎上一罐又一罐的啤酒，真是倒酒如水，生意全无。等到晚上，庄稼汉们通通回去了。罗特哈特端起酒杯跟老板碰一下，说道："我闯荡世界的时间太久了。现在，我想在你这里找个差事落个脚。你就收留我吧，你不会有损失的。"

老板见他聪明伶俐立刻同意了罗特哈特留在了店里。不久，人们纷纷传说，罗特哈特不仅伶牙俐齿，嘴巴不饶人，他的两只手也很乖巧，粗活细活都能干，而且心地正直。罗特哈特的故事成捆打堆，全都引人发笑。客人们源源不断地聚拢过来。老板忙忙碌碌，再也没有时间抱怨时运不济、生意不佳了。

老板有个女儿长得修长苗条，十分标致。姑娘看到新来的伙计心地善良，手脚勤快，对他难以忘怀。罗特哈特跟她一来二去，便双双跌入爱河。他们依偎在一起，罗特哈特说要娶她为妻时，姑娘满心欢喜，连连点头。

后来，老板死了，罗特哈特成了酒店的继承人。从此以后，酒店改名叫做"跳跃老板"。至于招牌上的丑角正是罗特哈特，大概无需详细解释了。

彩　虹

多瑙女妖跟她们的父亲多瑙国王居住在多瑙急流的河床上，她们有时候会浮出水面，去各个地方游玩。有的女妖坐在河水中央的危岩上，互相唱歌嬉耍，有的引诱过往行人，把他们拖入河底，让他们再也无法回到岸上。有时候，女妖们警告渔夫和水手，提醒他们注意水下暗礁，希望他们避开洪水和巨大的冰块。冰块在解冻的天气里顺着多瑙河横冲直撞，多么危险。多瑙河两岸住着不少以河为生的人，他们常常见到多瑙女妖，知道许多关于女妖们的故事。

一天，在林茨附近发生一件怪事。那天夜里有三个女妖浮出水面，她们在身上挂着水草和藻类。月光下，她们看上去如同穿上节日的盛装一样，散发出熠熠光辉。她们常常是走上多瑙河岸的，三位女妖在美丽的发间夹着水花和珍珠，脖子上挂着贝壳项链，鲜明透亮。她们身上穿的衣衫很长，所以人们看不到她们拖在身后的鱼尾巴，还以为她们就是普通的姑娘呢。

多瑙女妖浮上岸时，都会在岸边站立一会儿，听听附近是否有歌舞声。如果她们听到歌舞声，就会悄悄地走上前去，跟那些年轻的渔民和农家子弟一起跳舞，共同欢度教堂落成典礼或者其他一些节日。直到半夜时分，她们才悄悄地撤出舞池，然后游回她们的王国，跟父亲住在巍峨的水晶宫里。她们必须准时回家，因为多瑙国王是个严厉的父亲。他如果发现女儿回来晚了，就会粗暴地鞭打她们。父亲的粗鲁激荡得整个多瑙河水汹涌澎湃，流动湍急。

那天晚上，三个女妖一起前往跳舞，看到三个年轻的小伙子。三位姑娘对他们一见钟情，深深地爱上他们，欲罢不能。三个小伙子也不断地投怀送抱，再也不跟别的姑娘跳舞了。不过，三个小伙子都有未婚妻，未婚妻见他们对自己不理不睬的，十分愤怒，于是抱怨着说道："我们的对象只跟那些陌生的姑娘一起跳舞，如同着了魔一样！"

姑娘们说着怒气冲冲地去找市长，说三位陌生的姑娘都是妖怪。市长立刻下令把三位陌生的姑娘关押起来，准备第二天把她们送上法庭，然后架起火堆，把她们烧成灰烬。

那是个焚烧妖怪的残暴时代。可怜呀，三位水姑娘在第二天就会被送上柴堆。姑娘们命在旦夕，人们只等着点燃柴堆了。

三个女妖围在一起痛哭不已，她们担心和害怕火焰，因为火会烧坏她们的衣衫，烤干她们挂在衣服上的海草和藻类。到那时，她们就会露出银白色的鱼尾巴，女妖是没有大腿的。

女妖们担心人们会耻笑她们，说她们不是姑娘，而是水中妖怪。呵，那是多么让人害臊的事啊！可怜的女妖吓得浑身发抖，因为接受火刑的时刻越来越近了。突然，多瑙河咆哮起来，它发出稀罕的怒吼声。不一会儿，在河水中间游出一条巨大的鱼儿，大鱼对着烈火游过去，对着燃烧的柴堆吐出一道巨型的彩虹。熊熊大火顿时被熄灭了。看到这一幕壮烈情景的渔民和农夫全都惊吓得目瞪口呆，不敢发出一丁点儿的声音。

水妖姑娘们高高兴兴地从被浇得透湿的柴堆上爬下来，顺着彩色的虹弧一路上去下来，最后回到多瑙河。多少林茨人亲眼目睹，他们能够原原本本地给你讲述这则动人的故事。

野蛮的青苔

在埃弗尔丁西北临近湖溪村方向有一片开阔的青苔地，青苔地上布满了大大小小的水塘。周围生长着高大的柳树，旁边杂草丛生，蓬蓬勃勃。这是一片寂静的地方，很少有声音打破它的平静。由于地方偏僻，到了夜晚时分，没有人胆敢穿越这片野蛮的青苔地，因为那里飘拂着两盏鬼火，在坟地上方闪闪发光。

他们是两个农民，曾经迈着蹒跚的步伐穿过湿漉漉的林区。农民手提狼牙棍，棍上鲜血淋漓，狼牙棍是他们一直携带的防身武器。这是两个农民领袖，他们一辈子都是农民的首领。现在，林区坟地上空飘拂的鬼火正是他们的灵魂。两个人有名有姓，叫斯推凡·法亭格和克里斯托夫·策勒。

那是 1626 年，伯爵赫尔泼斯托尔夫当任上奥州的总督。总督推行新教，手段残酷。农民们心中忿恨，纷纷起义，他们手执武器，有镰刀、斧头、棍棒，甚至还有狼牙棍。狼牙棍在棍子顶端装有钉刺，寒光嗖嗖，民间又把它称做“启明星”。

农民们围攻城堡时，斯推凡·法亭格不幸中弹身亡，伙伴们把他掩埋在埃弗尔丁的公墓地上，然后又席卷而去围攻林茨。可是，农民们因为缺乏领导没有赢得战争，最后彻底输了。总督残酷地惩罚起义的农民，甚至连死者也不放过。

总督命令把斯推凡·法亭格和另一个农民领袖克里斯托夫·策勒从坟地里挖出来，把他们扔在离湖溪不远的水塘之中，那是让人毛骨悚然的沼泽地区。两个农民英雄在死后没有得到正式的安葬，他们于心不服，常在夜间出没，呼冤喊屈，直到今天都还没有消停。

库恩山堡的酒窖

林茨是个美丽的多瑙河城市，在它的上首有一座库恩山，山上有一座残破的城堡。

一天，有个农民经过城堡时，他突然想去看看城堡里的废墟。于是，他跨过残壁，在城堡里转来转去。农民正在走动时，看到面前有道阶梯，阶梯引导着他穿过一道拱门。从拱门下去，便是宽敞的地下室，里面排列着两排硕大的葡萄酒酒桶。

农民沿着两排酒桶走了一遍，看到只有一只桶上装着开关。于是，他举起手，转动开关，只见里面流出清澈而又金黄的葡萄酒。农民尝了一下，发现酒香扑鼻，真是上等美酒，那是从来都没有喝到过的。农民喝了又喝，喝得称心满意。突然，他想起自己还有一批乡邻，便决定给他们带一点，让他们喝个痛快。

他看到地上有一只巨大的银杯，便捡起来装满高贵的葡萄美酒。农民转过身正想离开地窖时，突然看到三个男人挡住他的去路。三个男人身穿黑衣黑衫，那是几百年前的时髦服装。农民不由得毛发直竖，口中结结巴巴，说不出完整的句子来。他在胸前连连地画着十字，请他们千万别伤害自己，请求放他出去，还说愿意把酒送回原处。

三个幽灵般的人对他并无恶意。他们为在这里遇上一个生人感到高兴，便朝他点点头。其中一个年岁大一点的开口说道："我们的葡萄酒是多瑙河流域最好的酒，但愿它给世人带来欢乐。我们已经死了，无法饮酒作乐。如果你愿意，可以常来走走，从桶中取出上等美酒。你可以用来自己解渴，也可以装着带回去，跟你的家人共同品尝。"

农民听罢讲话，连连表示感谢。三个黑衣男子让在一旁，方便农民毫无阻挡地回家去。农民回到家中，愉快地讲起自己在城堡废墟内的遭遇。从此以后，农民只要高兴便到城堡地下室内打一罐上等美酒，一家人喝得无比欢乐。有时候，他还邀请朋友一起畅饮。

他进出地下室的路始终是畅通的，从来没有遇到过旁人。

有一回，当他又取出一罐美酒回家，还特地邀请邻居一起喝酒。邻居们感谢他的盛情接待，便再三追问他美酒的来源。农民喝多了，管不住自己的嘴了，把美酒的秘密和盘托出。邻居们并不相信，认为他的美酒一定来路不正，说话之际，他们对主人越发怀疑，后来索性把他告上法庭。

法官要求他再试一次，要看他如何从城堡地下室内取出上等美酒，而且把美酒送到市议会。农民迫于无奈，只得前往地下室内取酒。当他顺着阶梯逐级而下打开大门时，他这回又看到身穿古装的三个男人。男人们看着他，眼中流露出悲伤的神情，一面朝他的帽子里送上许多金币。

农民盯着他们的目光看了一阵，突然仰身跌倒在地，不省人事。等到他重新苏醒过来，看到自己躺在城堡的墙上，手中拿着帽子，帽子里装着不少古代钱币。从此以后，库恩山城堡的酒窖连同它的守卫一起沉入地下，再也没有露过面。没有人听到有关它的任何消息。

林茨的约瑟夫皇帝

约瑟夫皇帝喜欢骑马巡视王国，希望寻找志同道合的伙伴。他并不主张听取高官的汇报，而是更愿意亲自寻访，看看天下有哪些地方治理不周，看看官员们如何飞扬跋扈，如何欺压民众。

皇帝来到林茨城时并不住在皇家宫殿，而是下榻在平民百姓的家常旅馆。那家旅馆叫“白鹅”，住店的客人都是手工艺师傅，旅馆位于宫廷山旁侧。后来，人们为了纪念高贵的皇帝驾临，在旅馆门前竖立一块牌子，写上：“纪念难以忘怀的皇帝约瑟夫，他于 1783 年和 1786 年两度下榻此馆。”可见非同小可。

有一回，皇帝亲临林茨大教堂的弥撒活动，教堂神甫命人给他铺开一条昂贵的地毯。神甫亲自端来一把雕刻精细的椅子搁在地毯上，然后，亲自铺上柔软的靠背和坐垫。皇帝把椅子搬到一旁，跟信众们一起坐在一张简单的木板长凳上。

“上帝面前，人人平等。”皇帝说道。

另有一回，皇帝约瑟夫二度驾临林茨。居民们听说皇帝光临，纷纷赶来。他们围着皇帝，情绪十分热烈。皇帝看到人人都希望看到他，跟他说上一句半句话，心中怀疑不解。“今天休息吗？”他没好气地问道，“今天不是周末，人们应该干活，不应该到处无所事事地东张西望呀！”

这时，有个大胆的市民走上一步，说道：“呵，皇帝大驾，亲临林茨，我们感到无上荣光，因此，今天就是节日。”皇帝不由得微微一笑。“这是个聪明的回答，”他说，“现在，我要测试一下，看看你们林茨人究竟有多么聪明。我会在三天以后再到林茨来。现在我提三个问题：大海有多深？天空有多高？我在想什么？看你们如何作答。”

林茨人交头接耳，他们绞尽脑汁，谁也不知道如何回答，连德高望重的教堂神甫也莫衷一是，他可从来没有被任何问题难倒过呀！市民们思来想去，相互启发，甚至争论得面红耳赤，仍然没有答案。

这时，他们看到猪倌蹦蹦跳跳地一路过来。猪倌是个聪明伶俐的人，他看到大家六神无主的模样，便大胆地宣布："告诉你们，我知道答案了！"

"那么你去对皇帝说吧！"市民们纷纷提议。

"正有此意。可是，神甫，请把你的法衣借给我，让我穿得漂漂亮亮的，去见皇帝陛下。"

神甫立刻同意。

三天以后，皇帝约瑟夫果然如约来到林茨城。他迫切地希望听到有人回答问题。猪倌穿着神甫的法衣，朝前一步，深深地鞠上一躬，开口说道："大海只有投石之深，天空只有旅行之距，因为世上有一回升天节。至于陛下现在的思想，那是十分简单的。你一定在想，站在面前的神甫其实是猪倌。不过，你想对了。"

皇帝不由得哈哈大笑。"呵，你是个聪明的小伙子，"他对猪倌说道，"你这样的人对我十分有用。"皇帝说完领着猪倌回维也纳去了。皇帝让他在那里接受教育。猪倌并没有辜负皇帝的栽培和厚望，几年以后，他在宫廷里身兼数职，进出宫殿时前呼后拥，完全没有了当年的猪腥气。

文特格女店主

剑山位于多瑙河边，它的山坡上耸立着古老的城堡，现在城堡却成了废墟。许多高大的针叶树通过废墟的城墙直指蓝天，倒塌的窗口上杂草丛生，一片破败的景象。文特格城堡内最后一位伯爵夫人是个美丽、高大的女子，可是心地残忍，常常虐待和折磨她的仆人。

荒年岁月，贫苦的民众饥寒交迫，惨淡度日。伯爵夫人却大肆挥霍，无比奢侈。她每天都要用美酒佳肴宴请客人，如同人间天堂。

有一回，外面狂风暴雨。突然，有人敲她的大门，请求住宿一晚。陌生的来人是个年迈的男子，途中患病，面黄肌瘦的。他的脚面上布满了脓疮，伤痕累累。老人请求门卫放他进去，让他有个住宿的地方，最好还有一口葡萄酒，能让他稍稍恢复一点气力。门卫同情他的遭遇，让他走边门进去。

这时，城堡夫人走了出来。当她看到发生什么事时，命令门卫开大门，然后用手指着山谷，无比骄傲地对老人大声说道："山谷下面流水潺潺，胜过葡萄美酒，可以让你解渴。而且，你也可以在树林里露宿过夜。"说着，她把陌生人驱逐出去，任凭他受到狂风暴雨的袭击，一点儿也不觉得内疚和惭愧。

老人迎着风雨蹒跚而行。他沿着山谷，走向溪水。突然，他由于脚力不稳，重重一跤摔在地上。老人心中不满，诅咒那个不人道的城堡女人。老人的诅咒立刻灵验，文特格城堡的女主人当即患病，经过种种折磨，女主人魂归西天。

伯爵夫人在死后仍然忍受着重重折磨，难以获得安宁。人们常在深夜看到她，不过，她已经不是当年的模样，而是像在酒店里的女主人。她的右手托着大酒杯，里面盛满了美味的葡萄酒，沿着山谷往下走，口中怨诉不迭。

一天深夜，有个住在山上茅舍里的男子见到她的幽灵。男子刚回家关上大门，正想脱衣睡觉，不料窗户突然被撞开，烛光被吹熄了，周围一片漆黑。文特洛的城堡女主人站在他的面前，用一双空洞洞的大眼睛奇异地盯着他。男人大吃一惊，不敢从女人的手上接过酒杯，更不敢喝上一口。慌乱之中，男人急忙点上蜡烛，他看到眼前的身影消失不见了，只留下一串痛苦的呼叫声。

男人大病一场。他经过长时间调养，才慢慢恢复健康。

说话的鱼儿

在毛特豪森和格拉茵之间是一片广阔的平原。多瑙河缓缓流淌，无比安详，带着水池和养鱼塘的原始老林让游人不由自主地想起从前的年代。那时候，家神和女妖任意腾挪，仙女和魔师显示奇迹，很多人还听到动物们交头接耳、窃窃私语。

一天，农民的女儿玛莉来到池塘边，准备洗衣服。玛莉是个勤劳的姑娘，可在河边蹲坐时间长了，她也感到腰酸背痛，希望稍稍休息一会儿。这时，她听到从水下传来说话的声音，姑娘侧耳倾听，终于听清楚了："把我拉上去！把我拉上去！”

不一会儿，水面上冒出一个胖胖的大鱼头。这条鱼浑身幽黑，大嘴张开，瞪着大眼睛呆呆地望着姑娘。姑娘大吃一惊，连手上的衣服都掉在水里了。玛莉转过身，胆战心惊地回到家中，高声呼叫父亲：“池塘里有一条大鱼，像人一样会说话，它希望我把它拉起来。”姑娘说话时结结巴巴，十分害怕。

父亲听到讲话，不由得哈哈大笑，说道：“呵，你也许正在做梦。任何鱼儿都不会说话的。回去吧，到池塘边洗衣服去！”

玛莉再三解释，说真的看到那条鱼，听到它讲话了，可父亲就是不信。后来，父亲甚至愤怒了，责怪女儿：“我不要听你的胡说八道。鱼儿生活在水里，它要是被拉上来，那么就死了。”

姑娘还是不敢回到池塘去。直到第二天，她才提起精神，重新到池塘边洗衣服。那是夏天，水面如镜，清澈见底。周围连一点儿风都没有。池塘边上多么安静，只有蜻蜓在空中飞舞，然后慢慢地停在芦苇秆上。玛莉看到这里，相信父亲说得有理，自己大概真是做梦了。

她刚把手中的亚麻布浸入水中，突然，她似乎又听到讲话的声音。“你为什么不拉我上去呀？”声音悲憾，如怨如诉，“我只得留在水下，遭受魔变，必须耐心地等待七年才能解脱自己，让我变回人的模样。”

接着，周围又恢复了死一般的寂静，玛莉抓起洗涤的衣服，转身往家中奔去。她再也不敢讲在池塘边的奇遇了，即使后来多少人说看到池塘里有一条乌黑的大鱼，姑娘也不再附和他们。

鱼儿怎么会说话呢？而且，谚语里说得好：像鱼儿在水下似的沉默！那么，就让它沉默无言吧。

坠落的鞋匠

在抛山城堡的附近屹立着一块高大的尖尖的山石，引人注目，它与斯特鲁腾山谷遥相呼应，俯视着多瑙。这块巨石被叫做鞋匠山，因为从前有个鞋匠被罚在这里钉鞋掌、修补鞋面。还有人说，当时甚至规定了鞋匠每日必须制作多少双鞋，必须切割多少张皮革。

确切地说，这里所说的鞋匠住在格拉茵城，他是个年轻、漂亮、勤劳的鞋匠，独身，还没有家室。不过，还有另外一种说法，说鞋匠并不年轻，十分懒惰，已婚，至于外貌，实在不敢恭维。我们现在要说的是年轻、漂亮和勤劳的鞋匠版本。

鞋匠爱上了玛莉，玛莉是市议员的女儿，长得亭亭玉立，妩媚动人。可是玛莉却对他并不上心，她是一个漂亮又骄傲的姑娘。她感到其他的求婚人都比贫穷的鞋匠更加上眼，姑娘只有到他的鞋匠铺试新鞋时才会对鞋匠报以微笑。否则，她连对他微笑也是十分吝啬的。

鞋匠特别欣赏那样的时刻。不过，他很快就开始不满足凭鞋艺换取微笑的交易了，他多么希望面前的姑娘从口中露出一句清新的爱情话儿。鞋匠想过来想过去，思考着如何才能获得姑娘的芳心和青睐。突然，他想到在师傅家附近住着一个年迈的女人，有人说她是个妖婆。当天晚上，鞋匠就来到妖婆居住的大街。他小心翼翼地环顾四周，看看是否有人注意到他，然后悄悄朝妖婆的门前走去。

“你想干什么？”女人问他。

“我希望赢得一位姑娘的芳心，你也许可以帮助我，是吗？”

“呵，”女人回答，“赢得姑娘的芳心，方法多种多样。而且，它们都很简单，只是大部分人不知道。”

鞋匠心绪混乱地看着老妇人：“是的，你说得也许有理。可是，我的确不知道该怎么办。我尽一切可能地拜倒在她的脚下，她却仍然不爱我。当然，我是个穷人，家中也不殷实。”

“好吧，我明白了，你需要一剂爱情的魔汤。可是，你既然并不富裕，那就量少一点。那种东西的各种佐料不便宜，你是明白的。”

两个人商量来商量去，最后谈妥了价格。第二天傍晚，老妖婆提着一只小小的绿瓶，鞋匠带着一只皮口袋，里面盛满了银币。他们当即相互交换，完成买卖。

第二天清晨，姑娘玛莉来到鞋匠铺，想要试试一双新鞋。

“呵，这副搭扣真漂亮。”玛莉套上鞋，仔细地观看。那是六月底，天气闷热，鞋匠铺里更是如同火炉。姑娘看了一会儿，提出了修改意见：“你可以在这里加一点，那里再放松一些。天哪，这么热，你能给我一杯清水吗？我太渴了。”

这是怎样的机会啊！

鞋匠走进里间，装满一杯清水，他把魔汤剂料混合进去，摇了摇。玛莉接过魔汤贪婪地一饮而尽，多么解渴，她一面还在观看脚上的鞋子。当她把杯子搁下时，突然沉下脸来问道："一股怪味！你是从哪里盛来的清水？"

"十分抱歉，"鞋匠回答，"那是集市旁井中的清水，我刚刚打来的。"

当天晚上，玛莉病倒了。她请医生来看病，并且对医生讲到在鞋匠铺喝了井水的事。医生听到讲话，不由得倒吸一口冷气。

"呵，腐水不流，"医生说道，"真是糟糕极了。人们纷纷传说，地方上水源肮脏，已经引起可怕的瘟疫。"医生说罢，立刻来到鞋匠铺。

"你说的那口井在什么地方？"医生问道。

"什么井？怎么回事？"鞋匠被问得莫名其妙。

"玛莉小姐病了，她告诉我曾经在你这里喝过井水。那口井在什么地方？"

鞋匠听到讲话，心中又羞又怕。"那可不是水的缘故，"他不禁哭了起来，"而是我。我把魔汤给混在她的水中，只是为了让她爱上我。"

医生立刻报告市议会，把鞋匠和年迈的妖婆送进牢房关押起来。法官经过审理，认定他们犯罪属实，于是判处死刑。那是为了警告别人，让他们不再犯下相同的罪行。玛莉听到严厉的判决时，顿时对鞋匠和妖婆充满了同情。她已经恢复了健康，对自己的骄傲自大深感后悔，觉得是自己不应该怠慢鞋匠，鞋匠是因为自己入狱的。

玛莉来到法官面前，请求法官对他们两人网开一面，饶恕他们。法官被她说动了，他看到姑娘为让她受难的人乞求宽恕，心中十分感动。可是，他也不愿意过分示弱。于是，他经过一番思考后说道："至高无上的神仙自会作出合理的决断。对鞋匠说来，如果他能够在多瑙河边那块突出的岩石上，即抛山上当天制作一双新鞋，那么他就可以获得神仙和凡人的赦免，可以获得释放。"

至于那个年迈的妖婆，法官未加思考，当即决定释放。可是，也许是恩典来得太迟，也许是妖婆年岁太大，她反正没享受到被释放的宽待，已经死在狱中。

第二天清晨，鞋匠被送上抛山，那是法官为他寻找的惩罚之地。格拉茵城内的男女老少都来相送，因为鞋匠人缘好，受到大家的爱戴。格拉茵人站在多瑙河边，密密麻麻，有的人甚至撑着小船前来送行。鞋匠慢慢地登上崎岖的山路，最后一程简直是用肚腹贴着山岩游上去的。最后，他来到山顶，朝下面扔出一条绳索，用于为他传递货物和工具。

鞋匠看到一切都已准备齐全时，便席地而坐，开始劳动了。他先切割皮张，然后做成模型，接着缝制。鞋匠按玛莉的小脚赶制鞋样，后来，他又按自己脚的大小做了一双鞋。

等到太阳落入多瑙山谷时，新鞋已经赶制完毕。他把新鞋绑在绳索上，传送到法官手中。法官看到他果然在一天之内完成赶制新鞋的任务，便开口宣布："呵，你已经获得神仙和凡人的宽恕，无罪了，可以获放！"从前那般高傲的玛莉正在法官身旁翘首相望，她等到鞋匠走下来时，顿时扑过去拥抱鞋匠，并亲吻他。

九月的一个星期天，阳光灿烂，鞋匠和玛莉举办热烈的婚礼。玛莉感到多么高兴啊，她觉得再也找不到比鞋匠更好的丈夫了。事实也是这样，他们两人婚后的生活十分幸福、和谐。等到他们高龄而终时，早已儿孙满堂，无比热闹。

多瑙河边的抛山后来就被叫做"鞋山"。

我们在开始时不是讲过还有第二个版本的吗？那则故事并不浪漫，相反还有点儿酸涩。

相传在格拉茵有个鞋匠，是个不爱劳动的懒人，他害怕蹲在小小的鞋铺内，喜欢坐在宽大的酒馆里。他在那里吃喝玩乐，真是舒服极了。可是，他是个有家室的鞋匠，不仅有妻子，还有两个孩子。如果说鞋匠待在酒馆里，酒店老板可以侍候他，把美酒端到他的面前，让他舒服享受，那么，谁能侍候鞋匠的妻子和两个孩子呢？何况鞋匠还不喜欢劳动，他如何养家糊口？

有一回，他又进了喜欢去的酒馆，要了一瓶可口的红葡萄酒，还邀请美丽的女招待和酒馆老板一起小酌。客人们轮番为他祝酒，一起干杯。鞋匠对他们慷慨大方，来者不拒。酒馆老板感到怀疑，鞋匠能够支付这样的豪饮吗？

鞋匠毫不含糊，不仅付清钱款，还大方地送上小费。后来，鞋匠几乎天天来掏钱享乐。正当鞋匠饮酒享乐之际，格拉茵城里却出了一桩惊天怪事，原来教堂里的马利亚圣像被盗，市议会派出很多人协助查找，一连几个月都没有结果。事情慢慢地淡漠了。不过，教堂愿意拿出大笔费用来奖励能破案的人。

一天晚上，有个巡夜的士兵正在格拉茵城里大街小巷上到处走动。他穿过教堂广场时，突然想起教堂内丢失马利亚圣像的事，不由得自言自语："要是让我找到那个盗贼，让我得到那笔奖励，那真是喜从天降。”

突然，巡夜的士兵看到从酒馆里走出一个身影，酒馆老板随即关上大门，因为已经是半夜时分了。这个人正是鞋匠，他摇摇晃晃地穿过广场。巡夜的士兵以为他要跟自己讲话呢，于是静悄悄地等候着。可是，鞋匠径直朝教堂走去。他一定十分羞愧，喝到半夜时分还在街上晃荡，没有回家，巡夜的士兵心里寻思。

鞋匠来到教堂门前站住，士兵靠在祭台旁，鞋匠并没有看到他。突然，鞋匠高声笑了起来，说道：“啊，马利亚，谢谢你！今天，你为我付清了最后一笔酒账，现在该怎么办呢？这回该轮到亲爱的圣人彼得了，他的圣像也很值钱。”

巡夜的士兵仔细地听着，呵，这个人肯定是教堂里的盗贼！士兵猛地走出来，抓住鞋匠，直接把他送进监牢。

第二天，法官审理案件。鞋匠大呼冤枉，说自己是喝多了的胡言，连自己都不知道说了些什么。这些的辩白能管用吗？巡夜的士兵可听得清清楚楚的，铁证如山。最后，鞋匠只得承认他的罪行。法官宣布，判处鞋匠死刑。鞋匠的妻子绝望了，再三请求法官，请法官开恩。“是的，他的确亵渎圣灵，就如圣灵拯救了我们一样，”女人涕泪俱下地说道，“可是，你愿招惹罪行吗？他如果死了，我和两个孩子怎么办？”

法官听到讲话，开始怜悯女人和孩子，于是回答：“你说得有理，你们不能因为他的死刑而生活得更加悲惨。不过，迄今为止，他也不是一个称职的丈夫和父亲，因此，他必须显示这方面的能耐。如果他真的有养家的能力，那么神仙自会赦免他的罪行！”法官讲完，吩咐格拉茵城里所有需要修补鞋子的人全集中在多瑙河边的抛山脚下，让鞋匠登上山顶，在一天之内为大家修补鞋子。

登上抛山是十分危险的，稍不留神就会跌入多瑙河，那就必死无疑。鞋匠费力地登上山顶，接着开始修补各式各样的旧鞋。他必须完美无缺地修补完毕，才能获得神仙的首肯，赦免罪行。鞋匠开始了紧张的劳动，他剪裁皮革，用锤敲，用针缝，用牙咬。一双双旧鞋用绳子传上来，一双双补过的鞋子用绳子送下去。等到最后一道阳光消失在地平线下时，鞋匠完成了全部的修补任务。

法官看到人人满意，便抬起头来，对着鞋匠大声喊道：“行了，我宣布你无罪，你自由了！”民众们十分高兴法官信守承诺，鞋匠告别了往日的奢侈和懒惰。抛山从此以后就被叫做鞋匠山。

滚湖的渔民

从前，当滚湖还是一个小小的村庄时，那里有许多的贫穷住宅，里面住着一群在多瑙河沿岸危害地方的强盗。强盗们曾经都是勤劳而又虔诚的渔民，他们以诚实的方式赚钱度日，养家糊口。后来，有一群匈奴人从东方突袭而入，把山上的罗马城堡通通毁坏。渔民们从此无法正常地生活，陷入贫困。

城堡主人本是渔民们的衣食父母，他们把打来的鱼卖给主人。现在不行了，渔民们在手上托着大鱼，不知道卖给谁。虔诚的渔夫们万般无奈，聚集在一起以偷盗为生，从此惊扰四方，不得太平。

滚湖附近有一块巨石，横亘在多瑙河边，迫使湍急的河水从旁边打起漩涡。河水在这里翻起凶恶的浪花，撞击河岸。强盗们常常隐藏在巨石后面，伺机袭击行人。如果有船只被巨浪送到岸边，强盗们立刻使用钉钩把船只拖到面前，然后跳上船，把船只抢劫一空。有时候，商船因为撞在巨石上而粉身碎骨，货物漂流在河面上，强盗们顿时出现在周围，用他们的铁钩打捞货物，送回村庄。

有一年，多瑙河发大水，大水淹没两岸农田，甚至连教堂和修道院都被波浪荡平。教堂里的财物在咆哮起伏的急流中上下颠簸。滚湖村里犹如过节，渔民们打捞流浪货物，忙忙碌碌。他们的首领还在儿子的帮助下捞到了教堂里的十字架，真是价值无限。首领把十字架藏匿家中，而且严守秘密，不对外面吐露半点风声。

大水过后，村民们重新建造教堂。他们特别感到苦恼的就是寻找宝贵的十字架。他们派出一个僧人，嘱咐他一定要努力寻找，务必找到十字架。好好的一个教堂没有十字架，那算怎么回事呀？僧人沿着多瑙河上下走动，到处打听，最后来到滚湖村。他走到强盗家，请他把十字架还给教堂。

僧人先是希望以上帝的仁爱之心打动强盗，后来又以上帝的威严提出警告。可是，滚湖的强盗执迷不悟，还以异教徒的面貌反唇相讥："这个昏迷不醒的上帝要十字架干什么，它跟我们有何相关吗？我们自有自己的神仙，那是一位火神，一位智慧神。他用河流赠送给我们无数的财富，让我们欢乐地享受生活。今天，我应该把你们的十字架投入火中，用来向他祭供。"

僧人十分悲伤地回去了。

强盗吩咐他的儿子立刻把十字架装在小船上，送到无人小岛上找人看守着。年轻人顺从地划桨出去了。可是，他的小船还没有靠近小岛，只见从四面八方刮来阵阵狂风。顷刻间，天空如同漏了一样，下起大雨。

多瑙河波浪滔天。野蛮的滚湖人急忙操起铁钩，沿着河岸上下奔波，准备打捞货物，大发横财。因为天气恶劣，狂风暴雨，许多船都只会翻落水下，河面上应该漂浮着大宗的货物。强盗相信他的儿子已经安全上岛，现在看到机会来了，连忙吩咐仆人们准备外出。他密切地注视着外面汹涌澎湃的河水。

突然，就在离他几步远的地方漂来一个人的身影。强盗伸出铁钩，把尸体拉上岸，准备抢劫他的财物。天空中雷鸣电闪，照亮了躺在地上的死者——强盗猛地认出，原来淹死的人正是他的儿子。

强盗绝望了，大声叫唤："十字架，十字架！"

儿子只是紧闭着眼睛，不声不响。强盗无比悲伤。突然，他抱起已死的儿子纵身跳进多瑙河，河水汹涌，无声无息地接纳了强盗父子，再也没有归还。

滚湖村的渔民受到深刻的教育，他们立刻举行洗礼。从此以后，他们规规矩矩地做人，每天都从多瑙河里捕获到很多大鱼。

马利亚·塔弗尔

马利亚·塔弗尔教堂位于一座山顶上，山上长满了高大的红松。

一天，有个老人上山，想要捡拾树枝当柴火。山势陡峭，要攀登上山十分困难。此外，老人必须弯着腰捡拾柴火，结果累得气喘吁吁。等终于拾到一捆柴火时，老人看到前面有一棵大栎树，于是背靠着树干坐下来休息。

老人坐了一会儿，抬起头看着上面的树枝，突然，他看到树枝上有一幅圣母马利亚的图像，那是他从未见过的圣像。他感到惊讶，便双膝跪在地上，求告圣母马利亚保佑自己。后来，他竟然睡着了。

等到老人醒来时，他感到自己精力充沛，如同年轻人一般。老人轻轻松松地站起来，背上柴捆，欢欢喜喜地朝玛尔巴赫村走去。他在村里给大家讲到老栎树上马利亚圣像的故事，说栎树听到自己的祷告，给他增添了新的力量。

从此以后，周围的村民们常常成群结队地前往叩拜马利亚肖像，祈祷保佑。后来，复活节到了，整个村庄都动员起来，一起过来参拜树上的马利亚像，请圣母为田地和庄稼赐福。

玛尔巴赫附近有一块山地，十分平坦，如同餐桌一般。村民们把他们的路粮搁在山石上，等待祈祷以后再用餐。复活节祈祷已经成了风俗，人们虔诚地列队来到拥有马利亚肖像的栎树下，叩头礼拜。然后，他们围着巨大的山地餐桌，坐在草地上，欢乐地进餐。

有一回，天空中突然乌云密布，雷电交加，打在老栎树上。栎树着火了，烧得如同火把一样，最后只剩下一些烧焦的残枝。几天以后，有个樵夫徒步来到树下。他远道而来，并不知晓圣母的肖像故事。樵夫看到被烧焦的老栎树，便想把它砍伐下来。可是，他刚刚举起斧子，斧子就掉落到地上。他又举起斧子，准备砍第二下，结果又被弹落地下，而且擦过他的大腿，打得樵夫鲜血直淌。

樵夫感到疼痛难熬，便抬起头望着天空，却偶然看到被浓烟熏黑的圣母像。不过，圣母像挂在树枝间，安然无恙。樵夫想到自己刚才的举动鲁莽，竟然想要砍伐这样的圣树，心中不由得十分害怕。他立刻跪倒地上，请求圣母饶恕自己。樵夫刚把祈祷的话儿说完，身上的伤口顿时痊愈了。于是，他发誓，一定要把圣母像整理干净。

他做到了，老栎树又开始发芽开花。

多年以后，在玛尔巴赫村的附近生活着一位法官，他的名字叫亚历山大。法官突然患病，背部有疾，任何医生都无法为他排忧解难。

一天，法官经过帕西朗的一座小村庄，他看到有位雕刻师正在赶制圣母像。法官看到那座肖像十分和善，心中喜欢，便买下后带着圣像回家。当天夜里，法官突然从睡梦中醒来，只见房间里一片光明，耳边还传来温柔的呼唤声："亚历山大，亚历山大，请把圣母像送上餐桌山，安置在那边的栎树上。"

第二天清晨，法官带着圣母像爬上老栎树，把崭新的圣母像挂在古老的圣母像的上端。古老的圣母像已经有点儿模糊不清了。法官把一切做完以后，突然感到背上的疼痛彻底消失了。老栎树上的马利亚圣像十分灵验，完成许多奇迹。后来，人们在它附近建造一座教堂。

直到今天，人们还络绎不绝地登临山顶，参拜马利亚·塔弗尔教堂。

幽灵武士

从前，在帕西朗地区有个渔夫。一天，他驾着小船回家，天色刚近傍晚，天空间呈现浅浅的苹果绿色，十分祥和。突然，头顶上空乌云密布，一阵猛烈的飓风把小船朝河岸推去。多瑙河汹涌澎湃，起伏动荡，剧烈的暴风撕碎了天空上的乌云，把它们塑造成奇形怪状的模样。多瑙河咆哮着，把小船和渔夫扔向河岸。

这时，乌云不再如同幽灵般地在天空飞行，而是朝着大地奔驰而来。它们成群结队地沿着多瑙河往前奔腾，如同骑士骑坐着雄伟的骏马。呼啸的风暴变成沉重的马蹄，嘶鸣，咆哮，拥挤在一道。正当渔夫看着被扔到地面上的小船一筹莫展时，骑士般的乌云在他的身前分做两半，然后又在他的身后重合在一起，激烈地呼啸起来。

突然，那群野蛮的骑士停止不前了，因为在多瑙河的彼岸又出现一队骑士。他们催促坐骑纵入波涛汹涌的多瑙河，一路来到多瑙河的另一岸。两队骑士劈面相逢，他们更不答话，相互厮杀起来。空中传来兵器相接的铿锵声以及恐怖的呐喊声。

厮杀绵延，战斗不绝，两队武士相互杀红了眼睛，映红了天空。突然，他们撤回到距离河岸不远处的塔楼旁，然后又杀成一团。古老的城墙因为杀戮声而抖动不已。

等到渔夫浑身透湿地醒来时，他发现自己的牙齿冻得格格发抖。渔夫看到天已大亮，战斗停歇了。明亮而又蔚蓝的天空上飘浮着玫瑰般的细小云朵，周围安静极了，偶尔有几只鸟儿，它们的飞舞和鸣叫打破了清晨的寂静。

这时，渔夫听到湍急的水流声。他抬起头往多瑙河瞧上一眼，只见河水一片殷红，流淌着奔向东方。附近还有一道涓涓细流，溪流如同鲜血一般流向多瑙河。渔夫抬起目光顺迹追踪血流，发现它们是从塔楼里渗漏出来的。渔夫看到这里，吓得连头发都竖立起来，真是恐怖极了。他突然明白眼前的斑斑血迹是怎么回事了：野蛮的骑士回到了这里，他们是匈奴国王阿铁拉的骑士幽灵，这些幽灵在征讨法兰西王国途中经过帕西朗，不过全被打败了，含冤地下。

多瑙河对岸的可怜幽灵在生前都是来自西方的布尔恭特武士。他们也来到这里，捍卫他们在生前的理想。他们两支军队在一千五百多年前在这里遭遇，双方武士浴血奋战，各自捐出了自己的身躯，成为可怜的幽灵。现在，他们阴魂不散。这些都是民族大迁移时代留下的传说。可是，阵亡的将士从此以后不得安宁，他们必须不断地遭遇在一道，杀成一团，反复表演当年的惨烈，他们也许以此迎接命运的末日审判。

有一则传说，这些幽灵十分灵验，如果冥冥之中又在酝酿一场新的战争时，他们都会不请自到，杀成一团，而且血流成河。渔夫看着殷红的河水，目瞪口呆。他思量着，他大概快要死了，因为遇到这种怪事的人都是必死无疑的。

可是，他没有死。太阳慢慢地升上天空，越升越高。鲜血缓缓地流入河水，越淌越远。此外，从塔楼里渗漏出来的鲜血竟然不留痕迹地浇灌了树木和青草。渔夫跪在地上，为自己也为可怜的幽灵念着祷告，然后，他站起来，把他的小船推入河水，摇橹，驶回自己的草房。

魔鬼塔

魔鬼的祖母是住在地狱里的，她的生活过得很愉快。不过，她是个游手好闲的人，整日不干活，坐在大靠背椅上，时不时传来沉沉的呼噜声。只有当魔鬼孙子带领伙伴们外出干活时，老祖母才离开椅子，蹲在巨大的锅灶旁，不住地往灶膛里添凑柴火。有时候，她还鼓起腮帮子朝灶膛吹火，让火苗烧得旺旺的。老祖母看到这副光景，不由得心花怒放，甚至拍击着双手，围着灶台跳来跳去。

一天，老祖母感到浑身上下不舒坦，无聊极了。的确，她在地狱里待久了，寂寞得直打哈欠，应该换一个打发时间的地方了。

“如果，”老祖母思量着，“让我重新看看美丽的世界，那会怎么样呢？”说着，她一瘸一拐地走到一个地狱的瞭望台旁，从那里可以对着人间张望一阵。

魔鬼的祖母已经年迈，眼睛开始老花，她掏出被煤烟熏得脏兮兮的眼镜，架在长满疣子的鼻梁上，竭力向远处眺望，一面还侧耳倾听。她抬头朝着外面张望一阵，看到和听到什么了吗？原来在马利亚·塔弗尔右侧的多瑙河上行驶着许多船只，玛尔巴赫的河岸上拥挤着不少华丽的车辆。虔诚的教堂游客从车上下来，排列成行。他们一边走动，一边歌唱，然后登上塔弗尔山，前往朝拜圣母马利亚的仁慈肖像。

魔鬼的祖母看到这里心情十分烦恼，因此愤怒地离开了瞭望口，回到火光熊熊的灶台边跳来跳去。她还拾起木棍抽打地狱恶犬，打得恶犬吠叫不停，如同哭泣一般。

魔鬼刚刚睡了一会儿，突然被地狱里的喧哗声吵醒了。他从床上一骨碌地跳起来，问祖母发生了什么事。

“呵，你看看上面的世界，看看外面吧，”魔鬼祖母恶狠狠地回答，“一群虔诚的人正在攀登塔弗尔山，嘴上还唱着教堂的歌曲。”

“笨蛋，”魔鬼咆哮起来，“如果你愿意，可以绞杀他们。不过你要留心！否则，你是难以凑近他们的。”

孙子的话更加助长了老祖母的狂妄和野蛮。她迈开双腿，在地面上重重地走来走去，擂鼓一般，连地狱都在摇晃。老祖母把头发拨乱，一股莫名的怒火让她连着摔了好几个锅子。锅子摔成碎片，几个仆人费了好大气力才把它们捡拾起来。接着，她又呼唤惊愣的孙子，吩咐一声：“立刻把你的毒丸递给我，让我去收拾那帮家伙。”

魔鬼希望劝说她，说这等盛怒恐怕无济于事。可是，他越是劝说，老祖母越是上火，只见她的额头上青筋暴露，而且嘲笑孙子懒惰，没有作为，他应该亲自前去阻碍前往朝拜的客人，不让他们获得平安。

老祖母甚至大声咆哮：“我不希望圣母马利亚被供在山上受到朝拜，因为你根本无法在山上为我修建一座漂亮的宫殿，就像圣母马利亚拥有的教堂一样。如果我真的有这等建筑，那么，人们也会络绎不绝地前来寻访我，向我祈祷。”

老祖母的一连串埋怨说得魔鬼孙子头脑发胀。后来，他信誓旦旦地保证一定为老祖母建造一座比塔弗尔山上的马利亚教堂更加漂亮的宫殿，老祖母才安静下来。老祖母听到这个承诺，欢喜得手舞足蹈，高兴得无边无际。魔鬼孙子也暗暗地笑了起来，他知道老祖母又会外出几天，自己可以落得清静。

等到夜幕降临时，魔鬼孙子派出一群仆人，让他们在马利亚·塔弗尔的上首寻找一块地方，建造一座华丽的宫殿。第二天清晨，新造的宫殿已经迎着朝阳闪闪发光。它位于山坡之上，俯视多瑙山谷，远望滔滔河水。周围的人全部大吃一惊，眼前耸立着这么一座魔鬼般的奇迹，真是让人瞠目结舌。宫殿的围墙十分结实，一旁还有一座高大的塔楼，让宫殿显得更加威武、雄庄。

老祖母立刻离开地狱，希望住进去，抖落自己的百般威风。等到她看到宫殿时，脸上顿时露出幸灾乐祸的神色，讥笑般地大声说道："哈哈，嘻嘻，朝山礼拜的客官们，且请等着，你们自会前来朝拜冥府女王的！"

老祖母踌躇满怀，以为人们自会离开马利亚，前来对她叩头礼拜，让她八面威风，誉满人间。可是，时间一天天过去了，没有人来到她的宫殿。她看到满船的客人顺着多瑙河一路下去，他们经过魔鬼宫殿时连连在胸前画着十字，然后平静地驶行过去，奔向马利亚·塔弗尔。

老祖母使尽了各式各样的阴谋诡计，想要吸引人们前来祭拜她。她只要看到河面上有一条船，便立刻登上塔楼，朝着顺流而下的人群百般呼唤，千般示意，手上还高举闪闪发光的金银珠宝，可是人们不上她的当。

有一回，一条驳船驶过魔鬼宫殿。魔鬼祖母立刻爬上塔楼，使尽手段，想要吸引船主。可是，船长朝着骄傲自大的老人转过背去，而且露出一脸愤怒的神情。老祖母看到这里勃然大怒，搬起一块巨大的山石对着山谷投掷下去，山石还连着她的部分宫殿。

老祖母发出绝望的呼叫，然后带着浑身臭气回到地狱去了。从此以后，魔鬼老祖母再也没有露过面，也没有人听到有关她的任何信息。

直到今天，多瑙河上还留着两个被魔鬼祖母砸破的洞口，它们就叫"旋涡"和"纷乱"。距离两个旋涡不远处的山坡上还有一座宫殿的外墙，那是地狱君王为老祖母建造的宫殿，这段破墙就叫"魔鬼塔楼"。

斯特鲁腾的女妖

维尔特是多瑙河上的一座小岛，位于斯特鲁腾地区。从前，那里有一个年轻的舵夫跟他的母亲相依为命，他们生活在多瑙河畔。舵夫终日里忙忙碌碌，用渡船穿过危险的旋涡和急流，把行人和牲口送到对岸，再把对岸的人接回来。

一天傍晚，他用驳船装载了几个欢乐的农家小伙子过河。他们刚刚赶完集市，喝下不少的佳酿，现在，他们有点儿糊里糊涂，竟然在船上摇来晃去，玩笑嬉闹。他们不怕出尽洋相，胡作非为。正当他们的船儿驶经维尔特岛时，沙滩上突然出现一名女妖。女妖走上沙滩，希望稍稍休息一阵。几个小伙子看到姑娘，顿时狂呼乱叫起来，他们不惜粗骂、调笑，甚至威胁着要把姑娘抓起来。

年轻的舵夫生气了。“立刻停止！”他大吼一声，“哪一个再敢口出狂言，当心我用船桨打碎他的天灵盖，让他眼冒金花，去聆听天使的唱歌或者魔鬼的咆哮。”

小伙子们吃了一惊，顿时住口，不敢造次。他们知道，跟舵夫是开不得玩笑的。女妖离开沙滩，踏进波涛，消失不见了。

历史在那个年月里乱作一团。土耳其人从东方聚拥上来，侵入王国，他们试图占领维也纳。而且，他们之中还有人擅自往西，沿途烧杀抢掠，无恶不作。多少村庄遭到他们的涂炭。

土耳其人所到之处，一片恐慌。村民们谈土色变，到处躲藏。

在一个漆黑的夜晚，狂风怒号，月亮躲在厚厚的云层里不敢露面。突然，舵夫家的门外传来敲门声。舵夫打开门，看到外面站着一个衣着高贵的女人，女人领着三个孩子。女人见到舵夫，恳切地央求他帮助自己，把他们四人送到多瑙河的对岸。

“土耳其人从后面追赶上来了，我的丈夫在跟他们抵抗的战斗中阵亡。他们占领我们的宫殿，杀掉我们的奴仆。现在，他们追赶我们，想把我们赶尽杀绝。不管需要什么代价，无论如何请帮助我们，把我们送到对岸。”

舵夫没有任何推托，毫不犹豫地朝河岸走去。他驾上船只，让女人和三个孩子上船，然后离开岸滩。多瑙山谷中狂风怒号，河面上波浪翻滚，接着又是一阵飓风，把小船朝紧急旋转的旋涡吹过去。绝望之中，舵夫不忘执掌船舵，希望避免陷入旋涡的悲惨命运。可是，眼看着大祸临头，他却回天无术，真是令人无可奈何。

突然，他在凄厉的风声里听到有人叫喊：“到这里来！这里！”舵夫使尽最后的气力朝着声音驶行过去。船夫侥幸得救，幸运地到达多瑙河的彼岸。

他把女人和三个孩子领进渔夫的草棚，让他们有个挡风避雨的地方，吩咐他们安心地等候到天明。舵夫重新驾船回去了，他惦记着卧床生病的母亲，母亲独自一人在家苦等呢。

可是，暴风比刚才更加激烈了。多瑙河白浪滔天，状如一口沸腾的妖锅。舵夫小心翼翼地掌舵，只看小船又被风浪卷住，不由自主地颠扑翻滚，真是险象环生，难逃厄运。

多瑙河上巨浪滚滚，小船被裹胁着如同一只核桃壳似的漂泊在水面上。舵夫早已无法主宰小船了，它顺着急流奔跑一般地奔向水声哗哗的旋涡。呵，天哪，我的最后时刻来到了。年轻的舵夫绝望了，他闭住双眼，什么也不想，任凭命运的主宰。

这时，他感到眼前闪烁着一道光芒。舵手睁开双眼，看到船头上站立着一个光闪闪的身影。那是多瑙女妖。从前，舵手曾经禁止粗野的年轻人肆意地嘲笑和谩骂女妖。现在，女妖挺身相救，把他引出野蛮的旋涡，促使小船往对岸驶去。舵夫正想开口说话时，小船已经安稳地停泊在岸滩旁，女妖消失不见了。

水面上留下奇异的光斑，显示她是从那里潜入波浪下去的。从此以后，水妖再也没有露过面。舵夫从土耳其人追赶的险境中拯救过的陌生女人不久便回到自己的宫殿，她始终不忘舵夫的救命之恩，时常帮助和接济他。从此以后，舵夫再无生活的困顿和温饱之虞。

不过，他始终不忘多瑙女妖的慷慨救助，常常在多瑙河边徜徉。船夫深情地望着多瑙河水，看着河水伴着巨浪浩荡东去。

维尔特岛上的十字架

维尔特岛位于多瑙河上，距抛山城堡不远。维尔特岛上从前也有一座城堡，十分雄伟、壮观，如同多瑙河畔的许多城堡一样，可以监视水面，观察来往船只。相传罗马人在玛尔克·奥勒尔时代曾在那里设立瞭望台，但现在已经成为废墟。人们从废墟中依稀可以看到一座塔楼，里面竖立一个巨大的十字架，十字架上写有“1552 年”的字样。

维尔特是多瑙河上唯一的天然小岛，位于下奥地利州。几百年来，历经整修，岛屿完好如初，保留至今。从前，多瑙河在维尔特岛附近的流程十分危险。看一下那个地方的名字就可以让人略知一二，斯特鲁腾区，德语中旋涡区的意思。

据史料记载，1540年，有位来自提罗尔的伯爵就在维尔岛前遭遇沉船。伯爵带领他的妻子从莱茵河来到帕骚，然后驶上多瑙河，准备前往维也纳拜访他的姻亲。他的船只驶经维尔特岛的左侧，不料触礁，而后陷入旋涡，最后沉没。船上的载客在水面上可怜地挣扎，或者干脆被旋转到水底。只有一个仆人奋力钻出旋涡，他一把抓住早已失去知觉的主人，游动着来到维尔特岛的岸边。其他人则全都葬身水下。

伯爵听仆人讲到当时的险境心中十分感动，他决定从此以后留在岛上，过上简朴的隐士生活。他时常想念死去的妻子，多么悲伤。他的仆人忠诚地跟着他，不离左右。他们居住在当时已经崩塌的城堡里，日夜祈祷。他们还开垦出一块菜地，平平安安地享受日常岁月。

伯爵遭遇沉船的消息不胫而走，沸沸扬扬地传遍东南西北，大河上下。驶经维尔特岛的船只上都在讲述这个故事，他们相互提醒，留神旋涡。

后来，伯爵的故事传到维也纳，有个年轻的寡妇听到这个悲伤的传说。年轻的寡妇生活在她兄弟的家中，无比寂寞。她就是提罗尔伯爵的妻子，她如同遇到奇迹一般没有淹没在多瑙河里，而是被巨大的波浪从旋涡中卷了出去，最后推上河岸。当时，她已经失去知觉，不省人事。

伯爵夫人抱着一种绝望的希望，一路从维也纳来到斯特鲁腾，然后从那里上船摆渡，到达维尔特岛。夫人怀着矛盾的心情，既是寻找希望，又是祭悼绝望，结果，她在岛上找到两位隐士，而且认出正是自己的丈夫和她的仆人。绝望顿时成为希望，汹涌澎湃的感情之浪冲破了禁锢一切的闸门，波涛滚滚，滔滔不绝。

伯爵夫妇幸福地别后重逢，他们领着仆人一起回到提罗尔。为了表示对冥冥之中神灵帮助的感谢，他们行前特地在维尔特岛上建造一座十字架，上面写着“1552年”的字样，因为自从那回沉船落难以来，时序推转，冬去春来，已经过去十二年了。

攻拔铁堡

故事发生在955年，匈牙利人不断地进犯德国，后来被奥托大帝在奥古斯堡打得落花流水。大部分匈牙利人逃往东方去了，从此相安无事，并无骚扰。只有一队特别野蛮的武士于心不甘，想跟奥托大帝继续对抗，于是在瓦豪的入口处挑选一处山坡建造铁堡。

铁堡十分坚固，很长时间内无可攻拔，成为匈牙利人的骄傲和据点。主持地方的伯爵雷沃包尔德心中不满，他只要没有攻占铁堡，就会感到敌人的威胁。后来，他在巴伐利亚人的帮助下才了却心愿。

巴伐利亚的公爵在多瑙河的梅尔克地区打败了匈牙利人，然后跟雷沃包尔德合兵一起，共同围攻铁堡。可是，围困铁堡的战斗进行了许久都没有能够得手，铁堡从多瑙河突兀而起，直指蓝天。围困的武士想尽了办法，放猪羊，掷铁钩，都不起作用。而且，当时也没有足够高度的云梯，所以无法逾越城堡，攀登不上。可是，被围困的匈牙利人却利用机会，从城墙上面往下投掷石块，砸得围城的士兵头破血流。

战斗僵持不下，雷沃包尔德几乎想要放弃围城了。这时，有个放牧的小孩子来到他的面前，对他说道："呵，伯爵先生，请容许我帮助你一起解除困境。我是多瑙河流域的孩子，常常在山上放牧羊群，向它们学会了攀悬山岭。我认识周围的地势，了解每一块石头，每一处树丛，知道往哪里落脚。而且，我还认识城堡内的一位姑娘，她对我很好，可以帮助我。你可以指派几个勇敢的人，然后城堡就是你们的了。"

伯爵看到孩子自告奋勇，心中大喜，连忙挑选人马，趁着夜幕的掩护跟着孩子冲向战场。城堡里的姑娘凭着神秘的暗号一旁接应，武士们迅速进入堡内。他们结果了看守的门卫，然后大开城门，让雷沃包尔德的士兵们蜂拥而入，彻底打败了匈牙利人，占领了铁堡。后来，他们放了一把冲天大火，把城堡烧成一片废墟，连墙基都被烧毁了。

不久，从梅尔克直到维也纳附近的秃山，所有的匈牙利人都被消除了。伯爵雷沃包尔德号召当地人建设自己的家园，让他们大量种树植林，开垦荒地，把昔日的战场改造成美丽的和平之地。

伯爵雷沃包尔德在被毁坏的铁堡地上修造了庄严而又美丽的梅尔克修道院。修道院从山坡上亲切地俯视多瑙河，迎接川流不息的行人和访客，从此成为一块让人称颂不止的风水宝地。

布商礁

多瑙河浩浩荡荡，自西而东，它在流经瓦豪地区时经过一座古老的村庄，村庄名叫戈萨姆，是个漂亮的地方。戈萨姆附近有一座小山，山上残留着城堡小教堂的遗迹。

从前，在小教堂旁侧住过一位僧人。僧人在瓦豪地区做了很多好事善事，帮助周围居民排忧解难，真的如同慈祥的父亲一样。

那时候，在邻近的地方还有一个富裕的布商，是个吝啬的人，名声不佳。这位吝啬的布商名叫克劳斯，他在经营精细布料时由于支付的利息过高，损失了很多资金。后来，他发放高利贷，赚了不少昧心钱。克劳斯手段毒辣，他上门催款讨债时不管对方死活，有时从圈中牵走人家的最后一头山羊，或者抢走最后一块布料。他只要捞到钱，只要能放出高利贷，真是无所不用其极。

善良的僧人认识凶恶的布商。有一天，僧人在途中看到布商向一个可怜的寡妇逼债，扬言要占领她们的房子。僧人看了于心不忍，便对吝啬的布商说道："你听到女人在悲伤地哭泣吗？她已经被你逼得走投无路了。你要立刻收住自己的恶毒心肠，不应该折磨可怜人，而是要帮助他们，让他们渡过难关。"

克劳斯听到僧人的劝解，要他拿出钱财资助穷人，真是比割自己身上的肉还难受。于是，他操起一根鞭子，不由分说地就把善良的僧人赶走。僧人十分悲伤，回到自己简易的住舍。

上帝的忍耐和宽容总有到头的时候，发放高利贷的布商得到了应有的报应。他在生意中吃了大亏，大量的钱财抵押出去，血本无归，幸福从此远离了布商。贪婪的布商于心不甘，还想把失去的钱财重新赚回来。有一天，他骑马出去，带着大捆的货物，希望在年市上获得利益。

布商来到市场大声叫喊，出售来自威尼斯的精细衣料。人们听到吆喝，纷纷赶过来。不过，当他们看清眼前的人原来是他，立刻掉转面孔，到别的店家去购买了。克劳斯心头烦恼，对着客人的背影恶毒咒骂，只是不敢骂出声。客人们看他的脸色阴沉，口中骂骂咧咧，便把他告上法庭。法官经过审理，判处他罚款，否则，要把他的货物抵押。

克劳斯无可奈何地把罚款缴完，愤怒地离开市场。途中，他在溪边赶路时，不料天气突变，一场狂风暴雨淋得布商浑身透湿。祸不单行，正当他骑着马儿冒雨行走时，他的坐骑惨遭雷击，倒在地上不能动弹了。克劳斯也摔倒在地，看到他的货物正被死马压在腹下。他又恨又恼，费尽气力把货物从马腹下搬运出来，驮在自己的背上，然后迈开艰难的步伐在黑暗中行走。他的衣料还不停地从布捆中掉落下来，被湍急的溪流卷挟而去。

布商经过一家简陋的房舍，便朝着里面大声叫喊，希望房内有人可以帮助自己。可是，风势猛烈，他的喊声随风而去，房舍的大门没有开启。布商不由得又骂骂咧咧起来，粗野着嗓子愤怒地说道："我诅咒，让我的布捆通通变成石头！"他的话音还没有落地，他已经僵硬起来，既不能朝前，也不能往后，浑身上下如同铅一般的沉重，而且一道冰凉流经他的全身。不一会儿，布商和他的布捆全都变成了石头。

简陋的房舍内住着虔诚的隐士。第二天清晨，隐士走到门外看到变成石头的布商，周围堆放着全都变成石头的布捆。这座"布商礁"在那里存放了很久。后来，人们看到上面裂开一个口子，第二天，礁石消失不见，不知到哪里去了。

不过，关于布商的故事却一直流传民间。附近的老百姓都说，只要遇上恶劣的天气，狂风暴雨时，人们就会在山谷里看到布商克劳斯的身影。他驮着布捆艰难地行进，始终找不到平静和安宁。

六指马利亚

马利亚·拉赫是瓦豪地区的一座小村庄，村里有一座教堂，哥特式的建筑，工艺极好，堪称大师之作。教堂内装饰着许多图画，其中有一幅圣母像更是杰出。这幅画像是画在木头上的，一定和教堂一样古老，而且非常奇特，圣母的右手有六根手指。

有人说到，这座教堂是个骑士让人建造的，后来骑士到帕西朗向一个勤劳的大师订购画像作为装饰。那是一幅圣母肖像，口中泛起仁慈的微笑，垂目注视着怀中抱着的圣婴。

大师立刻着手画画。可是，正当他准备画圣母面容时，不知道怎么了，大师感到口渴难忍。也许出于良心的要求，大师没有当即离去，可是心中又不忘佳酿美味，因此画出的圣母面容不是喜气洋洋的，而是一脸严肃。大师希望能修改一下，当然也不能过分改动，但画出的圣母似乎还是没有笑容。

大师画得精疲力竭，便在画面上开了个玩笑。他在马利亚的右手上画了六根手指，然后大声说道："马利亚，笑一下，请看吧，多美满。"可是，马利亚还是没有笑。相反，她似乎愤怒地盯着绘画的大师。大师把画笔和颜料扔在一旁，静静地等到第二天。他希望运气好一点，让他修改完毕。

第二天清晨，他重新来到画像前，内心却为昨天开过的玩笑感到惭愧。这是圣母的手呀，还画着六根手指。他为自己的狂妄无知和自高自大深感后悔，想把第六根手指从画面上删去。可是，无论他想要如何修改第六根手指的画面，它总是无比清晰地显露出来。

大师在心里感到十分害怕，于是走了出去，逢人便讲述自己的罪孽，说受到怎样的惩罚。他还请来其他的画师帮助，都没有成功。他们全都不能如愿地改变圣母右手上的第六根手指。大师后悔极了，甚至患上重病，竟至于卧床不起而死。

可是，他的画作后来被叫做《六指马利亚》，或者《马利亚，请笑吧!》却被送进教堂，装点神圣，直到今天。

据说，那位虔诚的大师心地善良，努力地希望删去第六根手指，画出的圣母的脸也变得慈祥，低目垂顾前来朝拜的信徒，迎接他们，为他们赐福。至于那幅《六指马利亚》的画作早已成为大师的成名之作和传世之作。

梅尔克的十字架

从梅尔克到克莱姆斯的多瑙山谷叫瓦豪，瓦豪的青山绿水衬托着蓝天白云，风光秀丽，令人心醉神迷。多少人去过一回，一颗心从此就被拴系在瓦豪的山水之间，无法忘怀。

汹涌澎湃的多瑙河两岸城堡林立，修道院和许多古堡废墟不时地浮现眼前。

它们跟怪石嶙峋的高山、树林、草地和果园相映成趣，还有成片的葡萄园，让人一饱眼福，如醉心头。

富丽堂皇的梅尔克修道院收藏着无数的艺术珍宝，它还拥有闻名于世的图书馆。修道院点缀着多瑙河山谷，为地方增添万丈豪气，堪称人世间难得的洞天福地。修道院内珍藏着一个用珍珠和宝石镶嵌而成的黄金十字架，里面含有耶稣十字架上的碎片，它成了梅尔克修道院内的镇院之宝，价值连城。

这道圣物原本属于匈牙利的国王，即圣人斯特凡。他的后人把圣物赠送给奥地利的边境总督，边境总督再把圣物转送给梅尔克修道院。从此以后，来自全国各地的朝圣者络绎不绝，他们虔诚地进入修道院，争相礼拜这座神圣的十字架。

相传有一回，有个僧人想从圣物柜内取出十字架。可是，他看到橱柜内空空如也，不由得大吃一惊。修道院的圣物不翼而飞，怎不叫人心急如焚？僧人们经过反复追寻，最后才明白，他们的圣物是被一位名叫鲁佩尔特的陌生教士偷盗，继而被送入维也纳的肖腾修道院去了。

梅尔克的修道院院长西格哈尔特立刻赶到维也纳，希望催讨回圣物，可是肖腾修道院不愿意交还。梅尔克的院长没有办法，只得去找边境总督雷沃包尔德帮忙解决。边境总督在维也纳有自己的府第，他跟维也纳的市长和市议员们都不愿意把圣物交出去，而是希望让它留在维也纳。这就叫官官相护，普天下都是这个道理。

梅尔克院长西格哈尔特有一颗聪明的脑袋，他建议道："我们还是让老天开口说话，判定十字架应该留在维也纳，还是回到梅尔克。"边境总督和市长不知道如何驳斥院长的话，肖腾修道院的僧人们更是无计可施。他们只得听天由命。

坐落在维也纳弗拉埃翁的肖腾教堂迎来了梅尔克和肖腾修道院的两位院长。僧人把十字架搁在他们两人的中间，距离相等。可是瞧吧，十字架自动朝西格哈尔特倾斜了过去。

肖腾修道院的僧人们不以为然。他们认为教堂的大理石地面是有坡度的，因此，十字架不是自动过去，只是顺着斜面滑过去而已。

他们建议进行进一步的测试来决定圣物的去留。他们把十字架送上一只小船，任凭在梅尔克和维也纳之间的多瑙河波浪自由流淌。他们觉得这就是天意。如果波浪推动小船逆流而上，那么，圣物应该归梅尔克。如果波浪推动圣物顺流而下，那么它应该留在维也纳。

梅尔克修道院长感到无话可说，只得听从安排。

人们在格拉芬维尔特把小船推入水中。奇迹又开始出现了，多瑙河水面上风高浪急。可是，小船却一反其意，逆流而上，前往梅尔克。梅尔克的僧人们看到喜从天降，高兴万分。肖腾人自然应该顺从天意，他们再也不敢争执十字架的归属了。

十字架被隆重地护送回梅尔克，送入修道院的珍宝馆。多瑙河正是顺从上天之意把圣物交归合理的主人。

恐怖林的玫瑰园

阿克山上的城堡废墟吸引了多少画家的视线和热情，他们纷纷前来，留下丰富的画作。

从前，阿克山上住着一个可怕的强盗，名叫恐怖林。任何商人的车辆和船只全都无法安全从他和他的伙伴们面前通过，强盗恐怖林的确让人恐惧。只要听到他的名字，大家就觉得他像个魔鬼一样。他不仅是个邪恶的强盗，而且还是个残忍的男人，杀人如麻。

阿克山顶上有块狭小的空间，周围是悬崖峭壁，笔直往下。如果有人失足掉下去，断无生还的可能。凶恶的阿克山强盗把这块让人魂飞魄散的天地称做“玫瑰园”。他只要抓住商贩、行人或者敌方骑士，便把他们拖着送上“玫瑰园”，让他们自己选择，是继续忍受折磨，还是跳下悬崖。

恐怖林残害生灵，招惹得天怨地怒。

一天，有个年轻人落入恐怖林魔掌，这个年轻人善于攀登和跳跃。强盗把他送上玫瑰园，想把他折磨至死。可是，年轻人另有打算，不想屈服。他打量着前面的无底深渊，默默地把自己的生命拜托给上帝，然后纵身跳下悬崖。不过，他能够控制自己的跳跃方向，于是稳稳地降落在一棵大树的树冠上，然后伸手抱住大树，轻松地落在地面，逃出魔鬼的地狱。

他回到山谷后，集中一群年轻力壮的小伙子，不断地寻找机会，准备捕捉强盗恐怖林。

有一回，他们对恐怖林发起突然袭击，把他抓住了，让他亲自尝到了“玫瑰园”的滋味。从此，民间产生一句谚语，说某人身处“恐怖林的玫瑰园”，就是说他身处绝境，难以化险为夷，无法挽救自己的意思。

圣人阿尔平的奇迹

在圣约翰教堂里竖立着圣人阿尔平的雕像。大家都说，这座雕像非常灵验，只要是心地正直的人，就能轻松自如地把它移动，如同搬动一个木头雕像一样。如果良心受到谴责，或者心灵布满罪孽的人，那么雕像就跟石像一样，非常沉重，不管他们如何用力，都难以让它移动毫厘之距。那些人只有洗涤良心的罪孽，才能恢复善良人的本性。

邻近的居民对这座圣像十分看顾、崇拜，他们常常前来对着圣像祷告。姑娘们更是踊跃，当着圣像的面表示皈依圣人阿尔平。人们喜欢把鲜花搁置在圣像的两侧，表示对圣人的尊敬和虔诚。

一天，他们看到圣像明显比从前黝黑了，而且身上还蒙着灰尘。居民们一致决定，希望把圣像抬到多瑙河边去洗涤。两个姑娘抬着圣像来到河边，开始为圣像彻底地清洗。要把这些污垢洗净并不容易，年轻人不由得哈哈大笑，一面指指点点，说些风凉话。

圣像似乎受了委屈，对这些指点表示不满意，因为当姑娘们洗涤完毕，希望把它抬回去时，阿尔平圣像却身重如山，谁也抬不起来。怎么办呢？她们不能把圣像搁在多瑙河畔任凭风吹雨淋啊，于是，她们便把事件向牧师汇报清楚。

牧师迅速来到像前，轻松愉快地就把圣像请回教堂去了。姑娘们看到这里，对圣像更加崇拜，再也不敢碰它一下了。她们给圣像捧上鲜花后立刻虔诚地退着走出教堂，不敢稍有轻浮。

有一回，一条大船沿河而来。船夫们在头天晚上喝多了，身子不由得轻飘飘的。他们经过圣约翰教堂时，自然不忘前来礼拜，但是后来犯浑了，他们竟然开了个实在不当的玩笑。

有个伙伴开口说道：“你们知道吗？我们今天应该把阿尔平搬上船。他独自一人在这里站立久了，一定感到无聊。”其他人立刻附和，于是他们把圣像搬送上船，一面高兴得哈哈大笑。

大船又往前行驶了，他们在第二天经过圣尼古拉教堂。船夫们又突发奇想，说起了傻话，“呵，伙计们，我们抬着圣人阿尔平一起下酒馆，畅饮一回葡萄美酒，让他也喝上一口！”

船夫们觉得主意不错，欢呼雀跃。可是，圣人阿尔平却没有接受他们的邀请，他的雕像消失不见了。船夫们似乎恢复了理智，开始感到冒失和后怕了，他们受到良心的谴责。毫无疑问，人们不应该把圣像如同一个熟人似的拖走，最后还计划把他送进酒馆畅饮美酒。船夫们原本就在第二天返航，他们也准备把圣像送回教堂并搁在原来的地方，他们只是开个玩笑。可是圣像不见了。

一个星期以后，这条船又顺流而下途经圣约翰教堂。可是，他们的船只停止不往前了，拉船的十四匹高头大马累得口吐白沫也不起作用。船夫们使尽气力，船只如同搁浅了一般，纹丝不动。船夫们想到，前面就是圣约翰教堂，也许圣人阿尔平正在惩罚他们呢！于是，他们迅速找到牧师，承认了自己的恶作剧。不过，他们再三声明自己别无歹意，只是骄傲自大，不懂规矩。

牧师听罢讲话，微微一笑，回答道：“你们且上圣约翰教堂去，亲自对圣人阿尔平承认自己的粗鲁和轻率。”

“行，我去向他祭供牺牲。”有个船夫首先响应，其他人一致同意。

他们把拉船用的十四匹马的马蹄铁全都敲下来，抬着送进圣约翰教堂。当他们跨进教堂大门时，看到的景象让他们一辈子也不敢忘怀。他们看到消失了的圣人雕像又端端正正地站立在原来的地方，好像从来都没有离开过一样。

船夫们立刻拜倒在圣像面前，异口同声地请圣人宽恕他们的冒失之举。船夫们态度诚恳，言之凿凿，令人感动。做完祷告以后，他们回到河边。十四匹马儿轻松愉快地拉动船儿往前去了，它们还没有打上马蹄铁呢。

圣人阿尔平宽恕了船夫们的冒犯之举。

雪地上的圣人雅科泼

在瓦豪有很多地方常常举办“请愿”活动。虔诚的农民借此机会表示自己的诸般心愿，希望庄稼繁茂，风调雨顺，避免天灾人祸。

鹅溪是个山地村庄，距离狼山渠不远。村民们在请愿活动时十分踊跃，他们一直朝着圣人雅科泼的教堂列队行进，教堂位于狼山城堡的废墟间。他们请求圣人赐予充足的雨量，他们的请求十分灵验，鹅溪人常常称赞圣人雅科泼，说他特别看顾鹅溪。

他们敬重圣人，因此也希望自己村里的教堂能够拥有圣人的肖像，那可是珍贵的圣物。鹅溪人无限虔诚地祷告要求圣人显灵，离开贫穷的狼山废墟，进入富庶的鹅溪。可是不起作用，圣人雅科泼始终留在那里。鹅溪的一个村民断然决定使用暴力，于是，他趁着夜幕的掩护，把圣像抢劫而去。狼山人看到他们的佑护神像被盗走了，十分担忧。他们到处寻找，可是没有找到。

一连过了几个月，又到了冬天，村里忙碌着准备过圣诞了。荷勒太太降下了漫天雪花，给大地送上一道银装素裹。邻村有个农民晚上坐在鹅溪村的小酒馆里欣赏着外面的雪景，举杯欢饮。后来，他看到飘雪不止，生怕大雪封山，自己不能回家，便趁早动身准备回去了。农民顺着山坡一步一个脚印，朝自己的住房走去。一路上，他还骂骂咧咧地说自己遇到“狗天气”，他明天还得赶大早起身前往梅尔克呢。他想到回家以后还得在门口清理出一道路来，真是下雪天麻烦多，好个“狗天气”。

突然，他听到附近发出一阵响声。不一会儿，一个熟悉而又亲切的身影出现在他的面前，那是村里早已报失的圣人雅科泼。农民不由得叫喊起来：“神圣的雅科泼！外面天气如此恶劣，又是漆黑的夜晚，你到哪里去呀？”

圣人雅科泼抖了抖身上的雪花，一面朝他友好地伸出右手。“我要回家去呀，”圣人回答，“我在异乡逗留的时间太长了，这一回也就算了，今后再也不去了！”

“可是你也可以挑个好天气，赶上星光明亮的夜晚回家呀！”农民说道。

“你说得对。可是，我不想继续待在鹅溪了。那里虽是一个大教堂，但全是陌生的面孔。我还是觉得狼山好，一切都是那么美好、熟悉，让人感到亲切。”

“对，对。你愿意回到我们的穷山沟，真是让人感动。现在让荷勒太太的雪花停止飞舞吧，否则，我明天可就无法出门了！呵，亲爱的神仙雅科泼，晚安！”

“晚安，勤劳的农民！”圣人回答。

他们各自告别。不一会儿，雪花果然停止飞舞了。是啊，狼山的圣人雅科泼本就是善于管理天气的。从此以后，圣人雅科泼又回到狼山渠，他即使被劫持十回，也会找到回家的路。狼山人对此坚信不疑。而且，他们还会给听讲故事的人指出农民遇到圣人雅科泼的地方。

你能不信吗？

枯恩林的狗

在多瑙河的北岸的瓦豪，有一座山坡上直到今天还残留着阿克城堡的废墟。从前，这里是哈特玛三世的要塞之地，他和他的兄弟瓦埃特拉的亨利希一世，都是令人恐惧的骑士强盗。哈特玛掌控水面，任何经过多瑙河的船只都会遭到他的掳掠，正如所有穿过林区的车辆都会被亨利希抢劫一样。

哈特玛在雪啤赫尔和阿克小溪间建造了一幢房子，派人监守着观察多瑙河的动静。如果有装满货物的船只顺流而下，监守的仆人就会吹起号角，报告消息。人们把那幢房子叫坏蛋屋，那里只要响起号角声，哈特玛立刻操起武器带领部下冲出去。他们在多瑙河两岸拉起一道铁链，迫使驶近的船只迅速靠岸，然后把船上的货物抢劫一空。行船人如果能够捡回一条性命，已经算是万幸了。许多行船人被带上岸后送入城堡的监牢，他们只有交纳高昂的赎金才能逃出地牢。

哈特玛和亨利希自称为“枯恩林的猎狗”，哈特玛的行为尤其嚣张。他甚至敢于窥测帕骚的红衣主教，趁主教前往维也纳时抢劫他的财物。红衣主教对他连连诅咒，哈特玛放肆地哈哈大笑。这位强盗骑士觉得身处阿克山无比安全，根本用不着顾忌上帝和魔鬼。至于主教，他更不放在眼里了。

两个枯恩林人为所欲为，肆无忌惮。他们的行为引起公爵弗里特利希严重的不安，公爵决定出手干涉这桩公案。

在维也纳有一位富商名叫吕狄格，他跟公爵商量妥当，然后前往雷根堡。富商在雷根堡装备一艘大船，满载昂贵的货物，有金银器皿、成捆的丝绸、高价的葡萄酒、稀罕的香料，甚至还有雕刻精细的家具。它要经过瓦豪前往维也纳。不过，船上还埋伏着一队精兵。他们隐藏在船舱里，准备伺机行动。

船只慢慢地凑近阿克山城堡。守卫的仆人看到豪华的大船来了，立刻吹响号角。枯恩林的伙计们迅速架起铁链，迫使大船的舵手停止航行。哈特玛亲自赶来，希望点数船上的货物，把它们送上城堡。他刚刚踏上大船，隐藏在船舱内的武士们发一声呐喊，跳上前来。他们把哈特玛猛地抓住，给他上了手铐脚镣，然后径直送往维也纳，交到公爵手中。

维也纳对待这般的江洋大盗自然不敢怠慢。他们看到亨利希还在阿克山城堡，便对堡垒发起攻击。维也纳的士兵们荡平城池，迫使亨利希俯首就擒。公爵弗里特利希慷慨仁义，善待枯恩林的两条恶狗。他把恶狗兄弟关押几年，然后提出条件，只要他们归还抢劫而来的不义之财，便免除他们死刑，放他们出去。

哈特玛在关押期间反复思考自己臭名昭著的一生，后悔莫及。他听到公爵提出的条件连忙答应。哈特玛获释以后，决定前往帕骚朝拜，希望免除自己的罪孽。可是，他还未能赶到红衣主教的帕骚城便病死在多瑙河畔的一座村庄里。

从此以后，瓦豪地区再无恶狗的狂吠。

七只兔子

多瑙河浩浩荡荡，从斯比茨沿河而下，人们看到河边突兀起一块巨石，山石顶上耸立着一座古老的教堂。教堂按圣人埃尔岑格尔命名。

相传有一回，有七只兔子在教堂顶上获救，它们被免除了死亡的命运。

那是一个寒冷的冬天，雪花飞舞，经久不歇。连年岁最大的人都不记得有这样的经历。冰天雪地，寒风刺骨。有时候，一阵冷风从山上吹向田地，不一会儿又是一场大雪。大雪接着大雪，高高的教堂已经被淹没了，只剩下尖尖的塔楼和宽大的屋顶，迎接着漫天大雪。

一天晚上，七只冻得半死不活的兔子从阿茨山奔下来。暴风雪把它们的窝刮走了，让它们陷落在冰窖之中。可怜的兔子不知道如何自救，不知道何方才能安顿它们的家。它们看到教堂塔楼和教堂一小块的屋顶露在野外，于是朝上面奔跑过去。不一会儿，它们到了教堂房顶。教堂的塔楼为它们挡住了凛冽的寒风，七只兔子挤在一起。后来，它们精疲力竭地睡着了。

第二天清晨，七只兔子从睡梦中醒来。它们看到外面风平浪静，温暖的太阳高高地挂在天空上。积雪在慢慢融化，有些地方已经露出下面的草地。可是，七只兔子蹲坐在教堂屋顶上，它们不敢下来。

漫长的冬天过去了，七只活蹦乱跳的兔子却在教堂顶上变成七块石头。从此以后，七只兔子就牢牢地驻根在教堂顶上，直到今天，它们仍然清晰可见。

狡猾的狄恩山人

历古以后，多瑙河为沿岸的民众带来多少方便和福利，交通、运输、贸易、渔业、水利，好处多得说不完。可是，对多瑙河沿岸的小村庄和小城镇里的居民说来，并不是所有路经多瑙河的人都那么可亲和可信。

有时候，多瑙河也是一条运载战士的便捷通道，他们沿着河流从西到东，或者从东到西，无比顺畅。今天，在多瑙河的瓦豪地区还残留着许多城堡和城墙的遗址、废墟，它们能够娓娓动听地讲述从前的战争年代，让行人难以忘怀。

城市开始加固，瓦豪的重镇狄恩山从前曾有强大的围墙，周围筑有高大的塔楼，真是地势险要，攻防相当。在抗击瑞典人的战役中，狄恩山城经历了严重的破坏。城墙和塔楼几乎被摧残一空，倒塌过半。

1741 年，法国人和巴伐利亚人侵入多瑙河河谷地区。狄恩山人眼看强敌临门，感到绝望极了。他们的城墙风雨飘摇，无法阻挡强大的敌人。居民们在危难之际立刻召集会议，寻找抗敌自救的主张，或者说是计策。

世上常有这样的事，只要计策得当，弱小的一方常常能够战胜强大的敌人。

狄恩山居民把所有的井圈管道集中起来，用涂料把它漆成一团漆黑。后来，他们的油漆用完了，只得用锅灰把其余的管道涂黑。敌人的进攻在即，局势危急。居民们整整干了一个通宵，男女老少一起上阵，热情高涨。

第二天清晨，巴伐利亚人和法国人果然来到城前。他们正想大举进攻时，却惊吓得几乎不敢相信自己的眼睛。他们曾经以为进攻狄恩山城是唾手可得的小战事，用不着激战一场。可是，眼前等候他们的却是许许多多的炮口，杀气腾腾，不可小觑！

城墙后面还传来武器撞击的铿锵声、军号声、锣鼓声，以及男人女人们的喊杀声。他们敲击一切可以发出声响的器具，甚至敲碗敲盆敲家具，真是五花八门。进攻的敌人内心胆怯，顿时陷入一片混乱。他们根本没有想到，这么小的城镇竟然守卫得如此顽强，如铁桶一般。城里一定藏有大量的兵丁，法国人和巴伐利亚人心里想道。

为了避免出现重大损失，他们觉得不能轻易围攻城市，于是借故绕道，继续前进。直到这时，狡猾的狄恩山人才松下一口气，放下心来。他们虽然面临着整修井圈的繁重劳动，可是救助了自己的城市。

狄恩山人为自己的家园留下一段佳话。

狮心理查德和歌手勃隆特

十二世纪时，皇帝红胡子弗里特利希决定出征东方王国，他要夺回基督的圣地。奥地利的公爵雷沃包尔德和英国国王狮心理查德一致同意参加十字军的征伐队列。他们两人都是英勇的斗士，功名心极重。可是，天不遂意，红胡子皇帝在渡河时不慎落水淹死，队伍中顿时出现关于领导权的激烈斗争。最后，奥地利的公爵雷沃包尔德首先攻入敌人城堡阿孔，把战旗插上城头，于是成为公认的领袖。

狮心理查德感到心理上受到挫折，便登上城头，把奥地利的旗帜拔出来，让它在污浊的地上来回拖扫。奥地利的公爵不能容忍英国国王的野蛮和侮辱，从此结下冤仇。战斗结束后，部队里暴发瘟疫，十字军东征就此结束。战士们偃旗息鼓，返回他们的故乡。

事情突然出现变故。原来理查德乘坐回英国的战船遭遇风暴，最后撞击在礁石上，船体被撞得粉身碎骨。国王侥幸逃得一命，只得上岸，改从陆路步行。这条大路直通奥地利，奥地利公爵决定沿途设伏，捕捉英国国王，洗雪耻辱。

英国国王化装成平民的模样，小心翼翼地穿越敌人王国。他一路来到维也纳的郊外土山，由于长途跋涉，国王又累又饿，精疲力竭。他慢慢地走进一家酒店，请主人备办膳食。

“你能付款吗？我们是要现钱的？”老板问道。

“呵，不行，我没有现钱。”

“那么，你去帮助转动烤肉架吧，直到肉烤熟为止。到那时我可以施舍给你一小块肉充饥。”

国王拿起烤肉的铁钎，小心翼翼地搁在火上烧烤，慢慢地转动。烤肉渐渐变黄，散发出一股香味，国王忍不住口水直淌。这时，主人过来想要看看肉是否烤透了。可是，他偶然看到客人手上的戒指镶嵌着闪闪发光的钻石。主人心中疑虑，便凑上一步，他发现陌生人的举止和面貌根本不是普通人。主人不禁思量起来，这个陌生人究竟是谁呀？突然，他想到国内正在谣传，说英国国王狮心理查德乔装改扮，正要穿越奥地利王国。

酒店主人顿时明白了。他立刻叫来两名骑士，把自己的顾虑和猜想告诉他们。两位骑士是参加过十字军东征的，他们认出国王，立刻动手把国王抓捕起来，捆绑结实，然后交到奥地利的公爵面前。奥地利公爵雷沃包尔德把这位特殊的英国囚犯悄悄地送到瓦豪的狄恩山，把他秘密地关押在城堡的地牢里。

英国国王狮心理查德在狄恩山的城堡里受尽凌辱，没有人知道他被关在哪里。英国人看到他们的国王迟迟没有回家，心中着急。人们知道他遭遇沉船之祸，担心他落入敌手。可是，任何的打探和询问都没有结果，人们感到绝望了，认为国王已经死了。

只有一个人不相信国王死亡的事实，那是国王的朋友歌手勃隆特。一天，他带上齐特琴，动身上路，准备前去寻找国王。勃隆特从英国借道德国，穿城过府，一路唱歌。他唱到公侯伯爵，唱到骑士城堡，唱到酒店饭馆。他深入军营，来到村庄，到处观看，随时打听。可是，谁也没有见过国王狮心理查德，也没有人听到关于他的消息。

勃隆特穿过莱茵山谷和美茵山谷，后来穿越多瑙河，来到瓦豪地区。他准备在狄恩山城堡小住几天，休息一下。歌手一路奔波，疲倦不堪。他到处打探，希望寻找国王，可是没有结果。突然，他想起国王狮心理查德喜欢听的一支曲调，那是歌手为他多次演奏的歌曲——在国王东征的前夜，歌手还热情洋溢地为他进行告别演出。想到这里，勃隆特的心情十分沉重。于是，他拿起齐特琴，调试一下，唱了起来：

国王，你可听到仆人

勃隆特的思念歌声，
他在琴旁如歌似泣，
多么希望亲临君面？

勃隆特弹奏完毕，停下来侧耳倾听。他似乎听到从城墙深处传来一种声音，那是一个熟悉的声音。他又侧耳倾听，那里重新传来熟悉的曲调。勃隆特几乎不敢相信自己的耳朵：

勃隆特啊勃隆特，
果然是你弹奏齐特琴？
我的思绪已经混乱，
但愿歌声没有把我欺骗！

勃隆特抬起头，他看到从栅栏的后面伸出一只雪白的手。那只手无力地摇动着，而且还有呼喊的声音："呵，你的国王已经找到了，请去告诉我遥远的故国家乡。"勃隆特深信不疑，知道自己的愿望已经实现。他急忙回到英国，把消息带回去，国王里查德被拘押在奥地利的狄恩山。英国人听到消息后欢呼雀跃，知道国王还活着。他们凑足了高昂的赎金，让国王里查德重获自由。

狮心里查德领着他忠诚的齐特琴手勃隆特一路上高高兴兴地回到英国。

华丽而又欢乐的城市

在今天小亭园的地方，曾经是一座漂亮的城市，它坚固的城墙经历过好几回战争的冲击。居民们积累了许多财富，连很多穷人都在城里发了财，阔绰起来。城里有几座教堂和宫殿，上面装饰着珠宝黄金。多少居民在房顶上还镀着黄金，多么富庶，多么美丽。居民们也没有放弃那些小草房，他们在上面画出美丽的图画，装潢一新。

这是一座没有饥饿的城市。乐师们到处演奏，街道和广场上每天都在庆祝节日。居民们永远是欢欢乐乐、歌舞不绝。即使有人病了，他也会被周围的欢乐气氛所感染，不久就会恢复健康。城里人陶醉于他们的愉快生活，至于城外出现或者发生什么大事小事，他们才不操这份闲心呢!

教堂落成典礼更是居民们喜闻乐见的欢乐节日，有一回，他们为教堂落成一连庆祝整整七年。事后，居民们却觉得好像刚刚过了七天一样。落成典礼结束以后，居民们又开始他们的日常劳作和生活，城里的居民个个喜悦开怀、欢乐大方。有时候，当他们看到从城外进来的穷人请求施舍时，他们都会慷慨解囊，大力资助，给穷人送上满满一袋的金钱，让他们从此摆脱贫困。

一切都是那么美好和欢乐。

一天晚上，小亭园城里的居民还在庆祝，多瑙河突然伸出自己的臂膀，压迫着美丽的城市，让它陷入地下。可是，城里的居民并没有发现，他们还在欢乐地庆祝，舞姿精彩，歌喉动人。其实，这座陷入河底的城市到底叫什么名字，今天已经无人知晓了。

当然，不断有渔夫和船夫在晚上经过沉降的城市地区时听到从下面传来欢乐的乐曲声。有时候，人们甚至看到下面灯光闪烁，冒出黄灿灿的一片金光。人们知道，陷入河底的城里仍然歌舞升平，人们还在庆祝，他们连天崩地塌都没有放在心上。

相传有一则古老的预言，说这座城市终有一天将会重见天日。有一个渔夫亲自目睹了城市的沉降，他当时被吓得目瞪口呆，半天里说不出一句话来。那时有一条小鱼游到他的面前，告诉他那则古老的预言。渔夫钓上那条鱼，听鱼儿讲完话后觉得大为惊骇，连忙把鱼儿从鱼钩上取下，重新放入多瑙河。渔夫看着鱼儿游走了，不由得在口中嘟哝了几句，可是没有人知道他究竟说了什么。

格拉芙山上的粗鲁骑士

格拉芙山上的城堡位于多瑙河旁。从前，堡内居住着一群强盗骑士，为了认出进入古老城堡的陌生人到底是朋友还是敌人，强盗们作出如下的试验。

城堡的大院里有一块石头，三面有三道凹塘。陌生人被带到石头面前，如果他把两条腿跪在两道缝隙间，然后伸出一只手，送入第三道缝口，说："我抓住了石头！"那么，这个陌生人是朋友。

城堡里住着一个特别野蛮的骑士，他只关心着自己的爱好，就是打猎。那时候，城市周围全是树林，青枝绿叶，多么稠密。树林里有许多野兽可以供人们打猎，其中有狍子、麋鹿、野猪，有时候还有黑熊。

野蛮的骑士打猎时十分粗鲁，逮住什么杀什么，远远超过城堡的食物需求。他常常领着一群人马和猎犬从草地间冲向树林，鲜嫩的牧草被践踏完了，牧民们为此抱怨。更有甚者，他们有时候还从青苗地里走过，破坏了庄稼，直接影响着农民们的生活和温饱。

农民们看到他时都很抱怨，甚至痛哭流涕。可是，野蛮的骑士却在哈哈大笑。他看到有些农民没有及时地从他面前躲避，便朝他们的背上狠狠地抽上几鞭。

一天，当骑士特别暴躁的时候，突然看到一个小侏儒挡在他的马前。骑士抽出马鞭，可是小侏儒猛地长成一个巨人，还以雷鸣般的愤怒声对骑士说道："你是个野蛮的猎人，作恶多端。为了惩罚你的粗鲁和罪恶，你从现在起必须在林中转悠不停，直至永远。"

野蛮的骑士看到巨人高大的身躯，吓得半死。他急忙掉转马头夺路逃走，可是从马上摔下来，折断脖子死了。不过，巨人的诅咒是灵验的，格拉芙山上的野蛮骑士从此以后在暴风雨的夜晚总是幽灵一般地在林中转悠，并无停歇的时候，十分恐怖。

谁让他在生前作恶多端呢！

魔鬼和歌手

多瑙河边的狄恩山城堡天下闻名，十分雄伟。不过，它也时常遭受敌人袭击，有一回甚至被敌人的炸药和铅弹炸得人仰马翻，只留下一片废墟，城堡下面尸横遍野。白天倒也罢了，到了夜里，事情可就麻烦了。恐怖的事情层出不穷，可怕极了。

这有什么奇怪吗？那么多的死人，深更半夜的，淡蓝色的火焰到处飘动，有时候还能听到令人毛骨悚然的叫喊声。每到夜幕降临时，人们都不敢从那里走过。他们总是绕一个大弯，希望避免穿越曾经美绝一时的狄恩山。

有一回，有个“挫匠”来到狄恩山，到处找活干。可是，他在小城里找不到住宿的客栈，便顺着城堡登上山，希望在废墟间找个挡风之处，让自己暂度一夜。路上他遇到一位老人，老人问他，为什么这么晚了还在外面走动，这是要到哪里去呀？

“我想在上面的废墟地上住宿一晚。”挫匠回答。

“呵，天晓得，”老人叫喊起来，“上面可是天翻地覆了，那是魔鬼们消度残夜的乐园。你如果想到明天还能喘气，那么就请住在下面吧，千万别上去！”

挫匠是个意志坚定的人，既不怕死，也不怕鬼，于是说道：“我可不是胆小如兔的人。”说完，他就心平气和地往前走去，在一幢半塌半倒的房子里找到栖身之所，躺了下来。不一会儿，他便睡着了，进入梦乡。

挫匠在梦中被唤醒了。周围开始发出咕噜咕噜的响声，开始时如同雷鸣，继而又像铃声丁零零的，后来又趋于平静。不一会儿，刚才的吵闹声又重复一遍，反复喧闹，反复折磨，让人烦恼不已。挫匠已经无法入睡了。

为了消度残夜，他从口袋里摸出几颗核桃放在口中。他用牙齿咬开核桃壳，然后挑出里面香喷喷的核桃仁，吃得津津有味。突然在眼前亮起一道微弱的光芒。挫匠不明就里，看到眼前站着一个魔鬼。

“呵，你个傻瓜，”魔鬼大声叫唤，“你在这里干什么呀？”

“如你看到的，吃核桃。”挫匠平心静气地回答。

魔鬼请他给自己几颗尝尝，挫匠并不傻，立刻抓起一把小石块递给这位臭名昭著的兄弟。魔鬼贪婪地把石块丢进口中，高兴地咀嚼起来。他的牙齿咬得咯嘣咯嘣的，咬得口中直冒火星，可是没有咬碎任何一颗核桃。他觉得自己实在不聪明，便问挫匠应该如何嚼咬才是正确的。

挫匠说道：“我是专门挫牙齿的大师，从前把自己的满口牙齿全部挫平了。”

魔鬼十分贪婪，立刻央求挫匠为自己整治一番，挫匠点点头答应了。他从工具袋中取出一把巨大的老虎钳，请这位上帝可怜的家伙把脑袋伸到张开的老虎钳夹口前面，以便帮他挫平牙齿。

魔鬼听从吩咐。挫匠用钳子夹住他的鼻子猛地用力，魔鬼被夹得眼睛里冒出了鬼火，挥舞着双手想要摆脱老虎钳，一面疼痛难熬，发出哇哇鬼叫。

“你这条地狱的恶狗，”挫匠说道，“我要把你驱逐出狄恩山，让你再也不敢在这里作祟，危害地方。你说，你愿意还狄恩山一个太平，从此滚出去吗?”

魔鬼立刻摇尾乞怜，答应再也不来狄恩山作祟。挫匠这才把他从老虎钳下放出来。魔鬼发出一阵愤怒的狂叫，散发出阵阵硫磺气味，消失不见了。勇敢的挫匠在狄恩山居住下来，娶了当地的一个女子为妻，还找到一家工场为老板干活，生活幸福、美满。

一天，他前往邻村为农民挫锯齿。突然，他在树林里遇见魔鬼。魔鬼恶狠狠地对着他打哈哈，说道：“我以为再也抓不住你了，可是在这里碰面了！这里不是狄恩山地界，那里的誓言管不到这里!”

勇敢的挫匠不慌不忙，徐图良策。他蓦地掏出老虎钳，对着地狱恶犬大吼一声：“你想让我再夹一回你的鬼鼻子吗?”魔鬼知道这个工具的厉害，撒腿就逃，如同闪电一般，一下就消失不见了。

从此以后，魔鬼再也没有露面过，也许到陌生的国度去了。狄恩山享受着清静、太平，它常常沐浴着清晨的朝阳，听着多瑙河的滚滚波涛，显示无限美好的山水风光。

圣人塞弗林

从前，奥地利境内的多瑙河十分繁忙。沿河的南岸居住着罗马人，他们在那里砌墙造塔，从事耕地，也经历了战争。后来，陌生的民族从东方和北方来到多瑙河流域，对多瑙河十分感兴趣。哥特人在东部地区居住下来，直到维也纳大林区，河北岸则是日耳曼鲁根人的生活天地。

罗马人的生活范围不断地收缩，他们被外来的入侵者包围其中，形势越来越紧张，十分绝望。多年来，那里的争论和战争从来没有停止。居民们不断地被迫转入林中，无可奈何地看着敌人蹂躏他们的家园，践踏他们的庄稼，抢夺他们的财产。

就在那般充满艰难困苦的时日里，从远方迁来一个善良的人。那是一个小个子的行善之人，满面胡须，穿一件简易的长袍，他就是圣人塞弗林。塞弗林在摩塔伦附近居住下来，建造了一座修道院。他从这里开始沿多瑙河上下走动，以温和的语言劝导受苦受难的人群，同时又严肃地劝阻围攻罗马人的敌人不得造次，以免引起血流成河的可怕局面。

就在今天的克莱姆斯地区，那是鲁根人建造坚固城堡的地方，突然爆发了饥荒。塞弗林闻听消息后来到当地，希望劝导和帮助民众。他知道，当地有个富裕的寡妇名叫帕洛库拉，家中储存着许多粮食。不过，帕洛库拉是个吝啬的人。

圣人塞弗林找人把女人唤来，谴责她为什么如此吝啬，不肯布施乡邻。“你出身高贵，却自愿沦落，成为罪孽的女仆！”圣人说道，“上帝垂怜世上的穷人，希望你不要贪图利益，大大方方地帮助民众渡过难关。你拒绝救助灾民，难道想把长期囤积的粮食倾倒在多瑙河里喂鱼吗？”

女人听到圣人讲话，不由得大吃一惊。她连忙打开仓库大门，接济贫困。后来，多瑙河上来了不少船，装运着救济苦难的粮食。人们把这件功德记在圣人塞弗林的身上，对他愈加敬重。当地的名门望族，甚至连君王们也在重大事务上不忘向他请教，征求他的意见。

一天，一队武士走近他的家门。领路前来的是个年轻人，高大的个子，当他跨进圣人家门时必须弯下身子，那是为了不碰到低矮的屋檐。他想要领兵前去讨伐一个远方的王国，于是前来询问战事祸福。

塞弗林满足他的请求，开口说道：“大胆去吧！你现在穿一身动物毛皮，将来就是强大的军队首领，拥有无数的珠宝，慷慨施助别人。”

塞弗林的预言十分灵验，小伙子后来获得巨大的权力，成为意大利王国的君王，他的名字叫欧杜阿克。

遭魔变的面包房伙计

克莱姆斯的城堡塔楼高大威武，成为地方上最古老的核心地段。塔楼里有个法庭，许多人领教过法庭的厉害，打屁股的木板断了一块又一块。法庭的地面上有个洞口，那是进入地下牢房的大门，牢房里一片阴暗。仆人用粗绳捆住犯人直接把他们送入地下牢房，也用这样的方式给犯人送去面包和水。

可怜的犯人只要里面被关上几天，那就留下终身恐怖的记忆。冰冷的大墙、死人骨殖、奔跑的老鼠，这些都是他们的陪伴，周围一团漆黑，伸手不见五指。只有当上面的盖子掀开时，才有一丝光亮透射进来，然后接过吊挂下来的篮筐，里面装着稍许的面包和水。

相传在这座牢房内有一条通道，直通大量的金银珠宝，财富堆积如山。却说有两个面包房的伙计十分大胆，他们决定潜入黑暗的牢房，然后再去寻找宝贵的财富。两个人背上一根粗大的绳索，趁着黑夜的掩护悄悄地走近塔楼。其中有个伙计穿过洞口，一直下到深渊。可是，下去的人还没有完全被黑暗所吞没，上面的人已经听到他发出一声惨叫，然后听到扑通一声，好像有人掉在水里一样。上面的伙计大吃一惊，急忙跑到野外，大声呼救。

不一会儿，人们擎着火把，抬着梯子，一起来到出事的地点。有几个胆大的人立刻下到牢洞，看到挂在下面的绳索断了。另外，他们看到地上堆满了骨殖，可是没有水，也没有年轻面包房伙计的踪迹。他们一无所获，便想离开牢房。突然，从墙角间钻出一个闪闪发光的小爬虫，小爬虫行为奇特，它盯着人群，似乎正在乞求。

在场的人看到这里全都明白了，这个小动物就是面包房伙计，他也许因为平生的某种罪孽，结果遭受魔变而变成小爬虫。后来，当年轻伙计的未婚妻来到牢房时，只见小爬虫朝她爬过去，甚至靠在她的脚旁，那么忠实，那么真诚。

姑娘跪在地上，向着圣母马利亚连连祷告，请圣母宽恕和拯救年轻的伙计。姑娘还答应事成以后不惜长途跋涉也要到克莱姆斯的教堂去还愿。后来，等到姑娘还愿回来，她看到自己的未婚夫，年轻的面包房伙计已经恢复成人样，平静地出现在她的面前。

不久，这对年轻的未婚夫妇举办婚礼，结成夫妻，面包房小伙计后来成为面包房大师傅。他们夫妻两人生活幸福，子孙满堂，享受着多瑙河畔的美丽风光。

无头杏仁

在克莱姆斯城的东北方向有一座巨大而又结实的炸药塔，圆柱形的屋顶，塔基建造在书山的山坡上。距离建筑不远的高大城墙上竖立着克莱姆斯城的城徽“无头杏仁”。

那是1645年，在克莱姆斯历史上是个艰难的时刻。可怕的瑞典人从北方往南方挺进，长驱直入。有一支部队包围住克莱姆斯，经过激烈的战斗，最后夺取并且占领了城市。瑞典人把城内抢劫一空，没有一幢房子得以幸免。他们的士兵杀害当地百姓，或者把民众投入监狱，折磨他们，苦不堪言。

有一回，有个瑞典军官跟在许多市民的后面朝着圣母马利亚教堂走去，他看到前面的市民们突然消失不见了。军官觉得他们一定逃进了教堂，于是骑着高头大马走上台阶，闯进教堂。可是，他看到教堂早已被他们抢劫得空空如也，里面连个人影也没有。军官勃然大怒，抽出利剑，朝着从来没有遭受过伤害的圣母像一刀挥去，刺瞎了圣母的眼睛。这还不算，他还把画像劈做两半，毁坏了教堂里的圣器、圣物。

毫无疑问，他犯下罪孽，接受惩罚那是势所必然的。一个星期以后，那是圣母的节日，强大的奥地利士兵漫山遍野地聚拢过来，包围城市，向着瑞典人展开攻击。瑞典军官指挥作战，他让兵丁们从高处往下投扔火把。可是围城的奥地利人无所畏惧，他们立刻从敌人手中夺取了位于多瑙河上的一个岛屿，把他们的大炮架起来怒指城墙。

临近炸药塔旁边的战斗尤其惨烈。瑞典军官站在城墙上做着殊死抵抗，希望保卫城市。可是，一颗奥地利的炮弹朝他飞了过来，他刚想低头，头却不见了。原来，飞来的炮弹在飞向远方时顺便把他的脑袋也捎带着往前去了，军官的身体瘫倒在城墙上。

为了纪念这场战斗，克莱姆斯的居民们雕刻起一个无头的石人像。他们把石像安装在城墙上，直到今天。

柯安诺宇堡的捕鼠人

很多很多年以前，柯安诺宇堡闹鼠灾，十分严重，地下室、运河边、房间角落和一些稍隐蔽之处都有老鼠横行。是啊，它们甚至在大白天走上大马路，到处转悠，无所惧惮。厨房更是它们光顾的洞天福地，那里有吃有喝，老鼠们有时走路不小心，常常落在米囤里。它们在床铺上筑窝，在橱柜里生育，传宗接代。

当有人开始用餐时，老鼠们大胆地扑上餐桌。它们的数量之众，来势汹汹，用餐的人吓得立起身来逃走，不敢跟它们计较。呵，这场鼠害真是无法忍受了。市长在市议会上大声疾呼，而且颁布公示，如果有人能够帮助城市免除鼠害，市议会决定给他奖励一百杜卡登金币。

不久，有个陌生人来到市长面前。陌生人表示只要市长所说的奖励是真的，他愿意承担责任，帮助城市解除鼠害。市长连连答应，说奖励一定是真的。陌生人见市长态度诚恳，于是开始了艰苦的灭鼠劳动。他从口袋里掏出一根黑笛，然后在柯安诺宇堡的大街小巷上到处走动，一面吹奏他的笛子。

可是，他吹奏的声音十分野蛮、粗鲁。那是一种尖厉的嚎叫，十分刺耳。路上行人听到音乐声时连忙捂住双耳，因为他的吹奏实在令人毛骨悚然。老鼠们似乎对那种声音十分欣赏，它们纷纷从地下室、运河旁，从住房和仓库里奔跑出来，高兴得如同过节。

捕鼠人吹着笛子走遍大街小巷，甚至寻访了每一幢住房。他的身后跟着大片的老鼠，黑压压的，如同千军万马，没有一只老鼠甘愿落后。捕鼠人慢慢地朝多瑙河走去。老鼠们争先恐后，维持着长长的队列，秩序井然。捕鼠人淌入水中，河水慢慢地没过膝盖，直到胸脯。老鼠们自觉自愿地跳入多瑙河，一只也没有落后。

多瑙河汹涌澎湃，呼地一声把老鼠们卷入急流。老鼠们还不知道怎么回事时，已经淹没在水下。大大小小的老鼠们通通不见了踪影，柯安诺宇堡终于摆脱鼠患。陌生人走进市议会，希望获得议定的报酬，那是一百杜卡登金币。

市长的态度很不友好。“你这回没有艰苦的劳动，”市长振振有词，“充其量也不过值十个杜卡登。我只要想到你吹奏的笛音，天哪，不仅两只耳朵震得生疼，连头也痛得难以忍受。”

“我的笛音是好是坏且不去讨论，你现在摆脱了鼠患，我必须获得原来商定的报酬。不可以反悔。”

“你见鬼去吧！”市长大声喊了起来，然后把装着十个杜卡登的钱袋扔在他的脚前。

捕鼠人看到市长如此不守信义，二话不说，转头走了。钱袋躺在地上，谁也没有触碰一下。过了几个星期以后，陌生人又回来了。他这回身穿彩色衣衫，还有一件红色天鹅绒外套，蓝裤子，连头上戴的帽子边上也插着羽毛，真是相貌堂堂，威风凛凛。

如同上回一样，他从衣袋里掏出笛子吹奏起来。不过，他这回吹奏的音乐十分动听，无限甜蜜，让人心花怒放，不绝于耳。柯安诺宇堡的市民们纷纷站在窗后伸头探望，希望聆听这组美好的天籁之音。孩子们忍耐不住地从家中奔跑出来。姑娘们更加不甘寂寞，纷纷离开厅堂、花园和游玩场所，朝着笛声飞驰而去。有的大孩子甚至抱着小弟弟或者小妹妹，他们都不愿意错过机会，迅速在吹笛子人的身后追赶上来。

吹笛子的人径直朝多瑙河走去。河边停靠着一艘大船，大船装饰气派，十分豪华。船上彩旗飘扬，多么像是隆重的邀请，希望大家上船航行。陌生人脚不停步地上了大船，一面还吹奏着甜蜜的歌儿。孩子们兴高采烈，他们义无反顾地跟着陌生人踏进大船。等到孩子们全都上船时，船锚提动起来，大船慢慢地启航。它开始顺流而下，速度越来越快，最后消失在远方的天际之中。

突然，河岸上跳出一个孩子，他是回去取上衣的。可是，船已经启航，他只得留在岸上，眼巴巴地望着大船沿着多瑙河一路东去。还有个孩子也在岸边呆呆地站着，那是个聋子，听不到悦耳的歌声，更加不明白其他的孩子们为什么全都上了船。孩子们在船上欣赏笛儿的绕甲板之音，他们顺着多瑙河一直航行到遥远的地方。

后来，没有人知道他们的下落，也没有人听到关于孩子们的任何消息，只留下对市议会和市长的许多埋怨和愤恨。

哈根和女妖

克里姆希尔特是匈奴人国王埃策尔的妻子。她对布尔恭特人发出邀请，请他们前往匈奴王国作客。于是，大队人马从莱茵河来到美茵河，然后穿越东法兰克的地区，一路上昼夜兼程。等到第十二天时，他们来到多瑙河边。他们的队列中还有一位牧师，专门给士兵念诵弥撒，在途中尽牧师之责，为部队祈福、赐福。

阴沉沉的哈根率领前卫第一个来到多瑙河边，哈根跳下马背，把战马系在一棵大树旁。多瑙河汹涌澎湃，浩浩荡荡。哈根希望寻找船夫，请他把自己的队伍送过河去。当他沿着河岸正在走动时，突然看到两个浑身洁白的女子兀自在河中沐浴。

哈根立刻认出河中的女子原来是妖精，而且知道她们善识未来，十分灵验。于是，他收起姑娘们摆在岸边的衣服，信誓旦旦地告诉她们，只有说出他们将来在匈奴国可能遭遇的祸福，立刻就能得到自己的衣物。

姑娘中的大姐说道："你们大胆地前往埃策尔的匈奴王国，自会获得大批礼物，装满车辆，运送回国。"

姑娘的讲话让哈根心中大喜，便把衣服还给两位姑娘。她们顿时漂浮起来，如同两只天鹅在多瑙河上随波逐流。突然，年轻的妹妹划水游近哈根，对他悄悄地说道："你别听我姐姐的话。她对你说了一通好话，只是为了让你把衣服还给我们。你要听信真实的消息！你们最好别去匈奴人的王国，在那里迎候你们的不止死亡和毁灭。你们之中除了牧师外，谁也无法回到自己的家乡了。因此，趁着为时尚早，立刻回去吧！"

当然，哈根不是轻易就被吓得失去主意的人。相反，他大声命令地说道："告诉我，如何渡过急流！"

两个姑娘告诉他如何前去寻找渡夫，让他如何恐吓渡夫才能完成使命。不一会儿，哈根找到了艄公的茅舍，不过位于河流的对岸。哈根大声叫唤："渡夫，请过来！"他随即把一枚金手镯挑在宝剑的尖端，高高地竖立在外。手镯在阳光下闪烁着，十分诱人。

渡夫从他的茅舍里走出来，盯着闪光看了一阵，知道那是黄金。于是，他撑着船只过来了。这是个喜欢讨价还价的人，十分贪婪，从来都嫌挣钱不够。因此，他总是不断地抬高船资。

渡夫觉得仅仅一只手镯还不够，两个人不禁你一言我一语地争执起来。渡夫说到激动之处，顺手操起船桨朝着哈根的脑袋猛地砸了下去。哈根猝不及防，被他打得跪倒地上。可是，哈根猛地站起身，挥舞利剑往前挺进一步，便把渡夫刺倒船上。哈根把渡夫的尸体扔进多瑙河，然后跳上渡船，他驾着船只来到伙伴们等候的地方。

大家看到船上没有渡夫，心中担忧。

“谁能把我们渡过河去？”他们问道。

“我，”哈根大声回答，“我前几年不是闻名于莱茵河上的渡夫吗？我会把你们安然无恙地送到多瑙河对岸。”

布尔恭腾人纷纷上船，哈根把他们分组送到对岸。突然，他想起第二个女妖说过的话，他们之中除了牧师外，谁也无法重回家乡。他为了破除这个预言，便举起牧师把他扔进河水。牧师是不会游泳的，可是上帝却眷顾于他，让他的白衣长衫漂浮在水上，一直把他送到对岸。牧师回到对岸，没命地逃回莱茵河的家乡去了。

哈根这才意识到原来天意如此，无法更改。等到最后一个布尔恭特人和最后一匹战马渡过河时，哈根抽出利剑，把渡船劈得粉碎，说道：“我们用不到船只了。你们之中如果有人害怕前程，希望跟牧师一起回去，那么请站出来。不过，我是不会把他送回去，而是当场杀了他。只有胆小鬼才会听信女妖的胡说八道，他们相信鬼怪胜于相信自己的力量！”

大家听到讲话，没有人再敢稍有胆怯的想法，全都随队而行。只有牧师背道而驰，他穿上湿漉漉的牧师长衫，一路艰难地回到布尔恭腾王国。其他人全都客死他乡，把生命留在匈奴王国。

作祟的船队

从前，在一个星光明亮的夜晚，有个年迈的渔夫驾着一条小船想要渡过河水。多瑙河安安静静地流淌，突然，河面上刮起一阵飓风。渔夫不由得大吃一惊，他费了很大的气力才驾着小船驶近旁边的小岛。渔夫以为天气变了，因此把船靠岸后便找了棵大柳树坐了下来。

可是，月清浪高，天气并没有发生变化，水面上传来的咆哮声越来越大。老人觉得奇怪，便朝四周看上一眼。突然，他看到远方有一只大船的影子。船影在多瑙河上无声无息地快速行驶，船桅上传来了道道闪电。

渔夫看到这里，心中吃惊不小。可是，这条船影后面还跟着更大的船只。渔夫感到十分惶惑，船队离他越来越近了，周围一片嘈杂声，雷鸣电闪。多瑙河浪高水急，汹涌澎湃，冲击着小岛。

渔夫感到危在旦夕，知道这回必死无疑。他听到船上一片吵闹，粗鲁的呼喊，武器撞击，乒乓作响，此外，还有火把的亮光。周围波浪滔天，水流湍急。老人来不及思量作祟的船队究竟是怎么回事时，笨重的船队已经从他身旁驶过，轰然作响，十分恐怖。

等到最后一道船影驶过时，周围又是一阵电闪雷鸣，闪电照亮了渔夫坐下的大柳树。渔夫被光芒刺得睁不开双眼，不由得发出一阵叫喊，跌倒地上，如同死了一般。等到渔夫重新醒过来时，他看到在太阳徐徐落山的地方河水正在汹涌澎湃地上涨，整个作祟的船队消失在起伏不平的波浪后面。

这时，水面上风平浪静。多瑙河浩浩荡荡，回到自己的河床上。渔夫吓得不敢吱声。直到第二天清晨，他才壮着胆，慢吞吞地回到家中。

还有许多人，他们也看到过作祟的船队。相传，这些都是尼伯龙根的英雄在作祟。他们在战斗中饮恨地下，自己的生命丧失在匈奴王国的土地上。可是，他们含恨未尽，因此趁着星光明亮的夜晚驾乘他们的旧日兵船，朝着多瑙河上游航行而去，希望寻找自己布尔恭腾的故乡。

布尔恭腾在遥远的地方。尼柏龙根英雄们曾经从那里整队出发，可是，他们却再也没有见到可爱的家乡。

戈特魏克的黄金使徒

戈特魏特村的牧师们生活平安，十分幸福。他们没有畏惧，没有不幸，村庄里不出荒年，地方上风调雨顺，一片和睦。要说原因也很简单，他们在山洞的珍宝馆内供奉着耶稣的十二门徒，全是黄金的。不过，使徒们还长着胡子。

只有主教知道如何打开地下珍宝馆的大门。他们过几年就要悄悄地下去一回，为使徒们修剪金胡子。

从前，教堂里共藏着十二个黄金使徒，现在只有十一个了。那是戈特魏克村

人遇上灾荒，饥饿难忍，最后只得把一尊黄金使徒出售，变成“银钱”，让他们度过荒年。

陌生的哈斯弗

从前，有个莫名其妙的游客，他顺着多瑙河来到克莱姆斯，走进一片树林。

时届秋冬，树叶开始从树上飘落下来了。哈斯弗拖着疲惫的身躯坐在一棵大树下，把布满了花白头发的脑袋垂挂下来，双手托着下巴，眼睛直瞪瞪地看着地面。他多么希望沉入地面，一死了之。可是，死神还宽恕着他，没有出现在他的面前。

不一会儿，他听到从背后传来一阵响声。他回过头去看到一个年迈的女人背着木柴，沿着山谷攀登上来。女人精疲力竭，气喘吁吁，一面叹息着累得几乎迈不动双腿。后来，当她终于赶到山顶时，不由得瘫倒在地，如同死了一般。

哈斯弗走上前去，看着年迈的女人说道：“呵，老人家，支撑不住了？木柴太沉重了，是吗？”

“不，不是的，”女人回答，“我也背过更加沉重的担子。可是，我已经八十岁了，浑身的力气全都没有了。呵，我的上帝先生！”女人说着，叹息一声。

哈斯弗听到女人的祈祷，不由得闭紧双眼，用双手捂住脸。女人又开始说道：“呵，要是让我再活一年，该是多么美好呀！可是不行了，我感到大限在即，快要死了！”年迈的女人说着又深深地吸了一口气，然后闭住双眼，把脑袋垂挂在胸前，死了。

哈斯弗的脸顿时变得灰白、坚硬，如同石头一样。他盯着死者看了许久，然后说道：“呵，你是个幸福的女人，到八十岁时终于被允许死了。我到处流浪，也不知道多大的年龄了，就是不死！”

哈斯弗说着站立起来，接过死者背上的木柴让自己扛着，往前走动。他似乎想要尝试一下，看看身背重荷是否也能像年迈的女人一样立刻死去，让自己的灵魂升腾起来。

突然，茂密的树丛间出来一个猎人。他从肩上取出猎枪，对着老人哈斯弗大吼一声："站住，不许动，你这个盗木老贼，否则，我就开枪了！"

哈斯弗听说开枪，正中下怀。于是，他急忙朝前走去，希望猎人立刻扣动扳机，给他一枪，让他解除折磨，获得解脱。猎人见此状况，立刻瞄准，开了一枪，结果他把自己打死了。原来，子弹在飞到哈斯弗背上的柴捆时遇到坚硬的树节，被弹了回去，撞在猎人身上，猎人躲避不及，饮弹而亡。

枪声吸引了几个正在林中干活的农民，他们都想看看出了什么大事。他们看到猎人死了，顿时说道："一定是那个盗木老人干的好事。"说着，他们之中有个人横过枪来，也开了一枪。

这回跟上回一样，子弹撞在木节上弹了回去，撞在开枪人的头上。开枪人死了。农民们惊讶极了，十分害怕，世上怎么会发生这等事呢？

哈斯弗把木头放在地上，说道："你们瞧，两个不想死的猎人却无法击中我的身体。但愿你们送我一死，让我获得安宁，我会无限感激你们的。可是现在，天哪，完全反了！"

农民们听到讲话感到不可思议，觉得眼前的人也许是个妖怪，便不敢得罪他，悄悄地走了。哈斯弗捡起他的旅行杖往前走，没有人知道他前往何方，将在何地休息，也没有人知道他究竟是谁。

围攻图尔恩

图尔恩城堡是守卫维也纳的城门，城门旁有一块石头，上面雕塑着一个孩子的站像。图像已经模糊了，可是关于它的传说仍然十分清晰。

从前，当图尔恩城被敌人围困时，市民们奋起反抗，英勇作战。有个女人更是身体力行，在维也纳城门前站岗放哨，帮助武士们打退了城外敌人的围攻和骚扰。

有一回，正当她与武士们站在城墙上巡防瞭望时，只见她的小儿子踉踉跄跄地朝她扑了过来。孩子胆大，他是跳着扑过来的。可是他扑过头了，从城墙上扑了下去，落入敌人的手上。

围城的敌人相信这回遇上福星了，从天而降！他们威胁守城的母亲，如果她不亲自打开维也纳城门，他们立刻把孩子杀死。女人感到无比悲痛，可是她回答：“孩子，我将来还可以再生，可是城市却不一样！”

残暴的敌人果然杀害了孩子，然后把孩子的尸体抬出来。母亲看到这里，眼睛里的泪水都快流出血了，可是她更加坚定了斗志，勇猛作战。后来，敌人看到这座城市拥有无可攻拔的英雄和武士，知道要想攻占这样的城市，那是绝对不可能的。

于是，他们撤兵回去，解除了对图尔恩的围困。为了纪念这个被杀害的孩子，图尔恩人在维也纳城门旁竖立起一个孩子的石像。

偷盗的王冠

在滚滚流动的多瑙河旁住着一个渔夫，名叫马丁。他行业艰难，盈利不多，几乎让他难以维持起码的生计。马丁希望日益富裕起来，当然最好是少干活，多赚钱。他想来想去，不知道如何才能让他发财致富，于是寝食不安，直到有个失眠的夜晚让他突然想到多瑙国王。

多瑙国王是一位水下神仙，渔夫马丁从小就是听着有关多瑙国王的故事长大的，知道他有时候也会帮助可怜人和穷光蛋。从此，马丁每日里都坐在多瑙河沿岸仔细观看，只是不见神仙的踪影。

马丁不禁想到，是否可以开个玩笑把国王从水下吸引上来，然后抓住他，向他索取高额的赎金，最后把他重新放回多瑙河。于是，他每日里都朝多瑙河投扔十几块石头。可是，多瑙河国王似乎对此并不关心，无动于衷。

一天，河水自动分开，从水下升腾出一位细小的老人，头戴金冠。马丁躲在大柳树的背后，完全没有影响老人上岸。老人轻松愉快地坐在柔软的草地上。

“呵，”马丁不由得心中大喜，“一顶金冠！那是多瑙国王，拥有无比财富的水下精怪之主！我可得留心呀！我应该首先恭恭敬敬的，对他表示礼貌，向他提出要求。”

马丁想罢便朝水妖走上一步，深深地鞠了一躬，说道：“呵，国王陛下，我是个穷人，给我施舍一件礼物吧，也许你以后用得着我的殷勤服务！”

“你的请求是徒劳的，”水中国王惊吓得跳了起来，回答道，“我认识你！你就是每天朝多瑙河扔投石块的人，想要激怒我和我的仆人。我警告你，别用那些恶毒的请求惹我生气。我已经有话在先，把我的劝告拿回去当作礼物吧，你还不值得送上这般的礼物呢！”

小国王说完话，威风凛凛地转过身，想要潜回他的王国去。马丁却朝他纵上一步，伸手抓住他的王冠，转身飞跑，消失不见了。国王想要追赶他，可是国王的两条小腿无济于事。不一会儿，他只得放弃追赶，无比悲伤地钻进岸边的一个山洞里，以此为家，暂以栖身。没有王冠，他就失掉了威仪，因此无法回到水下，水族们只认王冠不认人。国王住在岸边，常常听到水下传来精灵们的抱怨声，说他们的国王不见了。

马丁首先从王冠上摘下一粒闪闪发光的宝石，换得一笔大钱，从此大吃大喝，奢侈度日。

有一回，他在酒馆里喝多了，舌头紧紧的，舌根却松了，于是大话连天，告诉大家自己如何得到那笔财富的。在场还有两个小盗贼，他们听得明明白白的。等到马丁回到他的小草房时，那顶贵重的王冠不见了。

不过，两个小偷也应了那句古话：“如何来的，便如何去的！”那是千真万确。他们两个偷走了国王的王冠，然后乘船驶上多瑙河。可是，从水下突然伸出一只小手，抓住王冠，重新沉入水下。那是多瑙国王，他见到有人拿着他的王冠过河，便纵身跳下水去，取回了自己的宝贝。

马丁开始一天天地穷下去，结局悲惨。当他终于明白人们应该以辛勤劳动和知足常乐才能为自己创造永恒的幸福时，已经晚了。

年轻井的女妖

小庭园是个位于多瑙河边的村庄，它的附近有一座可爱的小山谷，名叫隘谷。人们看到那里有根石柱，上面装饰着十字架。石柱旁边有一道泉水，村里人把它叫做“年轻井”。

从前，年轻井里住着一个女妖，女妖对人善良，喜欢帮他们排忧解难。她也时常混入人群，如果遇到一个善良的人家时，那就更加幸运了。却说隘谷边上有一幢小草房，里面住着一个贫穷的烧炭夫和他的妻子。夫妻两人有个结实的儿子，儿子是他们的希望和欢乐。

年轻的儿子名叫罗道尔夫，常常帮助父亲一起劳动。母亲希望再生一个女儿，指望女儿长大后替她的手脚，干些家务活。可是上天并没有赐予她这等福分。

一天，父亲到树林里砍伐木材去了。当他正想砍倒一棵大树时，看到旁边不远的地方搁着一个柳条篮筐，篮筐内躺着一个姑娘，正在睡觉。父亲高高兴兴地拎起篮子，回到家中。姑娘长得真漂亮，红扑扑的脸蛋逗人喜爱。烧炭夫给她起了个名字，叫阿格纳斯。

今三明四，姑娘日长夜大，很快出落成一位大姑娘。罗道尔夫对姑娘更是喜爱有加，后来希望娶她为妻。可是父亲并不思量儿子的婚事，他只是担心着土耳其人的危险。那时候，土耳其人日益迫近维也纳，威胁着多瑙河两岸的安全。父亲万般无奈，想要带领全家离开村庄，逃往山区避难。

罗道尔夫和阿格纳斯十分悲伤。他们来到源泉处，希望对善良的女妖诉说他们的悲苦，女妖已经帮助过周围许多人了。

瞧吧，水中女妖果然浮上水面，说道："呵，你们自会找到属于你们的幸福。大胆地留在山谷里吧，我自会在土耳其人面前保护你们的！"姑娘说罢，还给罗道尔夫戴上一顶头盔，往他的腰间佩上一把宝剑，为他递上盾牌和长矛，吩咐他跟随卡尔的大军一起反击土耳其人。

年轻人感谢善良的女妖，急忙回到家中，把遇到的事情对父母亲讲述明白。年轻人接过母亲的赐福后，大胆地投入部队，出征去了。罗道尔夫在维也纳的郊外秃山地区遇到敌人。他如同猛虎下山，英勇作战，跟武士们一起击退围困维也纳的土耳其人。

后来，他获得许多的奖励，还有大量的钱财和田产。

罗道尔夫回到家中。父母亲为他们举办婚礼，真是热闹非凡，其乐融融。正当大家坐上餐桌举办婚礼宴席时，善良的女妖也来到席前，她给年轻的夫妇送来了结婚礼物。一盆树林浆果、一罐清水，那可是从年轻井内打来的泉水。

水妖吻着新娘的前额，对着客人们礼貌地躬上一躬。当她正要跨过门槛走出门外时，水妖还朝罗道尔夫举起一只手，似乎想要告诉他：千万应该理智和知足，幸福如同玻璃杯一样，稍稍碰撞就会粉身碎骨。

新婚以后，夫妻恩爱，他们在隘谷平平安安地生活。可是当皇帝把烧炭夫的儿子唤到维也纳，让他当上城堡总督时，一切幸福便随之而去。父亲和母亲先后去世，不久，阿格纳斯也跟随父母亲去了。罗道尔夫感到心痛如绞，他谢绝了尘世间的一切欢乐，回到平静的山谷，住进烧炭夫的小房子，过起隐士生活。

年轻井旁有一棵橡树，罗道尔常常坐在树下，怀念他的亲人。他们已经成了死神的祭礼。有时候，他甚至还看到水下的女妖，不过全都是梦幻。事实上，女妖后来再也没有显露过，只留下她对幸福的精辟见地。

十字山的水怪

从前，在十字山的城堡里有口水井，井内住着的水汉是个妖精，一个粗鲁而又可怕的东西。他的身上长满了青苔和芦苇，乱蓬蓬的头发间爬满了蜗牛和水蛇。月光下，水汉常常坐在井沿的石板上，掏出一把金梳子梳理满头乱发或者补缀他的绿衣裳。

可是，人们不能妨碍他，更不能嘲笑他。否则，他会勃然大怒，咆哮如雷，连城堡的围墙都被震动得发抖。然后，他用石块投扔，或者用井水喷射他们。水下妖精对孩子们十分友好，常常微笑着给他们送上一根彩带，一块黄金，甚至在井沿边上为他们绽开鲜艳的红玫瑰。不过，如果有孩子不听话，伸手摘下玫瑰花，窥测一旁的妖精顿时就会把孩子抓住，拖回井底，让他永远逗留在妖精的水下玻璃宫殿里。

有一回，有个年轻的姑娘拎着水桶到井边打水。姑娘看到井水几乎溢到井口时，感到非常高兴，她可以省力不少，用不着吃力地往上提吊水桶了。她把桶塞进井口，灌满了水，转身就想走了。可是，她突然看到井里漂浮着一根美丽的红丝带。

“用它扎头发，那可是美丽的装饰。”姑娘说着，没有思考许久，就伸出手想要捡起丝带。她的胳膊短够不上，丝带点从她的手指缝间滑落下去，在井水里打转。于是，姑娘跪在井沿上，一会儿伸右手，一会儿伸左手，最后想用两只手一起抓住那根闪闪发光的红丝带，她朝水下深深地俯下腰，终于捞起丝带。

这时，从水下猛地伸出一只发绿的手抓住姑娘的手腕，而且抓得很紧，让她几乎难以摆脱。姑娘突然看到水面下露出一个巨大的脑袋，大得如同水桶一般，两只眼睛闪烁着绿色的光芒，一张血盆大口，分外吓人。姑娘吓得头脑中轰的一声，顿时不省人事。等她重新醒来时，姑娘发现自己躺在一间华丽的大厅内，许多烛光在眼前跳跃。大门的天花板和周围的墙壁上装饰着纯净的水晶，光芒四射。

姑娘明白，她正在水下妖精的洞府之中，再也没有回去的路了。想到这里，姑娘不由悲伤得哭泣起来。一会儿，大门打开了，笨重的水汉踏进大厅。水下妖精在手上拄着一根黄金拐杖，一面朝姑娘示意。姑娘吓得魂飞魄散，站立起来，口中呐呐地请求："呵，看在上帝的分上，请大发慈悲，放我走吧！"

姑娘说到了上帝的名字，水下妖精无法像对待其他牺牲者一样虐待她了。可是，他命令姑娘在他的地下王国当女仆，服务一年，然后放她回去。姑娘必须打扫和整理闪闪发光的房间，为妖精铺设床铺。他的被子是用荷叶和攀缘植物做成的，盘根错节，十分别致。此外，姑娘还必须在厨房间为妖精烧煮绿色的浮萍，供他食用。

一年时光过去了，水下妖精对姑娘开口说道："我现在无法再留你住下去了，必须放你出去。你对我十分忠诚，殷勤服务，我要给你支付报酬。你把每天掸扫的垃圾带走吧，这就是给你的报酬。当十字山教堂的钟声敲响中午十二点时，你可以回到自己家中去了。"

姑娘解下她的头巾，包裹起往昔堆聚在外的垃圾，把头巾打个结。突然，钟声响了起来。姑娘听到钟声，顿时跌倒在地，不省人事。当她重新醒过来时，她已经站在十字山的城堡大院里，眼前阳光灿烂，温暖如春。

呵，久违了的阳光，整整一年未曾见过的阳光，这回从天空送下万丈光芒，这是上帝的恩赐，天堂的礼物。姑娘感到手中的垃圾变得沉重起来。原来，头巾包裹的垃圾全都变成光芒四射的黄金！姑娘立刻来到市议厅，大家都为她长久不见深感忧虑，这回听说井底险遇，更是惊讶不止。

她还对邻居们讲述了水下遭遇的故事。如果有人不信，姑娘便掏出包裹中的垃圾黄金，金光闪闪。看到这里，大家都对姑娘的故事深信不疑，知道全是真的。

城堡幽灵的报复

十七世纪三十年代的战争时期，瑞典人大举南侵，还来到多瑙河边，活生生地毁坏了十字山的城堡，糟蹋得遍地狼藉，一片废墟，只留下一座塔楼，还算完整。塔楼孤零零地耸立在眼前，如同一个奇形怪状的巨人，瞪着幽灵般的目光，呆滞地望着天空。在那片破烂房屋前留着一座教堂的残迹，残迹能够显示教堂的昔日威武，可是反映不出当年的灿烂和光泽了。除此以外，全是废墟，那是被大火烧毁了的断垣残壁。

漆黑的夜晚，每当狂风暴雨骤起时，城堡的废墟显得阴森可怕，奇怪的身影蹒跚而行，穿过荒凉颓败的大厅戏弄行人，让他们毛骨悚然，感到浑身不自在。有时候，人们可以看到从墙内飘起一阵神秘的光芒，不一会儿，它们就熄灭了。有时候，从塔楼或者教堂内也会传来可怕的呻吟，让路过一旁的人毛发直竖，腿肚打颤。

由于众说纷纭，这片废墟成了可怕之地，人们打老远就转个大弯，尽量避免从它的旁边走过去。后来，废墟的窗框旁成了猫头鹰的巢穴，乌鸦在屋顶间享受它们的膳食。衰败的景象分外可怕。

一天夜里，有个农民家的雇工因为在酒馆逗留久了，回家时经过城堡废墟。他听到有个奇怪的呼声，看到一盏火在晃动。“这里怎么了？”雇工心中纳闷，“是强盗吗，他们正在城堡内做坏事？不，不会的。我听声音就会知道，强盗们的嗓音十分粗哑！”

雇工想到这里索性停下来，站住脚步，侧着耳朵仔细倾听，一面睁开双眼朝着黑暗努力辨认。可是声音和灯光全都消失不见了。雇工鼓起勇气走近废墟，对着空荡荡的大厅侦察一番，里面除了漆黑的夜晚和幽灵般的寂静外什么都没有。后来，雇工回家去了。

不久，雇工又在夜晚时分经过这片废墟，他又看到破旧的房子里升起了灯光。雇工朝前走上一步，灯光熄灭了，不留任何的痕迹。他重新走过一遍，仔细寻找，还是什么都没有看到。他只得离开，走下城堡，回家去了。

那是一个漆黑的暴风雨之夜，雇工第三回经过十字山的废墟，他第三回地看到灯光闪烁，可是这回塔楼周围伴随着阵阵的呼啸和怒吼，似乎地狱已经开放了一样。雇工立刻壮着胆，朝着废墟走过去。

当他来到门口时，听到传来一阵窃窃的笑声。突然，有个老妇人的身影出现在他的面前，问道："天色已经这么晚了，你怎么还逗留在此，是怎么回事呀？快走吧，别让精灵们把你赶走！等到半夜时分，这里的一切全都复活了，如果你对大家有所妨碍，你会遭殃的。"

雇工听到讲话怏怏不乐，可是，他壮着胆子问道："人们不能超度这些灵魂吗？他们一定是十分不幸的！"

"是的，是的，"女人回答，"可是，如果你真想超度他们，你必须经历一回艰难的考验。等到夜晚敲打了十二点的钟声时，会出现一匹大黑马，马背上驮着一串闪闪发光的钥匙。大黑马粗暴狂野地穿越各个房间，你如果顺利地从它的背上摘下钥匙，那些灵魂就彻底解脱了，你会获得大笔的黄金报酬。可是，你一旦失败了——那么就会遭到烈马的野蛮攻击，成为它的牺牲品！"

女人说完，如同一阵风似的消失不见了。

雇工走进树林，斩下一棵细小的白桦树，带着回来走进城堡废墟。他挑选一块石头坐下，静静地等待着，看看将会发生什么。漆黑的夜晚，伸手不见五指，时间却过得特别缓慢。外面的风暴愈来愈猛烈，等到教堂里终于传来十二点的钟声时，周围突然亮堂起来。地底下猛地冒出一匹大黑马，发出一道刺眼的光芒。

黑马直立着身体，发出阵阵嘶鸣，在城墙上空飞奔一阵，看上去真是恐怖极了。它在口中还吐出鲜血一般的火苗，背上驮着一个大大的钥匙圈，金光闪闪。不一会儿，大黑马又蹦跳回来，靠近雇工。雇工站在一旁，丝毫也不害怕。

他在手上执定白桦树棍，准备打击。接着，他朝着钥匙圈伸出手，可是，他只抓住一把空气。大黑马又逃窜出去，重新回来，靠近他的身旁。雇工又伸出手，这回也扑空了。

雇工感到担心和害怕了，他扔下树棍，顺着山坡逃了下去。他听到背后一片嘈杂，马蹄得得，追赶上来，一直追得雇工精疲力竭，瘫倒地上，不能动弹。

第二天，人们在城堡的池塘边上找到他时，发现他已经无声无息地死了，额角上残留着如同被马蹄践踏的伤痕，肯定是大黑马所为。大黑马是个妖精，它一旦在废墟上抓住别的灵魂便不会让他们获救，而是对他们展开残酷的报复。

扛石头的人

十字山城堡在1618年—1648年的三十年战争中只留下一片废墟。附近的农民成年累月地前来扛抬漂亮的石头，用来回家砌造房屋，十分方便。其中有个男人，他觉得平常的石头还不上眼，贪婪地想要拆除前面小教堂的祭坛，那是个华丽的建筑。

男人这般贪婪，毫无疑问将会受到惩罚。

一天，教堂顶上一块松动的石头掉下来，砸在男人的脑袋上。男人还没有来得及承认自己的罪孽，便瘫倒在地上死了。这个男人亵渎神灵，死后仍然受到惩罚。他的灵魂在半夜时分到地方上转悠，搬着沉重的石块送上山坡，直到遇见一个大胆的人才能赦免自己，获得拯救。

于是，有人在夜间经过那里时就会看到他的幽灵，没有人愿意跟幽灵搭讪。他们只要见到这怪异景象，立刻撒腿奔跑，逃回家中。

有一回，一个人喝多了，一路上踉踉跄跄地回家。他来到废墟之地，索性坐下来不走了。正值半夜时分，他突然听到幽灵呻吟："呵，太沉了！呵，太沉了！"

酒鬼不由得哈哈大笑，说道："呵，如果觉得太沉了，那么就把它搁在地上！"他的话儿刚刚出口，酒意顿时醒了。原来，大地在他的脚下猛烈地抖动，如同地震一般。他不由得毛发直竖，只听到幽灵果真把石头重重地扔在地上，站在酒鬼面前，带着坟墓般的空洞声音说道："你解除了我的罪孽，上帝自会成千上百倍地奖励你！"

幽灵说完消失在雾气之中，酒鬼解除了幽灵的罪孽，他从此却是滴酒不沾，那个人活了很久，几乎成了百岁老人。

伯爵夫人的面纱

伯爵雷沃包尔德找人在维也纳附近的雷沃包尔德山上建造宫殿，宫殿里塑造他和夫人阿格纳斯的雕像。他们夫妻两人相濡以沫，生活美满。

一天，伯爵正在宫殿门外，突然刮起一阵风，大风吹掉了伯爵夫人头上的面纱，而且送入高空，不见踪影。伯爵安慰夫人，一面命仆人们沿着风儿的方向前去追赶，务必找回被风刮走的面纱，那条面纱十分贵重。仆人们漫山遍野地出去寻找，他们还在树林里到处检查，寻遍了各个灌木丛，只是不见面纱。

一连过了八年。

一天，伯爵又到林中打猎去了。突然，他听到猎犬在树林里吠叫起来。伯爵以为它们一定逮住了野味，于是骑马前往，希望看个究竟。当他看到在一棵接骨木树上挂着一块柔软而又雪白的纺织物时，不由得大吃一惊。这是一条面纱，而且是他的夫人的面纱。真是天大的奇迹，这么多年过去了，一条薄薄的面纱重新回到主人的手上。

伯爵高高兴兴地回到家中，把捡回的面纱交给妻子。他们决定在捡拾到夫人阿格纳斯面纱的地方建立一座修道院。他们说造就造。于是，后来的人无论从多瑙河上驾船，或是乘坐车辆，都可以看到这座虔诚的建筑。

那座修道院名叫修道院新堡。人们在新堡不仅可以欣赏到公爵的大帽，甚至还可以瞻仰德国皇帝的王冠。

伽百列十字架

前往修道院新堡的途中有一根大石柱，石柱上面有个十字架。村民们把它称做“黑色十字架”，有时候又叫伽百列十字架。

大约在四百年前，附近有个种植葡萄的农民。农民很穷，他叫伽百列，家中只有一幢小房子，门前一块葡萄园。有一年夏天，冰雹毁灭了生长着的葡萄园。农民觉得事情不公，便开始怀疑上帝，从此改变了自己的生活方式。他开始喝酒了，而且不愿意参加劳动。

当然，事情也不能怪他，因为即使在丰收的年代里，他们的生活仍然拮据，从来没有领略过什么叫富裕。

一天晚上，伽百列从他的葡萄园出来，前往修道院新堡。他已经喝了不少葡萄酒，醉意熏熏的。伽百列来到黑色十字架前，不由得发作起来，口中骂骂咧咧的，亵渎圣灵。后来，他甚至掏出斧子朝着石柱砍了过去。不一会儿，他看到十字架的圣人受伤了，伤口处滴着鲜血，一直滴落到地上。

伽百列突然清醒了，感到十分后怕，急急忙忙地逃走了。可是迟了！地下冒出一个巨大的身影，伸出有力的手，一把抓住这个伤天害理的农民，把他的身体撕成碎片，然后带着他的灵魂走了。魔鬼获得了他的祭品。

现在，如果当地的葡萄收成差时，人们就嘲笑那个种植葡萄的人是“伽百列”。

格拉芙山

多瑙河在图尔纳费尔特地区流经一片肥沃的平地，直到维也纳森林的高山才重新慢慢地挤进河道，组成山水相连的奇妙风光。雄伟的格拉芙城堡坐落在山顶上，眺望远方，向人们诉说自己名字的来历。

几百年前，城堡还隶属一位名叫拉茵哈尔特的骑士。这位骑士是个激情昂扬的猎手，又是个勇敢又坚强的好汉。不过，他也是个固执而又阴沉的人，难以驾驭。附近的农民和城堡的仆人全都见他害怕，千方百计地回避骑士怒火冲天的暴烈脾气。

拉茵哈尔特的夫人早早去世，给他留下唯一的孩子，那是女儿埃弗里纳。骑士经历丧妻的打击后变得愈加阴沉，他几乎断绝跟任何人的来往，连把教育女儿的大事也都托付给年迈的神甫埃默利希。

女儿是个虔诚而又好学的姑娘，可是，她对骑马和猎鹰更加感兴趣。当然，神甫在这样的领域只是门外汉，他也无能为力，更不用说传授知识了。于是，罗道尔夫成了姑娘的启蒙老师。罗道尔夫是她父亲的朋友，一个高贵的青年。

每当他们两人一起骑马外出时，许多人看到眼前的青年男女不由得露出羡慕的神情。不久，罗道尔夫对这位金发女主人更加敬重，完全超出平常的师生关系。这里的原因不是别的，而是他深深地爱上了姑娘。他这回陷入爱河之深，难以上岸了。姑娘对这位帅气的年轻人也不是无动于衷，后来，她便对年轻的男子敞开了自己的心扉。

一天，女儿埃弗里纳向神甫承认，说自己和罗道尔夫共涉爱河，请神甫为他们赐福。年迈的神甫埃默利希听到消息后，不由得大吃一惊。他知道，自己的主人非常严厉，是决不会同意唯一的女儿跟年轻人有所接触的。可是，姑娘埃弗里纳涕泪俱下，恳切地请求神甫。神甫看到两个年轻人如此真情相爱，终于动心了，答应帮助他们。

有一回，神甫趁着拉茵哈尔特外出打猎的机会，悄悄地在小教堂为两个年轻人主持婚礼。婚礼完毕，罗道尔夫和妻子埃弗里纳离开城堡，骑着马儿走了。没有人知道他们去了哪里。当城堡主人打猎回来时，他没有看到女儿前来迎接自己。骑士觉得奇怪，便找人唤来神甫，斥责似的问他自己的女儿在哪里。

神甫埃默利希十分害怕，结结巴巴地回答说自己并不知道。骑士拉茵哈尔特不由得勃然大怒。“你且对我说说，还有谁知道，我把唯一的女儿托付给你，”骑士说话时声震如雷，“你这回给自己背上了重大的债务，那是一定要偿还的。只要我还活着，你就别想见到阳光！”

骑士说完，命令仆人把神甫关进城堡的地下土牢里，让他不见天日。从此以后，城堡里的生活更加不如从前。主人的一张脸整天阴沉沉的，没有一点儿的乐趣。城堡里没有笑声，仆人们心情压抑地走来走去。他们蹑手蹑脚，不敢发出稍许的声音。骑士整天坐在城堡塔楼的大房间里，眼睛定定地看着远方，似乎能够在什么地方发现女儿的踪迹一样。

有时候，他也会邀请一群朋友前来做客。城堡那时会忙碌起来。有人大口吃肉，有人大杯喝酒，还有人扔骰子游戏，直到深更半夜。可是，城堡里仍然没有真正的欢乐，主人无法忘掉他的女儿。

时光如水，日月如梭。秋天过去了，大地披上冬装，到处是厚厚的白雪，寒风凛冽。

一天，有个猎人前来报告，说他在雪地里见到一头野熊的踪迹。骑士拉茵哈尔特立刻带上仆人和猎犬前往追赶，希望捕杀野熊。他们在雪地里找啊找，不见野熊的踪迹。野熊不知道躲藏在什么地方，正在这时，有个仆人前来回报，说他在茂密的树林丛中发现一幢小小的草房，里面发出可怜的呻吟之声，似乎遇到危难。不过，仆人感到害怕，生怕深山老林里有鬼怪作祟。

“呵，说什么话呀，”骑士大声斥责，“鬼怪是没有的，你且给我引路前往。”

仆人心惊胆颤地走在前面，他们终于穿过茂密的树林，来到用木板搭建起来的小房前。骑士大胆地打开大门，一步跨入进去。突然，他看到前面有一张简陋的小床，床上躺着一个年轻的女人，怀里搂抱着一个孩子。

女人病了，正在可怜地呻吟。骑士朝前走上一步，女人见有人进来，便抬起目光朝来人望了一眼。骑士立刻认出，眼前的年轻女人正是自己的女儿埃弗里纳。

呵，真是喜从天降，骑士走上一步，无比感动地跪下，感谢上天恩赐，然后含着眼泪把女儿和女儿的孩子搂在怀里。这时候，他一点儿的恼怒都没有了，有的只是感动和欢喜。

“父亲，”女儿埃弗里纳小声地喊了起来，因为她也认出骑士了，“请宽恕我的无理。”埃弗里纳的话音刚落，大门被推开了，从外面走进一个男人。男人的头发蓬乱，腮下长着野草般的胡须。他就是罗道尔夫，从前的武艺教师。骑士拉茵哈尔特立刻跟他握了握手，开口说道：“你是我女儿的丈夫，我外孙的父亲。你在我的城堡里将会受到欢迎。从前发生的一切原谅。让我们忘掉那些琐事吧！”

“呵，父亲，我是个待罪之人，感谢你的宽恕。从今以后，我会永远地忠诚于你。”罗道尔夫回答。

于是，他们一起前往城堡。女儿埃弗里纳回到家后的第一个反应便是关心城堡神甫埃默利希的安危和下落。骑士听到女儿询问，顿时惊恐地回忆起自己曾经立下的毒誓。可是，他转而又想到，他的诅咒是在愤怒状态下作出的，可以不作数，相信上帝一定会原谅他的。

于是，骑士大声说道：“我要亲自把神甫从土牢中接出来！”骑士拉茵哈尔特说罢，急急忙忙走进宫殿。可是，他由于走得匆忙，不料在塔楼的拐角处滑了一跤。他急忙伸出手抓住楼梯的石板，才没有彻底掉进土牢。可是，骑士拉茵哈尔特不用从地上往上爬了，他已经死了。骑士摔死了，年迈的神甫才能够享受恩惠，重见天日。瞧，拉茵哈尔特发出的誓言竟然全部灵验了。

骑士摔跤时抓住的石板后来成为大家用来宣誓的见证。如果有人希望立下誓言，他们就把一只手搁在石板上，然后在口中念念有词：“如同我抓住石板一样。”

从此以后，这座城堡就被叫做“格拉芙山”，抓住山石的意思。直到今天，人们还可以在格拉芙山上看到山石由于触摸过久竟有了凹下去的瘪塘。

十字架城堡里的圣尼古拉

从 1618 年到 1648 年，欧洲出现了一场旷日持久的战争，俗称三十年战争。1645 年，瑞典人占领了多瑙河畔十字架山上的城堡，在那里驻扎队伍。后来，他们在撤退时动手把城堡彻底摧毁。

早在瑞典人占领城堡前，堡内居住着一位骑士。这位骑士喜欢吃鱼，统治着周围的田地和民众。当地的居民和渔夫在战乱时期都到城堡里寻求庇护，因此需要缴纳沉重的赋役。有时候，他们甚至必须向城堡主人贡献田地里的青苗。因为主人爱吃鱼，渔夫们的负担更加沉重，他们必须把每天捕捉到的最好的鱼送进城堡，供骑士享受。

那时候，多瑙河支流繁多，流经十字架山。山下有一座草房，里面住着两个渔民，父亲和他的儿子。他们每天都给城堡主人送上最鲜最美的鱼，他们送去的鱼都很丰富，城堡主人十分满意。

一天，年迈的父亲生病，无法去多瑙河捕鱼了。他们的儿子尚还年轻，经验不足，无法满足城堡主人需要的数量。城堡主人十分生气，威胁着年轻人，说如果不能满足他的要求，那么他将给年轻人以糟糕的惩罚。

却说城堡的教堂里有一幅古老的圣人尼古拉的画像，圣尼古拉是船夫和渔夫的佑护神。年轻的渔夫见城堡主人威逼追索，便来请求圣尼古拉保佑自己。后来，他果然捕捉到很多的鱼，满足了城堡主人的要求。主人又开始对他表示满意了。

有一天傍晚时分，当年轻的渔夫如同往常一样想把鱼儿送去城堡厨房时，却发生了一件让他诧异不绝的怪事。正当他顺着一条支流驾着小船朝城堡驶去时，他手中的划桨掉了，可是他却没有发现。那条支流的流速缓慢，把他的小船轻轻地往前送去。夜幕慢慢降临，那是一个星光明亮的月夜。小船在水面上轻轻地飘荡。

突然，年轻人听到一阵击水的声音，涟漪的水花窥探着他的小船。年轻人不由得心慌意乱，看着他的小船缓缓地驶入一汪平静的小湖。湖水黝暗，上面铺满了漂亮的睡莲，迎着月亮闪闪发光。年轻人害怕地瞅望着阴暗的湖面，多么平静，只是偶尔跳出一条鱼，闪烁着银光，然后又啪地一声，消失在水下。

渔夫的儿子正在观望时，突然看到离小船不远的地方从水下伸出两只白皙的手臂，接着又露出小小的脑袋。呵，原来是多瑙女妖，姑娘披散着一头黑发，头上顶着美丽的水花。年轻的渔夫还没有回过神来，水妖已经朝他游过来，伸出一只手，抓住他的船舷。

年轻的渔夫吓得面如土色，他知道女妖是来抓他的，而且要把他引入河底，永远霸占他。这样的故事不绝于耳，他相信，如果他手上还有一柄划桨，他会挥舞桨柄把水妖赶走的。可是，现在……

正当年轻人惊慌失措、不知所以时，他听到水妖以甜蜜的声音开口说道："你的船桨是被我取走的，你不用反抗，因为你是属于我的！难道你愿意一辈子无所改进，只是为你的主人捕鱼送鱼吗?"女妖长得真漂亮，而且温顺、可爱。年轻的渔夫突然愿意被她领入水下王国，他没有任何的反抗，听凭水妖抓住他的双手，小船可怕地侧向一方。

突然，从十字架山上的城堡教堂里传来轻轻的钟声，钟声划过水面。女妖顿时沉入水下，小船又恢复了平静，船舷旁淌着那把掉入水中的船桨。渔夫捞起船桨，奋力摇动着靠近了河岸。城堡里一片安静，渔夫把捕捉到的鱼儿送入城堡的厨房，倒入装满了清水的水桶。

渔夫的儿子十分疲倦，可是，他仍然来到圣尼古拉的肖像前，表示对他的万般谢意，因为圣尼古拉在夜晚时分唤醒了教堂里的敲钟人，让他敲响了教堂的大钟。可是，他似乎又感到圣尼古拉露出一脸亲切的笑容，而且想要声明："如果不是迫不得已，我是不会在夜晚时分唤醒任何人的。我敲响了教堂里的大钟，那是为了驱逐水妖。"

"谢谢，尼古拉圣人。"年轻的渔夫有点儿迷惑不解地说道。

后来，他慢慢地走回家中，躺在床上睡了。

这一切就发生在三十年战争行将结束的前夕。那时候，瑞士人已经准备撤退，他们着手彻底破坏十字架山上的坚固城堡。城堡被炸成废墟，直到二百年后，它才被重新修缮一新，当中再也没有住过人。

不过，也有人说到例外，那是另外一则传说。相传有一个小精灵，他守护着城堡的废墟，希望城堡终有一天能够修整如新，重见天日。看来，这位小精灵今天还居住在坚固的城堡里。他守护着城堡，防止有人再度破坏城堡，把城堡炸成废墟。

比萨姆山上的魔鬼

从前，在比萨姆山脚下有一个漂亮的大院子，里面住着一家农户。农民债台高筑，十分贫穷。他的唯一指望落在女儿身上，但愿他的女儿能够嫁个富裕的丈夫。姑娘却爱上为父亲打理干活的长工，长工接受了她的爱情。

父亲把一切全都看在眼里，毫无疑问，他是不会同意女儿跟长工举办婚礼的。后来，父亲决定把女儿嫁给一个富裕的邻居。姑娘无法违背父亲的心愿，他们举办了结婚典礼。

贫穷的长工看到心爱的姑娘嫁给了邻居，感到心痛如绞，于是在比萨姆山区的树林里转来转去，仍然无法排解内心的悲伤。长工不停地思索着，希望上天能给他指出一条出路。突然，他看到眼前来了个猎人。年轻的仆人立刻看到猎人的帽子上别着鸡毛，知道猎人原来是个魔鬼。可是，他已经陷入无限的苦难之中，因此顾不上这些了。于是，他对魔鬼倾诉衷肠，把自己的烦恼讲得清清楚楚。

“呵，我可以帮助你，”魔鬼说道，“让你成为一个富人，远远地胜过那个邻居。那时候，姑娘的父亲将会心甘情愿地把他的女儿嫁给你为妻。”

“呵，非常感谢，我愿意把一切都交给你！”年轻的长工不加思索地喊了起来。

“我的要求不多也不少，”魔鬼回答，“你把灵魂交给我吧，你到明天就是个富人了！”

长工没有思考许久，他除了希望跟心爱的姑娘结合，几乎没有别的心愿。于是，他答应了。魔鬼从口袋里取出纸笔，准备签订合同。正在签字前的紧急时刻，年轻人突然想到，自己不能这般轻率地处置灵魂，应该拯救它。

可是，该如何拯救自己的灵魂呢？长工思索一会儿后提出条件：他们坐在一棵大橡树下，只有等到这棵巨大的橡树树叶掉落，连一片树叶也不剩时，魔鬼才能够取得长工的灵魂。

魔鬼当即答应，他在心里思量着，等到深秋时节，树上的叶子肯定彻底掉落。到那时，长工的灵魂便唾手可得。他把条件写入合同，一面用刀划破长工的手指，让长工摁下血手印。

“你且记住，从院子里古老的梨树树干往南走三步，有一座坟墓，”魔鬼说道，“你在那里可以找到黄金珠宝。”

当天深夜，年轻的长工到达预定的地点。他努力地往下挖掘，找到一个大罐。大罐里面装填着金币和珠宝，装得满满的。长工买下了大院，农民看到他富路通天，乐意把女儿嫁他为妻。两个年轻人组成一对幸福的夫妻。

魔鬼却在贪婪地等待秋天的到来。他知道，到那时树叶就会飘落干净。他每天都在树下转悠几回，看到树叶渐渐泛红、干枯。可是，树叶并没有飘落干净，它们仍然垂挂在树枝上。后来，周围的树木全都变得光秃秃的，空中刮起凛冽的寒风，还是没有撕尽栎树上的败叶。干枯的树叶残留在树枝上，直到栎树冒出了新芽，长成了新叶，那些残枝败叶才慢慢地离开大树。魔鬼这才恍然大悟，知道自己是无法得到那个灵魂的。

爱情的力量远远胜过魔鬼的力量，它会冲破一座又一座的古老闸门，沿着多瑙河一路东去。

多瑙姑娘

从前，多瑙河流经维也纳城时十分粗野，而且支流众多，十分凶险。后来，人们在一条支流的河岸上建造一座教堂，取名叫做“河岸玛丽亚”。

多瑙河水极不稳定。如果雨水多，或者在春天积雪融化时，河水就会猛涨，而且变得湍急，充满了危险。河水会溢过多瑙河河岸，到处泛滥，淹没许多村庄和城镇。特别危险的时刻还在冬天的冰面开始解冻时，河水突然汹涌澎湃。巨大的冰块阻碍着水流，有时候甚至被送上堤岸，冰块伤害人畜的事情时有发生。

那一年的春天，有个年迈的渔夫和他的儿子贝尔托尔特坐在草房内，他们正在忙碌地编织渔网。那是个春寒料峭的日子，多瑙河河水封冻，冰面上可以放心大胆地行驶四驾马车。如此结实，真是少见。当父子两人坐在一起织补渔网时，老人可是有许多故事能够讲的！他们焦急地等待着冰冻融化的日子，以便立刻去多瑙河下网捕鱼。

父亲讲到多瑙国王的故事，说国王在急流深处有一幢华丽的水晶宫。国王把许多沉没水底的冤魂通通拴在倒翻的罐子里。此外，他还讲到多瑙姑娘。那是多瑙国王的女儿。多瑙姑娘跟她的女伴们十分友好，经常提醒路人和渔夫，让他们留神泛滥的洪水和冰凌。可是，姑娘们也常常诱捕世人，让他们滚落急流，甚至冤沉河底。

“她们是很危险的，”老人一面俯身检查渔网，一面开口说道，“她们看上去如同美丽的姑娘，还有甜蜜的歌喉。她们在夏日的夜晚常常离开汹涌的波涛，跟大家一起参加舞会。她们舞姿翩翩，舞意浓浓，一直跳到公鸡开始啼鸣才重新回到多瑙河。许多年轻小伙子对她们十分留恋。女妖们伶牙俐齿，把小伙子们迷惑得神魂颠倒，竟然身不由己地跟在姑娘们的后面，从而迎来了自己的命运和归宿。女妖伸展双臂，把小伙子紧紧地搂抱在自己的怀里，然后把他们一步步地引入汹涌澎湃的多瑙河。

贝尔托尔特仔细地听着，露出会意的微笑。毫无疑问，他不相信父亲讲述的那些故事，他也不相信其他年迈的渔夫信誓旦旦地宣称曾经见到多瑙国王，见到陪伴多瑙姑娘的女妖。怎么可能呢，贝尔托尔特在心里疑问着。

年迈的父亲明白了，知道儿子并不相信自己的讲话，便开口说道：“呵，是的，年轻人常常以为老人们都是胡说八道。可是，你要留神！从前已经有一些抱有怀疑的人后来落入多瑙女妖的怀抱而死。”

老人刚刚说完话，房间里突然亮堂起来。他们看到眼前站着一个漂亮无比的姑娘。姑娘身穿白色长裙，裙边上湿漉漉的，滴着水珠。她在头发间戴着几朵白色的水玫瑰。姑娘扑闪着一双蔚蓝的眼睛，看着年轻的渔夫，她以柔软而又甜蜜的声音说道：“呵，你们别怕，我对你们并无恶意。我是多瑙姑娘，特地前来提醒你们，引起警惕。不久，这里将会再现融冰天气，多瑙河河面的结冰会立刻爆裂。这时候，就会出现巨大的急流，洪水泛滥，淹没你们的草房。你们必须及早提防，寻找安全之地，否则，你们将会冤沉河底。”

父子两人看到眼前的这一幕，顿时惊讶得目瞪口呆。姑娘刚刚说完上面的话就消失不见了，多么神秘，如同她来时一样不可思议。父子两人相对无言，他们不知道这回是醒着还是在梦中。可是，刚才姑娘站过的脚下湿漉漉的，足以证明他们的确看到多瑙姑娘了，而且听到了她的讲话。等到他们惊魂稍定时，两个人突然跳起来，他们不顾寒冷和黑夜，奋力敲打周围其他渔夫家的柴门，告诉他们大祸在即，立刻逃生。

就在当天夜里，多瑙河冰水消融，大河沿岸洪水泛滥，冲走了一幢又一幢的渔民草房。可是，渔夫们全都侥幸逃离灾难，捡回各自的生命。他们都是听到警告后立刻逃出家门，从而捡得一条命。后来，当洪水退回河床，奔腾的河水终于精疲力竭时，渔夫们纷纷回到破败的草房内。他们把一切料理停当，立刻带着渔网走出家门。在多瑙河上撒网捕鱼，这是他们祖祖辈辈的谋生之道。

只有一个例外。他驾着小船，漫无目的地在多瑙河上驶来航去，忘掉了撒网，也忘掉了水下有鱼。他就是贝尔托尔特，年轻的渔夫。多瑙姑娘曾经无限深情地望着他，给他留下难以忘怀的深刻印象。贝尔托尔特在多瑙河上驶航，心中渴望着再一次见到多瑙姑娘。有时候，他甚至觉得听到从河底传来姑娘的声音，多么悦耳。有时候，他又似乎看到从河水的波浪里泛起了姑娘的身影。

父亲把一切全都看在眼里。他看到儿子的变化心里十分苦闷，而且还有一丝可怕的预感，于是心情变得十分沉重。

一天，渔夫们看到河面上有一只空船随波逐流。他们一起动手，把船拖到岸边，那是年轻的渔夫贝尔托尔特的小船。年迈的父亲顿时明白了——多瑙姑娘把他的儿子接到水下去了。多瑙姑娘万般迷人，把他的儿子引诱到豪华的水晶宫去，那是任何人都无法回来的地方。

多瑙平原上的麋鹿

相传奥地利的皇帝有一回带领随从前往多瑙平原打猎，他们经历了一回神奇的冒险。

打猎的队伍轰轰烈烈地出发，等到下午时分，他们已经打到不少的狍子、公鹿、兔子和漂亮的野鸡。可是，有一头巨大的公鹿似乎露过一面后又消失不见了，猎人们自然不愿放过捕获这头公鹿的机会，于是到处寻找。有时候，他们以为找到了，可是发现原来扑了个空。

突然，公鹿出现在一处灌木丛中。它跳跃着越过一道小溪，然后消失在树林里。猎犬们回头张望，它们也失去了公鹿的影踪。天色渐渐暗了下来，可是，皇帝没有命令吹起停猎的号角。这头公鹿撩拨起他的巨大兴趣，他是非要把它打到才肯罢休。

皇帝命令猎人们牵着猎犬在原地停留、休息，自己却加踢马刺，纵过小溪，希望独自完成捕猎这头公鹿的任务。皇帝骑着高大的骏马继续往前，到处侦察。不久，他发现了公鹿的踪迹，于是追了上去。公鹿的踪迹把他引入到林中空地，皇帝骑着骏马，又从空地走了过去。

他终于看到了公鹿。公鹿精疲力竭，倒在林中空地旁的草丛里，它躺在那里，如同睡着了似的。这是一头巨大的公鹿，皇帝骑着马慢慢地走上前去，掏出他的捕鹿工具。这头鹿如果惊慌失措地跳起来，说不定还会对皇帝发动攻击呢！现在，这头巨大的公鹿安安静静的，毫无动静。

皇帝跨下马背，往前走动几步。这时，公鹿试图站起来，它的一双鹿眼睁得大大的，分外可怕地盯着皇帝。皇帝感到惊讶极了，他立刻从马背上掏出一个漂亮的牛铃，将它挂在公鹿的脖子上，以此作为标志。这头公鹿由于勇敢和忍耐从而得到皇帝的赞许，其他猎人不得伤害它，直到它的生命自然结束。公鹿惊魂稍定，重新站立起来。

从此以后，公鹿在皇帝的狩猎园里自由自在地来来往往，穿梭于多瑙河畔的平原和树林。听到公鹿脖子上的铃声，人们就知道，这是得到皇帝恩典的宠鹿，任何人都不得伤害它。

这样的故事，你说奇不奇？

秃山上的恶龙

从前，维也纳的秃山上树木成林，密密麻麻，真是风光极了。那时候，有条巨大的恶龙就住在秃山的山洞里，恶龙危害地方，糟蹋得人畜不安。可是，没有人胆敢前去收拾它，只得干巴巴地看着地方荒凉成秃山。

有一回，有个维也纳人想在城里建造一幢房子，于是派了许多泥工、木工前往秃山，请他们赶运木料、石头和砂土。工人们来到山顶开始干活，他们伐树、破石，正忙得满头大汗时，突然看到恶龙迎着太阳躺在洞口，呼呼大睡。他们清清楚楚地看到恶龙身上的鳞甲，胁间长着一对翅膀，拖着四条鳞屑斑斑的大腿。

工人们看到这里，不由得毛发直竖，立刻丢下手中的一切逃回城里。他们把可怕的经历详细地讲述给农民，农民胆大心细，是个勇敢的人，他听罢讲话，说自己正想看看那个妖精。

于是，他吩咐备下一个长方形的箱子，在箱子的前端开个口子。口子不大不小，正好能让恶龙的脑袋穿过，可是身体却不行，会被夹住或者卡住。箱子的另一端做了一扇拉门，一旦恶龙进了箱子，人们可以从后面把门关上。农民把这道具带上，吩咐工匠们大胆地跟着他一起上山。他们把箱子搁在龙洞的上方，安排妥当。接着，他们用铁链拴住木箱，把木箱慢慢地沉降下去，让箱子尾部对着龙洞，一面还往下送去一头牛犊，把牛犊绑在箱子的前端。

牛犊被捆绑得浑身不舒坦，不由得大声吼叫，把恶龙吵醒了。恶龙见到美餐在即，立刻游动起来，一面穿过箱子的洞口，想要抓住前面的牛犊。可是，它的身体十分粗壮，在木箱洞口被卡住了，而且后面的拉门也关上了。恶龙躺在那里往前往后都无法移动，只是喘着粗气，它眼睁睁地看着自己被活捉了，多么不甘心！

工匠们一拥而上，扛来许多石头围着恶龙，一面点起冲天大火。呵，别说火烧了，就是浓烟滚滚也要把恶龙熏死了。恶龙挺直了身体，不能动弹了。这时候，人们才看到它是多么巨大，大家不由得起了一身鸡皮疙瘩。

后来，农民指挥着剥下龙皮，请皮匠硝革，作一块巨大的招牌挂在农民新造的房子旁。农民新造的房子就在肉市场边上，这是一条小巷，因为有龙皮作招牌，人们索性把它叫“龙街”。龙街直到今天还很兴旺，没有消失。

牧 师

欢乐的公爵奥托在维也纳有一座行宫，他还拥有一个“诙谐的参事”，一位宫廷愚优，那是为了让公爵始终保持欢乐的心情。在这些“诙谐的参事”中，维冈特算是最有名气的，他是秃山上的牧师。

维冈特在学生时代就是以恶作剧而出名，他连作为灵魂牧人的地位也是由于“诙谐的杰作”而为自己挣得的。维冈特当时住在一个善良的维也纳居民家里，吃住全都免费，不用他交钱，因为他没有钱可交。

有一回，他跟客栈老板一起来到鱼市场看到一条大鱼，可是却没人掏钱购买，因为卖价太高。“呵，这条大鱼要是送给公爵，该是多么好啊！”维冈持在脑子里闪过一个念头。

他向一个善良的市民借了买鱼的钱，买下鱼回到家中。维冈特穿上客栈老板的礼服，拎着大鱼来到城堡，想把鱼儿当作礼物送给公爵。可是，当他来到城堡大门时，卫兵挡住他的脚步。直到维冈特答应把公爵因为大鱼而作出的奖励和报酬分一半给卫兵，才让他走了进去。公爵收下大鱼，面露喜悦，十分高兴，答应满足维冈特提出的一个愿望。

维冈特提出希望让公爵责打一百大板，这让公爵惊讶不已。

“怎么回事?”公爵诧异地问道。

维冈特把跟门卫的纠纷讲述了一遍。公爵听到讲话不由得哈哈大笑，便让仆人轻轻地打了维冈特五十大板，然后把贪婪的卫兵叫到里面。卫兵不知就里，以为必有重赏，于是满脸含笑地来到公爵跟前。哪知他早被仆人按倒地上，高举木板重重责打五十板。卫兵被打得灵魂出窍，鲜血淋漓，这可是他自己渴望的一半礼物。

后来，公爵对维冈特重重有赏，让他从此衣食无忧，能够报答客栈老板的善举。公爵甚至让他当了自己的参事。当秃山村教堂的牧师缺职时，公爵立刻让维冈特前去顶缺，让他一面当牧师，一面当宫中愚优，供奥托消遣解闷。维冈特从此身价不菲了，日子过得幸福、安逸。公爵喜欢在宫殿里见到他，让他逗笑取乐。当然，有时候地方情况有变时，维冈特也为公爵出谋划策，的确起到参事的作用。

在公爵的餐桌上还有另一位愚优，名叫富克斯，狐狸的意思。他和维冈特相处和睦，共同为公爵插科打诨，有时候引得整个宫殿笑声一片。维冈特从秃山村走到公爵城堡时有很长的一段路，他常常步行回去。所以，当他从家里赶到维也纳城里，总是气喘吁吁的。

有一回，他把自己的苦衷对朋友富克斯说了，朋友给他出一个主意，让他下回去见公爵时不妨穿一双布满灰尘和磨破了的鞋子。这样，公爵也许垂怜于他，给他赐送一匹快速的脚力。维冈特觉得这个主意很好。第二天，他果然穿一双破破烂烂的鞋子，这双鞋子让维冈特的脚趾全都露在外面，后面还露出脚后跟。

奥托公爵正想找牧师谈话，只听牧师大叹苦经，说遥远的路程磨破了他的皮鞋，所以穿着破烂的鞋子来到宫殿。公爵看到他的可怜模样顿生怜悯，于是命令牧师去找宫殿鞋匠，让鞋匠为他特地缝制一双结实的新鞋。可是，这却不是狡猾的维冈特希望的目的，他的脑子里还另有所图！因此，他来到一个金匠铺，让金匠按自己脚的大小打制两个白银后掌，然后用金钉把它们钉在鞋子上，接着把这笔费用记在公爵的账上。这是一笔不小的款项。

维冈特把一切备办妥当，重新来到宫殿，大家已经在餐桌旁等他一起用餐。客人们看到他的鞋样，不由得爆发出哄堂大笑，连公爵也忍俊不禁，笑得前俯后仰，对牧师的恶作剧深表满意。可是，公爵在内心却是不满意的，他对牧师十分生气，决定在下一回要对大胆的维冈特施以惩罚。

有一回，公爵感到十分欢乐，希望给前来赴晚餐的客人赠送礼物。他让仆人把礼物搁在一个个的盆子里，不过，他有意漏掉了送给维冈特的礼物，所以搁在牧师面前的盆子里空空如也，什么东西也没有。这是故意冷落他，给他颜色看看！

维冈特不仅狡猾，而且机灵，他对公爵的意图早有风闻。他不愿意错失接受礼物的机会，于是抓起一只盆子悄悄地来到公爵的马厩。他在马厩里寻找一匹漂亮的马儿，然后把它的前蹄用绳子结结实实地捆扎在一个盆子里。然后，他又重新回到原来的席位上。他深信没有人看到他，不知道他去干了什么好事。

正当大家惊讶万分地赞赏公爵给他们赐送的礼物，纷纷对慷慨的主人表示感谢时，维冈特缓缓地站立起来，请公爵一起到马厩去看看他这回应该获得的礼品。公爵感到奇怪，便率领客人们跟着维冈特一起前往。维冈特高高兴兴地走着，心里想象着公爵将会表现出的惊愕面容。

可是，这回轮不到公爵，倒是维冈特自己表现出万般惊愕的面容。他们来到宫殿的马厩，看到一头野驴被捆着站在盆子上。维冈特看到事情有变，感到浑身不舒坦。客人们当着他的面捧腹大笑，一面还摇着他的肩膀，对他嘲笑不止。

维冈特真是尴尬极了，恨不能找个地洞钻进去。这一定是他的朋友富克斯玩的恶作剧。他一定悄悄地跟踪自己，看到自己的计划，然后再去变动，让他受到这般讥笑。维冈特对此深信不疑，于是朝着他的朋友投去一瞥愤怒的目光，无可奈何地牵着驴回去了。

整整一夜，维冈特都没有能够平静下来，他无法入睡。直到第二天旭日东升，他才从厩棚中牵出灰色的坐骑，骑上进入城里。他在那里买了一个摇篮，把灰驴塞在里面，然后请一个陌生人把摇篮连同里面的驴一起送到他的朋友富克斯的面前。

陌生人直截了当地来到富克斯面前，对他说道："你的夫人走了，给你留下任务，让你好好地照顾孩子！"

富克斯揭开被子，发现下面是一头灰驴，那是他昨天绑在维冈特的盆子上的礼物。看到这里，他十分愤怒。秃山上的牧师却暗自心喜，公爵更加乐不可支，庆幸可以看到一场好戏。于是，牧师又受到许多的恩宠，得到公爵亲自赠送的高头大马，日行千里。公爵心细，连饲料都给他备办齐全。

"你就用我的燕麦吧，要多少都行！"公爵对滑稽的优伶说道。

维冈特一看又有好事来了，连忙雇佣大车前去装运燕麦，然后驶出维也纳，一路来到秃山村。为了纪念这场欢乐的游戏，维也纳的凯安特纳大街上有一幢房子挂着招牌招牌上写着："摇篮毛驴。"说的就是那回事。

当然，维冈特除了公爵的赏赐外还经营自己的葡萄园，贴补家用。

有一年，天气阴冷、潮湿，折腾得葡萄无法成熟。毫无疑问，那是一个歉收之年，葡萄很酸，几乎找不到买家。维冈特十分生气，他只能眼睁睁地看着那么多用来收获的大木桶搁在地下室，无法使用，维持生计的钱财越来越少，最后口袋里的钱币也无法叮当作响了。

第二年的夏天分外炎热，预示着一个葡萄丰收的年景。维冈特跃跃欲试，心里想着如何把去年存放的酸葡萄酒推上集市，卖给客家。他思来想去，终于想到一个计策。

那是一个星期天，维冈特在教堂里对一群孩子说道，他要给大家表演一个节目，因为他打算从教堂的塔楼上飞到多瑙河的对岸。消息像一团野火在干草堆上燃烧，星期五时，骑马的或者步行的人群络绎不绝，早早地围成一群，聚成一堆。从教堂广场到多瑙河边，人们翘首以望，无比惊讶，任何人都不想错过这个精彩时刻，那是秃山牧师维冈特的拿手好戏。

可是一个小时过去了，人们什么都没有看到。那一天很热，烈日如火，折磨得大家唇焦口燥，不知道如何才能解除自己的万般口渴。周围没有任何可以解渴的，只有维冈特家的陈年葡萄酒，而且还是酸的。有几个大胆的人起了个头，让仆人去地下室取来清凉的饮料。他们尝过以后，尽管脸都被酸得变了形，可是冰凉的饮料还是让他们颇为解渴。其他人看到他们并没有叫苦连天，于是如法炮制，因为任何人都不想离开，生怕错过看场好戏的机会。

维冈特看到地下室的陈年酸酒全都卖光了，大宗的钱币又塞满了他的钱袋时，便出现在塔楼的窗口旁，大声说道："呵，我的亲爱的乡邻们，你们可以给我讲讲，你们难道真的见到有人能够飞行吗？"

人们站在烈日下露出惊恐的神色，摇摇头，洒落一地的汗水。

牧师又饶有兴致地问一声："真的吗？你们从来都没有看过有人飞翔吗？"

"没有，没有！"人们不耐烦地大声回答。

"那么，亲爱的，你们在今天也是无法看到的！"聪明的牧师说了一句，立刻离开窗口回去了。

人群中一片骚乱，他们都感到被欺骗和愚弄了，一张张脸酸涩得如同维冈特的葡萄酒。

夜间的作祟

核桃林位于多瑙河边，从前可是个很不平静的地方。

有时候，在暴风骤雨之时河面上就会升腾起古怪的身影，以荒凉的面容在岸边的树丛间穿行。他们折断树枝，有时候呻吟不已，让人觉得恐怖。树林间也会传来吼声，招惹得村里的牲口颤抖不已，连狗都开始哭泣，可怜巴巴地逃回家，躲在桌子底下，有的甚至钻进床底下。夜间作祟的声音如同野蛮的狩猎一样，马蹄杂沓，吠叫不已，而且鞭声呼啸，让人感到似乎连树梢上都附着妖魔鬼怪一样。

后来，轰轰隆隆的声音渐渐消失了，一切趋于平静。有时候，在一些沼泽地区还会飘舞一盏盏微弱的小火。它们闪烁着、飞舞着、跳跃着，吸引着偶尔路过的夜行人，让他们误入歧途。

有一回，有人陷入一处沼泽，找不到出路，只得往前走动，最后葬身其中。有时候，有人误入多瑙河的支流，被水草等植物缠住双脚，拖入水下。要想摆脱这样的危险只有一种解救的办法，那就是脱下外衣，把它的里子翻过来，然后重新穿上。凡是这样做的人就能获救，找到回家的路。

多瑙精灵之中最让人瞠目结舌的要算黑侏儒，一种恶毒的水怪。他只要能够伤害人，什么坏事都干，而且乐在其中。水怪的身体粗壮、野蛮，他的脑袋更大，露出两只火焰般的眼睛，红红的，十分可怕。水怪走路时发出沙沙的响声，如同呼啸的狂风。当然，他走路的速度很快，像射箭一样。

他在遇到人群时口中惯常发出“嘿——嘿”的呼叫声，如果有人敢于回答，水怪立刻飞上去，骑坐在对方的头上，把对方折磨至死。倘若听到水怪的呼叫声不予回答，那么水怪就不会伤害对方，而是大路朝天，各走一边，两方都相安无事。

一天，有个年轻人做完教堂礼拜后独自回家。他多喝了几杯葡萄酒，所以走路踉跄，而且迷失了方向，来到河谷地区。年轻人借酒助胆，不由得心血来潮，大声地呼喊起来：“嘿——嘿!”不料想黑侏儒刚从空中呼啸而过，听到叫喊便重重地骑坐在年轻人的背上。谁让他招惹是非，讥笑妖精的呢?

黑侏儒骑着年轻人，让他在灌木丛中东奔西走，把他折腾得够呛，让他精疲力竭，连舌头都伸到外面来了。年轻人吓得半死不活，一头栽倒在草地上，闭上眼睛睡着了。

第二天清晨，年轻人醒来后发现自己躺在另外一条路上，离核桃村足足有两个小时的路程。不过，他还算命大，没有被黑侏儒撕得粉碎。可是，他也落下伤残，从那天开始不能笑、也不能唱歌了。他只得如同一片树叶一样，在秋天时分渐渐地枯黄。

十字架旁的纺织女

在维也纳有一条大街，名叫特里斯特，大街往南一直通到意大利的特里斯特港。如果从维也纳大街上驾车往南驶行，就会在城旁路边经过一根哥特式的大石柱。大石柱位于维也纳山的山坡旁，历史悠久，足有五百多年的时光了。它见证了多少军队经过的紧张时刻。有的军队朝着维也纳城滚滚而来，那是为了占领它。有的军队从城里滔滔而去，那是为了在世界的某个地方实施战争。

关于这根石柱，还有一个让人振奋的精彩传说。

那是 1217 年，正当东方王国的成吉思汗大举崛起时，巴奔贝尔克的公爵雷沃包尔德派出鼓手前往维也纳城进行游说，说公爵希望率领一支军队征战东方国家，从异教徒的手中解救许多圣地。因此，一切基督徒必须团结起来，依靠他的领导。此外，公爵还答应将用东方珠宝奖励他们。

年轻人听到消息后争先恐后地拥挤过来，宣布愿意跟随出征。另外还有许多冒险家更加跃跃欲试，希望到远方的王国去寻找自己的幸福。至于许多穷人和负债累累的人，他们已经无力支付任何债务，而且没有什么可以失去了。他们愿意随同虔诚的基督徒们一起外出，准备讨伐异教徒。他们都在外套上绣上一枚红十字的图案，到武库领取武器，然后全副武装，准备投入战争。

基督徒的信众队列里有个年轻人。几个星期前，他刚刚在祭坛前完成自己的婚姻大事。年轻的妻子涕泪交加，为丈夫作出的决定而悲愤痛哭。可是，她也像其他的女人一样，勇敢地面对现实，接受命运的安排和挑战。否则，她们能有什么办法呢？妻子把丈夫一直送到维也纳山，那里竖立着一个简单的木质十字架。

“我将坐在这里，一直等到你回来。”妻子看到分别在即，心中依依不舍，对丈夫说道。

“上帝自会保佑你的。”丈夫叮咛一番，踏上遥远的征途。

妻子盯着丈夫的背影，直到丈夫完全消失，然后，她双膝跪在十字架旁。“呵，圣母马利亚，”年轻的女人哀求着，“保佑我的丈夫平安无事地回到家乡。为了对他平安返里表示感谢，我将在这里建立一座石头十字架，用以取代这座木质的十字架。”

第二天，年轻的妻子出门，走上维也纳山。她为了挣钱买石头十字架，已经把纺车和亚麻全都带上了。年轻的妻子立刻开始纺线。第二天，她也是起早摸黑地干着。后来，天天如此。年轻的妻子纺线时心里想着自己的男人，知道男人在远方的王国奋勇作战。妻子祷告上帝，请上帝保佑她的丈夫。

不久，邻近的居民们全都知晓，明白女人为什么整天坐在那里纺线，而且始终不间断，一丝不苟。邻居们对她十分同情，纷纷给她送上亚麻供她纺用。当他们向女人购买成品线时，往往支付更多的报酬，超过女人提出的价格。

时光如水，日月如梭，女人始终不断地走上维也纳山，无论炎夏还是寒冬，她都没有停止过艰苦的劳动。

一年过去了，接着又是一年。等到第三年也过去时，第一批十字军的征战战士回来了。

年轻的妻子心惊胆颤地询问那些男士是否知道自己丈夫的信息。可是回答让她十分失望，没有人见过他，也没有人听到过关于他的消息。结束十字军东征的武士们回来得越来越多。多少在维也纳山旁等候丈夫回来的妻子们也慢慢地结束了她们的漫长等待，投入丈夫的怀抱，携手而归。年轻妻子的丈夫却不在行列之中。妻子的心里感到一丝绝望，颗颗热泪夺眶而出，滴落在她纺出的纱线上。

一天傍晚，太阳已经下山。女人收拾一番，准备回家。临行前，她又伸长脖子探视一下街道。那是往南去的方向，丈夫就是从大街上前往异国他乡出征作战的。突然，她看到一个可怜的身影，身影迈着疲惫的步伐朝木头十字架慢慢地走来。那是个男人，一脸蓬乱的胡须，长发在风中飘拂，看上去衣衫褴褛，不成模样。男人远道而来，女人看到这里，心里想着他也许可以告诉我有关丈夫的点滴信息。

女人想罢心思，朝男人走上一步，对着他的脸瞅望一阵——却认出了自己的丈夫。女人哭泣一声，瘫倒在地上。这时，远道而来的男人也认出了自己的妻子。他把妻子抱起来，痛苦和欢乐的泪水不由自主地滴落在她的脸上。男子在东征时陷落异国他乡，结果降身为奴。他在很久以后才勉强获得自由。男子一路辗转，经过千辛万苦，终于回到家乡的大地。

“呵，从今以后，我们再也不会分离了。”两个人异口同声，紧紧地拥抱在一起。

男人很快从疲劳中休息过来，妻子把纺线赚到的金钱全部拿出来，建造一座石头十字架，那是她曾经发下的誓愿。后来，人们干脆把她叫做“十字架旁的纺纱女”。

多少年以后，那座十字架塌倒毁灭了。可是，著名的建筑大师汉斯·普克斯包姆精心设计了一根新颖的柱型蓝图。现在，“十字架旁的纺织女”站立在交通繁忙的维也纳大街旁，作为古老的城市标志问候南来北往的行人和游客。

纺织男工十字架

说到维也纳的名胜“十字架旁的纺织女”，人们都会讲到这个故事关于一个骑士的妻子。这是一个十字架，耸立在维也纳的城南，是个奇特式的建筑。可是，还有另外一个传说，它跟忠诚的妻子和纺车无关。

从前，维也纳山的高坡上竖立着一具绞刑架，如果有人偷盗，就会被送上绞刑架。行刑的时候，男女老少都被召唤过来，让他们在刑场上目睹令人毛骨悚然的恐怖场面。罪犯终于被押送上来，当他迈着沉重的步伐登上梯子时，周围的人只是看着，鸦雀无声，死一般的寂静。

那天有个磨坊主，他在拥挤的人群中被推到前列。磨坊主名叫施冰纳，织布工的意思。他在前排对身旁的人开口说道：“我多么希望知道站在上面的人是何心情！”被判处死刑的人听到了他的讲话。等到刽子手往他的脖子上套上绞索时，他突然叫喊起来：“且慢，我还有一些需要招认的！我有一个同谋！”

大家听到囚犯的话都等候着，希望看看下面将会发生什么离奇的事情。

“他就在这里！”盗贼说完，用手指着磨坊主。

法庭的仆人立刻扑了过来，抓住施冰纳。磨坊主吓得半死，反复声明自己是无辜的。可是没用，他的任何声明都是徒劳的。行刑被暂时推迟，磨坊主和盗贼一起被关进死牢。因为盗贼一口咬定先前的供述，法官当庭宣判：“同案犯，同等刑！”两个人必须在同一时刻受刑，而且磨坊主在前，盗贼在后。

第二天，人们把宣判死刑的两个人一起送上刑场。当地的男女老少重新被召唤在一起，观看行刑。磨坊主第一个站在梯子上，刽子手往他的脖子套上绞索。正当他们开始抽拢梯子时，盗贼又大声叫喊起来：“你们且住，我还有招供！”

大家屏住呼吸，不耐烦地等候着，希望知道现在会发生什么。瞧吧，盗贼转向磨坊主，磨坊主早已吓得浑身发抖，连连祈祷。盗贼问道：朋友，你现在应该知道有人站在绞刑架的梯子上时，是什么心情了吧？”

说完，他站在法官面前说道：“你且听着，这个人是无辜的！因为他那般滑稽，想知道一条腿已经站在天堂扶梯上的人是何心情，我决定给他一点儿教训，也给自己一点儿欢乐，所以把他带到这里，让他尝尝这个滋味。我想，他这回一定已经满足了知晓一切的欲望。”

法官听罢讲话，当场宣布磨坊主无罪释放。磨坊主随即双膝跪在地上，感谢上帝。后来，他发誓，为了永远记住他在刑场上获得救援，决定建造一个十字架。于是，维也纳城里出现了那根纪念柱，人们把它称做“施冰纳十字架”。多少人还以为是“纺织男工十字架”的意思。

多少个春夏秋冬，寒暑交往，人们渐渐模糊了它的名字，而且，因为纺织的以女人为主，一些好心人索性给它更改成“十字架旁的纺织女”，成为一道古迹。

汉斯·普克斯包姆

汉斯·泼拉哈铁茨是维也纳大教堂的建筑师。毫无疑问，他拥有许多的工头、石匠、瓦工，此外，他还拥有勤奋的施工大师，那是个年轻人，名叫汉斯·普克斯包姆。

泼拉哈铁茨十分器重汉斯·普克斯包姆，觉得他不仅赋有智慧和天赋，而且勤奋、踏实。每当汉斯·普克斯包姆成功地完成一个装饰教堂的塑像，或者提前完成一项艰巨的劳动任务时，泼拉哈铁茨总是对他连连夸奖，称赞他的天分和勤劳。

汉斯·普克斯包姆十分乐意为建筑师干活。他还悄悄地爱上马利亚，那是泼拉哈铁茨的女儿，一位漂亮的姑娘。汉斯·普克斯包姆梦想着有一天能够娶马利亚为妻，把她引上教堂的祭坛。姑娘马利亚热情地对汉斯表露心迹，愿意接受他的爱情。可是，她不敢告诉父亲自己爱上哪个人，她明白，父亲想把她许配给城里的富豪人家。

一对相恋的青年男女思来想去，希望找到途径促使骄傲的建筑大师答应他们的婚姻。事情似乎现出了转机，因为又有一件建筑工程顺利完成。泼拉哈铁茨不由得心中大喜，邀请伙伴们一起欢庆。

大家在一起欢欢乐乐，又吃又喝，尽兴庆祝。后来，大家都走了，只有汉斯·泼拉哈铁茨和汉斯·普克斯包姆两个人还留在那里时，普克斯包姆鼓起勇气，朝老人走上一步开口说道：“呵，大师，我为你忠诚服务，始终如一。我知道，你对我十分器重。因此，我斗胆向你请求，希望让我娶你的女儿马利亚为妻。”

大师听到讲话，脸色顿时阴沉下来，可是，他很快控制住自己。“你的愿望，亲爱的汉斯，应该得到满足，”他思考一阵后开口说道，“可是，你还要经历一回考验，从而显示自己的本领。维也纳的斯特凡教堂将要建造第二座塔楼，即北塔楼。如果你能在一年时间内完成工程，那么马利亚就成为你的妻子。”

汉斯·普克斯包姆该怎么办呢？要想在短时间内完成建造塔楼的任务，那是不可能的。

他闷闷不乐地走回家中。不过，他还是立刻投入劳动，希望尝试改变自己的命运。汉斯·普克斯包姆日日夜夜地坐在绘图板前，设计、画图、计算。有时候，他赶在白天查看南塔楼，仔细地盯着上端，让旁人看起来似乎他正在等待上面掉一个答案下来，帮他解决难题。等重新回到家时，他立刻开始仔细地计算、绘图。

一天深夜，汉斯·普克斯包姆坐在他的草图前绞尽脑汁，面对着重重困难，他几乎绝望了。一个小时又一个小时过去了，他还是找不到答案。午夜晚分，外面的大门突然被推开了。从外面进来一个小侏儒，身穿绿色的猎人服装，帽边上插一根红色的羽毛。小侏儒是个瘸子，跛着腿朝他走来。

汉斯·普克斯包姆不由得大吃一惊，他知道这位不速之客一定是个魔鬼。

“我知道该如何帮助你，”绿色的侏儒开口说道，“如果你答应在建造时不要念到‘上帝’，也不要念到‘马利亚’或者其他一些神圣的名字，那么你的塔楼将在一年时间内顺利完成。”

“呵，那是再容易不过的事了，”汉斯·普克斯包姆想，一面朝神秘的不速之客伸出手，“行啊，成交！”他的话音刚落，小侏儒已经消失不见了，可是，侏儒身后留下的硫磺气息让人禁不住怀疑他造访的目的。

从此以后，塔楼日夜不停地往上升高。许多不见身影的苦力紧张忙碌地帮助运输，夜以继日，始终没有停歇的时刻。

一天中午，汉斯正站在脚手架上，突然看到心仪的姑娘从下面走过。汉斯禁不住心头激动，渴望之情顿觉高涨。他感到自己的心里如同电闪雷鸣，又如擂鼓一般，不由得大声呼喊起来：“马利亚！”他其实是在呼唤自己的恋人，根本没有

想到对魔鬼侏儒答应过的承诺。

可是，他受到了惩罚，空中突然起了一阵骚动，人们听到一阵阵嘲笑的声音，声音渐渐变大，真的如同雷鸣一般。汉斯·普克斯包姆感到被一只无形的手往深处推下去，只听扑通一声，他已经粉身碎骨，躺在地上死了。工地上顿时乱作一团，任何人都不敢继续劳动了，他们通通停歇下来。人们用一口大钟盖住了汉斯的躯体，不让它暴尸在光天化日之下。

可是，斯维凡教堂的北塔楼迄今为止都没有建造完毕。看来，它只能残缺不全地留待明天了。只是可惜了汉斯·普克斯包姆和马利亚的甜蜜姻缘。

全　九

在圣斯特凡教堂的塔楼里有一个看守人的房间。从前，那里还有过一个真正的保龄球馆。那个小球馆十分狭小，又很低矮，球道很短。人们只能用背对着九柱才能把它们竖立起来，让球从叉开的两腿间滚过去，击中九柱。在那里打九柱游戏的玩家必须机灵才行。否则，是无法在这样的轨道上打保龄球的。

有时候，看守塔楼的人感到寂寞或者无聊了，就会邀请几个朋友前去打球，顺便喝上几杯葡萄酒，不无乐趣。夜晚时分，酒杯的碰撞声和保龄球的滚动声掺和在一起，真是和谐、悦耳，催人入迷。

那时候，在维也纳生活着一个老妈妈。她日日夜夜地站在斯特凡教堂的大门前出售蜡烛。而且无论刮风下雨，也不论冬天夏天，老妈妈都是教堂门前的常客。

老妈妈有个儿子，跟一位师傅学艺。可是，他能学得不多，因为师傅在白天干活时常常缺席，他喜欢上酒馆、玩牌局，有时到塔楼守护人那里打保龄球。有时候，他甚至带上学徒一起登上塔楼，为了让学徒帮着竖立保龄球。

年轻人喜欢这样的游戏，运气好时还能得到几枚硬币。积累多了，他甚至可以自己玩一局，从此他学会了欢乐的游戏。毫无疑问，年轻人迷上了九柱戏，游戏的兴趣超过劳动的愿望，这是不足为怪的。经过几年的磨炼，他的保龄球打得那么精彩，常常扔出去一个球就能收获“全九”的结果。后来，人们见他害怕，说他是九柱戏的克星。有的人甚至怀疑他一定通过什么秘密的手法作弊。

久而久之，人们不愿意跟他一起玩了。可是，年轻人觉得无所谓。他仍然我行我素，有时候还沉湎于喝葡萄酒解闷。

那是一个星期天，年轻人又想上塔楼去玩。母亲苦苦劝阻，至少在礼拜天别去游戏玩耍。年轻人没有听母亲的劝告，说道："一天就是一天，管它什么礼拜天还是干活天，也不管上面还是下面，我对这些全是无所谓，并不关心。"说着，他来到塔楼，高高兴兴地游戏起来。球儿滚动，柱儿倒地，发出清脆的撞击声。游戏的人发出胜利者的欢呼或者鼓劲的叫喊，真是沉醉其中，无比得意。

年轻人由于酗酒成性，而且又是玩保龄球的高手，所以大家见他害怕，都回避他，不跟他一起打球。于是，他悻悻地坐在墙角，喝着闷酒。直到晚上，塔楼守卫的朋友们离开了，游戏的场地才得到空闲，让他玩耍两把。他几乎喝了一天的葡萄酒，现在趁着月光正想玩耍时，无奈两条大腿已经站立不稳，支撑不住了。

正当教堂里传来十二点的钟声时，突然，如同从地板下钻出来似的，在他面前出现了一个清瘦、高大的男人。年轻人觉得陌生，因为他从来没有见过这个人。来人一脸苍白，露出两个空洞洞的眼睛，两个眼眶如同两个深深的山洞。他迈着可怕的步伐朝年轻人走了上来。

年轻人感到浑身的血液如同冰冻住的一样，吓得目瞪口呆。高大的瘦弱男人身穿灰色的长衫，可是，他在月光下并没有投下身影。可怕的客人把手搁在寂寞的九柱戏大师的肩膀上，大师感到沉重而又冰凉。客人以一种来自坟墓般的声音对年轻人悄悄地说道："已经半夜了，结束游戏吧！"

年轻人感到全身冰凉。可是，他鼓起勇气冲到他的酒杯面前，愤怒地叫喊起来："别用这样的蠢话灌塞我的耳朵。我想游戏时，谁能阻拦我呀？我如果愿意，可以把九柱戏一直玩到世界末日。你还是跟我一起玩吧，独自一人玩九柱戏，是多么寂寞和无聊。"

灰衣人威胁似的举起瘦骨嶙峋的手指，说道："我警告你！"

可是年轻人不听劝告，仍然把保龄球竖起来，嘲笑般地看着清瘦的陌生人，问道："怎么？你也能每扔一个球全都打倒九根柱子吗？"

"行，每球九柱，"奇异的客人回答，"我打赌！如果我输了，我给你当场付钱，你要多少，我给你多少。"

"可以，说定了！"年轻人大声说道，"可是，你要记住，这里不像其他的保龄球游戏场必须弯着腰，要用背对着才能竖起九根柱子，而且让球从胯下扔出去，会吗？我给你示范一下。”

“什么？我不会？”灰衣人大声呼叫起来，一面发出冷冷的笑声，“把柱子拿来！”

“喏，这样扔——全九！”年轻人示意着，哈哈大笑。他迅速抓起一根柱，朝着塔楼窗门外扔去，现在只剩下八根柱了。这回好了，谁也无法“全九”了。

“呵，”灰衣人喊着，“我们可不是这样打赌的。”说着，他解开灰色的长衫，露出皮包骨，不过怀里还藏着一把镰刀和计时器。他站在年轻人面前大声说道：“开始，死亡是不能等待的！我为了表示礼貌，不妨让你先开始。你如果不能击中全部的九根柱子，那么就落在我的手上，那就是说你再也无法活着走下塔楼了！”

年轻人吓得魂飞魄散，浑身像发起了高烧，绝望地说道：“我要第九根保龄柱！我必须先下去捡拾，它就在下面的大街上。”

“我不需要第九根柱子，”死神冷冷一笑，“这里即使只有八根，我也会打个‘全九’，通通倒下！”说着，他捡起球儿，使劲朝柱口扔出去，竖立在那里的球柱全都倒下去了。正在这里，年轻人也应声倒地——他是被死神击中的第九根保龄球柱——全九！

第二天早晨，塔楼守护人发现年轻人躺在自己的血泊之中。从此以后，所有前往参观圣斯特凡保龄球馆的人都要在那里游戏一局，表示挽救和悼念年轻人的灵魂。久而久之，它就成了一种风俗和习惯。

菩提树

维也纳的斯特凡教堂高大、挺拔，威震一方，实在雄伟、壮观。可是，它的前身却是一个简易的小教堂，而且位于城墙外端，掩映在绿树丛中。

一天，人们提出动议，希望改建破旧的教堂，将它扩大，旁边还应该有一座牧师庭院。那么，人们必须砍伐周围的树木，为改建教堂腾出足够的地方。有一回，善良的牧师来到工地现场，他看到一群干活的人正要砍伐一棵漂亮的菩提树，菩提树开满了花儿，生机勃勃。

牧师立刻朝前一步，说道："住手，你们别砍这棵可爱的菩提树。我在它的树下度过不少欢乐时刻，也度过了不少严峻岁月。让它的芬芳继续给我带来智慧吧！"建筑大师听到讲话，便吩咐不得砍伐。他还改变了自己的建造计划，让菩提树就在未来牧师庭院的窗前。

善良的牧师连连称赞，说修改得好。于是，菩提树保留下来了，一连几年，平平静静地生长着，十分漂亮。当然，它越来越大。春天时，它往牧师的房间里塞满了花香，夏天用树荫遮地，给人凉爽。等到秋天时分，金黄的树叶让人心旷神怡，心情舒坦。可是，正当菩提树越长越结实时，牧师的年龄却越来越大。他的头发开始花白，腰背也开始弯曲。牧师的职务让他力不从心，牧师累了。

有一年秋天，云空万里，菩提树下喷薄芬芳。牧师坐在临近窗口的靠背椅上，两只眼睛看着外面的菩提树。树上只剩很少的树叶了。

"呵，亲爱的树儿，临近告别了，"牧师心想，"也许就在这个冬天。可是，我多么希望能够看到你的满树银花，呼吸你的甜蜜芬芳！"

牧师说着闭上了双眼，精疲力竭已经笼罩住他的全身，他睡着了。当牧师重新醒来时，他感到浑身发软，感到从来没有过的疲倦。"是啊，"牧师想着，"上帝先生也许就要召唤我去见他。我的生命该结束了！"

他支撑着自己虔诚地做起祷告。后来，他又想朝窗口走去，再看一眼亲爱的菩提树。昨天，菩提树上几乎光秃秃的，连一片树叶也没有了。可是，牧师却无法从靠背椅上站立起来，他急忙呼唤教堂仆人，吩咐把窗户打开。

"呵，牧师先生，外面风大，冰冷的空气会伤害你的身体的。"忠诚的仆人提醒着。

牧师仍然坚持，说打开窗户可以给自己带来稍许欢乐。等看到外面的景象后牧师不由得大吃一惊。"菩提树！菩提树！"他高兴万分地大声说道，"菩提树开花了！"是的，菩提树就在窗口，秋风把它的树叶全都吹落了。可是，它却开满了花儿，朝着牧师的房间送来阵阵花香，无比甜蜜。

仆人也十分诧异，觉得这是神仙送来的奇迹。可是牧师已经躺在椅子上寿终正寝了，脸上泛现出一丝幸福的微笑。不一会儿，天上吹来阵阵清风，吹起飘落在地上的菩提树叶，从窗口送入屋内，飘洒在牧师的身上，盖住了牧师的尸体。

这是圣斯特凡教堂的菩提树对从前的救星送上最后的感谢和问候。

海克塔勒

从前，有个骑士是员喝酒的好汉，常常喝得人仰马翻，不辨东南西北。他喝啊喝，最后把父辈的城堡都喝完了，只得带着妻儿老小远走他乡，如同乞丐。骑士来到维也纳，担任城防守卫，让自己的生活有了着落。那时候正值土耳其人大举进犯维也纳，维也纳急需用人，尤其是玩弄刀枪、纪律严明的人。

骑士是个勇敢的剑手，双手挥舞利剑，无比神勇，而且能够担任教头，培养武士。接到任务后，骑士立刻着手工作。于是，他获得丰厚的报酬，成了富人。告别贫困以后，他还比较收敛，因此全家生活幸福、美满。

可是，他的朋友逐渐多了起来，骑士又陷入从前的恶劣生活中去了。他跟酒友和赌友成天喝酒、赌博，常常玩得通宵达旦，彻夜不归。有时候，当他回到家门时，公鸡早已开始啼鸣了。骑士只要摸到口袋里有塔勒，心里就无法安静。他是上了赌博魔鬼的贼船了，而且逢赌必输。后来，他把近年来挣得的钱财全都送上了赌台，再次让自己贫穷得如同乞丐。

骑士家已经揭不开锅了，他的妻子恼恨交加，死于贫困。孩子们的面颊越来越苍白，最后落入死神之手，过早地钻进了自己在斯特凡墓地上的坟园。骑士沉湎于酗酒、赌博，疏于职务，结果被市议会辞退。骑士万般无奈，只得手持棍棒，沿门挨户乞讨为生。

一天，他在乞讨途中遇到从前的女仆。女仆看到昔日的主人沦落街头，心中悲痛，决定帮助他渡过难关。女仆建议他用一枚海克塔勒试试自己的命运。

“什么是海克塔勒呀？”骑士问道。

“海克塔勒是个神奇的东西，”女仆回答，“能够赢得它的人，他终身就没有困苦了。你可以在星期六的半夜时分尝试一下。等圣斯特凡教堂塔楼上开始敲钟时，你立刻围着教堂奔跑，一直跑到大钟敲完十二下，你应该跑完三圈。当你完成行程时，你的口袋里就会有一枚光芒闪烁的新塔勒货币。这样的货币是支付不完的，它会反复新生。你给出一枚，它又长出一枚，不断循环，永不停歇！”

正在下坡路上走得晕头转向的骑士听到讲话，不由得眼前一亮，心中高兴。

他决定尝试一下，或许能够赢得自己的幸福。趁着还有不少的时间，骑士站在公墓地上。公墓围着斯特凡教堂，他静静地等待着。

夜晚让人恐怖，风儿围着塔楼呼呼作响。月光轻轻地投映在墓碑上，形成一个个鬼怪般的阴影。可是，骑士尽管感到瘆得慌，还是鼓起勇气等待着。当塔楼上的大钟敲起十一点三刻时，骑士立刻做好一切冲刺的准备，是为了不浪费时间，分秒必争。

时钟慢慢地走向十二点，一记沉闷的钟声划破夜空。骑士早已鼓足了劲，开始了争夺命运的赛跑。他在坟地和十字架中间穿来穿去，已经围着教堂跑了两圈，开始气喘吁吁地进入第三圈。骑士跑啊跑，大步流星。突然，前面传来尖尖的叫声，一只蝙蝠飞行时撞在他的额角上——就在即将到达目的地的瞬间。骑士扑通一声倒在地上，死了。这时，从塔楼上传来浑圆而又空洞的第十二记钟声。

骑士终结了他博彩般的生命。不过，还有许多人关心，如果在关键时刻没有飞来蝙蝠，没有把他吓倒在地，让他死于非命，他会得到那枚海克塔勒吗？

没有人敢说是或者不是。

赐福的渔箱

从前，维也纳郊外有个小渔村，住着一群渔民。他们在多瑙运河里有不少的渔具，其实都是拴在岸旁的小船，有时候甚至还会堵塞河道。他们把这类堆放渔具的小船索性叫渔箱。

村里有一户人家，男主人死后留下一个漂亮的女儿和可怜的母亲。她们的生活十分拮据，女儿学缝衣，母亲给一些富户人家干些粗活，勉强糊口，艰难度日。女儿找了个未婚夫，是一个勤劳的渔民，小伙子成了全家唯一的指望和安慰。两个年轻人商量着准备结婚，可是还缺少必要的家具，所以十分着急。

有一回，夜晚时分，有个女邻来到寡妇母亲的家中。女邻虽然也要到富人家帮忙干活，可是由于手脚勤快，所以报酬能够多一点，日子过得富裕，钱包里从来不缺生活所需的费用。

寡妇向她诉说自己命苦。女邻安慰她说世上有穷人，也有富人，历来如此，无法更改。她还说吉人自有天相，如果有神仙帮助，钱财自会从天上掉下来，推也推不走。

“从此以后，你的钱箱就有了神仙的佑护。”女邻说道。

经过这次谈话以后，寡妇母亲显得沉默寡言，不爱说话。女邻说的“神仙的佑护”是什么意思？难道有什么特殊的举动可以为自己增添财富，获得神仙的佑护吗？

虔诚又迷信的寡妇思来想去，夜不能寐，找不到答案。

有一回，寡妇看到女邻在傍晚时分回家时拎着一个沉重的篮子，她不由得心里一动，相信篮子里一定装着神仙佑助的泥土。女儿发现母亲神魂颠倒的，不知道什么事情压抑着她的心绪。女儿想方设法地打听，希望能够尽力地帮助母亲。母亲却是守口如瓶，一点儿也不走露风声，只是说：“算了，我的孩子，没有什么事。”

一天晚上，母亲告诉女儿因为当地的市长举办庆典，她必须去厨房帮忙干活，那里活多，可能会忙个通宵，到明天上午才能回来。女儿对母亲的话将信将疑。母亲走后，女儿稍过一会儿也走上大街，她看到市长家里黑乎乎的，连盏灯都没有点上。女儿对此十分担忧，整整一夜没有敢合眼睡觉。

第二天上午，母亲回来了，可是精疲力竭，面色苍白。她的手臂上拎着一个沉重的筐，她把它放进空空的渔箱，然后锁上，收起钥匙。女儿不敢问母亲到底在干什么。从那时开始，寡妇母亲的脸上似乎多了一点儿笑容，开始说话了。可是不久以后，她又回到原有的悲伤和沉痛之中。看上去，她似乎十分后悔，后悔自己做了什么不该做的事。

有一天，圣斯特凡教堂的掘墓人来到市议会向法官汇报，说每天夜里都看到有个女人来到墓地，到新挖掘起来的坟旁往她的筐里填塞赐福过的泥土。然后，她就消失在墓碑后面，天天如此。这个女人就住在附近，是个寡妇。

法官立刻召集会议，与会的先生们觉得这件事十分可疑，决定对它展开调查。于是，市长趁着一天清晨带领仆人们来到寡妇的茅舍，他们把一切都看得清清楚楚。他命令把所有的抽屉和箱子通通打开，最后来到渔箱上。瞧吧，渔箱的底层铺上一层薄薄的泥土，上面盖着一些衣物。这些泥土就是从公墓上取来的。

市长看到证据在握，于是把寡妇拘押起来，关进地牢。第二天，法官开始审讯。

“是的，”女人供认不讳，“我是从圣斯特凡教堂取回赐福的泥土。我的女邻跟我讲过这话，我就产生了这样的想法。听说把圣斯特凡教堂赐福过的泥土铺设在箱子的底层，就能为箱子赐福，从而增添家中的财富。我就是这么认为的，没有干过其他任何不宜和不吉之事。”

法官们不敢相信她说的都是真话，因为那是一个迷信盛行的年代，于是一致谴责她，说她是妖魔，动用赐福的物质施展妖术，最后把她判处死刑。女儿听到消息感到绝望了，她来到公爵的行宫，请求公爵施恩，宽恕不幸的母亲，赐她不死。这位公爵是不信魔幻之术的，对不幸的母女表示同情，于是命令刀下留人，推迟执行。

姑娘急急忙忙来到监狱，想给母亲送上安慰和希望，可是迟了，姑娘看到判处死刑的母亲已经不在人世，这回不是提前执刑的缘故，而是无法忍受的恐惧杀害了她，结束了她的生命。

从此以后，寡妇住过的那幢茅舍就被叫做“赐福的渔箱”。后来，人们把茅舍拆掉，在原来的地方盖起另外一幢房子。他们还在门上挂一幅画，那是一张渔箱图。虽然，这已经是一幢新房子了，可雷沃包尔德城里的人还是能够确切地告诉陌生的行人，从前的那个“赐福的渔箱”究竟在哪里。那里记录着一个善良女人的探索、追求、愿望和命运。

天堂里的撞击

从前，在维也纳生活着一个富裕的女人，她是个骄傲自大又虚荣心很强的人。成年累月的奢侈生活让她披金戴银、穿罗着缎，衣裙下面露出昂贵的拖裙，衣领上饰以精挑细选的花边。此外，她还戴着华丽的首饰，让她走动起来如同一阵风儿沙沙作响。女人骄傲得如同一只孔雀，在人前展示着，接受着羡慕的目光和啧啧赞声。她感到真是舒畅极了，如同喝过人血一样。

在那个时代里，恐怕没有一个公爵夫人敢跟她比试华丽。

富裕的女人并不在家管理经济，那是一般家庭妇女的日常琐事。她是与众不同的，不同之处就在于整天站在镜前理妆，施脂打粉，装饰自己。有时候，她在镜前一连站上几个小时，上下对比，欣赏不够万般华丽的衣衫和自己的身材。

有一回，狂欢节即将来临了，富裕的女人准备在其他女人面前显摆豪华和光彩，希望自己成为节日的女王，展示无限风光。

那一天，她经过一座圣母像，觉得圣母的衣衫过于朴素、简单。女人不禁开始嘲笑圣母马利亚了，大声说道："这就是天堂女王吗？她的衣着还不如一个女丐！不，她不能给我掸水赐福，我可是比她美丽，胜过她千倍百倍呢！"

女人这般恶毒，那是无法避免受到惩罚的。

狂欢节说到就到了。维也纳人在家里布置、装饰，准备舞蹈和娱乐。富裕的女人更加忙碌。她站在镜前，一件接着一件地试衣换装，可是没有一件衣服让她感到称心满意。富裕的女人不禁气恼起来，愤怒地说："只有魔鬼才能帮助我，挑选一件合适的衣服。"

那是个步步有神、脚脚有鬼的年代。富裕女人的话刚落，外面就已经传来三下猛烈的叩门声。富裕的女人把门打开，看到门外站着一个穿着破衣烂衫的女人，其实是个魔鬼。女人站在门槛旁，露出阴森森的目光，上下扫视着她，背上还有一只篮子。富裕的女人看到这般恐怖的形象，不禁在背上冒出一阵冷汗。她并不愿意放丑陋的女人进门，希望让她站在门外。

可是，魔鬼是阻止不住的。年迈的女人一步跨进大门，说道："你喜欢美丽的衣服，箱子里也有几件华丽的东西。可是，比起我在背筐里的那条裙子，你的一切全都逊色，不登大雅之堂。"

"拿出来让我看看！"骄傲的女人颐指气使地回答一声。

其实，面对着乞丐一般的老女人，骄傲的女人才不信她会有衣裙呢，乞丐如何能跟富裕比钱财呢？老人把背筐搁在地上，揭开上面的包盖，从下面取出一件漂亮的衣衫。呵，那件衣衫，真是漂亮至极，富裕的女人平生也没有这等眼福，从未见过。

这件衣服光彩夺目，让富裕的女人看得头晕目眩，心中无限向往，顿时十分渴望得到它。富裕的女人知道，穿上这样的衣服能够引来所有人的羡慕，那是多么巨大的光彩和荣耀。

"把这件衣服给我吧，你要多少报酬我都给你！"富裕的女人说道。

“我不要你的钱！”女丐般的老人应声回答，“我已经富裕极了。可是，如果你能答应在第三天时把这件衣服包裹下的一切全都归我，我就把这件衣服送给你！”

富裕的女人觉得这样的讲话十分稀奇。可是，她还没有来得及仔细推敲，便回答：“如果没有其他的话可说，那么，成交！等到第三天时，这件衣服里面的一切全都归你！”

她们击掌表示同意。年迈的女人突然化成一道薄雾，消失不见了。现在，富裕的女人泛开了万般的心思，她终于有了一件能勇夺万人目光的美丽衣衫！人世间的任何女王都别指望能够穿上如此豪华的衣服。而且，富裕的女人宣布，维也纳城里没有一样东西能够比这件衣服更加光彩夺目、闪亮动人。

狂欢节的星期天，富裕的女人穿上了她的新衣，星期一、星期二也是，她接连穿了三天。

那可是无限风光的三天！维也纳全城轰动，万户空室。人们全都拥上街头，尤其是女人们，她们似乎连天上从此没有太阳也能接受，都要一睹富裕女人的风姿绰约，那可是不能错过的眼福。看到以后，女人们又觉得自己实在相形见绌，顿时气恼和妒忌得脸色发青。

欢乐的三天过去了。

富裕的女人在第三天过完节回到家中，她又习惯性地站在镜子前欣赏美丽的衣服和身段，脑子里突然想起乞丐般女人的讲话：“到第三天时，这件衣服包裹下的一切全都属于我的！”

“女人说这样的话，是什么意思？”富裕的女人纳闷起来。

突然，她似乎明白了，不禁感到万分惧怕。她急忙想把衣服脱下来，可是脱不下来了。富裕的女人吓得手脚冰凉，知道已经中了魔鬼的圈套，她的身体和灵魂彻底完了。富裕的女人感到绝望了，她想把穿在身上的衣服撕成碎片，可是衣服贴在身上如同长在皮肤上一样。

骄傲又富裕的女人不禁哭泣起来，她哭得真伤心，连石头都会动容，对她表示怜悯。这时，她听到有人叩门的声音。她还没有来得及开门，年迈的女人已经跨步进来了，死神的脚步是任何人都阻挡不住的。

“呵，且等一个时辰，”骄傲的女人把两只手绞在一起，哀求地说道，“我对从前做过的一切都愿意表示忏悔，你是死神，是魔鬼！”

“是的，我正是。”女丐回答，一面蓦地变成一个真正的魔鬼，看上去真是恐怖极了，让人毛骨悚然。

魔鬼迈开胜利的步伐走到女人面前，讥笑般地大声说道：“第三天衣服下面的一切全都归我！来吧，你的时辰已经到了！”

骄傲而又富裕的女人顿时瘫倒在自己的脚下，哀求着说道：“你把衣服拿回去，请饶我一命吧！”

可是，魔鬼没有怜悯她。突然，她的衣服开始燃烧起来，让她感到自己如同站在火焰中一样，浑身灼热，疼痛难当。正当魔鬼准备摄取她的猎物时，只见女人的身影朝着天空飘然飞去。原来，骄傲而又富裕的女人尽管虚荣心十足，无比张扬，甚至亵渎圣灵，可是她时时刻刻都在胸前挂着圣母马利亚的圣像。圣像让她绝处逢生，逃脱了魔鬼的利爪，给她一回跟“天堂的撞击”。

维也纳有一条街名叫“天堂的撞击”。从前，那里有一座石像，石像上有个朝着天空飞逝而去的女人，下面的魔鬼对着她伸开双臂，无法捕捉，一脸无奈。

异教徒的枪弹

在维也纳城里有一条斯特劳赫小巷。小巷壹号住房的拐角处有个石头的土耳其人雕像，雕像骑坐在马背上，手舞军刀。这座雕像使人想起土耳其人第一次围攻维也纳城的战争和历史。那是五个世纪前的苦难岁月。

让我们把历史翻到 1529 年，那时，康斯坦丁堡的一位智者正在慷慨激昂地宣称，维也纳作为皇帝的住地将在日后的岁月里归属另外的主人。还有一位智慧之士直截了当地宣布，说多瑙河边的城里有一座高大的塔楼，即斯特凡塔楼，塔楼顶尖上固定着一枚沉重的赤金球体，象征着“金苹果”。

魔鬼撒旦希望把金苹果取下作他的镇宫之宝，他就居住在那幢阴森森的宝殿里。魔鬼想罢心思，立刻敲起他的“征战之鼓”，率领军队讨伐维也纳。土耳其人兵到之处，到处是恐怖和杀戮。他们烧毁村庄和城镇，践踏田地，杀人放火，无恶不作。

当他们一路来到维也纳城门前时，他们的魔鬼首领素拉埃曼命令炸毁城墙，然后攻占维也纳城。素拉埃曼还命令挖掘地下坑道，往坑道里填塞许多的炸药。就在那个危难时期，维也纳城里有个面包师住在斯特劳赫巷壹号，那里也是他的店铺所在地。面包师整日里忙忙碌碌，仍然打发不完众多的顾客，因为维也纳的守军和许多逃难的人群即使命都不要了，却仍然需要面包。

面包师名叫约瑟夫·舒尔茨。他必须夜以继日地干活，常常干到精疲力竭。那是1529年秋天的夜里，面包师忙碌着和水搓面，拉成面包模型，进行烘烤。炉子里热烘烘的。当然，面包师不仅看着烤炉，他还常常以警惕的目光注视着搁在烤房墙角的一面圆鼓。

圆鼓的皮面上有几颗色子，它们用作提示或者发出警告的信号。如果色子开始滚动，或者注满清水的大桶水面上泛起涟漪时，人们立刻知道，那是大地在抖动，意味着土耳其人正在地下作业，深挖抗道。当约瑟夫又朝鼓面投去一瞥时，他吃惊地看到几粒色子正在紧绷的鼓面上跳动。他立刻唤醒师傅，师傅唤醒众位学徒。他们一起走到门外，敲打邻居的家门，告诉他们情况有变，危险在即。

城防司令迅速得到消息。他发布命令，从地下室往下挖掘一个大洞，人们顺着大洞往下，很快就遇到一条坑道。那是土耳其人从城墙外挖掘过来的地道，他们准备往里面填塞炸药。大家觉得事态严重，刻不容缓。于是，男人、女人、老人、小孩一起动手，拎着木桶，挑着水担，有的甚至端着水罐。他们迅速来到洞口，让师傅和徒弟们把清水全部倾倒下去。

不一会儿，人们听到从下面传来吵闹声、叫喊声。可是，声音越来越低，最后连一点儿也听不见了。准备炸毁城池的土耳其人在下面的坑道里被大水淹死了，爆炸的危险排除了。维也纳人欢欣鼓舞，他们虔诚地感谢上帝恩惠，感谢面包师的鼎力相助。

可是，土耳其人还是一连三个星期地围困维也纳城，甚至发动三回大规模的攻城战斗。等到第四回攻城也被打退时，土耳其人无计可施，只得撤退回去。

为了表彰警惕的面包师，皇帝发布命令，同意面包师每年在复活节结束后选择星期四挥舞他们的旗帜全城游行庆祝。斯特劳赫巷上的房子边上装置一个骑马的土耳其人像。人们把前面的车行道干脆叫做“异教徒的枪弹”。这样的叫法一直传到今天。

拿破仑山毛榉

玛尔赫地区树林茂密，在一座密密的树林中有一棵古老的山毛榉。这棵古树的命运真差，常常遭到雷劈，民间把它称做“拿破仑山毛榉”。

1809 年，当法国的皇帝率领他的军队渡过多瑙河时，他就跟众位将军在这棵树下休息，跟他们制定反对奥地利人的作战计划。这时，一位年迈的茨冈女人穿过树丛，悄悄地凑近他们，让军队首领们感到有所干扰。

“这个女人想干什么？”有位将军问道。

“算命，给将军们预言祸福！”茨冈女人毫无惧色，应声答道。

有几个将军伸手拔出腰间的佩剑，想要把老妇人驱逐出去。可是，皇帝却示意应该把她留下。茨冈女人往前走上一步，对拿破仑说道：“我并不认识你，可是相信你拥有巨大的权力。去吧，把你的号角拿出来，让我看看！”

皇帝哈哈大笑，把号角递给老妇人。

“呵，”茨冈女人说道，“它也许在明天不管用了。”

军官们吃吃地笑了起来。拿破仑却一声不吭，露出严肃的神情。

“现在，请把你们坐骑的后蹄提起来。”老妇人吩咐一声。

有个军官照办。

老妇人看到马蹄，说道：“呵，可怜的马儿会被人从腹下杀死！”

军官们又是一阵哄笑，只有拿破仑一脸严肃。

“你不相信吗？”老妇人继续说道，“现在我知道你叫什么名字，知道你是谁了。来吧，伸出你的右手！”

皇帝把右手伸出来。茨冈女人仔细地看着他的掌纹，然后让他放下，大声说道：“呵，你个不幸之人，你会输掉整个战役！”说完，她急急忙忙地离开，消失不见了。

拿破仑听到讲话不由得勃然大怒，伸手拔出利剑，对着女人的背影扔了过去。可是，他的宝剑没有劈到茨冈女人，却击中了山毛榉，宝剑悬挂在那里。

第二天，法国人开始反击奥地利人的战斗。天哪，茨冈女人说的话句句灵验：

他的战马被奥地利士兵从腹下砍了一刀，倒在地上死了。等到太阳下山时，拿破仑被彻底打败。

皇帝落荒而逃，跑得精疲力竭。他回到营房时，倒头躺在草堆上呼呼大睡，一连睡了三十六个小时。至于他的号角，那有什么用呢？可是，山毛榉上的伤口直到今天还清晰可见。人们只要谈论到它时，都会摇摇头说道："这样的伤口永远也不会结疤的！"

菲舍门特的精灵女伯爵

从前，在支流菲舍流入多瑙河的附近有一片茂密的大树林，树林旁有一座华丽的宫殿。宫殿的女主人是个骄横的伯爵。这位伯爵与众不同，尤其喜欢打猎。她每天都骑着高头大马，率领许多人穿过田野和草地，他们糟蹋农民的庄稼和田地。周围的农民对她抱怨不迭，只有魔鬼才对她连连叫好。

女伯爵看到农民们惊恐万状地逃往别处去时，只是对他们冷笑一声，不加理睬。有时候，她甚至唆使猎狗前去追赶他们，把农民吓得魂飞魄散。女伯爵热衷打猎，无论星期日或者节日，她都沉湎于此。不管教堂召唤弥撒的钟声多么洪亮，她都不理不睬，自顾自地骑马外出，把上帝丢在脑后。

有一回的星期天，伯爵又骑上高头大马，打猎去了。她的猎犬十分警惕，很快就发现一头白鹿。女伯爵命令大队人马前往追赶，她自己早已一马当先，紧追不舍。他们穿过田野和树林，几条猎狗更是紧随其后。野外的白鹿奔逃得大汗淋漓，最后精疲力竭，倒在一座十字架旁。

十字架就在一位隐士的草房前。隐士立刻走到门外，用双手挡在胸前，希望保护猎物。虔诚的男人举起双臂，请求似的说道："立刻停止，切莫追赶了！这头白鹿倒在十字架旁寻找庇护，千万不能亵渎这块神圣的地方！饶恕它，由它逃命去吧！"

伯爵女士放声大笑，然后弯弓搭箭。接着，只听"嗖"的一声，女伯爵的利箭早已射穿白鹿的心脏。虔诚的隐士禁不住满腔愤怒，大声说道："天可怜见，你个凶恶之徒！你以自己的罪孽亵渎了十字架。小白鹿应该在十字架下寻得自己的安生和归宿。你必将受到惩罚，再无安宁之日。你将作为精灵始终出没在这片树林之中。你在林中尽兴狩猎，直到世界的末日来临。”

年轻的女伯爵听到讲话，不由得倒吸一口冷气。她急忙掉转马头，希望寻找她的仆人和伙伴。可是，她却怎么也找不到他们。女伯爵掏出狩猎的号角吹起来，可是，周围没有任何的回答。不久，女伯爵发现自己在稠密的树林之中迷路了。夜深了，周围一片漆黑，她不知道出路在哪里。

伯爵女士心中十分害怕，她猛地从马背上滚落下来，双膝跪在地上，请求上天给以保佑和帮助。突然，她听到从远方传来一阵钟声。那是菲舍门特教堂的钟声，给她指示了方向。不久以后，伯爵女士故技重演，不再顾虑她的恐怖经历了。每当她在思想中重新出现那般阴影时，她也会尝试着说服自己，说隐士的咒骂只是恶毒的梦境，不能把它当真。

于是，她又在树林里到处奔波，不断打猎，忘掉了节日和礼拜，对农民的种种担忧更加不理不睬。后来，她死了。隐士的咒骂彻底灵验，每当夜晚来临，伯爵女士的幽灵总是率领她的人马在菲舍门特的茂密树林里纵马追赶，到处打猎。这时候，空中如同传来暴风一样，树木在呻吟、呼唤。它让人们相信，林中的野兽已经被猎杀干净，只剩下一片空空的树林。

可是，伯爵女士的幽灵还在纵情追杀。她要一直追杀到无穷无尽的未来和未来的未来。

异教徒大门

维也纳的东部是一片宽广的大平原，平原延伸到喀尔巴阡山脉。却说在佩特罗纳尔附近耸立着一座异教徒大门，那是巨大的纪念物，它的历史可以追溯到罗马人的辉煌时代。那是由十分粗壮的柱石组成的一座拱门。从前，那里也许是一位有名望君主的墓地，也许是用于表彰辉煌胜利的凯旋门，凯旋门历经岁月，万古留传。这座巨大的建筑经历了几百年的风风雨雨，多少相互敌对的军队从拱门旁经过，奔向东南西北的战场。

有个传说讲到其中的一则秘密。那个秘密不仅令人费解，听起来还十分精彩。

那是很多很多年以前的故事了。相传在异教徒大门附近住着一个牧人，看管他的牛群。一天傍晚，牧人看到天空上乌云翻滚，立刻想到应该把母牛赶回家。他收起搁在一根石柱旁的背包，那是他平常躲蔽太阳和休息的地方。有时候，他还在那里躺下来，睡上一觉。特别在阳光明媚的时刻，能在荫凉之处休息，那是多么舒适。

可是这回却跟平时不一样。正当牧人伸手想拿背包时，他猛地发现石柱旁闪烁起一道蓝光。这道蓝光看上去像磷火一般，在石柱脚旁旋转，让人心惊胆战。牧人早就听说在异教徒大门旁藏有神秘的宝贝。可是，他也知道，迄今为止都没有人敢迈出寻找的步伐。想到这里，牧人突然有了主意，他准备尝试一下自己的命运。

第二天清晨，他准时从家里出发，来到异教徒大门旁。他立刻动手挖掘，那是蓝色的火星曾经显示过的地方。他挖呀挖，几乎什么也没有挖到。牧人绝望了，准备放弃。可是，就在这时，他的铁铲碰到一个硬邦邦的东西。他仔细地挖掘下去，发现那是一块厚实的石板。

牧人把堆积的泥土铲掉，看到石板下面是一具豪华的石棺。石棺上面雕刻着一组神秘的文字，牧人无法辨认。正当他努力想要掀开盖子时，他却感到如同被人在肩膀上拽了一把。接着，他听到一个严厉的声音威胁道："呵，你个不吉不利的愚人，且请住手！谁干扰了死者的平静，他会遭殃的。"

牧人大吃一惊，转过身来。可是，他没有看到任何人。他再仔细察看，不由得更加吃惊。原来，他没有照看的牛群早已闯入葡萄园，大口咀嚼葡萄。母牛们吃得滚圆溜壮的，舒适极了。牧人飞快地奔过去，想把它们赶走，让它们重新回到牧场。他跟在牛群后面吆喝着。突然，天空中雷鸣电闪，震动得大地都在发抖。

牧师并没有料到这救了他一命。他正要转过身时，猛地看到在异教徒大门旁站着一个巨人。巨人比一堆结实的废墟还要高大，他顺手掀开盖在地上的大石板。他把大石板扔得远远的，可是下面的石棺却突然沉降下去。这就犯难了，石棺里到底藏匿着罗马人时代的宝贝还是躺着一具尸体，没有人能够知晓详情。

石棺陷落着被埋葬下去了，这回也许没有尽头了。牧人看到这里，顿时吓得魂飞魄散。他胆战心惊地赶着牛群回到佩特罗纳尔。可是，被巨人扔出去的巨大石板却始终留在一根结实的石柱旁。它珍藏着异教徒大门的秘密，直到今天。

阿铁拉的坟墓

多瑙河流经奥地利，慢慢地驶入匈牙利。在奥匈边境的交界处有一座城市，哈茵堡。离城堡不远的郊外有一片山坡，相传那里埋葬着匈奴人的国王。故事还要追溯到一千五百多年前。

那是公元453年，一辆大车来到这个地方，大车装饰得十分豪华，由黄金包裹。车上搁着一具金棺，里面躺着匈奴人的国王。金棺置放在银质的大箱内，银箱又被安放在更大的铁箱内。相传里面还有无数的珠宝，那是为死者作出的陪葬。

三个男人抬起安放在三具金属棺内的匈奴人国王，让他慢慢地沉入地下。后来，人们挖掘附近的泥土，用它们在国王的坟墓上方堆成一面土坡，让其跟附近地势没有任何区别。这是国王阿铁拉生前亲自作过的吩咐。国王已经厌倦无休止的战争，希望在地下享受不受侵扰的平静，直到世上出现永恒的和平。

不过，也有人看到国王阿铁拉的灵车继续往前，滚动着穿过辽阔的大平原。于是，后来有人到处寻觅阿铁拉的坟墓，寻找无法估量的给他陪葬的财物。寻宝人络绎不绝地来到哈茵堡。他们找到几个匈奴人的坟墓，其中也有不少的陪葬物。他们甚至在墓中找到许多武器和农具，因为匈奴人不仅过来打仗，他们也成为征服土地的移民。他们从亚洲的深处，从辽阔的东方大草原闯入西方世界。

千百年以来，人们寻找着阿铁拉的坟墓和他的陪葬之物。有些寻宝人看到某个地方飘起蓝色的火焰，便以为那里埋葬着匈奴人的财物。另有一些觅宝人又有不同的方法和标志。他们全力以赴，希望找出阿铁拉的坟墓。

不过，也有另外的传说。匈奴人把他们的国王连同巨大的财物悄悄地挖掘出来，然后不待张扬地把它们一直送到意大利。他们找到一处比哈茵堡更加神秘的地方，把国王重新安葬在地下。匈奴人的国王也许在那里找到了他的安宁。

阿铁拉无论安葬在哪里，只有那批巨大的财物才能知晓。他的坟墓直到今天也没有被发现。

重　车

“睡吧，孩子们，乖，睡吧，沉重的大车很快就会驶过去了！”哈茵堡地区的母亲习惯这般催促孩子们上床睡觉。

夜晚时分，特别在圣诞节前后，街面上时常发出隆隆的响声，如同沉重的大车驶过一样。古老的城市，寂静的街道，美丽的故事，动人的传说。大车驶过时，连窗子都发出“格格”的声音，空气在抖动，孩子们十分惊恐，用被子蒙住脑袋，却又努力地竖起耳朵，生怕遗漏了其中的恐怖细节。

莫名其妙的大车飞箭一般地行驶过去，前面驾着几匹黑色的高头大马，马蹄下火花喷溅。车上坐着一个神秘的伙计，挥舞马鞭，夜空里传来恐怖的呼啸声。有时候，沉重的大车就从屋顶上空驶过，最后消失在辽阔的多瑙平原上。

一天，有个惹事的女人想要仔细地观看黑色的车辆。那是三圣王节的前夜，女人打开窗户，静静地等候车辆驶过。半夜时分，沉重的车辆果然呼啸而来。探头在外的女人还没来得及把脑袋缩到窗户后面，只觉得面颊上已经“劈啪”两下，挨了结结实实的两个巴掌。女人捂着脸，脸上火烧火燎的，疼痛一夜。

第二天清晨，女人发觉自己的脸上添了两块黑斑。黑斑如同长在脸上的一样，一辈子也没有褪祛。

脱去上衣

在海茵堡和奇特湖之间有一幢农家庄园。从前，有个男人在庄园当长工，打理农庄。长工看到庄园女主人越来越富有，觉得奇怪，因为庄园里根本没有任何经营，哪来的收入呢？

女主人常常离开家门，甚至整夜逗留在外。长工看到这里，心里感到愈加奇怪，他决定仔细观察女主人的行踪，看看她到底干着何等营生。于是，他躲在巨大的烤箱里，瞪大眼睛，仔细观看。

夜晚时分，当塔楼的大钟传来十一点时，长工听到轻轻的脚步声。他从烤箱内抬起头，看到女主人只是穿着睡衣，站在厨房间的长凳上，从墙角落拎起一把大扫帚，夹在两腿之间，如同骑马一样。女主人朝着四周看了一眼，口中念念有词：

脱去上衣，一丝不挂，
我就来到游戏场直夸！

女人刚把话说完，蓦地凭空刮起满天灰尘，长工连忙闭起双眼。等他重新张开眼睛时，女主人已经不知影踪了。长工惊讶得目瞪口呆，从烤箱里钻出来，心里思量着："毫无疑问，大门未开，窗户未动，主人一定是从烟囱里出去的。这样的游戏，我说不定也能尝试一回。"长工思考良久，拿出大扫帚，骑坐上去，口中念着咒语，可是却念得并不全部正确：

脱去上衣，全部穿起，
我就来到广场旁游戏！

突然，他感到似乎长出一对蝙蝠的翅膀，翅膀托着长工飞舞起来，在厨房间飘来飘去，可是难以外出，飞不到天上去。他的头一会儿撞在天花板上，一会儿撞在墙上，撞得脑子里嗡嗡作响，接着又撞来撞去，浑身的骨头都被折断了几根。最后，他感到精疲力竭，便从扫帚上掉下去，摔倒在地板上，他全身撞得青红紫绿，肿块连连，身体如同散了架一样。

长工头听到一片响声急忙出来，看看发生什么事了。小长工不顾身体疼痛，急忙从窗口溜出去，钻进马厩，躺在自己的床上，不敢吱声。

第二天晚上，他又躺在烤箱里，看到女主人跨上扫帚，从烟囱口飞了出去。他这回把咒语完全记住了。当他看到女主人消失在空中，不见身影时，便也骑上扫帚，如同一阵烟雾飞了出去，直上天空。长工看自己身处高空，相信伸手就能抓住闪烁不定的星星。

长工骑坐着扫帚横空出世，渐渐地降落在一座妖怪山上。他看到前面有许多妖怪在月光下胡作非为，狂歌乱舞，那里是魔鬼的世界。这里有许多疯狂的女人，她们有蓬乱的头发、阴森森的目光。有几个女人坐在丰盛的餐桌旁大吃大喝，无限欢乐。另有一些人正在跳舞，她们如同被狂风吹起来似的，围着大树打转，头顶上还飞舞着一群哇哇叫唤的乌鸦。

长工看到这里，着实吃惊不小。可是，当他在稀疏的灯光里看到他的女主人时，更是诧异不止。长工直到这时方才明白，原来她的主人是个女妖。可是，他却感到十分饥饿，于是大胆地坐在餐桌的末端，伸手抓住食物就往口中填塞。妖精们并不阻拦。

不一会儿，妖精们全都走向舞池跳起舞来。长工独自一人坐在桌旁，他抓起食物塞满了自己的口袋，悄悄地坐在灌木丛中，观看夜空下的群魔乱舞。当月亮慢慢西沉，哈茵堡城市塔楼上传来深夜一点的钟声时，小妖精们突然中止了舞蹈，各自告别，然后呼地一声骑上扫帚，朝着各个方向消失在空中。

长工直到这时方才钻出树丛，把扫帚夹在两腿之中准备回去了。可是，长工是个没有记性的人，他忘掉了妖精们这时该念的咒语，所以夹在腿下的大扫帚一点儿动静也没有。长工无可奈何，只得留在原地，他放下扫帚，然后步行回去。这是一条漫长的路，从山顶下到山谷，周围一片漆黑。

长工走得直冒冷汗，连腿肚子都在打颤，而且路上荆棘丛生，到处都是滚动的石头。他不止一回地摔倒在地上，脸上青一块紫一块，连鼻子里都在淌血。长工回到家中时早已累得灵魂出窍，无法辨别东南西北了。

第二天清晨，他把背包打开，希望寻找可口的膳食，可是从中却掏出一把又一把的玻璃碎碴、蛇头、龟脚，看到这里，长工不由得毛发直竖。他开始狠狠地咒骂这批放肆的妖怪。

庄园女主人听到长工正在骂人，便对他说道：“如果你在口中积德，不再骂骂咧咧的，那么，我会给你丰富的报酬。如果你不识好歹，敢于背叛我，那么你就不能活着走出这幢房子。”

长工知道自己在妖精家里反正无法生活长久的，便答应决不招惹是非。女主人立刻给他报酬，长工高高兴兴离开主人，回到家中。

可是，庄园的女主人作为一个妖精，她是如何增加自己财富的，长工在那个夜晚没有看到，他在其他场合里也没有获得信息。当然，女主人也不会对他泄露半分。

哈埃摩堡的宝藏

多瑙河蜿蜒曲折，穿过洪茨哈姆山和小喀尔巴阡山，然后浩浩荡荡，一路东去，迎来了哈茵堡隘口。哈茵堡隘口得名于古老的边界城市哈茵堡，那是下奥地利州的东方小城。迄今为止，哈茵堡的宫殿山上还残留着一座巨大的城堡废墟，废墟里透现出古老时代的历史风貌。

几百年前，这里有一座哈埃摩城堡，用于抵御敌方的军队。这是一座边境的城市，面临着不断从东方涌现而来的敌人。在抗击土耳其人的战斗中，城堡被敌人占领了，而且夷为平地，留下一堆烧焦的废墟。从此以后，再也没有人敢于走近那个可怕的地方。在多少居民的眼中，它已经成为一处不吉之地。

人们说到，每年圣体节时居民们都会列队游行，途经哈茵堡的大街小巷。这时，有个幽灵就会从宫殿山的铁门内跳出来作祟。那是一具骷髅，穿着宽大的长衫，头上戴着武士盔。他的一双手伸出来时全是骨头，可是手上并没有利剑，只是一本书。

幽灵在废墟堆里走来走去，然后穿过铁门，消失在山岭地带。如果有人碰到他，人们在城里小声地说那是必死无疑的。不过，当他在废墟里巡视时，那座铁门是敞开的。倘若有胆量的人，可以趁着机会步入山中。那么，他就能够找到巨大的财宝。当然，人们必须抓紧时间，因为当幽灵回来时，铁门又会自动关上。关在里面的人就没有生路可逃了，那扇铁门要到来年圣体节时才会重新开启。

有一回，一个寡妇听到这样的传说。寡妇领着她的女儿艰难度日，她常常不知道如何才能让唯一的女儿吃饱穿暖。又到了圣体节，寡妇也想参加列队朝拜，希望到教堂去领取一点食物，让孩子充饥。可是，她迟到了。当她经过宫殿山时，看到那里的铁门大开。寡妇觉得十分奇怪，便抱着孩子一步跨进去。

寡妇看到里面堆满了黄金白银、珍珠玛瑙，她几乎不敢相信自己的眼睛。寡妇连忙把孩子放下，从地上捡起几块闪亮发光的石头让孩子拿在手上玩耍，而自己则大把抓拿，把自己的围裙和口袋装填得满满的。

这时，寡妇在耳旁听到从大街旁传来阵阵人群走动的嘈杂声。她抬起头来，不由得大吃一惊，看到幽灵已经回到大门口了。寡妇慌不择路，猛地一步跳到门外，落荒而逃。骷髅踏进大门，进入山洞，消失不见了。

寡妇惊魂稍定，可是又吓得差点儿死在地上。原来，她的孩子还在山洞里呢！她那时心慌意乱，完全忘掉一切，连孩子都顾不上了。寡妇连忙退回去，握着两个拳头拼命摇动铁门，一面大声叫喊，满面泪水。可是，大门冷冷的，关闭得紧紧的。

寡妇拥有了许多财富和宝藏。可是，它们有什么用呢？孩子是她最大的财富，现在却丢了。她是多么后悔呀！想不到自己完全被黄金和白银蒙住了双眼，现在晚了，没有用了。

寡妇不由得号啕大哭，无可奈何地走回家，心痛欲裂。

一年过去了。寡妇整日以泪洗面，她怀念自己的小女儿，因为女儿惨死在山洞里。寡妇想到这些时，总是禁不住泪水哗哗，心情十分沉重。她下定决心，赶在明年圣体节时走进洞去。她要收拾女儿的遗体，把她抱出来，仔细地埋葬，让女儿入土为安。

话说又到了圣体节。许多人列队朝拜，穿过哈茵堡的大街小巷。寡妇也在队列里，她的心情分外沉重，步履蹒跚。寡妇走近山洞时看到铁门如同去年一样敞开着，于是大胆踏了进去。她看到什么了？眼前是个正在玩耍的小姑娘，身旁堆着千百颗贵重的宝石，颜色各异，有红的、绿的、黄的、白的。

女儿看到母亲来了，顿时高兴地伸开双臂，扑倒在母亲的怀里。母亲一把搂住女儿，领着她跨出门外，然后奔跑着回家。母亲拯救女儿的神奇消息如同一阵劲风传遍了城市和乡村。

后来，又过了一年，山洞的大门却紧紧地闭合着，没有开启。而且，这扇大门从此以后一直都没有敞开过。

宫殿里的幽灵再也没有露面，这让人猜想，他终于找到了属于自己的安宁。幽灵在山洞里精心照料无辜的孩子，让孩子安然无恙地走出洞门。幽灵的深厚心意也拯救了自己，让自己终于获得心灵的宁静。

少女塔

斯洛伐克的特文堡在德语中称为底比斯堡，城堡位于玛尔赫河和多瑙河的交界之地。堡内有位英雄骑士尼古拉，他向往远方的爱情，希望迎娶异国他乡的姑娘为妻。

骑士乘船渡过多瑙河，然后骑马一路来到凯安顿。他在许多豪门和城堡内上下寻找，希望找到一位合适的姑娘。一天，骑士正在到处张望，突然遇到姑娘玛尔伽勒特。骑士对姑娘一见钟情，于是对她彬彬有礼。姑娘对骑士脉脉含情，尤其听说将来能够生活在眺望多瑙河的城堡内，更是满怀喜悦。可是，姑娘的父亲却很固执，不肯答应这门婚事。他看中一位拉埃巴赫的小伙子，希望招他为婿。

骑士尼古拉一怒之下动手抢劫，把姑娘玛尔伽勒特扶上马背，朝着特文一路飞驰。骑士在特文堡准备举办隆重的婚礼。他还聘请了从伊森赫姆过来的牧师为自己主婚。可是，骑士尼古拉没有料到，这位牧师正是玛尔伽勒特的叔叔。叔叔知道姑娘父亲的意图，于是劫持着把姑娘送回她的家乡。

骑士发现姑娘不见了，立刻骑马前去追赶。可是，他却不知道姑娘到哪里去了，不知道应该前往何方。他沿着多瑙河一路急驰，遇到一位艄公。艄公说刚刚摆渡，送一辆马车过河，马车的装饰十分豪华，里面坐着两个人，一位老人，另一位是异常漂亮的姑娘。

骑士听罢讲话，急忙来到多瑙河的南岸，然后策马加鞭，顺着前面的车辙追赶下去。不一会儿，他追上慌忙赶路的马车。牧师的随从见到有人打劫，便一起上前，准备捉拿骑士尼古拉。

这是一场不对等的战斗。牧师的随从顿时被打得东倒西歪，狼狈逃窜。骑士也不追赶，他从车上扶下玛尔伽勒特，让她骑坐在马背上，然后呼啸一声，朝着特文奔驰而去。

姑娘遭受三回劫持了。

骑士请了个平常的牧师，希望尽快完成婚礼。可是，正当他们准备举办婚礼时，有一群士兵突然闯进城堡。他们是玛尔伽勒特父亲的仆人，姑娘的叔父也在一旁指挥、协助。他以牧师的身份迷惑了特文堡的守卫，为他们打开城门，让他们拥入城内。

玛尔伽勒特的父亲集合了一支能征惯战的部队，数量之众远远超过底比斯城的守卫。他们迫使着骑士尼古拉和玛尔伽勒特一步步地往后退缩，直到两人最后退到一座六角形的塔楼最高层的房间内。塔楼标志着铁锈般的红色玛尔赫河流入褐色带蓝的多瑙河水。

尼古拉不及抵抗，被一名士兵挥上一剑，当即死去。姑娘玛尔伽勒特不堪忍辱，便一头撞出窗门，投入多瑙河。

今天，人们在特文堡的废墟上还能看到那座白色的高大塔楼。塔楼因为抗暴姑娘在婚礼当天投河自尽，所以被叫做少女塔。少女塔正好位于奥地利和布拉迪斯拉发交界之处。

呵，两个王国竟拥有一个有如此故事的界碑。

特文水怪

在奥地利和斯洛伐克交界的地方，那是支流玛尔赫流入多瑙河的风水宝地。玛尔赫河旁的山势险峻，俯视多瑙。山峦之上有一座城堡，名叫特文。那里的城堡和城市的名字都十分离奇，它们还有德语的称谓，叫做底比斯。

相传在很多很多年以前，在巨大的山岩下方住着一个水怪。水怪来回纵横，居住在注入多瑙河的许多支流上。水怪很年轻，可能还不满百岁，平生喜欢跳舞。当他在河床的住所用力踩踏地面时，多瑙河顿时波浪汹涌，激烈地拍击海岸。波浪在山岩前撞击出珍珠般的雪浪花。

有时候，水妖也从水底探出脑袋，踏上岸边，甚至悄悄地潜入茂密的树林。当他从树林里看到多少姑娘和小伙子在草地上欢乐舞蹈时，心情往往十分沉重。水怪多么希望走上前，跟青年男女一起跳舞游戏。可是，他不敢从藏身的密林中走出去。他担心一旦搂住姑娘的腰肢开始转动时，那些小伙子就会对他进行恶作剧。

可是，当农家女子在清晨成群结队地赶集或者带着家禽、鸡蛋、花卉和蔬菜前往市集时，水怪常常尾随她们。有时候，他甚至抓住一个女子，大胆地跟她舞蹈起来。每当女子抱怨有个鸡蛋碎了，或者捉在篮里的母鸡逃出去时，水怪总是慷慨施助，赔偿损失。他从口袋里掏出一枚或者两枚金币，塞在女人的衣袋里。不过，农民们都不愿意看到自己的妻子跟水怪跳舞。于是，他们决定窥测水怪的行踪，抓住他。

那是五月的一个清晨，有个农家女子上路进城，她要去赶集，出售鸡蛋。水怪看到机会来了，便从后面朝她扑过去，一把搂住她的腰，疯狂地旋转起来。这就是他的瓦尔茨舞步。

水怪刚刚转动时，猛地听到一阵尖厉的声音，震得他的耳膜差点儿破裂。水怪正不知道发生了什么时，只见从多瑙河岸边跳出一群男子。他们以阴沉沉的目光盯着水怪，而且一步步地逼近过来。水怪不由得大吃一惊，立刻放下女人，急忙逃走。可是，他在岸上逃得越远，便愈发地远离多瑙河。其实，多瑙河才是拯救他的唯一所在。

后面追赶的人毫不放松，几乎快要抓住他了。水怪眼看逃生无望，便立定脚跟，猛地摇了摇脑袋。突然，他已经不是水怪，而是一匹神奇漂亮的马儿，脖子上抖动着绿色的鬃毛。

马儿奋蹄奔驰，一直来到布拉迪斯拉发城，那是斯洛伐克王国的京城。京城里有个男子，他看到一匹骏马飞驰而来，不由得惊叫起来：“呵，一匹绿色鬃毛的骏马！”

“不，这不是骏马，而是变化了的水怪，”另一个人从后面气喘吁吁地追上来，“快，快把他抓住，别让他跑了！”

市民们全都明白了，他们从绿色鬃毛中认出了妖怪。于是，他们一起拥上大街，奋力追赶，一面发出大声的叫喊。可是，他们之中谁也抓不住那匹神奇的马儿。这时，有个狡猾的老板出了个主意：“快用链条封住街道，快！”

几个大胆的男人自告奋勇，用链条封住道路。绿鬃马儿插翅难逃，终于被逮住了。呵，真是一匹神奇漂亮的马儿！它的毛皮闪闪发光，一双眼睛又大又圆，炯炯有神，脖子上飘拂着长长的绿鬃。

“我们必须杀了它！”一位铁匠大声吼叫。

“不，我想留着它。我知道如何驯服它！”另一位老板丝毫不让。

结果，马儿归属老板，为他服务。采摘葡萄的时候，它到葡萄园里拉车。车上装满了圆桶，桶里全是采摘的葡萄，十分沉重。冬天，它必须拖动大车赶着木柴。此外，它还运送装载得满满的葡萄酒桶和啤酒桶，路途遥远，的确不是人干的活。

主人虽然给它足够的饲料，可是不给它饮水。他驾驶着马车，尽是回避沟渠之地，甚至连水坑也要远道避让。主人回到家时连忙把马儿拴在棚里，直到那时都不让任何人给马儿送上一滴清水。绿鬃骏马渐渐失掉双眼的光泽，日益消瘦，连毛皮也开始皱巴巴的，粗糙起来。可是，不管它忍受多么艰巨的折磨，主人对它没有任何的怜悯。

主人有个奴仆，名叫托马斯，是位心地善良的人。他看到马儿被折磨得这般可怜，心中不忍，便悄悄地走到井旁，拎回一桶清水搁在马儿嘴下。当然，他是知道主人曾经下过严格的命令。绿鬃马儿贪婪地饮着清水，喝得吧喳吧喳的。突然，它的身影开始变化了。刹那间，马棚里的骏马不见了，眼前站着从前的水怪。

“呵，托马斯，你救了我的命，”水怪对仆人说道，仆人早已吓得魂不在身，“因此，你会得到报酬的。”水怪说罢，用手朝搁在身旁的口袋内伸进去，抓出满满一把的黄金，递给仆人。

“你就用它在多瑙河的支流上建造一座水磨吧！那里有一道巨大的山壁，上面是高大的特文城堡。城堡俯视多瑙河，无比雄伟。你可以在旁边建造水磨！”水怪说完，急急忙忙地离开马棚朝多瑙河奔跑过去。他来到河边，猛地纵身下去，一直游到自己的住所。

从此以后，他再也没有显露身影。托马斯离开残忍的老板。他在水怪指点的地方建造了一座水磨。这是一座特殊的水磨，它不仅可以日夜开磨，而且寒夏无妨。有时候，当多瑙河的支流几乎干涸时，水磨也不受影响，照样开工。

于是，托马斯成了富人。可是，他仍然保持着同情穷苦人的善良之心。后来，那位心地残忍的老板遭到惩罚。有一天，他走出家门，在水塘边打个踉跄，摔下一跤。他由于身重体胖，无法转动，结果活活地淹死在小小的水塘里。

为富不仁，难逃报应。

布拉迪斯拉发的宝贝

布拉迪斯拉发的城堡十分雄伟，它有四座高大的塔楼，远远地眺望滚滚东去的多瑙河。塔楼脚下的城里居住着三大民族的居民，他们各按自己的语言为城市命名。德国人把它叫泼莱斯堡，匈牙利人称之为帕茨索尼，斯洛伐克人称它布拉迪斯拉发。

在反击土耳其人的战争时期，当土耳其人素拉埃曼率领军队威胁布拉迪斯拉发时，城堡伯爵把自己的金银财宝埋藏在一处神秘的地方，只有他的妻子知道这件事。后来，城堡伯爵踊跃地投入战争。不过，他没有能够活着回来。

他的一位亲戚住进布拉迪斯拉发城堡。等到战争结束以后，那位亲戚便成为城堡的新主人。他寻思着，从前的城堡伯爵一定身价不菲，拥有许多的金银财宝。现在，城堡里面空空落落的，那是伯爵把财富通通藏匿起来的缘故。而且，这些还是他投入抗击土耳其人以前的事。想到这里，新主人连忙召集仆人，命令他们到处寻找宝藏。可是，布拉迪斯拉发城堡十分巨大。仆人们东寻西找，连宫殿大院都挖掘翻遍了，就是没有找到金银珠宝。看起来，这些宝贝永远迷失在地下了。

新主人思前想后，突然想到有个年迈的预言女人。主人立刻命令把预言女人领到跟前，对她说道："如果你的双眼果然能够透过黑暗，那么请告诉我，从前的城堡伯爵把他的财富藏在哪里了？如果你帮助我找到它们，我自会重重酬谢你的。"

年迈的女人眼望远方，似乎想从那里看到有何特异之处。接着，她开口回答："我是无法看到它们的。可是，我可以告诉你谁能够帮助你排忧解难。你必须手牵一个七岁的孩子，在约翰尼斯之夜走进城堡，看到地下泛起一丝蓝光，那里是埋藏宝贝的地方。你便可以命令仆人挖掘。不过，孩子必须是星期天的幸运儿。"

主人听到讲话，立刻命令在全国范围内寻找生日是星期天的七岁孩童。仆人们接到命令不敢怠慢。他们倾巢而出，走遍乡村和城镇，希望找到这样的孩子。后来，他们终于找到一个名叫雅纳克的七岁男孩。他是星期天出生的幸运儿。

仆人们把孩子带回城堡。城堡主人对待孩子十分友好，吩咐给他送上吃喝。

主人还特地吩咐女厨尽心照顾这位难得的幸运儿。约翰尼斯节时，主人耐着性子等到傍晚。然后，他牵着孩子的手，跟他一起走下城堡。

他们两人一起穿过大厅和房间，在过道和拱顶旁不停地走动。他们还走进地下室，到处东张西望。可是，幸运儿根本没有发现蓝色的光芒。城堡主人不断地催问着："雅纳克，你看到什么了吗？"

孩子什么都没有看到。他只是往前走动，顺着阶梯上上下下，直到半夜。突然，雅纳克大声喊叫起来："那里有蓝光！"的确，在一条走廊的顶端闪发出柔和的蓝色光芒。那条走廊很长，直通女厨的房间。

第二天清晨，城堡主人命令从那里开始挖掘。仆人们扛着铁铲一起来到走廊，开始挖掘、寻找。不一会儿，他们挖掘出一只铁皮包裹的大箱子。他们看到箱盖上打着华丽的纹章。其实，在城堡的地下室里居住着布拉迪斯拉发的魔鬼，魔鬼把城里和堡内的一切财富全都看作自己的宝藏。

魔鬼看到有人想要剥夺他的财产时，不由得气往上涌，十分愤怒。于是，他抬起大腿，对着石头狠狠地踩踏下去，踩得地动山摇。突然，随着一阵雷鸣般的轰响，走廊的地面上裂开一条大缝。装着宝贝的箱子忽一声沉到地下去了。城堡内猛地蹿出一股火苗，接着燃起了熊熊大火。城堡被烧成一片废墟，连墙脚都被烧焦了。

后来，人们重新建造城堡，它比从前的旧堡更加雄伟豪华。今天，漂亮的城堡成为布拉迪斯拉发城市的标志。至于那只巨大的藏宝箱，却是没有人见到过。

泼莱斯堡的瘟疫

从前，泼莱斯堡十分强大，城堡林立，固若金汤。可是，有一个凶恶的敌人却悄悄地潜入城里，大家对它束手无策。那个敌人不是别的，就是瘟疫。瘟疫流行，势不可挡，它沿门挨户地横冲直撞，遍布大街小巷。不久以后，全城的居民几乎死了大半。

陷于这场可怕瘟疫的第一个牺牲品正是米歇尔塔楼的守卫。每当全城居民正在夜间酣睡时，塔楼守卫却要维护城市的平静和安全。他瞪大双眼注视着街道的屋顶，看看是否有“红公鸡”蹿上天空，带来不幸。他需要不断地外出巡视，每个小时都会大声呼喊，等到半夜时分再大声歌唱：

听着，亲爱的居民朋友，
槌子已经敲响子夜十二点。
千万当心火烛，留意灯盏，
别让任何人遭遇烈火灾难：
对着上帝起誓，一路平安！

有一回，他在喊过话以后，站在塔楼往下张望，却看到米歇尔大街上站着死神和死神的妻子，在惨淡的月光照耀下显得一片苍白。死神和他的夫人瘦骨嶙峋，模样特别瘆人。死神在肩膀上扛着一把冷光嗖嗖的镰刀。塔楼上的守卫看到死神的夫人正在忙碌地叩磕家家户户的门窗。

他们两个径直朝塔楼走来，塔楼的守卫不由得浑身发抖。

突然，死神问他的妻子：“我们怎么办？”

死神的妻子回答：“如同平常的一样！”

瞧吧，死神从肩膀上取下镰刀，在空中挥舞着，寒光闪烁，如同站在田地里收割庄稼的农夫一样。塔楼上的守护顿时感到一阵惊悸，心里直想呕吐，而且精疲力竭，不由自主地倒在地上。

第二天，瘟疫传遍了全城，那是死神和他的妻子主宰一切的时代，他们给全城留下难忘的悲惨和记忆。

波莱斯堡的魔鬼画

波莱斯堡市政厅的大楼巍峨、宏伟，十分壮观。在大门上方的右边窗户上有一幅奇异的画，这幅画看上去十分新鲜，如同画家昨天画上去的一般，可是它却经历了几百年的风尘和岁月。画面上是一个银发老人，飘拂着长长的胡须，身穿市议员的长衫。老人全神贯注地阅读一本大书。

民间盛传，这幅佳画不是凡人的作品，而是魔鬼的杰作。

从前在波莱斯堡生活着一个市议员，是个吝啬而又贪婪的人，臭名昭著。市议员已经是个富得冒油的人了，可是他滥用权力，只是为了给自己增加更多的财富。他是个不择手段的人，常常榨取许多穷人的最后一笔钱财，任凭穷人绝望地求情，只是充耳不闻，无动于衷。

人人都想回避他，没有人愿意跟他共事。他的一双目光让人感到阴森可怕，大家觉得他就是一个活生生的魔鬼。不过，这是个什么学问都知晓的人物，他知道天体运行，知识上的事情是难不倒他的。有人说他拥有智慧的魔石。当然，没有人知道他的来历，甚至不知道他是谁。

一天，他坐在市议会上，参加讨论法律的会议。他看到有个贫穷的女人领着孩子走近法官的桌子，女人大声呼号，抱怨地说道："呵，众位城市之主，我是个可怜的寡妇，向你们乞求保护，保护我的生命和财产。我的丈夫死时给我们留下一小块田地，可以保证我们生活有着，免受饥饿之苦。现在，有个富裕又歹毒的邻居把我们的田地霸占了，还在我们的房子边上堆上柴禾、砌上羊圈，明目张胆地想要霸占和抢夺。做这件恶毒之事的人现在就坐在市议厅！"

女人说着，伸出颤抖的手指着那个光棍议员。正当大家目瞪口呆地看着议员时，议员却无所谓地耸了耸肩。他平心静气地掏出一纸文书，说道："请看看这里的证书，这块有争议之地从前就是我的财产。我是借给你的丈夫，让他终身使用。现在他死了，这份财产应该归还于我，也是天经地义的事。我应该拥有我的财产。"

女人愤怒地反驳："不对！这张纸是伪造的。他说的一切全是假话，用来骗人的！"

议员们官官相护，并不听信寡妇母亲的陈述，而是草草地看一眼文件，然后作出他们的决议。

母亲在绝望中大声呼唤："你们众位智慧的议员，我请我的邻居扪心自问，他可以向上帝起誓，然后对大家作证。他如果能够举手起誓，那么我放弃自己的一切主张，愿意跟我的孩子惨淡度日，决无怨言。"

年迈的议员果然站立起来，以稳健的步伐走到十字架旁。十字架就在众位议员面前，搁在桌子上。议员拿起一旁的《圣经》，打开书页，翻到起立誓言的章节和页次，然后以空洞的声音阅读和宣立誓言。

可是，他还没有来得及从长衫下面举起自己的右手，脚下的大地如同雷鸣一般轰响着震动起来。一阵飓风从窗口吹了进来，它以巨大的力量撞击房子的墙壁，一旁的铁门和厚实的塔楼早已断成两截。天空中亮起了闪电，又是一声惊雷，爆炸般地落在年迈市议员的头顶。

狂风暴雨仅仅持续了几分钟的时间，黑暗重新消失。市议员们惊魂未定，他们看到刚才起誓的议员位置上空空如也，人不见了，只在窗户上留下一幅图案。大家全都明白，是魔鬼把那个拐骗成性的市议员抓去了，让他暴尸于外，不得安宁。

当然，民众们全都相信，当时留在窗子上面的画一定是魔鬼的杰作，用来警告坏人，不得霸占别人的财物，不得抢夺别人的田地。那样的画并不仅仅表示嘲笑，这是人人知道的道理。

森林主人

喀尔巴阡山从斯洛伐克北部地区蜿蜒曲折，一路迁移。山上树林密布，青苍碧绿，十分秀丽。

森林主人其实是这片山地和林区监督长官的名字。他不仅叫森林主人这样的名字，行动起来也像林中总管一样，管理着林中动物、植物和行人。森林主人是个凶残的人。他在林中撞上砍伐树木的老人时，显得更加不讲情理，如同抓住强盗和小偷一样。他知道，那样的老人肯定没有获得伐木的许可。因此，他把老人抓住，径直送进监狱。

“这是个怪人，”猎人们说到他时纷纷指责，“他也许吃过狡猾的狐狸，或者吃过毒蛇胆，那么无情无义。”

那时候，法国人的皇帝如同发了疯一样，想要奴役欧洲的民众。喀尔巴阡山地区更是灾难连连，陷入困境。拿破仑的军队在王国左右荡涤，危害民众。山民们惊恐万状，他们感到暗无天日，不知道出路在哪里。

那一年天气特殊，先是酷暑难当的夏天，到了冬天时又逢冰天雪地，寒冷难熬。十一月份时，天地几乎冰冻在一起。地方上炭价奇涨，许多掏不出钱买木炭取暖的穷人被迫无奈只得到树林里取一点木柴。否则，寒风凛冽，他们肯定会被冻死的。森林主人看到天寒地冻，不由得心中大喜。于是，他整天忙忙碌碌，在林间转来转去，希望抓住盗伐木柴的人。他甚至连捡拾树枝的人都不放过。

森林主人悄悄地隐藏在灌木丛中。当他看到有人未曾获得准许悄悄地锯一棵树时，他便静静地等待着，直到那棵大树被伐倒在地、樵夫准备把树木拖回去时，森林主人顿时跳出来，一面发出猛烈的呼啸声。他的仆人们全都埋伏在附近，他们应声而来，抓住可怜的穷人，给他套上镣铐，把他投入监狱。

森林主人不仅是森林的主人，他也让林中人畏惧。人们见到他时，惟恐避之不及，立刻逃之夭夭。

一天，十分寒冷。森林主人看到一个年迈的女人和孩子捡拾一捆木柴，准备扛上肩膀回去了。森林主人突然从树后转出来，一把抓住女人，问她有何权利私自偷盗树木。女人禁不住哭泣起来。“先生，这不是树木，它仅仅是一捆树枝。”女人说到伤心处，不由得泪流满面，“我们的住房十分寒冷，连水都冻住了。我的女儿，就是这个男孩的母亲，重病在床，毫无病愈的希望，她会死在寒冷的床上的。请你无论如何行个好，可怜可怜我们，我们是穷人。”

森林主人毫无怜悯之心。年迈的女人和男孩被送进监牢，受到惩罚。森林主人的妻子是个善良的女人。她请求丈夫，应该施恩于民众，不要动辄把人送入监狱。她看到许多人受到惩罚，心中感到不安。

丈夫非但不听劝告，反而大声地斥责妻子：“不用你怜悯这些破烂的穷人！”

“可是，今年的冬天特别寒冷，到处是穷人！”

“不，他们是小偷，毫无用处的乞丐。人们应该把他们如同兔子一般地消灭干净。”

第二天，森林主人命令森林工人把伐木的、打猎的、捡柴禾的通通集中起来，把他们带到林中一块空地上，他要给这些乞丐们看看自己的手段。

天气奇冷，空中还飞舞着鹅毛般的雪花。行人在外时，他们呼出的热气几乎立刻冰冻在鼻子下、嘴巴前。被召集的人跟着森林主人，他们慢慢地走到林中空地的水塘边。那是一处源泉之地。夏天时，水流涌突，不无凶险。

突然，他们听到一阵钟声，接着是一群恶狗狂吠，树林丛中猛地传来银铃般的笑声。森林主人立刻命令停止前进，他让大家就地等候命令。森林主人安排完毕，然后走上前去。他在手中拎着枪支，已经打开保险，随时准备射击。

这时，几条猛犬从林中奔跑出来，后面是一辆华丽的银色雪橇。雪橇由两匹银鬃白马拉动，雪橇上坐着一群仆人，白雪女王坐在他们中间。这就是白色的女人卢茨娅。卢茨娅身穿白色长裙，她的一头秀发在风中飘逸，闪闪发光，如同每根头发都是银质的一样。女人的双眼多么像是寒夜的星星，闪烁着晶莹的光芒。

没有人知道后来是怎么回事，也不知道它究竟是如何发生的。有人认为森林主人气恼得双眼发黑，以为是一群偷盗木柴的人。另外的意见觉得森林主人是个残暴的家伙，他在白雪女王面前仍然抑制不住自己的凶恶。总之，他扣动扳机，子弹飞出膛。雪橇上传来了惨叫声，有人倒了下去。

拉动雪橇的马儿受到惊吓，直立起来。它的两条前腿在空中划动，雪橇不由自主地朝着森林主人滚动起来。白雪女王卢茨娅探身出来，瞪着一双蔚蓝的眼睛，冷冷地看着森林主人，说道："等到辞旧迎新的夜晚，你必须赶到这里，显露原形。从此以后，你必须无休止地到处奔跑，直到有人对你说上……"

女王提完三个问题，雪橇已经从森林主人的身旁驶过，白雪女王的声音消失在远方的树林里。

"立停！"森林主人大声吆喝。可是，周围一片寂静，连风儿也没有。树叶垂挂着，没有一点儿声音。

第二天，森林主人命令释放关在监牢里的全部囚犯。他甚至还给年迈的女人和男孩送上一捆木柴。仆人们看到森林主人今非昔比，感到惊讶不止。主人的确变化很大，口中再也不吐一句骂人的话。森林主人安安静静的，十分收敛。他的两只眼睛里流露出巨大的恐惧，敬畏天地。

"你怎么了，经受什么折磨吗？"他的妻子问道。

"我面临三个问题，都不知道答案在哪里。如果我到新年前夜还不能回答，那么我就完了，必死无疑。你能告诉我，一个星期的第八天叫什么，第十三个月叫什么？另外，你知道时间是走往何方的？"

妻子听罢讲话，不由得大吃一惊，因为她不知道答案是什么。

辞旧迎新的夜晚，森林主人走出家门，从此再也没有回来，谁也不知道他究竟在哪里。不过，传闻倒是不少。

人们悄悄耳语，说那天晚上有一只狐狸，长着一颗人的脑袋，在树林里和泉水旁奔来奔去。狐狸只要看到人，立刻就会迎上前去，盯着他的双眼，似乎想要请求帮助。

人们还说到，狐狸在森林边上发出哀嚎，然后又无可奈何地潜回森林。

从此以后，一连过了许多年。人们无法帮助那个长着人类脑袋的狐狸，找不到三个问题的任何答案。它在每年的新年前夜都会跑出来，在泉水旁奔来奔去，静静地等候。它希望有人告知答案，让它能够赎身，获得拯救。

罗萨娃

多瑙河汹涌澎湃，从柯玛尔诺城边轰然穿过，它以蜿蜒曲折的河道组成一道巨大的瓦砾，如同一座岛屿一样。

相传多瑙女妖和她们的女儿在河底建造了一幢漂亮的宫殿。这是一座水晶宫，发出蓝色的光芒。多瑙河就在它的上端一路流淌，汹涌澎湃。女妖们看上去多么像是美丽的姑娘，身腰纤细、苗条。她们的双眼闪烁着蔚蓝的光芒，如同夏日的流水。女妖们的长发在风中飘逸，像是绿色的玛瑙，熠熠生辉。

有时候，她们从多瑙河的波浪下浮现上来，走进人群。她们的头发不像人类姑娘似的梳成辫子，而是披散在脑后，所以容易辨认。当然，她们的裙边始终是湿漉漉的，这也是女妖们的特点。人们看到女妖们身轻如燕，十分羡慕。特别是女人们更是妒忌水中女妖的美丽容貌。因此，一旦她们真的遇上一位女妖时，女人们总是怒目相向，十分不悦。

天长日久，女妖们已经不敢轻易在柯玛尔诺露面了。

女妖和女王在河底只是靠吃鱼为生。时间长了，她们全都吃腻了，希望调换一下口味。那种不间断的鱼宴只让她们感到厌烦，觉得无聊。她们想吃肉，于是，女妖们从波浪间浮出水面。她们走进城里，准备买肉。

肉铺里的小伙子安德烈是个漂亮的温和青年。他看到有人前来买肉，乐意为她服务。这回前来买肉的女妖是个美丽的姑娘，名叫罗萨娃。安德烈看到罗萨娃时，便知道她是女妖。可是，只要他每次看到姑娘，心里顿时像多瑙河水一样，汹涌澎湃，抑制不住地激荡起来。

不久，这位凡胎的斩肉小伙子爱上了仙胎的女妖。他在傍晚时分常常走到多瑙河边，希望在岸上或者灌木丛中遇见心爱的姑娘。

有一回，那是春天的夜晚，星光明亮。小伙子安德烈禁不住满心渴望地来到多瑙河边，希望见到姑娘。小伙子到处走动，他在四面八方寻找罗萨娃，可是没有看到姑娘的身影。

安德烈怏怏不乐，一屁股坐在草地上，心里多么悲伤，觉得无法安静地休息。

突然，他听到一阵奇异的声音，如同温柔的春风吹动银铃发出的悦耳响声，或者像水晶的铃铛声。安德烈顺着声音走过去，踏上一块草地。他看到一群水妖迎着月光在草地间舞蹈、戏耍。有几个女妖甚至坐在桤木或者柳树上，她们摆动着树枝，在水面上空荡秋千，还有的专心致志玩着扔球游戏。

安德烈听到的就是姑娘们银铃般的笑声，珍珠似的润滑、甜蜜。小伙子悄悄地走上前去，不料脚下踩到一根树枝，发出“叭”的响声。安德烈大吃一惊，他正不知道该怎么办时，却看到自己被愤怒的水妖们包围住了。女妖们瞪着蔚蓝的眼睛，恶狠狠地看着他。

“你胆敢窥测我们的游乐场。现在，你必须跳舞，一直跳到累死在地上为止，”有个女妖开口说道，“没有人知道我们在月夜如何歌舞享乐的，你这回必死无疑了。”

“住口！”另一个女妖大喊一声，“我认识这个年轻人，他对我们并无恶意。让我们的女王亲自决定他的命运吧。”

说话的女妖正是罗萨娃。其他的女妖们听她说得有理，全都同意。她们把安德烈拉到行列之中，然后一起朝多瑙河走去。罗萨娃折下一根柳枝，用它朝水面上抽打一记。水面顿时分开，如同两座砖壁一样，让出一条小道。小道直通多瑙女王的宫殿。

多瑙女王多么漂亮，安德烈还从来没有见过这么美丽的女人。绿色的长发披散在脑后，如同一件绿色的衣袍披裹着美丽的身躯。蔚蓝的眼睛着实像一对蓝宝石，闪闪发光。女王的头顶上戴一顶珍珠王冠。

“女王，”首先发现安德烈的女妖开口说道，“这个人窥测我们的游乐场。我们有一道法规，任何知晓我们秘密的人都必须不停地跳舞，直到累死为止。”这时，罗萨娃走上一步，深深地鞠上一躬，请求女王准许发言。

“说吧。”女王允准。

“我认识这个年轻人，他叫安德烈，是在柯玛尔诺城里斩肉的小伙计。我们在他那里买肉时，他对我们总是礼貌客气，十分友好。他有一颗善良的心，我请求女王宽恕他。”

女王抬头看了看安德烈，看到他十分害怕，瑟瑟发抖，便开口说道：“从前，世人都很呵护我们。可是，那已经是从前的事了。我不知道他们为什么现在仇恨我们，我们并没有伤害过他们。我们几乎不敢上岸走动，我们怕人，所以，我们必须保守游乐场的秘密。可是，它却被一个人看到了。我们趁着月夜在草地上欢乐起舞，在柳条上来回晃动，如同秋千一般，尽情地享受我们的欢乐。没有欢乐，我们便无法生活。人类也许妒忌我们的自由，妒忌我们的无拘无束。”

“女王，”安德烈深深地鞠上一躬，回答道，“我决不会泄露这里的任何秘密。我宁愿拔掉自己的舌根，也不会多说一句话。”

“行，安德烈，我愿意相信你的话，”多瑙女王赞赏地说道，“可是，如果我们的游乐场被发现了，女妖们就会感觉不安全、不自在，我们就得迁往别处。那是一条遥远的路，我们之中谁也不认识那样的路。我们必须游进黑海，谁知道那个黑海在哪里！”

“可是，女王，我爱上了罗萨娃，”安德烈大声回答，“我就是出于这份恋情才走上多瑙河的堤岸。我希望见到她，对她倾诉衷情，她应该成为我的妻子。我会保护她，就像保护我的眼珠一样。”

女王听罢讲话，朝他悲伤地望了一眼。“我了解世人远胜于你，”女王温和地说道，“你还年轻，不知道爱情会带来不幸。即使爱得热烈，难舍难分，他们也不能由其中的一个人左右和决定另一个人。因此，罗萨娃应该自己决定命运。”

女妖罗萨娃听到讲话不由得满面通红，她明白了安德烈的深情厚意。

“呵，女王，我也经常观察人的心意，”罗萨娃开口回答，“他们之中有许多人都是心地冷漠，甚至为人歹毒。”接着，她转过身来看着安德烈，又开始说道，“我知道你是与众不同的。你有一颗善良的心，热情洋溢。可是，你们人类不会让我们的爱情善始善终的。他们会给你的生活制造麻烦，他们会给我们带来不幸。因此，我决定跟随众位姐妹一起迁入遥远的黑海，请你原谅我的唐突和莽撞。”

女妖们听到讲话，禁不住喜形于色，热烈欢呼。女王见状，便答应由罗萨娃亲自把安德烈送上岸去。罗萨娃听从吩咐，伸出手牵着安德烈，领他走出宫殿。等到他们走完水墙过道时，罗萨娃立刻弯下腰，从河底取出满满一把的沙土。她把沙土塞进安德烈的口袋，同时忽一声地消失不见了。

肉铺的伙计悲伤不已，感到心情沉重，十分痛苦。他又一次地环顾四周，看到身后的河水聚涌在一起流动起来了。他连忙上岸，周围的一切如同往日一样，河水奔腾，多么湍急。他感到如同做了一场梦。这时，他把手伸进口袋，感到里面装着泥沙。他直到这时才明白是真的见到罗萨娃和多瑙女王了。

安德烈十分懊恼，便从口袋里掏出泥沙往多瑙河扔去，然后轻松地跑回家中。当他开始脱下外套时，突然听到从里面传来叮当的声音。他把手伸进口袋，却碰到两块金锭。那是剩下的两粒沙土，现在变成两块黄金。

安德烈开始懊恼了，他刚才把那么多的沙土扔进多瑙河，舍弃了多少黄金呀！可是，已经发生的事是无法追悔的。安德烈一如往昔，常常走上多瑙河的堤岸，看着多瑙河的滚滚波涛。多瑙河汹涌澎湃，滔滔不绝，流向黑海。

安德烈怀念罗萨娃，罗萨娃却再也没有回来。那些蓝眼睛的多瑙女妖远远地迁走，迁到黑海去了。从此以后，多瑙河不再呈现蓝色，它变得混浊，变成了褐色。

有时候，当蓝天白云掩映着多瑙河时，它才重现蓝色，如同当年多瑙女王的宫殿就在河床时一样。

国王阿尔帕特的计谋

那还是公元九世纪时的故事。

国王阿尔帕特率领着匈牙利的民众从俄罗斯南部一路西行。一天，他们来到埃尔特律地界，那是被德国人称为七堡的地方。匈牙利人立刻搭建帐篷，准备休息。这时，他们听路人说起，在遥远的西方有个王国，那里有一条湍急的河流。那里的王国地势开阔、土壤肥沃，胜过世界上的许多地方。人们还说，那条河水清澈、蔚蓝，河水中多少鱼类欢蹦乱跳的，让其他的河流自叹弗如。

阿尔帕特听到消息感到惊讶。他希望知道更多的信息，便派仆人库西特前去打探。库西特需要带回那个王国的土壤样本，顺便从那条湍急的河里汲取一罐水。库西特奉命前往。他骑上快马，昼夜兼程，一连奔驰了几天几夜，终于来到靠近河流的王国。那里正是帕诺尼亚省，由伯爵斯瓦托泼洛克治理管辖。

斯瓦托泼洛克见骑士从远方来，便在城堡里友好地接待他，而且慷慨地允许他在第二天用牛角杯装满多瑙河水。呵，那条湍急的河流原来叫多瑙，真是令人愉悦。当然，伯爵还答应让他带一块长满青草的泥土。那是仆人库西特希望得到的证物，带回去交给他的主人，送到国王阿尔帕特的手上。

国王阿尔帕特接过多瑙河水。他悄悄地尝了一口，然后用手摸了摸泥土，仔细地看着从里面长出的青草。他希望知道青草是否适合给匈牙利人作牛羊的饲料。河水的味道好极了。泥土是黑色的，十分肥沃。那里长出的小草全青碧绿，汁液丰富，真是上等的牛羊饲料。

国王看完这一切，立刻心中起愿，希望拥有那条河流经的王国。国王决定，无论花费怎样的代价，他也在所不惜。于是，国王阿尔帕特重新派出使团前往帕诺尼亚。他给那里的伯爵送上一份厚礼，那是一匹阿拉伯赤兔马，配上黄金马鞍和马嚼。

“呵，你的主人给我送上如此厚礼，如同对待国王一样，”伯爵斯瓦托泼洛克万分高兴，说道，“我该如何感谢他？”

库西特见伯爵的反应，感到正中下怀，便按国王阿尔帕特的吩咐回答：“除了泥土、清水和青草外，你们再也拿不出更大的礼物了，这是给我们国王希望的隆重谢礼。”

“呵，这些东西，他要多少，尽可以动手拿。”

库西特把消息对阿尔帕特作了详细汇报。匈牙利人听到消息，全都兴高采烈，十分欢喜。阿尔帕特听完报告，不由得微露笑容。第二天，他跟匈牙利人一起一路往西。他们要到多瑙河流经的王国去。

伯爵斯瓦托泼洛克随即听到消息，说陌生的国王想要侵占他的国土。伯爵不由得勃然大怒，急忙派出使者前去阻止阿尔帕特。

“阿尔帕特国王，我们的主人希望知道，你为什么率领民众入侵他的王国，”使者见到阿尔帕特时开口问道，“他对你十分友好，可是，你却对他恩将仇报。”

国王阿尔帕特听到讲话大笑一阵，说道：“告诉你们的主人，我已经付清一切费用了。用骏马付了泥土费，黄金马鞍付水费，金马嚼抵偿青草费！”

斯瓦托泼洛克不由得浑身发抖。他命人把阿尔帕特送上的骏马立刻牵来杀掉，把金马鞍扔入多瑙河，把金马嚼深深地埋入地里。仆人们听到命令，他们不敢怠慢，立刻执行。

国王阿尔帕特只是哈哈大笑。“死马可以供匈牙利的猎狗食用。当匈牙利人来耕田犁地时，他们会从土中挖出马嚼的。而匈牙利的渔夫也自会从多瑙河水中捞出他们的金马鞍。”接着，他命令全副武装的民众，一路前往，讨伐斯瓦托泼洛克。伯爵斯伐托泼洛克也不含糊，立刻排兵布阵，静静迎候。

两军相遇，一场血战，杀得天地阴暗，日月无光。斯瓦托泼洛克和阿尔帕特各有千秋，互不相让，两个国王打斗得难分难解。后来，战场的天平渐渐地倾向于匈牙利人。伯爵斯瓦托泼洛克看到自己不仅要输掉战争，恐怕还要失掉他的王国时，便愤怒地一头扎进多瑙河，屈死河底。

匈牙利人迁入富庶的王国，从此以后成为王国的主人。

格莱尔特山

匈牙利的自由女神像十分宏伟，可是也很奇特。她没有手擎火把，也没有头顶金冠，独自一人站在某条河流入海口的岛屿上。

女神像高高耸立，在匈牙利的首都布达佩斯，行人无论站在哪一个点上，他们都能抬头看到这位自由女神。这是一座青铜像——两条胳膊，头顶棕榈叶，脚下是一根高大的石柱。石柱位于格莱尔特山，山高约一百三十米，直指蓝天。格莱尔特山位于多瑙河西侧，属布达城区。

女神像建于 1947 年，是为了纪念苏联红军解放匈牙利。当然，把格莱尔特山用来建造权力标志的坐像或者立像并非首次。1848 年匈牙利起义后，哈布斯堡王朝在十九世纪中叶曾经在山上建造了一座宏伟的城堡，那是为了向布达佩斯人显示他们的权力和高贵。匈牙利人愿意在这里寻踪他们往昔的脚步和历史，讲述大约千年以前圣人格莱尔特的壮烈之死。

山上曾经耸立过一位意大利僧人的雕像，僧人后来成为匈牙利东部地区的首任主教，这座山就是以他的名字命名的。格莱尔特本来的名字颇长，叫乔治·迪·莎格莱杜。他是偶然来到匈牙利的，他在前往耶路撒冷朝拜的途中认识了匈牙利修道院院长，而后应邀前往匈牙利。

僧人的布道一定打动了斯推凡一世。斯推凡一世是匈牙利首位信仰基督教的国王，他不仅自己身受感动，还把僧人聘请过来担任儿子的老师。格莱尔特给王子伊麦勒当老师，一连七年。后来，他又担任七年的退休老师，然后接过主教大任。当格莱尔特完成教学任务离开佩斯时，据说他都不知道脚下的路究竟去向何方。

于是，他当机立断，决定把自己剩余的生命用来学习神圣的经文。老人转来转去，希望寻找到一个合适的地方完成心愿。他也许可以回到帕农哈尔玛修道院，他曾经在那个修道院住过。

他在前往帕农哈尔玛修道院的途中经过威斯茨泼莱姆，即白井之地。突然，他看到前面的平地上有一头动物。他抬起头发现已是傍晚时分，太阳西坠，光芒四射。他觉得前面是一头母牛，可是牛的脑袋没有这么大。格莱尔特慢慢地走上前去，他终于明白，眼前的动物是他从来都没有见过的。此外，它也并没有特别巨大，距离地面大概有三尺高低。

不一会儿，他已经来到动物面前。动物看上去犹如一朵乌云，格莱尔特觉得它是一头鹿。这头神鹿拥有一副强大的鹿角，鹿角如同一棵分叉多枝的大树，树枝上装饰着点燃的蜡烛。神鹿的身上还披挂着一个金色的十字架。格莱尔特顿时明白，他应该在这个地方建造一座修道院。他的心愿实现了。他在巴柯尼贝尔修道院逗留七年，潜心学习《圣经》。后来，他当上主教，参加一些在匈牙利传播基督教的活动，因为当时在匈牙利还有不少的异教徒。

国王斯推凡也是到十六岁才开始接受洗礼的，而后成为虔诚的基督徒，全面推动王国的基督教运动。当然，君王家属中也不全是基督教徒。国王斯推凡死后，他的儿子伊麦勒已经先他而去，基督教徒和非基督教徒们立刻展开了激烈的王位之争。

贵族和平民属于多数派，他们支持非基督教的派别。那是因为皈依的活动常常带有强迫和暴力的倾向，所以让人生厌。在激烈的争夺过程中，斯推凡的两个侄儿，安特拉斯和勒文特被流放到基辅。

1046年，他们两人重新回来。安特拉斯作为大哥，提出继承王位的要求，他的要求得到许多非基督徒的贵族们积极响应。其实，安特拉斯还是一名基督教信徒呢!

贵族之中有一个人特别反感基督教，那就是法塔。他对基督教十分仇恨，于是率领民众进行最大规模的反基督化的活动。不过，那也是最后的一场起义和抗争。相传那时的法塔几乎剃光了头，只留下稀薄的三绺头发。如同他的祖先们习惯的做法一样，他勇敢地向基督教运动宣战，他的军队在后来的战斗中大肆杀戮牧师，也屠杀了许多平民基督徒，最后还杀害了基督徒国王彼得。

安特拉斯随即宣布继承王位，率领他的随从前往佩斯。佩斯位于多瑙河东岸，在当时是一座独立自主的城市。安特拉斯是经过洗礼的，因此，匈牙利的牧师们都希望他能够平叛法塔的起义。他们也一起来到佩斯城，表示对安特拉斯担任国王的祝贺。

可是，他们还没有到达佩斯城，却遭到法塔士兵的袭击。他们抓住三个牧师，立刻把牧师们送上刑场。其中的主教格莱尔特必须首先领受死刑，他被捆绑结实，起义者们已经捡起石块朝他瞄准着，准备投掷。正在紧张时刻，格莱尔特举起一个十字架。几个非基督徒看到，不由得心中大怒。

格莱尔特已经身受重伤，非基督徒的伙伴们让他躺着，然后把他拖到多瑙河的对岸的布达。主教被押上俯视多瑙河的山上。他们来到山顶，接着把格莱尔特装在一个桶内，周围用钉子钉得严严实实，然后让大木桶顺着山坡滚下去。大木桶顺着高低不平的山坡一路跳动着。它穿过岩石，来到多瑙河岸，又从岸边滚入多瑙河，漂浮在水面上。

1083年，主教格莱尔特由于壮烈牺牲被追认为圣人，跟他一起封为圣人的还有国王斯推凡和斯推凡的儿子伊麦勒。从此以后，人们把主教殉难的那座山叫做格莱尔特山。可是，这座山尽管承领神圣的名字，可它还引起许多非基督徒的奇异传说。

那是在十八世纪，德意志的迁移者们不识格莱尔特山，还以为是在瓦普几司之夜，即5月1日前夕供妖怪们出没跳舞的地方，其中的理由之一便是山洞里经常冒出硫磺烟雾。

1926年，人们在洞中建造了一座山洞教堂，从此为这座山的基督化画上一个句号。

布达的狗市场

匈牙利人把国王玛提亚斯·科尔维奴斯称作玛提亚斯。他的王国和下奥地利州以及施蒂利亚相邻，甚至相互隶属。这位国王喜欢微服私访，而且轻车简骑。有时候，国王索性独自一人，在王国上下穿州过府，到处走动。他希望亲自看看民众们有何怨言，为他们排忧解难。他知道汇报民情民况的官员都只是报喜不报忧，所以并不相信他们。

一天，他又化装成平民模样在王国到处走动。国王信步来到一块田地，看到有个农民正在艰难困苦地耕田。农民驾在犁前的马儿十分瘦弱，让看到的人胆战心惊，生怕它们马上就会倒毙地上。

国王看到这里不禁摇摇头，朝农民走上一步，开口说道："老人家，你为什么折磨这些牲口呀？它们早就应该休息吃草了。你为什么没有认认真真地给马儿喂食饲料？否则，它们都该身强力壮的，你也不会如此悲伤，怨天怨地？"

"是啊，是啊，你说话是方便的，"农民叹息一声，朝面前的陌生人看上一眼，不过没认出面前竟是一位化装了的农民，"我连自己也没有什么可吃的，家里有个老婆，带着三个孩子，他们正嗷嗷待哺，我从哪里得到喂食牲口的饲料呀？今年的收成，哎呀，天哪，真是坏极了。"

"你可以请邻居帮忙呀，瞧，他驾着四匹壮马耕田呢！"

"我的邻居？"农民说着又叹息一声，"他吝啬得就像他是个富人一样。不，不，他是不会帮助我的，他有着铁石心肠。"

国王听到农民的话对他十分同情。他想出一个办法，希望能够给眼前的这位穷人帮助一二。"呵，老人家，请留意，"他对农民说道，"你把瘦马卖掉吧！你会得到一点收入，然后用这笔钱去买几条狗，把狗送到布达市场出售。市场就在皇室城堡的前面，你应该赶在十一月三日，那是狩猎神节，俗称圣胡伯图节。人们在那天举办狗市，去吧，按我的吩咐行事，你不会吃亏的！"

农民虽然不明白这个主意会给他带来什么结果，可是，他眼前如此艰难困苦，便依从了陌生人的劝告。他变卖了自己的瘦马，买了一群小狗。等到圣胡伯图节时，农民赶着他的小狗前往布达，来到国王的城堡面前。

国王玛提亚斯已经给他的伯爵和侯爵们下达命令，让他们买下农民出售的小狗，而且为每条小狗至少付一锭黄金。国王说到做到，身体力行。他第一个就朝农民走去，买下一条漂亮的小狗。这是一条牧羊犬，国王付了五块黄金。

农民并没有认出眼前的人究竟是谁。他只是莫名其妙，不知道发生了什么事。后来，伯爵侯爵们纷至沓来，全都向他买狗，他们在付账时随意地给他一块或两块黄金。农民把带来的小狗卖完了，心里充满了黄金般的喜悦。他连忙赶到别的市场买下两匹强壮的马儿，买下几头大公牛，还买下三头母牛。

他的邻居把一切全都看在眼里。邻居无论如何都想知道，这个穷人是如何赚到那么多的钱财。农民把他的生财之道对邻居和盘托出，讲得丝毫不漏。邻居听完讲话心里思量，他会的其实我早就应该会了。

于是，他不仅卖掉自己的马，连壮实的母牛都卖掉了。然后，他买了一大群的小狗，趁着第二天是圣胡伯图节，把它们一起赶送到布达，拴在王宫城堡的前面等候交易。那里并没有狗市场。大群的小狗纠缠在一起，相互间又咬又叫，吵闹不堪。

这时，城堡的守卫朝主人走上一步，斥责他："你带这些肮脏的东西，想要干什么？快去见鬼吧！"

"我要把它们卖给伯爵和侯爵！"

"呵，你在说胡话吧！他们已经拥有足够多的狗了，谁还稀罕买你的！立刻滚吧，否则我打断你的狗腿！"

富裕的农民毫无办法，只得带着他的狗回到家中。邻居们看到他这般忙碌地来来去去，全都笑话他、挖苦他，更让他气恼不绝。他希望把狗卖给周围的邻居。邻居们禁不住哈哈大笑，有几个甚至笑得跌在地上。

富裕的农民绝望了，索性把那些狗全都赶出家门，由它们自生自灭去吧！从此以后，在匈牙利多了一句口头禅："布达的狗市场。"它的意思是说仅此一回，别无机会。

国王玛提亚斯和三头公羊

一天，阳光灿烂，国王玛提亚斯带领三名宫廷仆人来到多瑙河边。国王沿着多瑙河散步，十分自在。那是美丽的春日风光。国王爱花爱草爱自然，一面听着百灵鸟的欢乐歌声，真是心情舒畅，无比享受。

可是，陪同国王的达官贵人们却没有鼻子嗅花香，没有耳朵听鸟唱。他们只是为了讨好国王才出来陪同的，目的也是为了捞取国王赐予的奖赏。国王只要高兴了，封地赏城，多么实惠。官员们陪伴左右，说尽了讨好的谄媚话，使尽了取巧的狠毒计，尽量坑蒙拐骗，促使国王中计上当。

于是，他们一路逍遥，兴冲冲地往前走。突然，国王看到有个年迈的农民正赶着两头公牛耕田。国王认识农民，他曾经当过兵，为先王洪亚迪·亚奴斯服务。后来，在抗击土耳其人的战斗里，这位农民也为国王尽忠效劳。当然，他们当时都很年轻，血气方刚。

国王不由得想起那位滑稽、幽默的年轻人。年轻人善于开玩笑，常常在军营里引逗得士兵们哄堂大笑。玛提亚斯友好地问候年迈的农民，说道："呵，我的朋友，上帝会给你美好的一天。"

"呵，彼此，彼此，我的国王。"

"老朋友，告诉我，我们一起抗击过土耳其人，你还是当年那般幽默机智吗？"

"国王，你尽可以考验一下。"

于是，国王对他提个问题："请告诉我，老朋友，遥远始终是那么遥远吗？"

"呵，不是的，我的国王，"年迈的农民回答，"它就在我的牛角上。"

国王又提第二个问题："我的老朋友，三十二在今年数作多少呀？"

"只有十二，我的国王。"农民回答。

接着，国王又提第三个问题："你今天也想给三只公羊挤奶吗？"

"那是必须的，我的国王！"

达官贵人们听到他们的奇异对话个个目瞪口呆，不知如何插嘴表态。他们只得空洞地附和国王，说国王聪明绝顶。一时间，谄媚的话儿咕咚咕咚地往国王耳中直灌，如同多瑙河水，滔滔不绝。

国王玛提亚斯十分厌烦，便大声呵斥：“呵，你们众位，且请打住！我会满足你们种种愿望的。可是，有个条件：你们必须猜出我和年迈农民对话的真实意思。你们能够成功，我自然不会亏待你们。如果你们无法猜出，那么，你们的任何愿望都只能付诸流水。”

第二天清晨，有三个高官悄悄地来到农民家的田头。农民也许会告诉他们，国王询问遥远是否仍然遥远，究竟是什么意思。于是，他们苦苦地追问农民，诚恳之状，溢于言表。

“我可以告诉你们，”老人回答，“不过，我的回答是要报酬的，一百金币古尔登。”

三员高官尽管心疼费用，可是仍然掏出金币，交给年迈的农民。

“呵，那就听我解释一番，”农民说道，“当我年轻时，遥远是那么的遥远，超出我的任何视野。现在，遥远的事情已经成为眼前的事实了，几乎就跟我的牛角一样近。大限在即，更远的地方都已经超过我的视线了。”

“那么，你的第二个回答是什么意思，三十二为什么只落得十二了呢？”

“呵，我也可以对你们泄露，”农民回答，“不过价格不菲，二百金币古尔登。”

高官们只得掏口袋，然后抖抖索索地交齐款项。

“事情是这样的，从前我有三十二颗牙齿，现在只有十二颗了。”

高官们听完讲话心中懊恼不已，自己怎么会这般愚蠢，竟然猜不透其中秘密，还付出黄灿灿的金币，真是冤屈难伸。官员们似乎醒悟不少，于是起劲地思考第三个问题，希望找到它的答案。可是，他们绞尽脑汁，还是摸不着头脑，不知谜底何在。

没有法子，他们只得继续请教年迈的农民。

“呵，关于第三个问题的答案，我也乐意相告。不过，它的价格更高，三百金币古尔登。”农民微微一笑地说道。

官员们讨价还价，希望少出一点。这可是黄灿灿的金币古尔登，它比红通通的心脏贵重许多呀！农民十分倔强，丝毫不让。官员们没有法子，只得把身边剩下的钱财全部拿出来。

农民拿到金币不由得哈哈大笑。“尊贵的先生们，我这回完全成功地挤出三头公羊的奶了，这就是我对国王说过的答案。”说着，他收拾起金黄的古尔登，跟刚才的两笔钱财积攒在一起，藏在身边。

三位官员气恼得脸上红一阵青一阵。可是，他们三人都没有胆量走到国王玛提亚斯的面前，更不敢提醒国王应该兑现的诺言。

塔埃斯旋涡是如何形成的

塔埃斯河是多瑙河流城中最长的支流，它发源于乌克兰地区的喀尔巴阡山，组成跟罗马尼亚的一段边界，然后流经匈牙利，再从塞尔维亚的诺维·赛特城旁注入多瑙河。塔埃斯流经匈牙利地面的叫铁斯察河，河面上有许多旋涡，从前，那些旋转不已的旋涡对航行的小船会造成很大的危害。

匈牙利有则传说，讲到河面上转动着一个特别野蛮的旋涡，相传那是耶稣亲自造就的。

有一回，耶稣跟他的弟子彼得罗斯沿着塔埃斯河溯流而上，彼得罗斯问他的老师：“能不能让这条河流在一面顺流而下，另一边却逆流而上呢？”

耶稣听到讲话思考一阵，回答：“能。可是，一条河流同时向两个方向流动，对那些渔夫和船夫来说，他们是难以承受的。”

彼得罗斯坚持着他的要求。耶稣终于答应了，让河水分正反两个方向流动。

后来，耶稣和彼得罗斯又顺着塔埃斯往南行驶，前往多瑙河。他们看到船夫们轻松愉快地逆流而上，因为水手正处在有利的水流方向上。可是，水手们不思感激，他们显得目中无人，好像完全依靠他们自己的本领似的。彼得罗斯看到他们的傲慢模样，心中生气，而且后悔当初请求耶稣改变水流的主张，便对耶稣说道：“耶稣先生，你就让塔埃斯河按从前的方向流动吧！”

耶稣听从他的意见，当即扭转河水的流向，让它恢复从前的流程。可是，他的这一扭转不要紧，却在两个不同方向的流动过程中扭出一个巨大而又急剧的旋涡。

这个旋涡就是对那些骄傲自满的船夫进行必要的惩罚。从此以后，船夫们在塔埃斯河上的航行变得艰难和危险多了。

草原上的精灵

在匈牙利的东南方向，尤其在多瑙河和塔埃斯河之间，那是一片广阔的大平原。从前，那里曾经遍地沼泽，土壤肥沃，处处是草地、牧场，多么富庶。就在这样辽阔的草原上住着一个精灵，精灵的身材很奇怪，活像一个干瘪的老太婆，迈动着两条细细的长腿。

精灵的两条胳膊很长，远远地就能取拿食物、工具，他的手上还有几个吸盘。精灵的一张脸十分可怕，布满了无数的皱纹，坑坑洼洼的，难看极了。

夏天，天气炎热，精灵躺在泥沙地里，如同死了一般，毫无动弹，只是瞪着一双黑黑的大眼睛，不知道是在看天还是看地。等到中午时分，如果有人迷路了，在毫无树荫的地方找不到方向时，精灵就会突然恢复气力，活跃起来。

精灵会从后面悄悄地凑近迷路的人，然后伸出蜘蛛般的手臂，用吸盘扼住他的喉咙，把他紧紧地卡住，直到迷路人窒息为止。然后，精灵就开始吮吸他的鲜血。迷路人顿时精疲力竭，死在精灵的手上。这时，精灵就会发生变化。他每吸食一滴鲜血，脸上的皱纹就会少一点。他的脸开始光滑起来，双臂和双腿也会粗壮一点，黑色的眼珠开始泛现光芒。

夜幕降临时，草原上的精灵立刻放弃他们的牺牲品，悄悄地蹲坐一旁，静静地等候行人赶路上当。精灵瞪着一双贪婪的目光只等着伤害行人，吮吸他们的热血，供自己享用。行人屈死路途，只有等到草原上旋风初起，扬沙弥漫，厚厚的沙土才能渐渐地盖住尸体，让死者入土为安。而精灵早已躺在另外的藏身之地，等待下一个目标。

后来，农民们纷纷迁移到当地居住。他们开沟挖渠，灌溉田地，种植庄稼。只是有一块土地仍然空置着，没有人敢去涉足。那就是匈牙利的国家公园契斯孔萨格。

火热的夏天，人们可以在那里看到一处灌木，它瘦弱的手臂一直指向蓝天，看上去多么像是草原上精灵的藏身之地。可是，有人说，精灵早已离开那个地方了。

姑娘堡

毕克山位于匈牙利东部地区，山势高大，绵延起伏，十分险峻。雷阿尼法村坐落在那片山地里，村庄残留着两座古老的宫殿废墟。

从前，这两座宫殿还连接着其他宏伟建筑，占地面积很大，它们形成城堡的两个侧翼。当年的城堡就跟现在的村庄同名，也叫雷阿尼法，也叫姑娘堡。

相传那里曾经居住过两个姑娘，阿尔玛和曼杜拉。她们的母亲是一位仙女，仙女让人在那里建造一座宫殿。仙女和她的两个女儿在姑娘堡内生活得豪华、舒心，两个孩子在童年时，常常在城堡里奔来奔去，如同两只飞舞的蝴蝶。

现在，孩子长大了，她们在宫殿花园和树林里游戏玩耍，多么像是阳光下的两颗露珠，晶莹剔透。两个姑娘形影不离，而且热爱她们的母亲。

那是一个初夏的傍晚，母女三人趁着夕阳西下坐在宫殿的阳台上，阳台位于山谷的上端。她们欣赏着山谷和落日，手中编织长青藤的花环，一面准备晚餐。可是，她们的母亲明显十分惆怅，两个姑娘感到无比惊讶。

“妈妈，这是怎么了，你为什么如此悲伤?”她们问道。

母亲神情严肃地看着两个女儿，回答道：“我必须离开了，这是神仙女王的旨意。今天，当最后一道阳光熄灭了它的光辉时，我就要离开你们。可是，我们不能悲伤地度过最后的分别时间，我还要给你们送上一些礼物。”

仙女说着，便从一个小篮里取出两个金苹果。

“我的女儿，这两个苹果上牵系着你们的青春和幸福。直到现在，你们全由我保护着，从此以后，你们必须留心一切。你们应该谨慎行事，千万别把生命冒失地投向一个无法接纳它的方向。这两个苹果能够保护你们，你们要当心，它们只有在完好无损的情况下才能保证你们的未来。”

说话间，太阳下山了，仙女消失不见了。

母亲走了，姑娘们的生活几乎没有任何变化。她们只是搬出了一直居住的属于孩子房间，阿尔玛住在宫殿的右边宫殿，曼杜拉住在左边宫殿。孩子们怀念母亲的时候会悲伤得号啕大哭。后来，她们慢慢地习惯了，又开始穿越树林，培植花园，喂养着朝她们快乐奔来的白鹿。

不过，她们最喜欢的还是玩耍金苹果。她们把苹果搁在手上摇来摇去，相互比较，相互交换。姑娘们用柔软的丝绸把它们擦得金光闪闪，看看能否从金苹果上照出她们美丽的脸庞。两个金苹果如同两个姑娘一样，几乎没有差别，连阿尔玛和曼杜拉也分辨不出它们有什么异同。她们各自保管一个金苹果，从心底里祝愿自己的姐妹一切顺遂。

一天晚上，有个猎人在树林里迷了路。猎人东奔西走，无意间来到姑娘堡。这是一个年轻力壮的猎人。姑娘们见他精疲力竭，便给他提供住宿。猎人十分感激，在宫殿里住宿一晚。第二天，他跟姑娘们告别时还受到她们的邀请，让他以后有时间再来宫殿。

不久，猎人又来了。他看到两个如花似玉的美貌姑娘，心中早已爱上她们了。他自己还说不准究竟爱上哪一个姑娘，两个姑娘长得很像，而且都很温柔。

两个姑娘对他也是一见钟情。这是怎么回事？难道爱情真的具有排他性，的确都是自私的吗？从外表上看，两位姑娘的生活一如既往，没有发生太大的变化：她们举办欢乐的游戏，如同从前一样双进双出，共同处理一切事务。虽然她们从来不吐露心头的苦闷和感情的煎熬，阿尔玛和曼杜拉都感觉到一种细微的异样。

猎人来访得越来越频繁。可是，他离开以后，两个姑娘便会若有所失，心中烦闷。爱情啊，它的果实并不全是甜蜜的，有时候甚至是苦涩的。

一天下午，盛夏的灼热还没有消退，毕克山上空已经乌云翻滚，雷声隆隆。地方上闷热难熬。阿尔玛走进花园，她看到妹妹把最美丽的玫瑰花剪下来，扎成一把巨大的花束。

“你为什么把漂亮的花儿剪下来？”阿尔玛不由得谴责起来。

“为了不让暴风雨把它们打坏了，”曼杜拉回答，“这样，它们至少还可以装饰我们的房间，供我们欣赏几天。”

“不，我不喜欢这样。花香太浓，我会头疼的。”

曼杜拉正想回答，可是她感觉阿尔玛已经受到伤害了。突然，她们听到马蹄声，而且越来越近。

猎人过来了，两位姑娘高高兴兴地迎接他。曼杜拉从花束中抽出一支玫瑰花递给猎人，阿尔玛奔回她的宫殿，走进她的房间，在身后把房门重重地关上。金苹果就在她的床旁。呵，幸福，姑娘心里盘算起来。

仙女母亲的话又在耳边回响。可是，姑娘这回听起来如同嘲笑一般，她对曼杜拉刚才的话感到愤愤不平，心里发怵。于是，阿尔玛拿起金苹果，把它扔出窗外。苹果顿时破裂成碎块，彻底坏了。阿尔玛跟着扑了出去。

可是，她刚刚落到地面上，立刻身不由己地扎下根，而且身体也出现了意想不到的变化，僵硬起来。她的两条胳膊早已成为了枝条。原来，阿尔玛这回扔出去的是属于自己的苹果，不是曼杜拉的佑护物。

仙女母亲的话灵验了，她们的未来各自牵系在自己的苹果上。

阿尔玛变成一棵苹果树。曼杜拉嫁给猎人为妻，在双翼宫殿生活了许多年。当她怀念阿尔玛和往昔的生活时，就把身体靠在阿尔玛的苹果树上，让追思的泪珠溅落在美丽的苹果花上。

阿尔玛苹果树年年开花，可是不结果实。几百年来，始终不变。后来，多少羊群在姑娘堡的宫殿废墟上来回啃青。它们就在阿尔玛苹果树前后跳跃嬉耍，有时撞得它落英遍地，但苹果树就是不结果实。

关于小提琴的来历

从前，有一个男人和他的妻子常常穷得拿不出一块充饥的干面包。他们驾着一辆由瘦马拖动的大车，经过多少城镇和乡村。如果有人要补锅、修筛子，或者寻找能匠帮助，他们就会停下马车，给当地人提供服务，赚得少许钱财，借以度日。

他们两人生活艰苦，可是从来不会怨天尤人。“这是我们茨冈人的命运。”他们说道。事实上，他们热切地盼望着有个孩子。如果真的如愿，他们也许会觉得自己是天底下最幸福的人。

瞧，世界上最穷的人也能成为天底下最幸福的人。世道无常，命运的事情那是任何人都无法说得清道得明的。一天，妻子正在林间寻找蘑菇和浆果，她不由得又动了心思，要是有个儿子或者女儿，该是多么美好的事情啊！妻子想到美妙处不由得格格地笑了起来。可是，等她低下头看到自己空空瘪瘪的肚子时，不禁又泪流满面，哭了起来。

这时，从路上过来一位年迈的妇人。女人朝她走上一步开口说道：“我知道你热切的愿望是什么，我也知道该如何帮助你。你不妨取个南瓜过来，把它从当中切开，掏空内瓤，往里面注入牛奶。当你喝过那种牛奶后，你就会生下一个男孩。你的儿子将会远近闻名，一辈子生活富裕，十分幸福。”

年轻的妻子虽然觉得这样的主意十分离奇，不过还是按吩咐行事，不敢怠慢。喝过牛奶的妻子果然怀上身孕。十月怀胎，一朝分娩，她生下了一个儿子。妻子从此当上了母亲，她给孩子取名亚奴斯。夫妻两人看到喜从天降，高兴万分。可是不久，夫妻两人先后离世，只留下儿子孤苦伶仃，十分可怜。

亚奴斯慢慢长大了。他决定去闯荡世界，寻找属于自己的幸福。他一路行走，穿城过府，越过多少平原，攀登多少高山，真是历尽艰险，受尽苦难。可是，他仍然没有找到幸福，也不知道幸福究竟是什么。

最后，他来到一座城市，看到那里的房子高大漂亮，多么气派。他沿着宽阔的大道一路往前，这里是强大国王的都城。可是，城市尽管漂亮，城里人看起来全都十分压抑，脸上布满了忧愁和悲伤。

“你们怎么了？”亚奴斯走进店家问老板，“这是一个美丽而又富裕的城市，可是城里人的脸上却像下了七天大雨似的，那是怎么回事呀？”

“天哪，”老板叹息一声回答道，“你是个外乡人，不知就里，无法知道压抑我们的苦难是什么。我们的国王有个魔幻般的女儿，国王想把女儿嫁出去。可是，国王择婿的条件十分苛刻，只有为世界带来新鲜事物的人才能娶国王的女儿为妻。”

“要创造世界上从未有过的事物，那可不是一件容易的事！”亚奴斯回答。

“这个姑娘真是见鬼，多么危险！很多男人前来尝试过了。可是，他们无论拿出什么世上没有过的成果。他们失败了，最后被国王传令杀害。你说这样的结果还能让人开心起来吗？”

亚奴斯听到这些话，感到十分新奇。他打定主意，大步流星地朝王宫走去。他要亲眼看看这位骄横的公主，看她是否真有超群绝类的魔幻本领，竟让这么多人为她舍弃生命，值得吗？

亚奴斯从城墙外往里张望，事也凑巧，公主正在那里散步游玩。国王的女儿果然长得漂亮。亚奴斯从第一眼看到她便被迷住了，深深地爱上了她。亚奴斯的心里热烘烘的，如同熊熊烈火。他抑止不住自己的万般深情，便一路来到国王面前，大胆地开口说道："我要娶你的女儿为妻！"

"许多人已经表露了他们的心迹，可惜全被砍掉了脑袋。现在出了你这个茨冈人，自诩身手不凡，希望造出世界上迄今尚未出现过的东西。你真是胆大妄为，必须为此付出足够的代价。来吧，把他送进牢房！"国王大吼一声。

亚奴斯还没有来得及讲第二句话，已经被仆人拖走了。仆人们如狼似虎，把亚奴斯从洞口投入监狱。

"不是有人对我的母亲预言，说我今生会大富大贵的吗？我的幸福一定不是现在这般光景。现在，我只与老鼠为伍，而且将冤死牢内。天哪，我的母亲干什么都比喝南瓜里的牛奶强上一百倍。"亚奴斯在牢房里怨叹不已。

正当他在牢房里心情沉重、埋怨不迭时，突然在黑暗中看到一盏灯光。灯光在亚奴斯绝望的心里重新点起一丝希望。他睁开双眼，看到一个浑身闪光的女人带着一头金发站在他的面前，友好地瞅望着他。那是妖精女王玛蒂亚。

"亚奴斯，你不要泄气，"女王开口说道，"你母亲听到的预言都会实现的。请接过这个小盒子，带上这根棍棒。你可以从我的头上拔下几根头发，把它们绷在盒子上。"

开始时，亚奴斯甚至不敢朝妖精女王看上一眼，更不用说在她头上拔金发了。可是，女王鼓励地看着他，朝他点点头，亚奴斯便鼓足勇气，大胆行事。

"行了，别忘了把头发绷在盒子上！"

亚奴斯完全按照女王的吩咐行事。女王看他备办妥当，便爽朗地笑了起来，一面对着小盒子念念有词。接着，女王禁不住泪流满面，还让银光闪闪的泪水掉落在小盒子上。

"这是一把小提琴，"女王说道，"如果你用棍棒在头发上拉动，里面会发出声音。那种声音有时候让人哈哈大笑，有时候让人滚滚落泪，完全按你的愿望行事。"

亚奴斯接过棍棒，在女王的头发上拉动一下，只听头发间发出悦耳的乐声，如此甜蜜，如此亲切，多么动人心弦。那是亚奴斯从未听到过的声音。亚奴斯又拉动一下，小盒子里喷发出幸福又痛苦的声音，十分迷人。亚奴斯几乎忘却了整个世界。

正当亚奴斯拉动妖精女王的小提琴时，国王的女儿正好从旁经过。公主听到乐声立刻停住脚步，侧耳倾听。她听到的音乐如此动人，让她的一颗心跳动不已，一会儿轻松，一会儿沉重。

公主立刻来到父亲面前报告她听到的一切。国王下令把囚犯送到他的面前，命令他当即在小盒子上演奏音乐。亚奴斯拿起棍棒，搁在金发上拉动起来。国王不由得随着乐曲一会儿高兴，一会儿悲伤，如同发了疯一样。这是一曲动人心弦的音乐，国王从来都没有见过可以拉出音乐的小提琴。

“的确，你拿出了世上从来没有过的东西，你可以娶我的女儿为妻。”国王满口答应。

不久，宫殿里举办隆重的婚礼。

这就是小提琴的来历。只要有人拉动琴弦，乐曲声里就透现出无比的欢乐和悲伤。它可以逗人笑、逗人哭，魅力无穷。它能够掌握人的感情，掌控人的心。

穷人亚奴斯高高兴兴地娶公主为妻。后来，国王年迈气衰，干脆把王位交给亚奴斯。亚奴斯当上富庶王国的国王，正如预言中说到的，生活幸福、富裕，尽如人意。

齐卡的布谷鸟

斯洛文尼亚地处克罗地亚的西部，多瑙河的支流特劳河和萨弗河组成地区的绮丽风光。那是一片广袤的平原，不同的民族聚居一道，各自操着不同的语言和宗教。几百年前，它曾经组成奥匈帝国和奥斯曼帝国的边界，天然隔开了东方世界和西方王国。

特劳河是多瑙河的支流。从前，在它注入多瑙河的交界处住着一位勤劳的女人。女人生育了九个儿子和一个女儿，九个儿子分别叫戈科、拉达克、贝洛奇、克莱泼、弥罗勃拉特、巴诺克、伍卡克、克拉柯和欧泼拉特，女儿叫齐卡。

齐卡姑娘长得真漂亮，整个王国恐怕找不到比她更漂亮的姑娘了。求婚的人纷至沓来，络绎不绝。可是，齐卡却没有找到自己的意中人。后来，有个年轻的男子赢得她的芳心，那是个远道而来的陌生人。

举办婚礼的时候，新郎家的亲戚都从远方风尘仆仆地赶来，他们准备迎接和陪伴新娘回家。迎亲的行列中有个女人，那是谁也不认识的陌生人。陌生女人身穿洁白的衣衫，骑一匹白马，只是默默无声，没有开口说话。

九位兄长陪同妹妹走了一程，然后跟她告别。这时，骑坐白马的女人跨下马背，跟面前的九位兄长一一吻别。吻别完毕，身穿白衣的女人骑马走了。兄长们受到陌生女人的吻后突然奇异地变得燥热起来。老大忍不住下河洗澡，不料淹死水下，当了屈鬼。

祸不单行，老二、老三、老四接着也淹死河下。兄弟几个如同赴宴一样，他们一个接着一个死在水下。直到最小的兄弟欧泼拉特也没有逃过。

母亲没有想到儿子们竟然个个先她而去，真是伤痛欲绝。她把眼泪哭干了，眼睛哭瞎了。可是，她还是掘了九个坟墓，把儿子们安葬入土。

齐卡生活在异国他乡，生活愉快，幸福美满。她来到丈夫家中已经三年了，生下了三个孩子。她如果不是思念着九位兄长和她的母亲，按理说生活过得非常满意，没有遗憾。齐卡不明白，她的众位兄长为什么没有前来探望，因此感到心情沉重，十分不安。

一天，齐卡来到泉边汲水。突然，她看到小哥哥欧泼拉特牵着一匹马儿正站在泉水旁。

“欧泼拉特，亲爱的兄长，这么长时间过去了，你都在哪里呀？你为什么面色苍白，浑身上下不自在吗？”妹妹问他。

“妹妹，我一连骑马走了三天三夜，所以面色苍白。”

“欧泼拉特，亲爱的兄长，你为什么浑身上下散发一股泥土味？”

“妹妹，我一连几个夜晚都是在沟坑里度过的，所以一股泥土气息。”

“欧泼拉特，其他的众位兄长在哪里，我们的母亲安康吗？”

“妹妹，请上马跟我一起走吧！”齐卡听到讲话，忘掉了她的丈夫和三个孩子。她朝欧泼拉特走上一步，跨上马背。

突然，他们如同一阵旋风似的升腾起来，朝着自己的家乡突飞猛进。当齐卡看到几位兄长的田地时，立刻问道：“欧泼拉特，这些田地为什么荒芜了呀？”

“妹妹，现在是冬天，所以田地荒芜。”

“欧泼拉特，我为什么没有听到歌声呀？”

“妹妹，正当封斋期间，人们忙着祈祷，所以鲜有歌声。”

兄妹两人一起走进父亲的房子，只见房子前面齐刷刷地堆着八座坟墓。可是，第九座坟墓是开启的，里面空空如也。父母亲的房顶上站着一只喜鹊。不过，它也沉默着。

“欧泼拉特，为什么家中如此安静？我的众位兄长和我们的母亲在哪里呀？”

欧泼拉特默默无言，悄悄地潜入第九座坟墓。齐卡止不住热泪盈眶，大声说道：“呵，喜鹊，请告诉我，我的众位兄长和我的母亲在哪里？”

“你的兄长都在坟墓里，你的母亲终日以泪洗面，把一双眼睛哭瞎了。”小喜鹊心直口快，实话实说，而且叽叽喳喳，一股脑说完了所有的不幸。

母亲听到喜鹊的讲话声，摸着门框步出门外。她朝齐卡瞪着一双瞎眼，哭诉起来：“呵，我知道你是谁。你是瘟疫女人，你带走我的九个儿子。现在，你又回来，准备带我走了。”

齐卡不由得大叫起来：“母亲，我不是瘟疫女人，我是齐卡，你唯一的女儿，回来看望你的。”

“呵，那么你的迎亲队列中身穿白衣的女人是瘟疫女子，她夺走了我的九个儿子。现在，我得步他们的后尘。”

年迈的母亲的一颗心已经操劳碎了，一说完，老人便慢慢地瘫倒在地上，死了。齐卡看到这里，一颗心顿时也碎了。可是，她没有死，只是变成一只布谷鸟。

从此以后，只要她飞过众位兄长的坟墓上空时，便会咕咕地叫唤：“哥哥戈科！哥哥拉达克！哥哥贝洛奇！哥哥克莱泼！哥哥弥罗勃拉特！哥哥巴诺克！哥哥伍卡克！哥哥克拉柯！哥哥欧泼拉特！”

布谷鸟哥哥地叫啊叫，从过去叫到现在。听说，它还会从现在叫到将来，直到永远。这是怀念哥哥的叫声，多么动人，多么真挚。

七　星

从前的从前，当大地上还居住着蛟龙和妖怪的时候，在克罗地亚有个国王。国王的名字叫斯拉夫柯，国王有个女儿长得妩媚动人。年轻人只要见过她一回，从此便不能忘怀，眼前总是浮现着这位摄人魂魄的姑娘的面容。

鞑靼人的国王闻听消息，不由得心中大喜，他正在筹办寻找姑娘结婚的大事。因此，他立刻派出使者前往斯拉夫柯的王国，当面向国王提亲。鞑靼人的国王十分凶悍，他让使者告诉斯拉夫柯，如果他拒绝这桩婚姻，那么鞑靼人就会进攻他的王国，蹂躏他的国土，屠杀他的民众。

斯拉夫柯对他的女儿十分呵护，而且不愿意把女儿嫁给野蛮的鞑靼人国王为妻。因此，他对使者说道："请告诉我你们的国王，我的女儿已经死了。他应该另娶豪门，让我的王国安享太平。"

后来，国王命令建造一座巨大的塔楼。等到塔楼完工时，国王吩咐仆人把他和他的女儿关锁在塔楼内，对外严加保密，不让消息外传。他跟女儿在塔楼里生活了三年。三年以后，国王暗自思量，鞑靼人国王一定找到其他的姑娘完成婚事了。

此外，国王曾经吩咐仆人在他消失的那段时间里帮忙治理王国，如果有人问起国王的行踪，那就告诉他们："国王斯拉夫柯去找太阳国王了。他要查问一下，冬天时白昼为什么又短又冷，可是它们在夏天变得又长又热，他希望找出其中的原因。"

三年时间已经过去了。国王斯拉夫柯走出闭锁的塔楼，可是他的女儿却消失不见了。无论国王或是国王的随从都无从解释，不知道公主何时离开了塔楼，也不知道她这回到哪里去了。就在国王离开塔楼的同一天，有一名囚犯遭受处决。当刽子手把绳扣加在囚犯的脖子上时，囚犯不禁阴险地叫喊起来："呵，国王斯拉夫柯不知道我保守着什么样的秘密。他如果释放我，我会把他的女儿送回来。"

仆人立刻把消息告诉国王。国王当即下令把囚犯押到他的面前，说道："你如果把我的女儿送回来，我就饶你不死。"

"国王斯拉夫柯，你让我做这样的大事，那么先解开我的镣铐。"

斯拉夫柯果然为他松下镣铐，让他前往远方的世界，委托他寻找消失的公主。释放的囚犯当上国王的使者，他跋山涉水，一连走了九重天，可是没有公主的任何踪影。

释放的囚犯来到第十重世界时，看到面前有幢房子。他便一步跨入进去，看到里面坐着一个老妇人。"呵，老妈妈，上帝问候你。"他开口说道，一面吻着老妇人的手。

“上帝问候你，什么风把你吹到我的面前呀？”

使者把自己肩负的任务详详细细地解释一遍，说自己已经走了九重天，希望寻找公主的下落，可是没有找到丝毫的影踪。

“行啊，你称呼我为老妈妈，还吻了我的手，”老人回答，“那么，你就成了我的儿子。我有五个龙儿，他们看到任何人都会把他撕得粉碎。可是，你成了我的儿子，他们是不会伤害你的。我的大儿子是个滑稽的小偷。他能从母羊的腹中偷出羊羔来，还不让母羊有任何的察觉。我的二儿子目光敏锐，他即使在九年以后还会找到当年的蛛丝马迹。我的三儿子是个利索的建筑师，他能在三个小时内建造完工一座巨大的塔楼。我的四儿子是一位了不起的弓箭手，他能射中天上的每一颗星星。我的小儿子十分敏捷，只要他伸出手，甚至能够从天上抓住闪电。如果我的五个龙儿找不到国王的女儿，那么世界上任何人都无法完成这项任务了。”

老妇人刚把话讲完，空中已经传来轰隆隆的响声，连龙舍都在激烈地抖动。五个龙儿迈开大步跨进龙舍。“我嗅到人肉的味道了，”最小的龙儿大声说道，“呵，母亲，你把谁藏起来了呀？”

“我的儿子，切莫担忧，”老妇人回答，“那是个陌生人。可是，他问候我，还吻过我的手，已经成了我的养子，你们的兄弟。他要寻找国王斯拉夫柯的女儿，而你们，我的众位儿子都应该挺身而出，给他提供帮助。”

五个龙儿听到讲话，热烈地过来拥抱他们的兄弟，粗鲁地吻他，把他惊吓得面无血色。龙儿中的老大一把将他抱起来，让他坐在自己的翅膀上，然后一起飞往斯拉夫柯的王国。他们到达王国时，那位目光敏锐的龙兄立刻张目四望，他是在过了九年还能找到当年蛛丝马迹的人。龙兄很快发现，原来是一条长着七个脑袋的巨龙劫持了国王的女儿。巨龙把公主囚禁在自己的龙宫内。

说起来，长着七个脑袋的巨龙还是他们五个龙兄龙弟的自家人，都是堂兄弟。于是，善于偷窃的龙兄立刻飞进堂兄弟的龙宫。他看到长着七个脑袋的巨龙睡着了，便悄悄地把公主搁在自己的翅膀上，一路飞了回来。

长着七个脑袋的巨龙醒来以后发现有人劫持了公主，不由愤怒地咆哮起来，声震如雷，地动山摇。巨龙立刻动身寻找劫持的人，可是，善于建筑的龙兄在转手之间便造出一座塔楼，真是多快好省，无人能及。

龙兄龙弟和国王的女儿全都迁居入内，寻得保护，其乐融融。长着七个脑袋的巨龙更加激烈地咆哮起来，从七个脑袋的口中喷吐大火，烈焰腾腾，连太阳都被烧得阴暗起来，如同夜晚降临大地。烈火焚烧着塔楼。不一会儿，只听哗拉拉的一阵巨响，塔楼倒塌在地。

巨龙看到国王的女儿正欲逃跑，迅即赶过去抓住她，然后飞入宫中，消失不见了。可是，龙儿队列中有一位精良的射手，只见他弯弓搭箭，“嗖”地射出一箭。利箭穿过巨龙的心脏，巨龙带着国王的女儿扑通一声，落在地上。

善于飞翔的龙儿一把接住国王的女儿，起身飞走了。长着七个脑袋的巨龙却躺在地上死了。龙儿领着国王的女儿一直飞回家中，见到了自己的母亲。他们弟兄五人在帮助救援国王的女儿时全都作出贡献，功不可没。因此，兄弟五人谁都以为可以凭借功劳娶国王的女儿为妻。

于是，他们争论不休，态度越来越愤激。接受国王委托的使者自然不甘寂寞，踊跃表态，参与其中，因为他也垂青国王的女儿，热恋难舍。兄弟几人争来争去，意见无法统一。最后，他们一致决定前往寻找风的母亲，向她征求意见，如何处置。

“我无法规劝你们，”风的母亲说道，“你们去找月亮的母亲吧！她的儿子，即月亮走过的道路远远多于我的风，因此见多识广，他或许可以为你们参谋一二。”

龙儿兄弟们听到讲话立刻动身，来到月亮的母亲面前。

“我可无法为你们拿主意，”月亮的母亲说道，“你们去找太阳的母亲吧。她的孩子是太阳，普照天下，能力比我的儿子月亮强多了。她也许可以为你们参谋一二。”

龙儿兄弟们二话没说立刻动身，来到太阳的母亲面前。

“我可无法帮助你们，”太阳的母亲说道，“你们去找自己的母亲吧。每个母亲都对自己的儿子了如指掌，她会给你们指明方向的。”

龙儿兄弟们立刻上路，回到龙舍，见过他们的母亲。

“我的儿子，你们且请听着，”龙儿的母亲开口说道，“你们都是我的儿子，国王的女儿应该成为我的女儿，那是你们的妹妹。我愿意把你们变作天上的星星。从现在起，你们应该成为天上的七颗星星，闪闪发光。”

母亲说完，她的愿望顿时实现了。天空上出现七颗星星，晶莹闪亮。可是，他们每年都去看望风的母亲，看望月亮和太阳的母亲。他们的旅程从圣乔治节到圣法矣兹节，也就是从四月二十三日到六月十五日，年年如此，从不违背。

人们在这段时间内无法看到他们。除此以外，他们都在天上恪尽职守。七颗星星，闪烁天空，令世人引发无限遐想。

伍科洼的鼠疫

从前的从前，疾病和瘟疫横行大地，民众日衰，尸横遍野。可是，伍科洼城偏偏祸不单行，那时又流行鼠疫。这回的鼠疫是从远方传来的，一路上夺去多少生命，剩下的活人全都感到毛骨悚然，生活在恐惧之中。

伍科洼城的男人们看到鼠疫在他们的城里肆虐横行，便聚集在一起守在城门前。他们希望吓退瘟疫，让它们无法传播。他们在城门前守护了三天三夜，突然看到一个身材高大的女人走近城门，请求男人们放她入内。

女人虽然高大，可是十分瘦弱，看上去如同精灵一样，浑身上下穿着黑衣，右手执长矛，左手拎镰刀，模样无比狰狞。城里的市长壮着胆问她一声："你是谁，你想干什么？"

"我是鼠疫，我给你们带来死亡。你们之中的有些市民应该死去。"

男人们听到讲话，倒吸一口冷气。不过，他们立刻振作精神，拿起武器，瞄准鼠疫，不让她入内。高大的女人不禁哈哈大笑，说道："你们节省一点儿弹药吧！你们对我是无可奈何的。可是，我愿意跟你们做个交易：让我平平安安地进城，那么我只取城内百分之五的生命，如果阻拦我，我就让城市彻底死绝，寸草不留。"

男人们立刻商量该如何处置。

市长开口说道："如果的确如你所言，那么便让你平安进入。可是，你必须遵守诺言，不得违背。"市长说完，下令打开城门，让鼠疫携带着死神进入城内。

城里疾病横生，死神嚣张，居民们在十天时间内减少百分之十。剩下的居民吓得魂不附体，不知如何为好。市长看到死神横行，不禁壮着胆子，来到鼠疫女人的面前，说道："你个该死的骗子，你可是违背诺言了！"

“我信守诺言，没有说谎，这是上天对我的帮助。”

“不对，”市长大声说道，“你只能制造百人死亡。可是，现在已经超过二百个人了。”

鼠疫女人哈哈大笑：“这不管我的事，我是守信的，我只取走了百人之命。另外一百人是被吓死的，不是我的责任。你要记住，在我面前很多人是被吓死的，他们不是被我置于死地的。”

鼠疫女人的耻笑声惊恐地掠过城门，让多少人听得魂飞魄散，惊恐不已。

独眼国王和他的仆人来往

从前有一个国王，一只眼睛是瞎的，这是个冷酷的人，仆人们见他都害怕。如果仆人没有雷厉风行地执行他的命令，国王立马会把仆人关在阴暗潮湿的地牢里，一连七天七夜，让囚犯不见天日。

有一回，国王召见他最机灵的仆人。他给仆人起了个名字叫来往，因为仆人曾经答应来来往往走遍全世界，也要尽责尽力地完成国王交待的艰难任务。

“来往，你且听着，”国王说道，“现在到你实现自己诺言的时刻。你要走遍全世界给我寻找一剂妙药，能够治愈我的眼睛，让我从此以后用两只眼睛打量世界。我不愿意永远当个独眼国王。”

仆人来往接到命令，顿时迈开双腿跑遍全世界。可是，他没有找到治疗国王瞎眼的灵丹妙药。他甚至找到太阳的母亲，问道：“太阳的妈妈，请告诉我，我们的国王为什么瞎了一只眼，如何才能治愈他的瞎眼？”

太阳的母亲摇摇头：“我不知道。你可以去问问我的儿子太阳。他见多识广，也许知道答案。可是，你必须躲藏起来。他一身灼热，猛地见到他时也许会把你烧焦呢！”

太阳的儿子终于回到家。他刚进家门时便一连打了几个喷嚏，于是大声说道：“母亲，我嗅到一个人的灵魂。你让谁进了家门呀？”

“有个人在这里，”母亲回答，“他想知道他的国王为什么瞎了一只眼睛。可是，你的身体灼热如火，千万别把他烧焦了。”

太阳的儿子连忙答应善待于他。来往听到承诺，便从隐身处走了出来，询问他的国王为什么只有一只眼睛打量世界。

“我不知道其中缘由，”太阳的儿子回答，“你去问问月亮的母亲吧，她或许知晓原因。”

仆人来往急忙动身，找到月亮的母亲问道：“请告诉我，月亮的母亲，你知道我们国王为什么瞎了一只眼，知道如何治愈他的瞎眼吗？”

“我不知道，”月亮的母亲回答，“可是，我的儿子月亮也许知道情由。等他回来时自会告诉你的。不过，你首先要躲避起来。否则，他的光芒足以刺瞎你的眼睛。”

等到月亮回来时，他立刻问母亲：“妈妈，你邀请谁了，我怎么嗅到人的灵魂和气息？”

“是的，”母亲回答，“有个人在这里。他问为什么他的国王瞎了一只眼睛，如何医治为好。你也许知道原因。可是，你千万别用光芒灼伤他的眼睛。”

月亮连忙点头答应了。仆人来往走上前来，重新提了问题。

“我不知道，”月亮回答，“可是，你去找风的母亲吧，她也许知道。她的儿子，风吹遍世界各道缝隙和角落，对尘世的一切无所不晓。”

来往急忙上路，前去寻找风的母亲。他一路奔波，来到多瑙河畔。他看到河面宽阔，附近没有渡船。他如何才能到达对岸呢？来往正在左右为难时，突然看到河里有一条大鱼，身体的上半部还露在水面上，多么巨大。

“鱼儿，”来往央求着，“请把我驮载到对岸去吧！”

“如果你能告诉我，我为什么不能全身沉浸在水下，那么我就载你过河。”

“我不知道，可是我愿意为你打听。”来往当即答应。

鱼儿慷慨地请他骑上自己的脊背，把他送到对岸。来往到达对岸后立刻上路，去找风的母亲。当他找到风的母亲时，便开始询问国王为什么瞎了一只眼睛，如何才能让那只瞎眼重见光明。

“我不知道，”风的母亲回答，“可是我的儿子，风也许能告诉你其中的原由。他在世界上来来往往，左右纵横。当然，你首先应该隐蔽起来，因为他是一个野蛮的家伙。他连头发根都在呼啸，身上的衣服全都刮得粉碎，他会吓住你的。”

说话间，风猛地吹开大门闯了进来，问道：“母亲，我嗅到什么了呀？你难道允许有人进门了吗？”

“是的，”风的母亲回答，“这里有个人。他想知道那里的国王为什么瞎了一只眼，如何治愈这只瞎眼。可是，你且梳梳头，换件衣服再去见他，别把他吓死了！”

风十分听话。来往从他的藏身之处走出来，提出他的问题。

“我也许知道一二，”风儿说道，“你且回去，告诉你们的国王。他只要还对着仆人们吆喝、命令，那么，他便会永远瞎着一只眼睛。只有等到他的仆人开始命令他时，他才会开始用两只眼睛打量世界。”

来往听到讲话，便对风儿提出第二个问题。“有条鱼儿渡我过了多瑙河。可是，那条鱼儿只有半截身子隐于水下，而另外的半截却露在水面上，那是怎么回事呀？”

“我也知道其中一二，”风儿回答，“如果鱼儿先把一个人吞入腹中，那么它就会把身体全部沉浸在水下。可是，你要当心！你在没有到达对岸时，千万别对它泄露天机。否则，它会把你一口吞入腹中的。”

来往再三感谢风儿的率直和友谊，然后动身上路，回家去了。等他来到多瑙岸边时，鱼儿已经在水里等得不耐烦了，拍击得水花四溅。

“你知道我为什么不能全身隐在水下吗？”鱼儿问道。

“我是知道一二的。可是，你必须先把我载过河去，然后我才能告诉你。”

来往到了多瑙河的对岸便开始撒腿飞奔，直到距离足够远，别人只能听到他的声音且无法近得他的身时，才开始说道：“你如果吃过一个人以后，那么整个身体就会隐入水中，游动自如了。”

来往喊了一声后没命地逃走了。巨大的鱼儿无比愤怒，抡起它的尾巴拍击水面，掀起无数浪花，直到让多瑙河水淹没两岸。可是，来往早就跑得远远的，不见了身影。

他一连跑了七天七夜，然后高高兴兴地进了国王的大院。“我的仆人来往，你探听到消息知道我的瞎眼如何才能重见光明吗？”国王见到他时，迫不及待地开口问道。

“是的，国王，我已经知道答案了。我这回可是满世界地来回奔波，直到风才给了我确切的信息。”

“那么，我该怎么办呀？”

“风说，当国王还在吆五喝六，对仆人下达蛮横命令时，他始终会瞎着一只眼睛。只有等到仆人可以命令他时，他才能重见光明，那时才不会用一只眼，而是张开两只眼打量世界。”

“见你的鬼去吧，”国王怒不可遏，大声叫喊起来，“我宁愿瞎着一只眼，也不会让仆人对我发号施令的。”他的话音刚落，突然感到如同黑夜降临一般，周围一片漆黑。原来，国王的双眼一抹黑，全都瞎了。

国王始终是盲目的，而且盲目到自己的最后时辰。

多瑙河下的渔夫之子

从前，多瑙河畔住着一位侯爵。侯爵希望举办一回盛大的庆典，他命令渔夫三天之内必须打捞三百斤鱼儿。第二天，渔夫趁着大清早便驶上多瑙河。结果，他连一条鱼儿也没有捕捉到。第三天，他起得更早，可是也没有捕到鱼。第四天，渔夫几乎趁着天还没亮就到河上去了。他在多瑙河上驶来驶去，直到中午，网中连一条鱼影儿都没有见到。

渔夫心里十分担忧，感到命运不佳。他上岸以后，慢吞吞地往家走去。突然，河面上无中生有地冒出一条小船。船上风帆鼓胀，里面还坐着一个身穿绿衣的男子。绿衣男子见到渔夫，开口问道：“你为什么满腹忧愁地沿着河岸往前走呀？”

“呵，”渔夫回答，“我不知道应该怎么办。我的主人命令我在三天时间内捕到三百斤鱼。今天是第三天了，我连一条鱼都没有抓到。”

绿衣男子听完讲话，说道：“你且答应我，你并不知道今天有何收获，也不知道今天将会捕捉到足够的鱼儿。”

我不知道今天有何收获对我并无妨碍，渔夫心里寻思，于是答应。

“好的，”绿衣男子说道，“我将要等候二十年。你到那时就会实现自己的诺言。”

后来，渔夫重新撒网。他这一网就打上一百斤大鱼。结果，他连撒三网，最后捕到三百斤鱼儿。这时，绿衣男子开口问道：“你知道对我答应什么了吗？”

“是的，先生。我不知道将有何收获，这是我答应你的。我们刚才不是这样讲过了吗?”

绿衣男子微微一笑，说道：“你不知道你的妻子将会生下一个儿子，你答应把儿子交给我了。等二十年以后，你必须把儿子亲自交给我!”

渔夫回到家中，见妻子果然怀孕了。后来，她生下一个聪明伶俐的儿子。夫妻两人给儿子起名弗朗约。弗朗约长成漂亮的学龄儿童时，父母亲把他送入学校，让他在那里读书识字。

弗朗约不仅天资聪明，而且学习勤奋。等到十六岁时，他已经可以当牧师了。可是，父母亲没有同意他前往就职，因为父亲曾经答应把儿子交给神秘的绿衣男人。

父母亲把弗朗约重新送进一所黑色学校，让他在那里学习黑色本领，诸如妖法等等，这些都是早已失传的民间学问。等到弗朗约在黑色学校完成学业回到家中时，他径直来到年迈的父亲眼前说道：“亲爱的父亲，时间到了，我们走吧!”

“儿子，我们到哪里去呀?”父亲问道。

“你应该把我送到那个地方去。现在已经过去二十年了，你不是曾经答应把我交给一位绿衣男子吗?”

父亲听到讲话十分悲伤，他当然不会忘记那回的承诺。

他们一起前往多瑙河。途中，儿子弗朗约对父亲说道：“父亲，你不用害怕。你只要按我的话行事，那么，我是不会遭受任何伤害。那个陌生人将会坐在带有船帆的小船上，命令我立刻上船。当我的一只脚踏上他的船，而另一只脚还站在大地上时，你必须说一声：儿子，我把你交给上帝，圣父、圣子和圣灵。但愿他们三者永远跟你在一起！我听完你的讲话，会纵身跳进他的船舱。”

一切果然如同弗朗约对他的父亲说的那样。当年轻的儿子被召唤上船时，年迈的父亲说了一通神圣的话，弗朗约腾地跳进船舱。绿衣男子轻轻一点，小船离开了河岸。突然，小船猛地沉入水中。

“耶稣，马利亚，约瑟夫，天哪！我的儿子驶入地狱去了!”父亲悲愤地大声叫喊，然后慢吞吞地回家去了。

可是，弗朗约并没有驶入地狱。他还没有来到多瑙河的河床，就已经到一座城市去了。如他后来知道的那样，这座城市叫佩冬柯尔腾。城里没有居民，到处都是空荡荡的。这是一座被遗弃的孤城，这里有许多佩上马鞍的骏马，后院里还晾晒着许多洗过的衣服，只是没有吃的。

弗朗约在城里转了一圈，感到腹中饥饿，可是找不到食物。于是，他回来朝多瑙河走去，在那里徒手抓到一条鱼。弗朗约美美地吃完鱼，随即躺下睡觉，很快进入梦乡。他做了一个奇怪的梦：有个声音告诉他，他应该在傍晚时分走进宫殿，把两支点燃的蜡烛搁在宫殿的桌子上，然后耐心地等候。

弗朗约立刻按吩咐行事。他在宫殿里等啊等，等到午夜时分，门突然开了。一条大蛇从门外游进来，慢慢地凑到他的脚下，悄悄地说道："吻我，吻我吧！"

弗朗约往后倒退一步："你个魔鬼，你不能支配我！"

大蛇倾刻间消失不见了。第二天，情况又跟第一天发生的一样。弗朗约在城里转来转去，只是不见人影。这时，他猛地转变了思想，如果真的吻一下大蛇，将会发生什么事情呢？对，我今天就要吻它一下！弗朗约不由得在梦中叫喊起来，甚至惊醒了自己。

那天傍晚，他又走进宫殿。午夜时分，门自动开了，一条大蛇游进来。它比昨天长大许多，而且脖子上长着两个脑袋。弗朗约不由得大为惊骇，吓得毛骨悚然。

"这是怎样的魔鬼啊！"他大声地叫喊起来，"你不能支配我！"大蛇顿时消失不见了。

第三天跟前两天一样。梦中的声音对弗朗约说道："你如果亲吻大蛇一下，该多么好啊！这是唯一正确的选择。"弗朗约醒来时，在心里默默地念道："今天，我要吻它。哪怕它比昨天更难看，我都无所谓了。"

事情果然如此。晚上，他走进宫殿，半夜时分，蛇儿进来了。这回的长蛇更大更瘆人，长着三个蛇头，而且三个蛇头同时发出嘶嘶声："吻我，吻我吧！"

弗朗约壮着胆，努起他的双唇吻了吻满是鳞片的蛇嘴。突然，大蛇不见了，眼前出现了一位绝色美女。原来，大蛇遭到魔变，她本是宫殿主人的女儿。这回，不仅宫殿主人的女儿回来了，整个城市都从魔幻般的热吻中苏醒过来，获得解脱。

姑娘的父母亲走进宫殿，他们是一对恩爱的国王夫妇。国王对弗朗约说道："你解除了我们的苦难，我愿意把王国交给你，还有我的女儿，但愿你能喜欢她！"

"你且莫草率地作出决定！等我们接触一段时间再作决定不迟！"弗朗约回答。

弗朗约爱上了公主，可他还留恋着自己的父母亲，否则，他愿意整天陪伴姑娘不离左右。他算得上最幸福的人了。

“我的父亲以为我陷入了地狱，”他对公主说道，“如果我能对他讲述自己的幸福，我才会感到圆满！”

公主回答：“我有个宝贝，可以让你轻轻松松地去见父母亲。可是，你要保证将来会回到我的身边！”

弗朗约对她发誓，说自己一定会回来的，他们约定让公主等候七年的时间。于是，公主从手指上摘下一枚戒指。“如果你眺望四周时，心里默默沉思，希望在多瑙河边见到你的父亲，”公主说道，“那么，你立刻就能心想事成，到达那里。当你想要回来找我时，你可以望一眼戒指，一面思念着我和我们的宫殿，你就回来了。可是，你别把戒指拿出去显耀，也别把它借给别人。否则，你就再也无法回到我的身边了。”

弗朗约听从公主的吩咐。刹那间，他已经来到多瑙河畔。父母亲见到儿子安然回来，真是喜从天降。后来，他们听儿子讲述沉入多瑙河以及遇到公主的故事，高兴得哈哈大笑。

接着，父亲领他去见侯爵。父亲还在为侯爵捕鱼，从来没有间断过。侯爵听到弗朗约的故事，不由得心中大喜，说道：“你就留在我们这里吧！我把王国的一部分土地赠送给你，让你管理。另外，我把其中一个女儿嫁给你为妻，你愿意吗？”

弗朗约不由得沉思起来：我在那里拥有一个完整的王国，还有漂亮无比的公主，两者都比这里强。可是，他又想：如果我仅仅在这里逗留几日，我日后还有机会回去。七年时间长着哩，不会那么快就过去的。

渔夫的儿子想罢心思，就在侯爵的宫中住下来。

一天，弗朗约陪同侯爵的几个女儿沿着多瑙河散步游玩。他因为心中高兴，就把神秘的戒指拿出来对她们解释一番。姑娘们听到讲话，忍不住动了心思：我们只要取走他的戒指，那么他就可以永远地留在我们这里了。

他们在一起欢乐地游戏。后来，弗朗约疲倦不堪，躺在地上沉入梦乡。姑娘们立刻动手，把戒指从他的口袋里取走。弗朗约醒来以后发现戒指不见了。姑娘们帮他一起寻找，在多瑙河的河岸上走来走去，他们当然没有找到戒指。姑娘们把戒指藏在一个姑娘的口袋里。

弗朗约在侯爵的府上逗留了五年。这时，他发现自己的选择其实没有道理，他不能忘掉年轻美貌的公主。于是，他决定重新回到佩冬柯尔腾，他要寻找公主。我还有两年时间，我也许会成功的，弗朗约在心里盘算着。

弗朗约立刻踏上旅程，一路上见识了许多王国。可是，没人知道佩冬柯尔腾在哪里，他们根本没有听过这个王国的名字。

有一回，他来到一个被人遗弃的地方，直到傍晚他才看到一座简易的小草房，而且坐落在山坡上。草房里只有一个孤孤单单的女人。

“我能在你这里借宿一晚吗？”弗朗约问道。

“我愿意招待你住宿一晚，”女人回答，“可是，我劝你还是往前走吧。我有三个兄弟，他们都是强盗。等他们晚上回来，他们会杀了你的。”

弗朗约只是把女人的警告当作耳边风。“你只要给我一罐葡萄酒，我就在这里等候他们。”

等到夜深人静的时候，兄弟三人终于回来了。

“你是谁呀？”他们见到弗朗约时立刻问道。

“我不知道我是谁！也许是一个在世界上到处转悠的穷鬼。”

“你是哪个氏族的人？”

“也不知道。我转来转去，从来没有个家。”

“那你叫什么名字呀？”三个强盗寻根刨底。

弗朗约却把他们兄弟三人的姓名详细地说了一遍，包括他们之中小兄弟的名字，他们连自己都不记得了。弗朗约是在黑色学校学习过的，熟悉各等流氓的名字，何况他们兄弟三人呀！

“呵，千真万确，你是我们的兄弟，我们都以为你早就死了！”兄弟三人异口同声，“可是，你愿意加入我们的行列吗？”

“愿意，当然愿意，”弗朗约回答，“如果你们的行当是诚实的，又能让人赚得每日的面包，我又何乐而不为呀？”

“我们的行当利润很大。我们不用干很多活，可是能赚很多钱！”

“是吗？那么，请告诉我，你们今天赚了多少？”

“我们今天比从前赚得更多！”他们中的老大不禁喜形于色，自吹自擂，“我们赚到了神鞋！谁穿上它就能腾空飞翔，每个时辰能够来回飞行千里。我们还有一件大衣，谁穿上它就能隐身，别人就看不到他了。此外，我们还有一顶礼帽。谁把帽子扔在地上，他就能分开群山，自由通行，想到哪里都行。”

“如果你说的都是真话，那么我愿意尝试一下，穿上这副行装，”弗朗约回答，“我希望看看，它们是否合身！”说完，他穿上鞋子、大衣，戴上帽子。

“你们真的看不到我了吗？”弗朗约问三位强盗。

兄弟三人证实的确看不到了，弗朗约不由得往前一个纵步，踩踏得地动山摇。强盗们感到大事不好，便从后面追上来。可是，他们刚跨出大门便不知道往何方追赶了，因为他们看不到任何动静。

弗朗约满世界地到处奔跑，他往前一纵就是千里。不过，佩冬柯尔腾究竟在哪里，他仍然不知道。

有一回，他遇见了风，因为他穿着神鞋，于是一步飞到高空。“风，你好啊，我的先生，你知道哪条路通往佩冬柯尔腾吗？”弗朗约问道。

“我当然知道，”风回答，“明天早晨三点整，我就会刮往那个地方，要给国王的女儿在婚礼上吹吹风，别让场面过分燥热。”

弗朗约请风先生捎上自己，风先生觉得多带一个人途中会十分累赘，心中颇有顾忌。“我一路上摧枯拉朽，穿越河谷和高山，你恐怕跟不上我的步伐！”风先生提醒弗朗约。

弗朗约平心静气地回答：“你别担心，我能够劈开整座大山！”

于是，他们商定第二天起大早，三点准时启程。第二天，他们风风火火地上了路。两个人途中遇到山石挡路时，风总是寻找缝隙对着里面鼓吹而进，弗朗约则立刻把帽子扔在地上。等时钟敲响三点半时，他们已经到达佩冬柯尔腾王国。

风在咆哮，弗朗约走进教堂。没有人看到他的身影，因为他穿着隐身衣。等到礼仪开始时，弗朗约走上祭坛，他把《圣经》从牧师的手上掸扫下去。牧师对前来参加婚礼的人开口说道：“你们之中也许有人身犯重罪，所以无法继续这等隆重的欢乐时刻！”

新娘听到讲话不由得珠泪横飞，便把弗朗约如何拯救她和全城，他们如何约定等待七年的故事讲述一遍，现在已经过去五年半了。牧师听罢讲话，沉思片刻，解释说既然有前约，那么他只有在一年半以后才能为他们主持婚礼，现在是不行的，因为时辰未到。接着，牧师又问新娘到底喜欢哪一个新郎，是眼前的这个，还是原来的那个。

“原来的那个！”公主毫不犹豫地回答。

弗朗约听到这里，心里高兴得怦怦乱跳。他立刻脱去大衣，新娘当即认出了往日的情郎。

参加婚礼的客人正要陆陆续续地离去，只听牧师招呼一声，他们又高高兴兴地回到婚礼的现场。弗朗约牵着公主的手走向牧师，他一点儿都不后悔重新回到多瑙河畔的城市里。

城市是陌生的，妻子是温柔的，婚姻是甜蜜的。

来历不明的姑娘

从前有一个国王，膝下单传，只有一个儿子。后来，国王上了年纪，急切地希望儿子结婚生子，以便王国有人继承。

“我愿意结婚，”王子说道，“可是，我眼前没有中意的姑娘。我希望周游世界，直到在某个地方找到一位姑娘。”

“行啊，就按你的心意行事吧，”国王心中大喜，“我也希望找个远方的儿媳。你不妨骑上宫中最好的马儿，带上最忠诚的仆人。去吧，让司库为你准备一大口袋的金币银币，供你路上花销。”

王子立即阔绰地登上旅程，希望找个中意的姑娘。他骑着高头大马，一连翻过七座大山，骑越七座山谷，看到面前有一片茂密的树林。王子骑入林中，听到流水哗哗，原来是个泉源之地。于是，他跨下马背，希望休息一阵。

王子吩咐仆人出去遛会儿马，让马饮水。仆人牵着马儿来到泉边，他俯下身子，看到水面上闪亮着一阵奇异的光芒。“这是什么呀？”仆人惊讶不止，叫喊起来。

王子听到声音立刻过来，俯身水面，他看到了那神秘的闪光。后来，他抬起头却看到巨大的栎树上坐着一位神奇漂亮的姑娘。姑娘一头金发一直拖到膝盖，光芒闪闪，如同中午时分的太阳。正是姑娘的光芒掩映在水面上。

“呵，请你下来吧。”王子央求姑娘。姑娘果然从树枝上攀悬而下，来到地面，站在王子跟前。王子问她是谁，家住哪里。

“我就是我，”姑娘回答，“我并无来历，只是凭心情到处转悠。”

“那么，我到处寻找的姑娘就是你！”王子高兴地大喊一声，“你愿意成为我的妻子吗？”

姑娘点点头。王子从手指上摘下一枚戒指，给姑娘戴上。姑娘也摘下一枚戒指，戴在王子的手上。

“你在林中等我，我会带着婚礼的队伍前来接你，把你接到我父亲的王国。”王子对他的未婚妻反复叮咛，然后骑马走了。

姑娘坐在林中静静地等候王子和他的迎亲队伍。这时，有个女妖扮作茨冈女人的模样，走近她的身旁。

“你是多么漂亮啊，如同天仙一般，”女人对姑娘说道，“莫非是穿在身上的衣服为你增添了无限光彩？我们可以换一回衣服，在泉水里照一照，看看谁更漂亮，行吗？”

姑娘接受了女妖的建议。她们相互调换衣服，俯身泉水，看看各自在水面上的身影。这时，女妖突然出手从后面抓住姑娘，让她颠倒着身子栽了下去。泉源如同水井一样，只听叮咚一声。女妖立刻坐在上面，守护着、等待着。

后来，王子果然引着迎亲队伍过来了，他看到未婚妻坐在泉源上方。王子感到十分惊讶，因为眼前的未婚妻不仅皮肤黝黑，连原来的金发也变成黑发了。莫非是等待改变了姑娘的一切，王子暗自思量，心里却希望她的皮肤能够重新变白变亮，希望她的头发重新闪烁光芒。

王子虽然希望娶回的妻子如同从前一般，但还是接过他的黑发未婚妻，整理完毕迎亲队列，准备返程回去了。不过，他没有忘记吩咐仆人牵着马儿前去饮水。仆人拎着水桶来到泉旁，突然看到一条金色的鲤鱼打跳，扑通一声掉入桶内。这条鲤鱼多么漂亮，金色的鱼鳞闪闪发光，如同晴朗夜空里的星星，多么晶莹。

仆人把鲤鱼送给国王的儿子。王子接过鲤鱼，心中大喜，连忙取出一块丝绸把鲤鱼包裹起来，带着上路。王子回去以后，举办了隆重的婚礼。可是，婚礼过后不久，新婚的妻子却病了。医生们来来往往，他们全都束手无策。

妻子的疾病日益严重。一天，她对丈夫开口说道：“我知道如何才能恢复健康了，你把那条金鲤鱼送给我，让我吃了，那么我在明天就会健康如初。”

王子对待鲤鱼如同对待宝贝一样，因此不愿让人把鱼杀了。他回答妻子，兴许还有其他的治病法子。可是，妻子再三央求，逼得王子没有办法，只得让步，命令仆人把鲤鱼杀了。

仆人按主人的吩咐行事，把鱼杀了。当他正在为鱼刮鳞、清除内脏时，不料看到一位老妇人走上前来，问他正在做什么。

“正如你看到的，我正在剖鱼。”

“我请求你，把它的心脏送给我吧！”老人说道。

“我不敢。如果我的主人，王子知道这样的事情，他会下令把我吊死的。”

“没有人知道。我求你，把它送给我吧！”

仆人看到老妇人十分恳切的神色，心软了，便把鲤鱼心送给老妇人。接着，他端起鱼鳞和鱼鳍走到小溪旁，把它们扔入水中。可是，有一片鱼鳞却从他的手中掉下来，落在草地上。

王子的妻子食用了鲤鱼，果然，她在第二天便感觉气色如常，浑身上下轻松多了。妻子尝试着起床，她希望到花园里走动一会儿。突然，她看到有一棵大梨树，那是从前没有见过的。

这棵梨树的树枝是金色的，上面的叶子闪闪发光，如同太阳一样。梨树是在一夜之间长成的。而且，它是从鲤鱼的金鳞之中脱胎长成的。

“这棵树让我感到光亮灼人，把它砍掉吧！我的眼睛看得生疼，多么难受。”假妻子不由得对丈夫说道。

王子却一口拒绝了。他看到这棵金色的梨树时似乎十分眼熟，让他想到了什么，只是想不起来究竟是什么。可是，他的妻子变得凶狠起来。王子不得不再次让步，命令把树伐掉。

仆人执行命令时，年迈的妇人又来到身旁，请求送她一根树枝。

“呵，我可不敢造次，”仆人回答，“如果我的主人，王子知道了，他会下令把我吊死的。”

“没有人知道的，我请你送我一根树枝吧！”

仆人听老人讲话恳切，心又软了，便送给她一根树枝。老人拿着树枝回家，把树枝搁在鲤鱼的心脏上面，然后就去忙碌别的事务。第二天清晨，当老人刚刚醒来时，她惊讶得几乎站不起来。原来，在置放鲤鱼心脏和梨树树枝的地方坐着一位漂亮的金发姑娘。姑娘多么像是白昼的太阳，闪闪发光。

“老妈妈，感谢你拯救了我的生命，”姑娘开口说道，“如果不是你要求鲤鱼心脏和梨树树枝，我就必死无疑。现在我愿意留在你的身旁，为你服务，侍候你。你需要多长时间，我就留多长时间。”

这一年，王国大地上生长许多谷物。可是，谷物里面长满了虫子。国王下令，每家每户都必须抽出一个人前往宫殿，帮助脱粒。等命令传到老妇人家时，金发姑娘自告奋勇地说道：“老妈妈，我愿意代替你前去宫殿干活。”

老人同意了。姑娘取出一块布裹在头上，以便不让头发沾上尘土。然后，她一溜小跑来到宫殿。出来干活的人都很勤奋，脱粒结束后，王子请大家休息一会儿，同时要求每个帮助脱粒的人都得讲一个故事。

他们讲得娓娓动听，等到姑娘该讲故事时，姑娘却说：“我没有故事。”

“我可不信，”王子说道，“人人都有故事的。”

于是，姑娘壮起胆开始讲述：“我是没有来历的姑娘。有一回，一个王子送给我一枚戒指，我也给他一枚戒指。后来，我跟妖怪调换了衣衫。我们来到泉水旁，希望透过水面看看哪个更加漂亮时，她从后面把我推入水中。”

王子听到这里，跳上前来揭开姑娘裹在头上的粗布。当他看到姑娘的一头金发，看到周围的一切全都闪烁光芒时，他突然明白，那条金鲤鱼和金梨树曾经让他想起了什么。他一把搂住真正的未婚妻。这时，妖精女子却突然倒在地上，死了。

王子立刻跟这位来历不明的姑娘举办婚礼。姑娘为他生下四个儿子，全都金发缠顶，多么漂亮。等到孩子长大了，他们都有了自己的孩子，也是个个金发。

你这回明白，斯洛文尼亚的孩子为什么个个都是金发了吧！

悲痛的水怪

巴济卡位于多瑙河和塔埃斯河之间，那是一块辽阔的低地平原，可是连树都不长。

从前，那里有一个男人。他跟妻子一共生了三个孩子，其中两男一女。夫妻两人对孩子十分呵护，当然，他们尤其喜欢小儿子弥尔柯。

夏天，太阳在天空如同烧着了一样，烤得大地像一块焦炭。弥尔柯喜欢纵身跳入多瑙河游泳。有一回，多瑙河发大水，可弥尔柯还是高高兴兴地跳入河中。

多瑙河汹涌澎湃，十分湍急。它的急流裹胁着弥尔柯，把他渐渐冲离了河岸。弥尔柯拼命挣扎，挥舞双臂，奋力游动，搏击铺天盖地的波浪。可是，他无法救援自己，无法到达岸边。弥尔柯绝望了，大呼救命。他的叫喊声惊动了多瑙河水怪。水怪住在水底，正在兴风作浪。

水怪不喜欢人类，他只要看到有人临近他的王国，便会伸出双臂，把那个人抓住，拖到水底，让他有来无回，直到淹死为止。可是，他这回听到孩子的叫声，心里顿生怜悯。呵，这个孩子可以留在我这里，跟我做伴，水怪心里思量着。

水怪的王国潮湿、阴冷，他独自一人住在水下，常常感到孤独、寂寞。于是，他挺上一步，伸手抓住弥尔柯，一起潜入水中，回到他的宫殿。那是一幢华丽的建筑。不过，从来没有生人来造访，那是他们无法到达的陌生地段。宫殿全是玻璃结构，晶莹、透明，闪烁着道道光芒。不过听说东方的河神更富有，他们的宫殿都是水晶的。

水怪为孩子准备了一张床，供他睡觉，这张床也是玻璃的。弥尔柯在水中挣扎得精疲力竭，糊里糊涂地睡着了。等他醒来时，看到自己竟然躺在一张玻璃床上，不由得大吃一惊。他瞪大眼睛，四面观望，看到周围是一幢宽大的玻璃房，旁边有一张小桌子，上面摆满了供孩子喜欢的玩具。

那些玩具都是水晶制品。弥尔柯拿起一个玩具玩起来，不一会儿，他便想起父母亲家中的陋室，心里激动，禁不住泪流满面。后来，他索性号啕大哭。水怪听到哭声，立刻潜水过来。

“你为什么哭得如此伤心？”他问道。

“我要回家。”

“我的宫殿没有你们家漂亮吗？”

“在家千般好，出门万事难。”

弥尔柯哭啊哭，后来，他又睡着了。等到他醒来，水怪早已守候在旁。水怪温和地牵着他的手，然后把他抱起来送入另一个房间。这是全银的房间，水怪把孩子搁在床上，床当然也是银制的。弥尔柯醒来，看到靠着他的银床旁也有一张小桌子，桌上堆满了银制的玩具。

弥尔柯见到银制玩具心中多么高兴啊，立刻玩起来。可是，他又想起哥哥和姐姐，不由悲伤地失声痛哭。水怪游过来，问他为什么哭泣。

“因为我想到我的小哥哥和小姐姐。”弥尔柯说到这里，哭得更加悲伤了。

弥尔柯哭啊哭，后来他又睡着了。水怪趁他睡着时把他抱起来，送入第三个房间，这是纯金制作的房间。弥尔柯醒来时，看到周围黄澄澄的，全是金子。他的眼睛都被金色的光芒刺得睁不开了。这里的一切，包括床、小桌子、椅子、橱柜全都是用黄金制成。

弥尔柯看到金床旁有一张金桌子，上面堆满了黄金玩具。他顺手抓起一个玩了起来。不久，他又想家了，想念他的父亲和母亲。思念之情越来越强烈，弥尔柯不由得放声大哭。

水怪重新游过来，十分悲伤地问道：“你为什么又哭了？”

“我想念我的父亲和母亲。”弥尔柯回答，哭得更加悲伤，几乎连心都碎了。

水怪没有兄弟姐妹，也没有父母亲，因此对男孩的这般心思和感情无法理解。

“你的父亲和母亲难道比我的黄金还可爱吗？”他问道。

“我的父亲和母亲胜过天下的黄金总量，他们是无法比拟的。”

水怪摇摇头游走了。他把王国里的珍珠全都捡拾起来，然后回到男孩面前，把珍珠通通洒在他的面前。这回的珍珠太多了，铺天盖地，一直堆放到金色的天花板，真是堆积如山。

“你觉得你的父母亲比这些珍珠更加可爱吗？”水怪问道。

“我的父亲和母亲比天下一切的黄金都贵重，比天下一切的珍珠都可爱。他们胜过全部的世界。”

水怪听到回答不由得号啕大哭，他觉得弥尔柯真是可爱极了。此外，还有另外的原因，天下的一切财富竟然都无法让男孩忘掉他的父母亲和他的哥哥姐姐，也不能让他忘掉自己的家乡。

“他们这些人类，思想感情是多么丰富、真挚和动人。”

于是，他耐心地等待着，看到孩子慢慢地睡着了。水怪把他抱起来，一直送到多瑙河的岸边。水怪把孩子轻轻地放在弥尔柯不久前堆放衣服的地方。弥尔柯醒了之后感到奇怪，不知自己是做梦，还是的确遇到过多瑙河的水怪。直到他穿上衣服，发现衣服口袋里沉甸甸的，他才明白原来这一切都是真的。

弥尔柯把手伸进口袋，掏出来一看，全是黄金和珠宝。这就是没有做梦的证据。弥尔柯急急忙忙地往家中奔去。父母亲和哥哥姐姐看到他时全都张开双臂，把他搂在怀里。

水怪把一切都看在眼里，然后闷闷不乐地回到他的水下王国。他曾经以为自己是世界上最幸福的人，因为他有太多的黄金、白银和珠宝。可是，他现在明白了，天底下的人类还拥有更加宝贵的财富，那就是父亲、母亲、兄弟和姐妹。

想到这里，水怪不由得大哭一场，心中是多么后悔，没有投身到世人的行列中去。他的眼泪哗哗流淌，多瑙河水滔滔不绝，河水高涨，溢出河岸。

“多瑙河又发大水了。”两岸的百姓纷纷言道。他们不知道，这回的大水却是因为水怪的眼泪造成的。

伽拉崩克察

伽拉崩克察是指说笑打趣的杂耍艺人。他们穿城过府，给人们送上许多笑话和故事，让人们愉悦高兴。

有一个伽拉崩克察没有穿城过府，而是沿着多瑙河一路往前。有一回夏天，酷暑难熬。可是，伽拉崩克察却穿上一件厚厚的大衣，头顶绒帽，肩膀上还背着一个大口袋，里面盛放着面包、乳酪，有时候甚至还放一块脂油。这些都是农夫或者农妇听完他的笑话或者故事后奖励给他的，也许就是他的报酬。

每当农妇十分和善地给他施舍一些食物时，伽拉崩克察立刻就会取下帽子，给她行个鞠躬礼，称谢一声：“感谢你慷慨施助。你一定后福无穷，永远富裕、幸福。”

如果遇到一个吝啬的农妇，他自然什么也得不到。那时候，他便戴上帽子说一声：“你什么也没有施舍，不久将会连什么也拿不出，成为一个赤贫如洗的人。”

当农舍大院里着火，当瘟疫殃及棚圈里的牲口，当冰雹毁坏庄稼，或者当干草在草地上腐烂时，人们都会说，这是伽拉崩克察在恶毒地报复。

有时候，当多瑙河水泛滥、洪水成灾时，人们就会交头接耳，互相传布是伽拉崩克察盛怒之下从沼泽地里放出水龙，是为了给人类送上祸害，让他们经历灾难。

一天，当伽拉崩克察正在大路上往前走动时，看到一辆搬运干草的牛车从后面赶上来了。那是个炎热的夏天，骄阳似火，晒得人的脑袋上都冒出油来。牛车的干草堆里躺着一个农民，正在打盹。

“老朋友，请让我搭一程路。”伽拉崩克察开口说道。

农民点点头答应了，还朝旁边让出一块地方。杂耍的伽拉崩克察连忙挨近他坐下。不一会儿，伽拉崩克察十分疲倦，索性躺在干草堆上准备睡一觉。他抓过一把干草盖在脸上，后来，便传来他的鼾声，此起彼落，十分均匀。

农民看到他的口袋里塞得满满的，觉得很是好奇，希望知道到底是些什么东西。可是，伽拉崩克察睡得那么香甜，连开大炮也无法把他闹醒。农民索性解开他的口袋，伸手往里面搜索一阵。他摸到一手发霉了的乳酪，还有一块面包皮，硬邦邦的，像一块石头一样。不过，里面还有一块咬过一口的脂油、一颗红红的钉子、一根线，最最下面铺垫着一本神秘的小书。

农民把书掏出来翻阅几页，他发现每个页次上都有一条谚语。农民低下头，大声读一下第一页上的内容：

健步如飞，一路快跑。
只是往上，决不退缩。

农民刚把最后一个字读完，只见牛车嗖地一声，连着几头公牛一起飞在空中，直冲九霄云外，而且越来越快，疾驰如飞。农民不由得大吃一惊。他看到多瑙河就在自己的脚下，如同一条银色的丝绸，后来又变成一根银线，最后什么也看不见了。

牛马朝着太阳的火球突飞猛进，农民已经感到太阳的灼热了。他的汗珠如同雨点一般从额头上掉落下去，恐惧却从心上慢慢地蔓延开来。

农民惊恐极了，连忙把伽拉崩克察推醒，大呼一声：“看在上帝的分上，救命呀！”伽拉崩克察先是惊讶地看了一下四周，当他看到牛车朝着太阳飞驰而去时，立刻念念有词，唱一声：

健步如飞，立刻停止。

不再往上，迅速回去。

只听牛车吱的一声，慢慢地开始往下降落了。最后，它降落在尘土飞扬的大街，任凭公牛拖动着，一路往前。伽拉崩克察看到一切恢复如初，便拿起他的魔书，把它收进口袋，一面转过身看着农民说道：“你这样做会闯大祸的。你要是没有唤醒我，我们都会被太阳烤焦，最后只剩下一堆灰，从天上洒落到地上。”

农民很长时间后才能惊魂稍定，恢复正常人的情绪。不过，他从那回以后，再也不敢翻动别人的口袋和东西了。

勃劳雨纳大栎树

彼得达瓦因地区有一座堡垒，塞尔维亚语中称为彼特罗瓦拉亭，位于诺维·塞特城旁。它是多瑙河流域最强大的堡垒。从前，欧根王子曾在这里取得抵抗土耳其人的辉煌胜利。在拥有圣徒遗物的马利亚·白雪教堂附近有一棵古老的大栎树，相传有一位非常勇敢的奥地利军队统帅就在树下献出了自己的生命。

故事还得回到1716年的夏天，有一支强大的土耳其军队号称有十五万人众，在大总督达玛特·阿里的率领下围困彼得达瓦因城堡，把它围得水泄不通。堡内的士兵奋起反抗，其中最勇敢抗击的就是伯爵西格弗里特·勃劳宇纳。

双方见面，一场血战，直杀得天昏地暗，日月无光。最后，土耳其的近卫步兵们抓住了对方的伯爵。那些近卫士兵从前曾是基督徒的俘虏，他们跟随土耳其人一起战斗。不过，他们都是一些残暴的人物，他们把伯爵勃劳宇纳紧紧缚住，拖拽着押到大总督的面前。

“阿里帕夏，你下命令如何处置他吧！”

“把他送到城堡的山岩之上，那里有一棵大栎树，我要在那里决定他的命运。”

近卫步兵们一声遵命，把他们的俘虏送到大栎树下，然后等候大总督。不一会儿，达玛特·阿里果然骑马过来。他跳下马背，朝伯爵走上一步，口中说道："你是个勇敢的战士。如果你调换一下阵线，跟我们一起在半月旗下作战，那么你就拯救了自己的生命。"

伯爵听到讲话怒不可遏，连血管都冒出了怒气。"我宁死也不会掉换旗帜的，"他大声斥责，"我忠诚于士兵的职守，这是我曾经立下的誓言。"

"好的，"达玛特·阿里回答，"你为自己作出了选择和决定。"

说完，阿里转身看着近卫步兵们，吩咐道："把他绑在栎树上，让他看着战场，让他亲眼看看，奥地利的雄鹰在土耳其的半月旗面前是如何飞翔的。"

伯爵被捆在栎树上三天三夜，他亲自看到战场的局势不断变化，一会儿有利于奥地利人，一会儿倾向土耳其人。

这是一场浴血奋战。

伯爵看到奥地利的骑士如何在王子欧根的双鹰旗下奋力抗击他们的敌人。他也看到，土耳其人如何在马队掩护下步步紧逼。突然，土耳其的近卫步兵们从他的身旁匆忙奔过，一面大声招呼对伯爵实施守卫的兵丁："快快逃命吧！达玛特被打死了，逃吧，我们被打败了！"

伯爵勃劳宇纳看到土耳其的骑士们四散溃败，狼狈逃窜。守卫的兵丁连忙弯弓搭箭，朝着伯爵乱射一气。七支利箭射中伯爵，伯爵倒在地上死了。

那棵栎树就是伯爵勃劳宇纳献身的地方，从此以后，它被称做"勃劳宇纳大栎树"，那是为了纪念英勇的武士——伯爵勃劳宇纳。

玛尔柯战胜了将军

克拉耶维奇·玛尔柯是塞尔维亚王国的王子，是个民族英雄，也是个胆大的冒失鬼。玛尔柯拥有一匹神马，神马叫萨拉克。玛尔柯骑着神马经历了许多冒险，他的足迹踏遍了巴尔干半岛，还一路前往希腊王国，直到意大利。玛尔柯到处扶危救困，帮助过许多人。他勇力过人，分外智慧，受到大家的敬佩和赞扬。

一天，玛尔柯·克拉耶维奇有位朋友弥兰·托泼利卡，他的父亲从多瑙河上前往匈牙利时，在进入法拉亭前被人抓住了，当地的将军伍卡是个喜欢虐待俘虏的人，因此让兵丁把弥兰的父亲送入黑暗的牢房。

不久，弥兰·托泼利卡知道了父亲的命运，便率领两个朋友一起赶往法拉亭，准备解救他的父亲。伍卡的牢房真是个恐怖的地方，水漫膝盖，上面的墙头上有个小孔，从中透过一丝亮光，照着已经死去的人的森森白骨，骨殖堆积到肘窝。被抓的人如果关在里面三天时间，那么谁也不敢怀有活着出去的奢望了。

弥兰知道营救父亲弥洛斯·欧泼律克已经无望了，他从前经历过许多冒险，每次都受到命运的眷顾，顺利地度过。可是，现在呢，似乎这一切都已经成了过去。他朝上面的窗口爬了几步，那是一堵高墙。弥兰抓住窗口的栅栏，把身体贴着墙面，慢慢地挪动。

他顺着窗口对外望了一眼，却惊奇地看到外面的大街，旁边站着一名使者。弥兰招呼使者过来："给我一张纸，让我写一封信。"

使者给他送上一张纸，弥兰咬破手指，写上发生的一切，还补充着写道："救救我吧！否则，我们就不能见面了！"然后，他把书信交给使者，请他送往泼里利泼，亲自递给克拉耶维奇·玛尔柯。

"他会给你十二枚杜卡登金币的！"弥洛斯不忘交代。

玛尔柯接到书信，读罢不由珠泪横飞，他迫切地要去营救自己的铁血兄弟。于是，他立刻准备行装，安排行程。他佩上利剑，披起狼皮大衣，手执一根长矛。接着，他又走进神马萨拉克的马厩，给它佩上黄金马鞍。他在马鞍上挂一个皮囊，皮囊内盛满了可口的葡萄酒。马腹的另一边挂着他的兵器，一柄沉重的木槌。他还带上一个巨大的青铜洗衣盆，然后跳上马背，飞驰而去。

玛尔柯·克拉耶维奇一路往北，朝着匈牙利的方向，穿过奇异的崇山峻岭。不一会儿，山地开始平坦了。他从贝尔格莱德附近踏上辽阔的多瑙河平原。玛尔柯必须过河，可是附近没有摆渡的艄公，因为惦念着他的朋友，玛尔柯便骑着神马萨拉克踏进河水。

多瑙河汹涌湍急，立刻把他和马儿席卷着送到对岸。玛尔柯牵着神马萨拉克走上岸滩，然后朝着法拉亭急速骑行。他在城墙前找到一个舒适的地方，跨下马背，把长矛插在地上，接着把马拴在上面。

玛尔柯用铜盆装满了葡萄酒，然后仰着身子在草地上躺下，喝着葡萄酒。他给神马萨拉克饮用的也是葡萄酒。夜幕渐渐地降落下来，玛尔柯在草地上睡着了，进入梦乡。

第二天清晨，将军伍卡的儿媳早早起来，在城墙上消遣散步。她看到玛尔柯仰卧在草地上，正在饮酒。年轻的媳妇来到将军面前，激动地对他讲述自己看到的一切："他用一个洗脸盆盛酒，大口吞饮。他的身上穿一件狼皮大衣，蓄着小胡子，如同绵羊毛一般。他的战马看上去非同一般，毛色如同公牛，不像马匹。"

将军宽慰地说道："别害怕，我的牢房里关着三个这样的人，他可以算作第四个了。"接着，将军又吩咐儿子弗列弥尔："儿子，你带上三百士兵，骑马赶到城门前，替我把这位送死的英雄抓起来。"

弗列弥尔按父亲的吩咐行事。玛尔柯还在草地上高高兴兴地又吃又喝，无比自在。神马萨拉克觉察到有一队人马朝它走来，便提起前蹄跺着地面，借以提醒主人。可是，玛尔柯并不理会这一切，而是继续痛饮他的葡萄酒。直到伍卡的士兵来到他的身旁时，玛尔柯才猛地跳上萨拉克的马背，迎头朝他们扑了过去。

一百名士兵倒在他的利剑之下，一百名士兵被神马萨拉克踩死，另外一百名士兵冤沉多瑙河底，那是他们逃跑的结果。弗列弥尔眼看大事不好，转身就逃。玛尔柯提着沉重的木槌在后面紧追不舍，而且轻轻松松地把将军的儿子擒拿到手。

玛尔柯回到先前躺过的草地上，席地而坐，重新高高兴兴地吃喝起来。将军听说发生的一切，急忙派三千兵丁，把他们分作四队，然后从四个方向对玛尔柯发起攻击。他自己骑着一匹高大的阿拉伯骏马，威风凛凛，不可一世。

玛尔柯坐在草地上，端起洗脸盆大口吞饮葡萄酒。神马萨拉克发现伍卡的士兵们蜂拥而至，便提醒主人让他及早防备。玛尔柯跳上马背，用牙齿咬住缰绳，右手提剑，左手执定长矛。战斗很快结束了，还没有被利剑劈得身首分离或者被长矛戳翻在地的人，发出一声喊叫，四面八方逃命去了。

将军伍卡也在寻思逃跑。玛尔柯朝他扔出木槌，把他打倒在地。伍卡还没明白怎么回事时，他已经被捆绑结实，跟儿子弗列弥尔拴在一起。玛尔柯把他们捆在将军的阿拉伯骏马背上，又把阿拉伯骏马的缰绳连在神马萨拉克的马鞍上，接着骑上神马回到泼里利泼。他把将军父子关进地牢，让他们不见天日。

几天以后，玛尔柯接到将军伍卡妻子的来信："玛尔柯·克拉耶维奇阁下，我的基督教兄弟，"将军妻子在信中写道，"请你千万别杀害我的丈夫和儿子，你随意开个价吧，你是应该获得那笔钱款的。”

玛尔柯回信：“释放我的人马，给他们三袋黄金；释放年迈的欧泼律克，给他三袋黄金，因为他遭受了许多的折磨；给我三袋黄金，因为我的神马陪同我辛苦跑了一回。至于我还有什么要求，弥兰·托泼利卡自会告诉你的。”

将军的妻子接到回信，立刻派人把黄金送到泼里利泼。接着，她把监禁在牢房里的囚犯请回宫殿，对他们善言善语，热情招待，还给他们穿上崭新的衣服。正当他们吃得津津有味时，将军的妻子把玛尔柯·克拉耶维奇的书信和要求讲述一遍，她还不忘央求着说道：“弥兰·托泼利卡，请你们释放我的丈夫和儿子吧！”

弥兰回答：“请把将军每年前往太极亚修道院的马车送给我，让我也能同样风光地穿越王国。你把黄金马车送给我，另外给我十二匹黑马，它们都是将军喂养的。我要把年迈的欧泼律克送入维也纳的王宫大院。”

将军的妻子满足他的一切要求，另外还追加一千杜卡登金币。于是，年迈的欧泼律克、他的儿子，还有他的众位朋友一起前往泼里利泼，拜访克拉耶维奇·玛尔柯。玛尔柯见到他们时，便释放了伍卡将军和他的儿子。

塞尔维亚的英雄好汉们忙着分黄金、喝美酒。他们相互吻着，拥抱在一起，最后称心满意地各自回家。

黑夜王子和玛尔柯·克拉耶维奇

那是很久很久以前的事了，当时世界上还有仙女和妖怪。国王特洛扬居住在塞尔维亚的伏伊福狄那省。

国王刚出生时，有个仙女为他算命，对他母亲预言，她的儿子将被阳光击中，最后死于非命。为了保命，母亲让孩子一直生活在密不透风、不见阳光的宫殿里。他在白天睡觉，等到太阳下山、月亮从东方升起时，他才获准骑马外出。于是，人们把他称做“黑夜王子”。

有一回，特洛扬趁着傍晚外出，前去看望他的老朋友尤尔柯。

“骏马呀，奔驰吧，快快飞奔！”他对着骏马的耳朵吆喝一声，“路途遥远，黑夜短促。夜晚是我的生命，白昼是我的坟墓。”

王子来到多瑙河边，看到他朋友的城堡。可是，黑夜的时间已经过去大半了。朋友们久别重逢，于是斟酒端菜，吃吃喝喝，其乐融融。他们吃饱喝足，然后开始扔骰子游戏。他们纵情欢乐，根本没有注意到时间正在一分一秒地飞驰而过。

王子特洛扬有个朋友叫玛尔柯·克拉耶维奇，塞尔维亚人，是个大英雄。他这回来到王子特洛扬的城堡，希望提醒王子事事谨慎、处处小心。他在城堡没有看到特洛扬，心中担忧，便询问仆人王子现在何方。

“王子特洛扬骑马看望朋友尤尔柯去了。他们谈古论今，说到塞尔维亚人当年的英勇和伟大，可能忘掉了时光。但愿我们的主人平安无事，及时回家。”仆人说道，抬头看了看繁星闪烁的天空。

“我去接你的主人回家，一定要赶在太阳升起以前回来。”玛尔柯说完，命令仆人立刻为他备上神马萨拉克。

仆人按他的命令行事。塞尔维亚的英雄飞身上马，在马肋间踢了踢马刺。马儿奔跑起来，行走如飞，只在耳旁留下呼啸而过的风声。马蹄踩踏在石头上，火花喷溅，骑士的熊皮大衣在风中哗哗作响。风几乎把大衣从骑士的身上吹走。

大英雄玛尔柯·克拉耶维奇朝着多瑙河飞驰而去。不过，他还必须穿越一片稠密的树林。那里有一条流入多瑙河的支流，支流在森林里组成一池湖水。玛尔柯看到湖水清澈，便勒住马缰，希望停顿一下，饮水解渴。他的骏马已经干渴难忍，连鼻孔里都在冒热气。

于是，他骑到湖边，跳下马背，却听到一个声音悄悄地耳语着：“玛尔柯·克拉耶维奇，你要克制，不能饮水，凶恶的水妖正好躺在桤木丛中。如果有人侵入她的王国，捣乱这里的水面，他立刻会被水妖杀害。那是个不讲情面的女妖。”

玛尔柯惊讶地举目观望，只看到天上飘过一朵白云。莫非是云中妖怪在提醒我，玛尔柯暗自思量。她为什么关心我呀？我不怕世上的任何人，也不怕任何妖怪。他牵着骏马萨克拉迈着坚实的步伐走近湖边，希望让它饱喝一顿。当然，他还准备舀一杯清水自饮。

可是，还没等他喝上一口水，只见水妖身穿灰色的衣衫从桤树丛中冲了出来，一双眼睛盯着他，十分凶恶。女妖的腰带上拴着箭筒，里面插着利箭，她的手臂上还盘绕着一条毒蛇。呵，多么歹毒！

“你是否活得不耐烦了，竟敢前来打扰我的清静？”女妖从口中发出嗤嗤声，“立刻从我的领地上滚出去！否则，树林里的动物会把你彻底杀死！”

玛尔柯从鼻子里哼地一声笑起来，回答：“我是天不怕地不怕的玛尔柯·克拉耶维奇，顶天立地的塞尔维亚大英雄。我并不惧怕任何的英雄和威胁，更不会被一位女妖所惊吓。”

玛尔柯说完，端起杯子痛痛快快地一饮而尽。

水妖气得发出一阵尖利的叫声，整个树林顿时活跃起来。猫头鹰和蝙蝠在他身前身后飞来飞去，乌鸦发出沙哑的呱呱叫声，雄鹰从高空俯冲下来，狼群奔出树林仰天干嚎。呵，恐怖极了。远方奔来一头熊，还有猞猁，草地里蠕动着一条条毒蛇，蛇信子在嘴间伸吐摇晃。

“抓住他！把他和他的马儿撕成碎片！”水妖大声命令。

巨大的危险如闪电一般自天而降，在大英雄玛尔柯的头顶间摇晃。正在这时，云中女妖，便是那空中女王来到他的面前。女王摊开一件云衣，遮住玛尔柯和他的骏马，让他们顿时消失了身影。然后，她把玛尔柯连同骏马抬起来，把他们托到多瑙河边，送到尤尔柯的宫殿前。玛尔柯冲开大门，一步撞进厅内，见特洛扬和他的朋友还坐在火堆旁高高兴兴地扔骰子。

“黑夜王子，”玛尔柯大声说道，“东边天已经发红了。”

可是，特洛扬玩兴正浓，不忍释手。

玛尔柯不禁叫嚷起来：“黑夜王子，太阳即将升起，白昼女王会夺取你的生命的。”

特洛扬听到提醒，扔掉手中的骰子，朝他的马儿飞奔而去，跳上马背。他跟玛尔柯趁着黎明前的黑暗纵马飞驰。可是，阳光是挡不住的。太阳从东方地平线上冉冉升起，光芒已经来到地面了。

“呵，玛尔柯，”特洛扬大声叫喊起来，“如果我迎着这道亮光骑马前行，那我就完了。我要躺在凉爽的草地间，你用熊皮大衣把我盖住，别让阳光直接照射到我的身上。我可以安心地等待，直到黑夜来临。”

玛尔柯脱下自己的熊皮大衣，盖在王子身上，说道：“我的朋友，我愿意陪伴在你的身旁，直到月亮升起。我们再一起回去。”

“不，玛尔柯，”黑夜王子回答，“我究竟是生是死，现在还难以预料。听凭命

运为我作主吧！任何塞尔维亚人都不用为我作证，不用亲眼观看他们的王子忍受怎样的苦难。当我不得不呻吟呼喊时，任何人都不能在旁侧听，你也不能例外。”

玛尔柯·克拉耶维奇心情沉重地骑马走了。特洛扬躺在地上，身上盖着厚厚的熊皮大衣。黑夜王子把身体紧紧地贴在阴凉的草地上。太阳自空而降，光芒如火，直照大地。

正当国王特洛扬躺在地上等待白天过去、黑夜降临时，有两个牧人来到他的面前。他们都是异乡人，并不认识当地的国王。他们看到地上有一件厚实的熊皮大衣时，便捡拾起来，带着他们的掠物逃之夭夭。现在，国王特洛扬仍然躺在地上，可是毫无遮盖，听凭热浪袭身，光芒照人。他的身上冒出了千万颗汗珠，汗珠在太阳照耀下闪闪发光，晶莹剔透。最后，他的汗水蒸发完了，他也消失殆尽。

黑夜王子承受不起阳光普照，死了，那是女妖曾经预言的结果。傍晚时分，玛尔柯·克拉耶维奇回到跟朋友约定的地方。可是，他看到那里只剩下一块潮湿之地，玛尔柯知道他的朋友已经死了。

玛尔柯·克拉耶维奇不禁双膝跪倒地上，放声大哭。

铁头野狼

从前有一个牧人叫弥洛。有一天，他赶着牛群去放牧。突然，从树林里窜出一头凶恶的野狼。这是一条铁头野狼，有尖刀一般的牙齿，而且体格庞大，十分可怕。

“弥洛，我要吃掉你。”野狼说道。

“让我再活两天吧，至少让我活到星期天。我要先举办婚礼，然后让你吃掉。”弥洛连连央求。

“好吧，”野狼思量着，“等到举办婚礼时，我跳上前去，不仅吃掉弥洛，还可以吃掉新娘和她的父亲，真是一举三得。”弥洛也在盘算，他这回骗过野狼，赢得时间，可以准备自己的婚礼。

星期天，新婚夫妇和客人们一起经过茂密的大树林。野狼猛地跳出来，拦住弥洛嚎叫起来："弥洛，快下车！你是第一个，我要吃掉你。"

弥洛见到情况危急，腾地跳下车转身就逃。野狼紧紧追赶，一步也没有拉开。它露出尖刀一般的牙齿，几乎快要抓住弥洛的衣服了。弥洛正在危难之际，看到前面有一幢房子。他举手推开大门，撞了进去，随后把门反手锁上。

野狼猛地冲上前去，不料鼻子碰在门板上。它被撞得两眼直冒金花，连门牙也差点儿撞断了。弥洛进入房内，举目四望，他看到眼前有个年迈的妇人，妇人正在灶上熬粥。老妇人正是光芒万丈的太阳之母。

"白天好，老妈妈。"弥洛招呼一声，吻了吻老人的手。

"白天好，我的儿子！你怎么来到我的房舍前，周围全是茂密的树林？"老人问道。

"老妈妈，我已经大祸临头，"弥洛回答，"可怕的铁头野狼露出尖刀般的牙齿追赶我，它想把我吞入腹中。"

"别怕，它在这里是无法伤害你的。坐到我的身旁来，休息一会儿吧。"

牧人在太阳之母的身旁过了整整一夜。第二天清晨，他透过窗户对外张望，没有看到野狼。它也许不愿等待，已经溜之大吉了，弥洛在心里思量着。弥洛高高兴兴地向老妇人告别，老妇人随手递给他一块小小的红布头。

"带着它吧，我的儿子，"老人说道，"当你在途中经过一条河流或者一座湖泊时，你只要把红布挥舞一下，它会帮助你渡到对岸的。河水或者湖水见到红布时就会自动分开，让你脚不沾水就能到达对岸。当你在途中遇到障碍或者山岩挡道时，你也可以照章办理，让道路畅通。等到你把障碍清除完毕，你再挥舞一下红布，那么一切又都恢复了从前的模样。"

弥洛连连称谢，接过小红布，揣在怀里走了。他刚刚走出几步，凶恶的铁头野狼就从树丛间窜出来，赶着他紧追不放。弥洛落荒而逃，不觉来到一条大河边。他连忙掏出小红布，挥舞一下，那是太阳之母赠送的礼物。

弥洛看到河水顿时向两边分开，他急忙走上河床，来到对岸。弥洛跳上河岸，重新挥舞一下红布。他看到身后的河水顿时湍急地流动起来，汹涌澎湃，势不可挡。铁头野狼无可奈何，只得留在河岸上，仰头干嚎。

"呵，我这回摆脱了凶猛的野兽。"弥洛心里想着，一面高高兴兴地继续往前。

野狼却沿途而下，它在到达河流的狭隘处时猛地腾身，跳入河中。湍急的河水几乎把它沉入河底。可是，野狼挣扎着终于游到对岸，铁头野狼旋风一般地从弥洛身后追上来，再赶几步就要抓住弥洛了。

弥洛大惊失色，急忙往前逃窜。他看到前面有一幢房子，便没命地逃进去，随即反手把门锁上。野狼留在外面，嚎叫声十分恐怖，可是无可奈何。弥洛进入房内，举目四望。他看到一个老妇人正在烤面包，老人正是银色月亮的母亲。

“白天好，老妈妈。”弥洛招呼一声，一面吻着她的手。

“白天好，我的儿子！你怎么到树林里找我呀？”老人问道。

“老妈妈，我已经大祸临头。那匹铁头野狼张开血盆大口，露出尖刀般的牙齿在我身后紧追不舍，它要吃掉我。”

“别怕，它是进不来的。坐在我的身旁，好好休息吧！”

第二天清晨，弥洛透过窗户对外张望，他没有看到野狼。它大概不愿意等候，早已跑掉了，弥洛思量着。后来，他向老妇人告别。老人给他赠送一个面包，说道：“带着上路吧！等到晚上，你来到陌生地方时，就把面包搁在枕头下睡觉。当你第二天醒来时，一切都已经准备妥当，不用担忧。”

弥洛连连称谢，动身上路去了。可是，他刚刚走了几步，铁头野狼已经从树丛中窜出来，在他身后紧追不舍。牧人撒腿奔跑，看到前面有片树林挡道，树林稠密，连蚂蚁也爬不过去。

弥洛连忙挥动小红布，只见高大的树木纷纷让路，让他过去。

他冲过树林以后重新挥舞小红布，树林顿时稠密如初，连蚂蚁也爬不过去。它把在后追赶的野狼挡在林外。野狼多么不甘心，发出长嚎，还露出尖刀般的牙齿，想要咬，想要啃。可是，树林密不透风，让凶恶的野狼无可奈何。

弥洛心想这回彻底摆脱铁头野狼了，于是希望找到一个休息夜宿的地方。他小心翼翼地取出月亮母亲赠送的面包，把它枕在头下睡了。等到第二天醒来时，他看到旁边有一头狮子、一头熊和一只狐狸。它们整夜守护着弥洛，让他安心睡觉。弥洛十分感动，便把面包撕成几块，给每个动物都送上可口的早餐。

现在，他想回去了。他的新娘和家人一定正在焦急地等候他，盼望着他回家。他走了整整一天，狮子、黑熊和狐狸跟在他的身后，寸步不离。傍晚时分，他走进一幢草房，看到里面坐着一位老妇人。老妇人把双手拢在袖管内，口中念念有词。

“晚上好，老妈妈，”弥洛说道，“允许我在你的草房内过夜吗？”

“你是谁呀，怎么会到密林深处找我呀？”老人问道。

“铁头野狼追赶我，它的口中有着尖刀般的牙齿，想要把我吞入腹中，可是它没能得逞。”接着，他把如何通过神奇的方式得到小红布和面包的故事讲了一遍。

老妇人不是别人，正是铁头老狼的母亲。“如果你想在这里休息过夜，”老人说道，“那么，你必须为我服务，放牧三天绵羊作为报酬。”

弥洛答应了。他在墙角落寻找一块歇脚的地方，把小红布枕在头下睡了。当他睡得正香甜时，野狼的母亲悄悄地把小红布从他的颈下抽开了，然后走进树林。老人挥舞小红布，解救了她的儿子。

野狼生气地问母亲：“我想抓住小伙子，把他吃掉。你说，我该怎么办？”

“我知道该怎么办，”野狼的母亲胸有成竹地说道，“我们可以挖一个洞，你躲在洞内。我往上面铺一点树枝和干草。明天，弥洛会赶着羊群去放牧，你等他走近时，便从隐身的地方跳出来。你从后面扑上去，紧紧地抓住他。那时候，你就可以把他吃掉了。”

这天夜里，老妇人果然挖了个土洞。野狼躲在里面，母亲给它铺上树枝和干草。第二天清晨，弥洛赶着羊群去放牧。狮子、黑熊和狐狸跟在他的身后，不离左右。它们已经在草房前守卫了整整一夜。当他们经过野狼躲藏的洞口时，只听狐狸说一声：“呵，这里发出一股恶臭！”

黑熊回答：“空中散发一股异味！”

狮子接上一句：“那一定是狼的气息！”

狮子、黑熊和狐狸悄悄地凑近洞口，很快把野狼抓住了。

第二天清晨，当弥洛又去放牧羊群时，只听老妇人说道：“你让那些动物留下吧！我独自一人在家，心里害怕。我可以给它们烧煮一些好吃的食物。”

牧人答应了。他想，铁头野狼已经被战胜了，现在可以放心大胆地回家去了。突然，弥洛发现那匹铁头老狼又从身后追了上来。他看到前面有棵大树，立刻爬上去，隐蔽起来。

“你这回逃不出我的狼掌了。”野狼在下面咆哮着，开始用尖刀般的牙齿啃咬树根。野狼又啃又咬，弥洛担心大树很快就会倒下去，于是脱下鞋子，对准野狼的头上扔过去。

“你先咬我的鞋吧。”弥洛大吼一声，接着，他又大声说道，“我知道我的大限到了。可是，我首先应该跟我的动物朋友们告别。狮子、黑熊、狐狸，你们都在哪里呀？”

狐狸首先听到呼唤，因为它的听力特别敏锐。“我相信，我们的朋友遭难了。”狐狸对狮子说道。

“你别糊涂了，这难道不是鸟儿的叫声吗？”狮子回答。

这时，野狼正在撕咬弥洛的鞋子。后来，它又赶到树旁啃咬树根，弥洛无计可施，只得扔下第二只鞋。

“你去咬吧，”他大声说道，“我这回希望跟林中的鸟儿告别。”

弥诺这回呼喊的声音更大更响，连黑熊都听到了。

“我相信，我们的朋友遭遇危险了！”黑熊大声咆哮。

“你别听错了，”狮子回答，“莫非是一只青蛙在叫唤。”

这时，野狼已经撕碎了牧人的第二只鞋，它又开始啃树。大树被啃咬得摇摇晃晃，十分危险。弥洛万般无奈，摘下他的皮帽扔过去，同时大喊一声，算是向狮子、黑熊和狐狸告别。他的声音如此悲戚，这回连狮子都听到了。

“这是我们的朋友，他遭遇了危险。我们必须前去营救！”狮子大吼一声，声震云霄。

狮子、黑熊和狐狸来到门前，发现大门紧锁，拴得紧紧的。它们立刻在门下打个洞，然后钻出门外。它们顺着弥洛的叫声扑了过去，弥洛的声音越来越凄惨。它们来得正是时候，大树发出喀嚓一声，快要倒下来了。狮子、黑熊和狐狸立刻朝野狼扑过去，铁头野狼被撕成碎片，连尖刀般的牙齿也散落一地，难以寻找。

弥洛终于得救了。他从树上跳下来，往回走进野狼母亲的草房。他发现野狼母亲已经死了，躺在地上，她是被野狼在垂死挣扎时发出的叫声吓死的。弥洛寻找被她偷走的小红布，结果，他不仅找到小红布，还找到一只大箱子，里面装满了黄金和珠宝。

弥洛让狮子、黑熊和狐狸帮助装运黄金，然后高高兴兴地一起往家中走去。大家看到弥洛平平安安地回来了，纷纷前来问候、安慰。新娘的欢乐更加不用说。

第二天，弥洛和新娘在教堂的祭坛前举办隆重的婚礼。大家在一起唱歌、跳舞，一连三天三夜，歌声不绝。狮子、黑熊和狐狸都获得许多食物，它们吃得津津有味。新婚夫妇生活美满、幸福。从此以后，狮子、黑熊和狐狸一起陪伴着世人，成为人类的朋友。

狡猾的彼得和龙

从前，相传在人间大地上还住着许多妖怪。他们长着巨大的脑袋，能够从血盆大口中喷吐烈火。此外，他们还能够飞行。当他们相互搏斗时，浑身上下都散发出硫磺的恶臭，连雷电都奈何不了他们。这些妖怪就是巨龙。

后来，当地面上暴发洪水时，巨龙因为不会游泳，通通被淹死了。不过，有条龙比较聪明。他一直爬到山顶，总算捡回了一条命。他在山上等啊等，一直等到洪水流入大海、大地已经干燥时，才终于下地。从此以后，他到处闯荡，走遍世界。

有一回，他来到保加利亚。那里遍地玫瑰花，真是一片世外桃源。他愿意留在那里，享受生活。他找到一个山洞暂且住下。山洞里有个女妖，那是个年迈的妇人，她把龙当作自己的儿子。女妖为他烧饭煮菜，照顾他的日常生活，真是无微不至。

有一回，龙在林中散步，却碰上狡猾的彼得。

“是你呀，你很强大吗？”龙问他。

“是的，强大的！”狡猾的彼得回答。

“你有什么本领？”

“这么说吧，我能把一块石头攒在手中，挤出里面的水来！”

“我不信。”

“我们可以试试，你先来！”

龙从地上捡起一块石头，攒在手中狠命挤压。他把石头挤成粉末，可是没有挤出水来。这时，彼得也拎起一块石头。不过，他趁龙不注意的当儿，又从口袋里掏出一块白色的乳酪。狡猾的彼得把乳酪跟石头攒在一起，狠命挤压，果然挤出水来。石头还没有破碎，不过已经湿漉漉的了。

龙看到这里，惊讶得目瞪口呆，知道对方是个了不起的好汉。

“我很佩服。来吧，我们可以结拜为兄弟，然后共同外出寻找我们的幸福。”龙说道。当然，他在心里却是另外的想法。他十分妒忌彼得，一心想要骗过狡猾的彼得，从而战胜他。

他们一路奔波，寻找幸福。可是，幸福还不知道在哪里时，干渴却让他们难以忍受。他们抬起头来左右观望，只见前面有一棵巨大的樱桃树。

树上结满了樱桃，水汪汪的，让人看着都解渴。龙立即去摘下许多又大又圆的果实，可是彼得却够不上，摘不到。彼得看到龙吃着樱桃，不由得口水直滴。

“吃呀，我的兄弟！”龙说道。

“我够不着上面的果实。”

这时，龙把树顶往下拉了拉。“呵，你要抓住、抓紧，然后要吃多少就有多少！”

狡猾的彼得抓住一棵树枝。可是，他还没有来得及往口中塞上一颗樱桃，龙已经放掉手中的树冠。树枝猛地往上一弹，狡猾的彼得不由得翻在空中。他越过树冠，重重地落在旁边的接骨木上。

一只兔子正在树下休息。兔子吃了一惊，跳起身，撒腿就逃。

“我的兄弟，你在干什么呀？”龙问道。

“我看到这里躺着一只兔子，想要把它抓住，我们就能够烤兔肉吃了。因此，我跳过树冠。可是兔子十分警觉，逃走了。”

龙听到讲话，十分惊讶地说道：“来吧，我们可以吃其他的烤肉，味道会更加鲜美。”

“好吧。”狡猾的彼得回答。

他们继续往前走，走进一片茂密的大树林，那里有许多的兔子、麋鹿和狍子。

“我们可以在树林外面砌造一道围墙，然后进去捕捉许多动物，供我们慢慢地烧烤、享用。”龙首先提议。

“行啊，好主意。”狡猾的彼得说道。

龙立刻搬来巨大的石块，把它们砌造起来。狡猾的彼得用一些黏土把它们连接，把巨大的石块黏牢，一座围墙造好了。他们忙忙碌碌地围追和捕捉动物，然后烧烤、享用，吃得津津有味。

龙已经吃掉三只兔子，此外，他还吃了一头雄鹿、两只狍子，现在，他正抓住一头野猪往嘴里送。彼得才刚刚吃完一条狍子腿。

他们都累了，决定回龙的山洞里休息、过夜。

“这是谁呀？”女妖看到龙跟狡猾的彼得走进来时，问了一声。

“他是我的结拜兄弟，他比我强大。”龙回答。

“如果他比你强大，那么你应该把他打死，”女妖建议，“等他睡觉时，你可以用一把重锤，给他狠狠的一击。”

狡猾的彼得耳聪目明，听到女妖对龙儿的讲话。他慢慢地思索出一条妙计。等到天色暗淡下来时，他拿着一个口袋悄悄地钻出山洞，往袋中填满了石头。他把口袋盖在自己的被子下，然后抽身躲在门后，默默地等待着，看看有什么动静。

半夜时分，龙起身。他掂起一柄重锤高高举起，对着彼得睡觉的地方砸了下去，只听“当”的一声，火花四溅。龙砸得手臂生疼，然后重新躺下睡了。

第二天清晨，公鸡啼鸣时，狡猾的彼得起床了，大声呼唤：“兄弟，早上好。你睡得怎么样？”

龙看到他时，两只眼睛惊讶得发直：“你怎么还活着？我在夜里不是用锤子把你砸死了吗？”

狡猾的彼得不由得哈哈大笑。“是吗？我还以为是跳蚤咬了我一口呢！可是，我告诉你，兄弟，你是杀不了我的。我的皮肤如同岩石，坚硬无比。”

“你如何会有这身皮肤的呀？”

“在开水里煮的！”

“我也希望获得这样的皮肤，我们是结拜兄弟。”

“好吧，”狡猾的彼得回答，“你会有的。”接着，彼得吩咐女妖备上大锅清水，然后在锅下生火。他让龙钻进一只大桶。龙果然听话，坐在桶底。狡猾的彼得给他上了桶盖，用钉子钉得结结实实的，只在桶盖上面开了个孔。

“现在，你可以把沸腾的开水沿着洞口浇灌下去，以便让你的儿子拥有一身岩石般的皮肤。”狡猾的彼得对女妖建议着说。

女妖照他的吩咐办事，把沸腾的开水灌入进去。

“我的兄弟，烫死我了！”龙在桶下大声呼唤。

“兄弟，忍耐点儿！你会拥有一身坚如岩石的皮肤的！”彼得回答，一面吩咐把锅里的沸水全部灌入进去，“让他坐在桶底，直到晚上，然后，他就会有一身坚硬的皮肤，如同岩石一般。等到太阳下山时，你可以用重锤把大桶打碎。”

狡猾的彼得说完立刻溜之夭夭，逃得无影无踪。女妖耐心地等待着，直到月亮东升，然后把大桶敲碎。龙坐在桶底，嘴巴张得大大的。他的双眼爆出，犹如铜铃。不过，他已经死了。

从此以后，保加利亚就没有龙了。

龙的报复

多瑙河流经塞尔维亚和罗马尼亚的边境，一路风光，渐渐驶入险象环生的铁门，穿越喀尔巴阡山。那里有一道峡谷叫特尔达泼，峡谷旁有一座堡垒叫戈洛巴克，位于塞尔维亚的境内，九座巨大的塔楼褐中透白，它们以城墙连结着，从水面一直延伸到一座不小的山坡。它几乎让人想起中国的万里长城，只有很小的部分不是人工建造的。

今天，跟城堡同名的戈洛巴克城并不重要，它跟周围的村镇联系在一起，也有上万的居民。可是，从前的戈洛巴克城堡可是举足轻重、大名远扬。它一方面是战略重镇，另一方面是因为能对多瑙河上过往船只征收税赋。不过，戈洛巴克城堡的地理位置也给它带来缺陷和负担，那是因为分布在山岩上的许多山洞。它们看上去如同精致的图画，可是山洞里面却布满了奇特的蚊子，被它们叮咬过的人畜都会全身肿胀、发炎，严重时甚至会被夺去生命。

罗马人早在这里设立了边防阵线。后来，戈洛巴克堡垒在历史上数易其主。他们从匈牙利人到塞尔维亚人，从奥斯曼帝国然后转手匈牙利，等等。但在 19 世纪时，城堡归属于塞尔维亚君侯。

在传说纷纭的故事中，堡垒中曾经住过一位国王。不过，人们并不知道他是塞尔维亚人、匈牙利人还是土耳其人。他们只知道国王有个女儿，女儿长得分外漂亮，远近闻名。有人说，姑娘名叫戈洛巴娜。后来，城堡就是依姑娘而命名的。

戈洛巴娜是国王唯一的女儿。当她长到十八岁时，不料身患重病，任何医生都对她一筹莫展，无法救治。国王在王国上下到处为女儿求医问仙，可是死神却离戈洛巴娜越来越近。

国王心中忧虑不断。他只要听闻哪里有灵丹妙药，便会千方百计地获得。不过，没有一味药能够起到医治女儿的作用。

附近有人提醒国王，说某个地方有口奇井，井水有神效，可以治愈一切疾病。国王立刻差人寻找，最后找到一位年岁如同岩石一般古老的老人。老人证实了那则传言，说道："是的，离这儿不远之处有一口水井，有病危临死之人用井水沐浴，竟然治愈了疾病，恢复了健康。可是，你们知道那个地段，它是十分神秘的。山石之中有很多岩洞，洞中活动着许多神秘的生命，都是不可理喻的怪物。据我所知，已经有几十个人前往打水。可是他们一去不复返，再无音讯。关于这口井，它的危险还在于，那里是有恶龙看守的。"

国王的骑士们勇敢地宣称，他们愿意陪同戈洛巴娜一路前往，不惜以死换取公主的健康。促使骑士们这般表现的是一种潜在的压力，他们必须忠诚和敬重美丽的公主。此外，他们必须显示自己的无比英勇和抗恶除暴的坚强意志。因此，他们必须跟妖魔般的恶龙相抗争，借以保持骑士的显赫名声。

他们之中有个勇敢的人名叫乔治，后来被人们称为屠龙英雄，甚至被封为圣人，不过，那是出于另外的原因。骑士乔治是戈洛巴娜的随从，他们一路往前，慢慢地靠近一座山洞。

他们正想探头观望时，不料从洞中窜出一头巨大的妖怪，拦住了他们的去路。这是一头恐怖的妖龙，挥舞着前爪如同兵器一般。妖龙从血盆大口中还喷吐出有毒的气浪。乔治的队伍无法抵敌，他们领着戈洛巴娜和众位姑娘转身就逃。乔治独显神勇，挺着长矛，坚决地挡住恶龙。

恶龙伸出脑袋，想要朝他喷气，把他杀死，甚至企图把他一口吞入腹中。乔治的骏马十分勇猛，它跳来跳去，躲避着恶龙的血盆大口。乔治的长矛在它的身上已经刺出了几个窟窿，从中流出漆黑的妖血。正当妖龙绝望地张开大口想要吞下乔治和他的战马时，乔治瞅准机会，把长矛直接塞入恶龙的口中，贯穿它的脑袋。

恶龙发出呼的一声惨叫，凶恶的脑袋摇了摇，躺在地上死了。

戈洛巴娜可以取用井水沐浴了，因为那口井就在恶龙的身旁。却说公主看到恶龙凶恶，早已吓得只剩下一口气了。但她用井水沐浴以后，立刻恢复健康，安然如初。

随从们休息了一会儿，然后跟着公主戈洛巴娜回宫去了。乔治还及时斩下恶龙的脑袋，让它顺着山坡一路滚落下去，最后落入多瑙河。不过，恶龙的身躯庞大，而且半截身体躺在山洞内。骑士们无可奈何，只得由它留在那里，直到今天。

公主回到城堡后活泼伶俐。乔治由于他的英雄举动，在王国上下享誉盛名。可是，恶龙虽然没有了脑袋，无法动弹，可是它在死后仍然不忘报复。

从前，它只是想要对靠近自己的人发起进攻和伤害，现在，它死了，身上留下许多的黑血窟窿，里面的毒血营养了无数的毒蚊，那真是成千上万，不计其数，蚊虫成了全国的祸害。被蚊虫叮咬过后，人畜的身上奇痒难忍。如果用手抓搔，即使抓破了皮肤，抓出了血肉，还是无法止痒，直到痒死为止。

不过，这等奇痒也有怕忌之处。人们只要用长矛蹭痒，矛尖刚碰到，痒伤之处便立刻痊愈。这叫一物降一物，你说奇怪不奇怪？

牧人和萨莫维拉

从前，在多瑙河的一条支流旁住着一个年轻的牧人。有一回，他在附近放牧羊群。已经是中午时分，太阳高照，灼热烫人。牧人躺在一棵高大的栎树下，顷刻间便睡着了，鼾声如雷。

太阳慢慢地转动着，不一会儿便阳光直射地照到他的脸上。牧人猛地惊醒，腾地跳起来，一面诧异地揉动着自己的眼睛。突然，他看到三个绝顶漂亮的姑娘正在河中沐浴。姑娘们赤身露体，她们把衣服脱下搁在岸边。

牧人心里思量着，我要是能够娶下她们中的一个为妻，那是多么理想啊！

姑娘们在水中游泳戏耍了很长时间，后来，她们终于步出水面，走到岸边，穿上衣服走了。等到第三天，姑娘们又来了。她们脱下衣服，高高兴兴地步入水中还响起银铃般的笑声。

呵，我该怎么办，如何才能认识她们呢？牧人心里翻滚起激荡的浪花，一面从藏身的地方走出来，拎起姑娘们的衣裳，耐心地等待着。他不知道将会遭遇怎样的命运。

“天哪，”姑娘们沐浴出水时看到有人拎着她们的衣服，顿时转过脸去，大声惊叫，“你要干什么？快把衣服还给我们！”

“我只要娶你们之中任何一个姑娘为妻。”牧人说道。

姑娘们抱怨不迭，转来转去都感到有失体统，便再三央求。牧人只是坚持自己的愿望：“你们之中有一个姑娘必须成为我的妻子。”

姑娘们没有办法了，只得如实相告，她们都是萨莫维拉，并不是人类，无法跟凡人结婚。牧人却固执己见，再三强调：“你们之中有一位姑娘必须嫁给我。否则，我是不会把衣服还给你们的。”

三位姑娘在光天化日之下赤身露体，总不是滋味。何况，还当着一个年轻的牧人的面。

姑娘们迫于无奈，于是商量一阵，最后同意让年轻的妹妹当他的妻子。姐妹三人在一起时经常如此，妹妹总是要按上面两位姐姐的意志行事。牧人看到她们之中的妹妹会嫁给自己，正中下怀，因为小妹妹长得更加漂亮，那是一个美丽的萨莫维拉。

“可是，你要记住，”两位姐姐对牧人说道，“我们的妹妹需要另外的衣服。如果她穿上萨莫维拉衣裙，那么她会飞起来，离开你。”

牧人听到讲话立刻回家，把萨莫维拉的衣裙藏在箱子里。他找出母亲的衣服交给自己的未婚妻，把另外的衣裙还给两位姐姐。两位姐姐迅速穿上衣裙，扑喇喇地飞上天空，走了。

牧人领着年轻的萨莫维拉一路回家。不久，他们举办婚礼。村民们都说，萨莫维拉是村里年轻姑娘中最漂亮的。两个人结婚以后十分恩爱，牧人对待自己的妻子分外体贴。他们的爱情一日比一日热烈、甜蜜。

说话间已经过去一年了。

一天，牧人和他的妻子接到亲戚们的邀请，前往参加婚礼。婚礼上，女人们跳起欢乐的轮舞，只有萨莫维拉没有参加。

“我多么渴望跟她们一起歌舞欢乐呀，”妻子怨诉起来，“可是，没有萨莫维拉衣裙，我是无法跳舞的。”

参加婚礼的客人们都很同情她，纷纷要求牧人把衣服交给妻子。牧人听到劝说便心动了，立刻回家取出衣裙，递给他的妻子。美丽的萨莫维拉顿时舞兴浓烈，欢乐地跳了起来。

萨莫维拉的舞姿多么优美。女人们全都停下脚步，欣赏她的舞蹈，一面啧啧称赞。等到跳舞结束时，萨莫维拉来到丈夫面前，牵着他的手，悄悄地对他说道："再见了，我的郎君，我必须向你告别了。"

牧人还没有来得及思考是怎么回事，萨莫维拉已经飞上天空，钻入云端，不见芳踪。

"亲爱的妻子，你飞到哪里去了，我到何处才能重新找到你？"丈夫绝望了，大声呼唤。

"如果你想找到我，那么你应该前往库西孔达勒奥村。你在那里能够见到我。"从空中传来妻子的回答。

牧人听到讲话，立刻动身。他沿着村庄走进城市，又穿过城市走进村庄，到处打听库西孔达勒奥村在哪里。没有人知道那个地方。牧人跋山涉水，足足走了一年。

一天，他来到一处山地，看到有个老人正把身体靠在栎树上，那是世界上的植物之主。"呵，这里荒草野林的，我的孩子，你为什么来到这里？我们的天地里连公鸡也不会啼鸣。而且，这里除我之外，连个人影也不见，是个无比寂寞的地方。"老人说道。

"老人家，我寻找库西孔达勒奥村。你知道它在哪里吗？"

"我还从来没有听到过这样的村名，我已经二百岁了。你要到那个村庄干什么呀？"

牧人把妻子飞走的故事对老人讲述一遍，还说如果找不到她，他心里永远也不会平静。

"如果你再往前走一个月的时间，"老人说道，"你会进入另一片山地。我的哥哥住在那里。他是野兽之王，已经三百岁了。你要代我向他问候，他也许可以告诉你库西孔达勒奥村在哪里。"

牧人听完讲话，再三道谢。接着，他往前走了一个月，果然来到一片山地，看到有个老人坐在泉水旁。他就是世界上一切的动物之主。牧人走上一步，代他的兄弟即植物之主向他问候，然后问他是否知道库西孔达勒奥村在哪里。

"我从来都没有听到过这样的名字，"老人回答，"可是，我可以问问众位野兽。它们也许知道那个村庄。"老人说完，立刻召唤狮子、黑熊、野狼、狐狸和山中的野兽们，向它们一一打听，问它们是否知道库西孔达勒奥村在哪里。可是，任何野兽都回答不知道。

“没有法子了。可是，你如果再往前走一个月，我的孩子，你会遇见我的大哥，天下的禽鸟之主。他已经四百岁了，或许知道库西孔达勒奥村在哪里。”

牧人连连称谢，然后继续往前，又走了一个月，来到一片山地。他看到一位原始人般的老人坐在巨大的石头上。这是天下的鸟儿之主。

牧人把自己的故事对老人讲述一遍。老人沉思一会儿，唤来雄鹰、乌鸦、仙鹤、麻雀等等，向它们一一打听，问它们是否知道库西孔达勒奥村在哪里。没有一只鸟儿听说过那个村庄。

“如果鸟儿们全都不知道库西孔达勒奥村，莫非天底下是没有这个村庄的。”老人回答。老人的话音刚落，只见一只喜鹊突然飞到他的面前。

“喜鹊，你好，你为什么姗姗来迟呀？”

“普天下的鸟儿之主，非常抱歉，”喜鹊连忙回答，“我从遥远的地方过来。那里有个村庄，叫库西孔达勒奥。我的翅膀受伤了，因为有个凶恶的萨莫维拉对着我扔了一块石头，打在了翅膀上，我无法如同从前一样健康飞行了。”

“我的孩子，”老人转身过来，看着牧人说道，“你亲耳听到喜鹊说的话了。我可以给你一匹雄鹰，你骑坐在它的背上。喜鹊为你引路，让你们直达库西孔达勒奥村。”

事情果然如此，一切照老人的吩咐行事。

等到雄鹰、喜鹊和牧人终于到达库西孔达勒奥村时，牧人立刻前去寻找他的妻子。牧人这回喜从天降。他踏进的第一幢房子就是三位萨莫维拉的家。两位姐姐看到妹夫来了，立刻表示欢迎，而且答应为他提供帮助。

“等到我们的妹妹睡下休息时，我们把她绑在一个会飞的马鞍上。你立刻坐上马鞍，然后一起飞过三座大山。可是，你要当心。她在飞行期间自会醒来的，而且会大声呼唤她的神马。她的神马听到呼唤后，会立刻从后面追赶你们。这匹马儿神通广大，可是它的力量仅仅表现在山地上空。因此，你必须尽快飞行。神马如果在山地上空把你抓住，那么，它会把你撕成碎片。你要抓紧时间，尽快把我们的妹妹领回家去。否则，神马又会驮上她，重新把她送回库西孔达勒奥村。”

三妹萨莫维拉熟睡不醒，两位姐姐把她抱上马鞍，捆绑结实。牧人及时坐上马鞍。这时，他们已经起飞，如同旋风一般往前突飞猛进。

他们飞过一座山地时，萨莫维拉醒了。她一看自己正在空中飞行，立刻大声呼喊。神马听到叫喊，应声而至，从后面追赶上来。牧人和萨莫维拉已经飞完了三座大山。神马眼看着体力不支，从空中跌落下去。

牧人领着妻子回到自己的村庄。他把萨莫维拉的衣裙索性投在火中烧掉了，于是，妻子再也无法逃遁了。牧人和妻子萨莫维拉生活在一起，他们在七年时间里生下七个女儿，女儿们一个比一个漂亮。

后来，女儿们长大了，成家立业。她们又生下许多的女儿，多么漂亮，如同天上的星星一般。因此，世上增添很多的女人。她们都像萨莫维拉一样，美丽动人，受到无比的称赞。

聪明的埃勒娜

从前有一个大国王，俄罗斯人。他没有妻子，更加没有孩子。可是，国王年岁大了，膝下无后，谁来继承他的王国呢？

国王思来想去，想到一个主意，便差人在王国上下到处散布消息，说如果有人能够从石头之中打出血来，那么他就可以继承王位。男人们听到消息，个个跃跃欲试。他们都想当国王，能吆五喝六的，实在过瘾。因此，他们积极报名，前来显示自己的智慧和愚蠢，愿意为国王效命。

可是，他们无论怎么努力，谁也没有从石头中打出一滴血，许多人倒是把石头打得粉碎、手上震出鲜血。男人们只得摇摇头，悄悄耳语，说他们的国王莫非疯了，因为石头是根本不会出血的，这是从来都没有发生过的事呀！

有个女牧民也听到消息。那是个聪明的女人，人们都把她称做聪明的埃勒娜。

“我如果不能比这些男人更加聪明，那不是会遭众人耻笑吗？”女人立刻动身去找国王。

“我愿意打击石头。”她对国王说道。

“好啊，”国王满口答应，“那就看看你有什么能耐吧！”国王说罢，率领他的文武官员来到城门外，那里是绝好的表演场地。

城门外黑压压的，到处都站着希望观看把戏的人。国王和他的官员来到舞台当中就坐。埃勒娜走上一步，开口说道：“你想让我从石头中打出血来，是吗？那么，你应该首先让石头拥有灵魂。然后，我如果没有从中打出鲜血，你就砍了我的脑袋。”

国王听到讲话，觉得十分诧异，于是回答：“千真万确，你是个聪明的女人。如果你能完成我交给你的其他任务，我愿意娶你为妻，我们的儿子将来就能继承我的王国。”

“说吧，我应该做什么，”牧女立刻答应，“我愿意尝试一番。”

“你先回自己的村庄，三天以后再来找我。可是，它不能是白天，也不能是夜晚。当你过来时，你应该骑马又不是骑马。你不能穿衣服，可是也不能裸体。你应该给我带一份礼，可是又不能带礼。我和我的官员们将在这里迎接你。”

埃勒娜听罢讲话，回到自己的村庄。她把国王的讲话告诉年迈的父亲。父亲十分悲伤，他觉得任何人都无法完成国王交待的任务，国王是给女儿开了一个恶毒的玩笑。

埃勒娜只是哈哈一笑，说自己知道该怎么做了。父亲相信女儿的智慧，只得静静地观望，看女儿如何行事。等到牧女前往宫殿寻找国王时，她挑选晨曦之际，赶在既不是白天又不是黑夜之时来到国王面前。牧女骑坐在羊背上，她把两只脚挂在地面，让人无法说清她这回是骑着还是走着。而且，她用渔网当衣衫，典型的没有穿衣服也没有赤身露体。

牧女走进宫殿，朝国王鞠躬行礼。她从山羊脖子上取下口袋，从里面掏出两只鸽子。

“国王，这是我送给你的礼物。”埃勒娜说着，把鸽子给国王递上。

可是，正当国王伸手想要接过鸽子时，埃勒娜却松手把鸽子放了。两只鸽子扑腾着翅膀飞了。牧女给国王送上礼物，可是又没有送礼。

“你真是一位聪明的姑娘，”国王说道，“在我的王国，没有比你更加聪明的女子了，也许世上都很少见。我愿意娶你为妻，让你当我的王后。”

命运就这么定了。一年以后，埃勒娜给国王生下一个儿子。国王多么高兴呀，他这回有妻子、有儿子，事业兴旺，后继有人。

聪明的埃勒娜成了聪明的女王。每当国王需要深刻的建议时，他总是问王后应该怎么办，而王后每回的进言都给王国和王国的民众带来无比的智慧和幸福。

格如意卡和神马萨拉克

格如意卡是生活在多瑙河畔卢塞城内的英俊少年。有一回，他跟几位朋友在一个小酒馆喝酒聊天。酒馆就在河边不远处。

酒店的女招待纳勒狄卡是个远近闻名的漂亮姑娘。姑娘为客人斟酒服务，跟他们玩笑嬉耍，帮主人增添了不少生意。漂亮的姑娘引逗得小伙子们醉翁之意不在酒，人人都想娶她为妻，对她垂涎三尺。可是，姑娘只是笑笑着回答：“在遥远的地方，那是黑海的岸边，生长着一棵苹果树，上面结满了金苹果。你们之中有谁能够从那里给我摘回三个金苹果，我就嫁给他。”

小伙子们听到讲话，全都一声不吭。他们知道，这是一条危险的道路，恐怕比登天还难。只有格如意卡与众不同。他不仅年轻气盛，而且大胆勇敢，因此应声说道：“你会获得这些苹果的，我即使冒生命危险也要给你送上这份礼物。”

格如意卡说完，回到家中从棚内牵出他的骏马。他给马儿套上马鞍，一面凑近马的耳朵，对它悄悄地说道：“你要驮着我越过多瑙河，一直前往黑海。这关乎我的命运和幸福。”马儿却嘶鸣起来，竖起前腿，不让它的主人骑上马背。格如意卡好言相劝，都没有用。骏马只是不听劝说，还踢着后腿，显得越发倔强和粗野。

格如意卡没有法子，只得操起马鞭，朝它的背上猛抽一顿。他把马背打得鲜血淋漓，连马鞍也在往下滴淌鲜血。可是，马儿仍然倔强。这时，格如意卡的好朋友，塞尔维亚的英雄玛尔柯·克拉耶维奇来到他的面前，对他说道：“立刻住手，别再鞭打马儿了。它比你聪明，已经嗅到危险了。”

格如意卡告诉朋友，他在追求美丽的姑娘纳勒狄卡，而且只有从黑海岸边取回三枚金苹果，才能取得姑娘的青睐，让她成为自己的妻子。可是马儿却百般拒绝，不愿驮载他前往黑海，所以被打得鲜血直淌。

“如果事情真的如你所说，”玛尔柯回答，“那么我可以助你一臂之力。我把自己的神马，萨拉克借给你。它已经三回穿越多瑙河，知道如何前往黑海。”

格如意卡再三称谢，然后跟玛尔柯一起走进马厩，准备为萨拉克套上马鞍。玛尔柯·克拉耶维奇的马儿平日里十分驯服，可是这回却剧烈地反抗。它还伸出后腿猛烈地踢着，不让任何人近身。

玛尔柯看到自己的爱马踢得石头火星直冒，便悄悄地凑近它的耳朵，安慰着说道："安静，我的萨拉克，安静！让我的好友骑上你的马背，你驮上他穿过多瑙河，直达黑海。我答应你，如果你这回把他送到黑海然后安全地回到家中，从此以后，除了我以外，我再也不让任何人骑上你的马背。"

萨拉克顿时安静下来，让格如意卡骑上，然后起在空中如同旋风一般越过高山和田野，朝着黑海飞去。

呵，美丽的多瑙河，波光粼粼，影映着云空万里，透射着喷薄芬芳，引人入胜。萨拉克有时候扶摇直上，驰骋蓝天，有时候荡漾碧波，流淌水上。

萨拉克载着格如意卡终于来到黑海。格如意卡立刻看到纳勒狄卡所说的苹果树，而且，千真万确，树上结满了黄灿灿的金苹果。不过，树上的苹果挂得都很结实，格如意卡一个也摘不下来。他心里着急，便把苹果树连根拔起，搁在萨拉克的马背上，用绳子捆绑结实，然后跃身上马。神马又在天空驰骋，飞行神速。有时候，神马俯冲下去，直抵多瑙河上万倾碧波。

期间，格如意卡看到两个神奇漂亮的女妖。她们骑坐在巨大的冰碴上随波逐流，一面还示意年轻的男子，让他跟着她们一起戏水荡漾。

女妖们如此漂亮，格如意卡看得犹如中了魔的一样。他几乎想要驾驭神马前往追赶。不过，那里是分外危险的旋涡，让多少渔夫丧身水下。马儿见他心地不纯，便开口说话："你要提防女妖。她们会引诱你丧身河底，到那时必死无疑。你应该想想美丽的纳勒狄卡，给她送上宝贵的金苹果。"

神马的提醒非常及时，姑娘的形象重新浮现在格如意卡的眼前，粉碎了女妖们的引诱。聪明的神马沿着多瑙河排除万难，终于来到卢塞城。酒店里的朋友们已经等候得着急，不耐烦了。格如意卡跳下马背，抱着结满金苹果的大树走进店家。他把大树交到姑娘纳勒狄卡的脚下。

"你愿意嫁给我吗？"小伙子问道。

纳勒狄卡回答："愿意！"

他们立刻举办婚礼，多么热烈，多么隆重。新郎新娘走出小酒店，走进教堂。

他们有一大群傧相。骑马走在前头的正是英雄玛尔柯·克拉耶维奇，他骑着神马萨拉克。新郎忍不住走到神马萨拉克的跟前，他从草地上拔一把鲜嫩的青草喂马，心中洋溢着说不尽的感激之情。

月亮姑娘

从前有两个老人，他们一贫如洗，穷困潦倒。

“老头子，”年迈的妻子说道，“我们往后该怎么过呀？我的两条腿如此虚弱，几乎载不动我的身体了。我的两只手抖得厉害，一双眼睛更是不行，几乎瞎了。我们孤立无援，该怎么生活呀？”

“不知道，”年迈的丈夫回答，一面长叹一声，“我们要是有个女儿，也不至于这样满怀忧愁了。”

两个老人有一句没一句地怨诉悲苦。这时，月亮姑娘正好从窗口往里瞅了一眼。姑娘听到他们绝望的对话，多么悲伤。可是，月亮姑娘一筹莫展。她不知道应该如何帮助眼前的两位老人。

“你知道吗，老头子，”年迈的妻子说道，“你应该到多瑙河安下你的鱼笼，看看多瑙河能给我们送上什么礼物。我们把那样的礼物权且当作自己的孩子。”

丈夫听惯了妻子的吩咐，来到多瑙河边，支下鱼笼。月亮从星空洒下柔和的银光，照耀得多瑙河如同一条玉带，蜿蜒流淌，波浪间还有许多小鱼儿伸头探望。老人坐在河岸上，不一会儿便疲劳难挡，睡着了。

他这回睡得真熟，直到第二天清晨，公鸡啼鸣了三遍以后才揉揉眼睛，醒了。老人立刻走近水面，想要看看鱼笼里有什么收获。当他看到里面竟然有一只鸭子时，老人这回真是吃惊不小。那只鸭子真漂亮，一身彩色的鸭毛，黄金般的鸭嘴，一双银脚。

老人虽说见多识广，可是从来没有见过这么漂亮的鸭子。他立刻回家，把神奇的捕获拿给妻子看。

“你啊，亲爱的上帝，”妻子说道，“你这回给我送上了什么呀？小鸭子对我是毫无帮助的。不过，它至少可以给我作个伴。”

妻子说着取出一个木箱，给小鸭安排住处。“这是你的小床和房子。”老人对鸭子说道。后来，她又煮了一锅糊糊盛在小碗里，端到鸭嘴前，喂它吃食。当然，她也没有忘掉在窝里放一罐清水，供鸭子解渴。

第二天清晨，老妇人对鸭子说道：“小鸭子，我们没有吃的。我和老伴必须到树林里捡蘑菇，你就留在这里看家吧！可是别到处转悠，外面有狐狸和黄鼠狼。它们一旦抓住你，会把你吃掉的。我们不想失去你，我们喜欢你，把你当作我们的女儿。”两个老人叮嘱完，出门去了。

小鸭子从木篮内爬出来，用翅膀一连拍打三下。这时，它的羽毛掉下来。鸭子变成一个神奇美丽的姑娘，亭亭玉立的姑娘拥有一头金发，瀑布一般流淌到膝盖，脚上穿着一双银鞋。她拿起扫帚，把房间打扫得干干净净。然后，她从井边汲来清水，把窗子擦拭一遍。她还劈木柴，在灶下生火，等到火苗往上蹿动时，姑娘端起一只锅。她往锅里放入干蘑菇，然后煮成一锅浓汤。姑娘在一只箱子里看到不少的麻线，她把麻线取出来，很快织成两件衬衣，上面还绣着彩色的花纹。

傍晚时分，太阳下山了。老人的房子被打扫得干干净净，餐桌上摆着可口的浓汤。姑娘这回用手击掌三下。于是，她又变成一只鸭子。她刚刚钻进木箱，两位老人已经回来了。

“谁把我们的房间整理得这么干净呀?”妻子问道。

“谁给我们煮了一锅浓汤呀?”丈夫问道。

“是谁织下两件衬衣?”妻子问道。

“是谁到我们这里来过?”两个人异口同声地问道。

可是，不管他们问多少问题，小鸭子只是不声不响。

第二天，夫妇二人又到树林中去了，这回是捡浆果。晚上，他们精疲力竭地回到家中，看到灶台上有一锅煮得滚烫的豆子，衣钩上还挂着两件羊毛外套，里面用兔皮作衬底。

“是谁给我们煮的豆子?”丈夫问。

“是谁给我们缝制的羊毛外套?”妻子问。

“是谁到我们这里来过?”夫妻两人异口同声。

可是，不管他们问多少问题，小鸭子只是不声不响。

“事情真怪呀，”丈夫对妻子说道，“老婆子，我们必须弄明白，是谁悄悄地潜入我们的房间，趁我们外出之际帮助我们做了这些好事。”

“可是，我们该怎么办？”妻子问道。

“我们明天不到森林去了，而是登上屋顶，透过烟囱看着。我们可以看到房间里有何动静，如何变化。”丈夫回答。

果然，他们这样做了。当他们看到鸭子脱下羽毛变成一个神奇漂亮的姑娘时，惊讶得差点儿从房顶上滚下去。

多么漂亮的姑娘呀，金发、银鞋。姑娘立刻动手干活。她筛面、揉面团、生火、烤面包，她又取出一块毡，把它用刀切得大小合适，为年迈的夫妇缝制一双温暖的便鞋。两位老人看到这里，两颗心高兴得几乎要跳出嗓子眼。

“如果这位姑娘就是我们的女儿，那该多么好啊！我们如何才能保持她的外形，不让她重新变成小鸭呢？”妻子说道。

“我知道该怎么办，”丈夫回答，“我们干脆把她的羽衣烧了，让她失去双翼，那么，她就保持现在的模样了。”

等姑娘提着水罐到井旁汲水时，两位老人悄悄地从烟囱潜入屋内。他们抓起羽衣和翅膀，把它们投入火中烧了。这时，姑娘回来了。她看到自己的羽毛和翅膀着火了。

“痛心啊！你们干了什么呀，”姑娘失声痛哭，“我失去翅膀，如何能够重回天空，在天空遨游呀？”

“你为什么要在天空遨游？”年迈的妻子接口问道。

“你们不知道我究竟是谁，”姑娘叹息一声，说道，“我不是鸭子。我是月亮姑娘，晚上在天空遨游的月亮。当我从窗口看到你们，看到你们的艰难生活时，我的心里充满着对你们的无比同情。我去寻找魔幻的芳草女人，她能医治每个人的灵魂创伤。我问她应该如何帮助你们。芳草女人告诉我，我本应该在夜晚时分飞上天去，照耀天空。可是，我在白天可以下凡到人间，帮助你们料理生活。为此，我必须拥有鸭子的翅膀。芳草女人把空中、林中和湖上的鸟儿全都召唤到自己跟前，请它们各自捐献一根尾毛，还从脖子上取下一点儿鸟绒。她用尾羽和鸟绒为我赶织一件金色羽衣，做成一对鸭子翅膀。当然，芳草女人也不忘提醒我，必须如同眼珠一般保护我的羽衣和翅膀，不能有任何的疏忽。否则，我就再也不能飞上天空。从此以后，大地在夜晚时分就会漆黑一团，没有光亮。”

两位老人听到讲话，心中悲伤不已，竟然哭了起来。后来，他们还追问一句：“我们该如何帮助你呢？”

“你们到树林里，请求每只鸟儿捐助一根尾巴上的羽毛，另外从脖子上贡献一点鸟绒。等到你攒足羽毛和鸟绒时，你们可以在林中寻找芳草女人，请她为我重新赶制一件羽衣和翅膀。现在，我愿意隐身在一个寂寞的山洞里。”

两位老人立刻上路。他们从一个鸟窝走到另一个鸟窝，请每只鸟儿都捐助一根尾巴上的羽毛，捐助脖子上的鸟绒。他们在林中走来走去，一共走了七天七夜。他们看到，树林沿着多瑙河一直往前。太阳下山以后，他们总是习惯性地对着天空昂首观望，希望知道月亮姑娘是否在上面光彩照人。可是，大地一片漆黑。

他们终于攒集了许多的羽毛和鸟绒，现在，只缺一根羽毛和鸟绒了。两位老人来到公鸭面前，请它捐助羽毛。谁知道这只公鸭就像铁公鸡似的，一毛不拔，而且心地坚硬，无论怎么劝说，只是不动声色。

“我如果从美丽的尾巴上拔掉一根羽毛，那该多么难看？”公鸭沙哑着嗓子说道，“不行，我不会答应的。”

两位老人继续恳求。公鸭被迫无奈，只得忍痛割舍，准备从尾巴上拔下一根羽毛。不过，公鸭还是把丑话说在前头，这是有代价的。它希望获得一根珍珠项链作为报酬。

年迈的妻子听到要求，不由得哭了。她从哪里才能得到一根珍珠项链呀？可是，瞧吧，奇迹来了！老妇人止不住热泪滚滚，可是，从她眼中滚落的泪珠，一旦落在地上，全都成了滚圆滚圆的珍珠，亮晶晶的，着实可爱。

老妇人连忙把落在地上的珍珠捡拾起来，串成一条宝贵的项链。老妇人把项链递给公鸭，挂在它的脖子上。于是，他们换得了公鸭的羽毛和鸭绒。鸭绒太轻了，被一阵风吹得飘动起来，两位老人立刻从后面追赶上去，几乎跑断了老腿。他们终于把羽毛抓住了。

他们休整一番，然后去找芳草女人。老人们告诉芳草女人，说自己后悔极了，因为他们粗暴地对待月亮姑娘的羽衣。因此，他们请求芳草女人格外开恩，为他们重新赶制羽衣和翅膀。芳草女人见两位老人十分诚恳，便答应重新缝制新衣和新翼。后来，她把衣服和翅膀交给老人。

两位老人立刻来到山洞，那是月亮姑娘藏身的地方。姑娘看到老人手上托着的羽衣和翅膀，便从山洞里一步跳上前来，用手击掌三回。月亮姑娘顿时恢复成鸭子的模样，飞上天空。

当天夜里，一轮明月升上天空，多么柔和，多么美丽。可是，月亮姑娘却再也没有回到大地。

伊尔佳·莫罗麦茨和夜莺强盗

从前有个年轻人叫伊尔佳·莫罗麦茨，是父母亲唯一的儿子。两位老人含辛茹苦把儿子拉扯养大，因为伊尔佳·莫罗麦茨从生下来就患有腿疾。他在室内的炉灶旁一连躺了三十年，既不能起身，也不能走动。

一天，父母亲要到自己家的田地上劳作，他们早早地出门去了。这时，有三个上了年岁的男人来到草房前，大声呼唤："伊尔佳，起来吧！"

"我是病人，我无法起床！"

"你可以尝试一下，用点儿力，做一番努力。"

伊尔佳奋力尝试，猛地抬起双腿，从灶台旁蹦跳下来。他给三位男子拉开大门。三位男子一步跨入门内，开口说道："你已经久病在床，从现在起，你恢复了健康，是个强壮的男子汉。你将来会是个勇敢的大英雄，世人将会称赞你的英雄事业。"

他们说完，给年轻人递上一罐清水，异口同声说道："喝吧！"

伊尔佳·莫罗麦茨喝了一大口，顿时感到体内的力量大增。他又猛力地喝一口，感到力量又扩大一倍。他继续喝，直到把罐内的清水喝完。这时，他舒展一下身体，说道："如果现在有人把一枚戒指插在地上，我可以抓住戒指把地球举起来，让它飞速旋转。我是一个力大无穷的人。"

"好极了，"老人们异口同声，"你的力量来源于家乡泥土中贮存的清水。可是，你千万别对旁人讲起其中的秘密，千万别伤害无辜。你必须运用神力帮助别人脱离苦难，切记，切记。"

三位老人说完，倏忽一声，消失不见了。

当时正是鞑靼人入侵伊尔佳故乡的动荡年代。敌方的军队在三个鞑靼人国王率领下来到库尔斯克城门前。伊尔佳·莫罗麦茨听到消息，立刻骑马前去御敌抵抗。他在城门前连根拔起一棵大栎树，以此扫荡鞑靼人，把他们打得东躲西藏，狼狈逃窜。

伊尔佳对三位鞑靼国王说道："我这回饶你们不死，你们立即回到自己的故国家乡去。请记住，以后再也别来侵犯我们的家园。这是命令。如果你们不遵守我的命令，我会把你们彻底消灭。"

库尔斯克城的居民们对伊尔佳的大恩大德铭记在心，没齿难忘。他们纷纷要求伊尔佳留在城里，充当他们的佑护神。

伊尔佳回答："不行，我必须继续往前。我还要帮助其他人，帮助他们解除苦难。"

伊尔佳说完纵身上马，一路来到都城基辅。这趟路程十分遥远，因为需要走巨大的弯路。他如果笔直往前，将会经过一片树林，可是林中居住着江洋大盗夜莺先生。这是一个可怕的强盗。任何动物从他身旁经过时都会被他杀害，任何鸟儿飞过他面前时都会被他抓住，关在笼中。没有人敢胆大包天地走近树林。否则，那样的人必死无疑。

伊尔佳·莫罗麦茨不信这一套。他骑上高头大马径直前往基辅，不一会儿，他就进入密林之中。这里是夜莺强盗日夜出没的地方。强盗骑坐在三棵栎树的九根树枝上，以便能够登高望远，饱览一切。如果有人从旁走过或者骑行，他就会发出夜莺一般的叫声。这时候，树叶会纷纷飘落下来。有时候，他又会如同野兽一般咆哮怒吼，林中树木顷刻就会倒下，把任何敢于侵犯的人全都埋在树下。

伊尔佳大着胆子，骑马来到林中。夜莺强盗顿时鸣叫起来，树叶纷纷落下，接着，他又怒吼一声，如同凶恶的野兽。伊尔佳的坐骑吃此惊吓，前蹄顿时跪倒地上。伊尔佳踢了踢马刺，大声说道："起来，我们并不畏惧世上的任何人，更不用说小小的夜莺强盗了！"

坐骑听话似的站立起来。伊尔佳对着强盗盘踞的三棵栎树冲了上去。强盗腾地一声，从树上跳下，对着伊尔佳扑了过来。伊尔佳弯弓搭箭，对准强盗射过去，飞箭正中夜莺强盗的眼睛。强盗大叫一声，脑袋已被射得对穿而过，飞箭还往前

飞行一阵，落在树林的出口处。

强盗夜莺倒在地上，伊尔佳赶上一步，用一只手把他擒住。他伸出另一只手从马鞍上取来结实的绳子，把强盗捆绑结实。伊尔佳带着他的战利品朝着强盗的山洞骑马而去。

强盗夜莺的女儿是个大力巨人，她看到父亲被捆绑结实，便随手抓起一块巨大的石头，对着伊尔佳走上前来，想把他一记打死。伊尔佳只是轻轻地弹了弹肩膀，便把石头挡了回去。仇人相见，分外眼红，两位大力士顿时打斗起来。他们杀得天昏地暗。强盗的女儿稍不留意便被伊尔佳赶上一步，抓住喉咙，捏死了。

强盗夜莺的妻子听到外面的吵闹声不绝，连忙从山洞里跳出来。她看到女儿被捏死在地上，丈夫被捆绑着丢在一旁，不由得放声大哭，高声说道："请垂怜于他！我愿意赔偿你的一切。你要什么都行，黄金、白银、珠宝。只是请你高抬贵手，饶我丈夫一命。"

"对他是用不着怜悯的，他也不知道怜悯是什么。"伊尔佳回答，一面掉转马头，骑马往基辅去了。

伊尔佳出生在国王伏洛狄弥尔当政的年代里。国王见他年轻力壮，愿意任用他，让他为自己服务。伊尔佳来到国王宫殿时，只见国王、王后和众位英雄正在用餐，其中还有闻名遐迩的阿辽莎·波波维奇。他们开怀畅饮，十分热烈。

"你是从哪条路过来的?"国王问他。

"最短的路程。"

众位英雄听到讲话，他们全都不信，只是摇头。他们之中谁也不敢抄近路。

阿辽莎·波波维奇大声叫喊起来："你是个该死的骗子！你是决不可能活着走出夜莺强盗的地盘。"

"你不行，我可是行的，"伊尔佳·莫罗麦茨回答，"我把强盗带来了，可以押上来给你们瞧瞧。"

国王、王后和众位官员听到讲话，全都好奇地跳起来，走上宫殿大院。他们看到强盗夜莺捆绑在伊尔佳的坐骑旁。国王壮起胆子朝夜莺走上一步，对强盗说道："强盗夜莺，你再像夜莺一般鸣啭，像野兽一样咆哮吧！"

强盗回答："国王，你无权命令我如何行动！只有战胜我的人才能行使这般权力。他就是伊尔佳·莫罗麦茨。”

“伊尔佳，你给他下令吧！”国王说道。

“行啊，我乐意为你效力，”伊尔佳回答，“不过，我首先应该把你和你的夫人用我的哥萨克大衣盖住。否则，当强盗夜莺鸣啭或者咆哮时，你们会吓破苦胆的。”说着，他用大衣把国王和王后罩盖得严严实实，然后命令强盗开始鸣啭和咆哮。强盗十分听话，立刻执行命令。一刹那，树叶开始抖落，王国的英雄好汉们大惊失色，夺路而逃。他们之中逃得最快的就是大英雄阿辽莎·波波维奇。

“你们还敢号称英雄吗？你们都是胆小鬼。”伊尔佳对着他们的背影大声谴责，然后转过身去，挥剑斩下强盗夜莺的脑袋。

伊尔佳·莫罗麦茨从此以后生活在国王伏洛狄弥尔的宫殿里，为国王服务。他敢于除暴安良，打击一切不法之徒。国王赞赏他的勇敢和义举。可是，其他的英雄都十分妒忌，尤其是阿辽莎·波波维奇。他对伊尔佳更是怀恨在心，因为那天他实在逃跑得狼狈，被耻笑了。

波波维奇思量着，想要寻机报复。

一天，机会来了。他在国王面前竭力诽谤伊尔佳。国王伏洛狄弥尔是个轻听轻信的人，于是命人把阿尔佳投入监狱。监狱里也不给他提供吃喝，很快把他忘掉了。

国王伏洛狄弥尔有个女儿，名叫伊列娜。伊列娜不仅人长得漂亮，而且心地善良，是个值得称赞的姑娘。姑娘每天都给伊尔佳送上吃喝，从来都没有耽误，不过别人都不知道。

过了三年时间，王国上下一片祥和、平安。一天，鞑靼人国王卡琳给伏洛狄弥尔送来书信，上面写着：“国王伏洛狄弥尔，你且听着，我要占领你的王国和你的都城基辅。如果你聪明一点，那么可以顺从我的旨意。你倘若敢有反抗之心，我就率领军队前来征讨，用暴力夺取我所需要的一切。到那时，你和你的妻子只配给我提水扫地。”

国王读罢书信，不由得大吃一惊，连忙问王后这回该怎么办。王后急得在地上团团转，只是拿不出主意。情急之下，他们又和女儿一起商量，希望听听女儿伊列娜的意见。

“伊尔佳·莫罗麦茨如果能够帮助我们，那么就可彻底放心了。”女儿说道。

“他的骨头也许早就变成尘土了！”国王回答。

可是，女儿伊列娜建议父亲前去看看英勇的伊尔佳是否还活着。国王伏洛狄弥尔迫于无奈，只得差人前往牢房，那是伊尔佳生活了三年的地方。仆人看到被遗忘了三年、本应该早就饿死或折磨死的囚犯竟然健康如初、生龙活虎时，自然吃惊不小。

伊尔佳·莫罗麦茨心满意足地坐在那里，悠闲地吹着口哨，那是哥萨克的民歌。看模样，他如同坐在绿油油的草地上一样。伊尔佳立刻被带到国王和王后面前。他们对大英雄再三表示歉意，恳请他出来救助苦难。

“你们不惜让我饿死牢房，我不能救助你们。”伊尔佳一口回绝。

伊列娜也恳请伊尔佳出来帮助。最后，伊尔佳终于答应了。他给战马配上马鞍，奋起抵抗鞑靼人的入侵。没有几个回合，伊尔佳·莫罗麦茨就把鞑靼人打得落花流水，大败而逃。

后来，他跟国王卡琳约定单独决战，卡琳也是一位了不起的英雄。他们两人挥舞利剑，勇敢地杀在一起，你来我往，各不相让。战斗一直持续了三天三夜，还是不分胜负，难决高下。等到第三天将近傍晚的时候，伊尔佳感到有点儿力不从心了，眼前一个疏忽，鞑靼人国王卡琳乘虚而入，把他抓住，扔在地上。

卡琳把他紧紧地压在地上，说道：“你是个勇敢的战士，跟我一起回去吧。像你这样的武士和英雄，我是很欢迎的。你如果跟我回去，我可以挑个女儿嫁给你。”

伊尔佳突然想起从前三个老人讲过的一席话，那是在他的父母亲的家中。

老人是这样说的：“只要你紧紧地站立在家乡的大地上，那么，家乡的泥土会给你增添力量。当你躺在上面时，你会从中汲取力量，如同从源泉中汲取水分一样，你会越来越强大。”

国王卡琳不知就里，把伊尔佳压在地上，压得越来越紧。伊尔佳感到地上有一股力量流到他的身上。后来，当他彻底恢复气力时，便一把抓住鞑靼人国王卡琳的双腿，把他从空中扔得远远的。卡琳掉在很远的地方。他的头着地，所以折断了脖子。

鞑靼人的部队以为胜券在握，又赶回来。他们排兵布阵，围住城市。伊尔佳·莫罗麦茨搬回已死的卡琳，扔在鞑靼人的面前，然后一阵穷追猛打，再次把鞑靼人的军队打得大败而逃。

伊尔佳成为大获全胜的英雄。基辅城里唱歌跳舞，庆祝伊尔佳为他们免除了苦难，连教堂里都响起了洪亮的钟声。国王伏洛狄弥尔把女儿伊列娜嫁给伊尔佳为妻。后来，国王年岁大了，就由伊尔佳·莫罗麦茨继承王位。

伊尔佳·莫罗麦茨是个聪明智慧的国王。他在治理王国时，王国上下一片繁荣，到处是和平的美好景象。

伊凡和国王的女儿

从前有一个商人富得冒油，他自己都不清楚到底拥有多少财产。

他有个女儿，把女儿视如掌上明珠，十分呵护。可是，女儿爱上他的一个伙计。商人觉得门第不当，心中甚是不安。这个穷光蛋决不能成为我的女婿，商人思量着，神仙和魔鬼如何能够同聚一堂呢？商人想罢心思，便命伊凡，那个伙计的名字，来到自己面前，交给他一封书信，说道："你去为我完成一项任务。你把这封信交给东方王国的恶龙国王，你在回来时请在他的头上拔下三根龙毛，交给我！"

贫穷的伙计除了服从命令外，还有其他办法吗？他立刻上路。商人看到这里，心中暗自高兴，知道这回把他彻底打发走，再也回不来了。龙头上拔龙毛，可不是一件简单的事，商人不由得自言自语，甚至笑出了声。

伊凡一路往东，很快进入第一王国。他来到国王面前，问道："你能告诉我恶龙国王住在哪里吗？"

"那可远着呢，"国王说道，"不过，且请听着，我交给你一项任务。我的花园里有一道泉水，里面的清水十分神奇，用这种清水沐浴过的病人，立刻就能痊愈。现在，这道清泉变得浑浊了，失掉了魔力。如果你能够让它重新变得清澈，我可以送给你半个王国，作为奖励和报酬。"

"我现在是一筹莫展，也许将来会有办法的。"伊凡回答，然后告别国王，迎着清晨的方向一路朝东。

他来到第二个王国，走进王宫，向国王打听前往恶龙王国究竟有多远的路程。

“远着哩，非常远，”国王回答，“可是，我有一个任务需要交待给你。我的宫殿前长着一棵苹果树，从前结满了金苹果。可是，这棵树干枯了，如果你能让它重新开花结果，我可以送给你半个王国，作为奖励和报酬。”

“非常抱歉，我现在是一筹莫展。可是，我会记住这件事情的，如果我想到好办法时，我会告诉你。”伊尔告辞了国王，朝着东方一路前进。

他来到第三个王国，立刻被引到国王面前。那是国王亲自下达的命令，必须把任何一个陌生人迅速送入王宫。伊凡站在国王面前，只听国王对他说道：“我只有一个女儿，女儿长得神奇漂亮，是我的掌上明珠。可是有一天，她外出散步，直到现在都没有回来。你在世界上东奔西走，见多识广。你见到过我的女儿或者听到过她的音讯吗？如果你能把她重新领回宫殿，我会送给你半个王国，作为奖励和报酬。”

“我没有见到过她，也没有听到过有关她的任何消息，”伊凡回答，“可是，我也许在前往恶龙王国的途中会有所察觉。从这里前往恶龙王国还有很多路吗？”

“恶龙国王跟我相邻，从这里到他的王国已经不远了。”

伊凡继续往前，一路朝东，终于来到第四个王国。他看到眼前有一幢白色的宫殿，四周由一道黑水包围着。宫殿的入口处有个大洞，洞前搁着一把梯子。伊凡在胸前连连画着十字，然后顺着梯子一直走到下端。

伊凡走进的第一座大厅是空的，里面什么东西都没有。他走进第二座，也是空的。伊凡觉得十分奇怪，又走进第三座大厅，看到里面睡着一个神奇漂亮的姑娘。伊凡慢慢地走上前去，姑娘醒了。

“你是怎么进来的？”姑娘大声问道，“这儿是恶龙国王的宫殿。他要是看到你，会把你一口吞入腹中的。”

“我来得正好，找到地方了，”伊凡说道，“我的主人是一位商人，他交给我一项任务，要给恶龙国王递上一封书信，然后从他的头上拔下三根龙毛。”接着，他把途经三个王国所听到的做事，即神奇的泉水现在浑浊不堪、金苹果树不结果实、漂亮的公主没有回去都对姑娘一一讲述清楚。

“那个公主就是我，”姑娘大声回答，“我是父亲家中唯一的女儿，我叫娜狄佳。我的父亲是第三个王国的国王。恶龙国王把我劫持而来，把我囚禁在这里。我会帮助你，从他的头上拔下三根龙毛，然后一起飞回去。”

姑娘的话音刚落，宫殿已经开始抖动起来，连空气也凝结得不再动弹。

“快，你立刻躲在炉子里，”姑娘大声说道，“恶龙回来了。”

说话间，恶龙步入大厅。他一连打了三个喷嚏，说道：“我嗅到什么了？这是鲜美的人肉味。”

“你搞错了，我的主人。这里连个人影也没有，你仔细看看。”

恶龙东张西望地看了一阵，到处寻找，只是没有理会火炉。

“过来吧，坐在我的身旁，你可以安心休息了！”公主安慰他，“我可以对你讲讲，你不在家时，我做了什么奇怪的梦。”

恶龙果然坐在姑娘的身旁，后来躺下身子，把头搁在姑娘的腹间，听姑娘娓娓动听地讲故事。

“我梦到一道神水可以治愈一切病人，可是现在却浑浊不堪，失掉了魔力。没有人知道其中的缘故。”

“我知道，”恶龙嘟嘟哝哝地说道，“因为里面有一只蛤蟆。只要把它清除掉，泉水就会清澈见底，恢复它的神力。”

姑娘看到恶龙疲倦地躺在那里，便扶着他的龙头，从中拔下一根龙毛，恶龙一点儿也没有觉察。接着，姑娘又开始讲故事：“我还梦见一棵苹果树，它从前是结金苹果的。可是，现在它却干枯了，没有人知道如何使它重新开花结果。”

“我知道，”恶龙嘟嘟哝哝地回答，“有条虫子正在咬食它的树根，只要把树移栽一下，它就会开花结果，结出金苹果。”

娜狄佳又从他的头上拔下一根龙毛，恶龙也没有发觉。

“我还梦见一位神奇漂亮的公主，她外出散步，可是没有回家。公主消失不见了，没有人知道她到哪里去了。”

“你难道忘了，正是我把你劫持了吗？”恶龙诧异地问道。

“这是一个玩笑。”公主微微一笑地说道。接着，她又悄悄地从龙头上拔下一根龙毛，这回也没有被发觉。

恶龙休息完毕，恢复了体力，于是站起身，飞出门外。

“快从炉子里钻出来，”公主对伊凡招呼一声，“我知道一道咒语，可以帮助我们变化身段，从而逃脱恶龙的控制。”

伊凡从炉中钻出来，娜狄佳拿住三根龙毛，口中念念有词，说了一道咒语。

他们两人已经变成两只鸟儿，如同一阵轻风似的飞上天空。等到恶龙重新回到宫殿，他发觉公主已经不见了，恶龙十分生气，咆哮不绝。他立刻展开龙翅，飞到空中，想要追赶远遁的公主。

娜狄佳和伊凡已经飞得很远很远了，只听娜狄佳说道："我想恢复一下人的体型，听听恶龙是否追了上来，因为他在飞行时，总会地动山摇的！"

公主说完，便来到地面。当她感到大地在抖动时，便叫喊起来："他在追赶我们，快要追到了。我变成一个蜂窝，把你变做一个养蜂人。他如果问你是否看到一个像我这样的姑娘时，你可以告诉他，你从前是看到过的，可是从那以后，已经过去许多年了，而你当时还很年轻。"

不一会儿，恶龙果然飞着来到养蜂人的面前。

"老人家，你看到一个美丽的姑娘从这里走过吗？"

"是的，不过那是很多年以前的事了。我当时还很年轻，看到有个姑娘从面前急急忙忙过去的。"

恶龙听完讲话转身回到宫殿，到处寻找。他想，公主一定躲在宫殿的某个地方，不肯露面。伊凡和娜狄佳立刻变作两只小鸟，振翅飞翔。他们飞行一阵，只听娜狄佳开口说道："我又想恢复人的模样，看看恶龙是否正在追赶我们。"

当她重新感到大地正在抖动时，不由得大声急叫："我现在变作一个老太婆，把你变成一个老头儿。"

事情果然如此。恶龙在宫殿里寻找公主不着，再度飞了过来，却看到眼前站着两位老人，头发雪白，满脸皱纹，连牙齿也掉了几颗，还弯着腰。恶龙问他们是否见过一个年轻的姑娘。两个老人缓慢地摇摇头，然后往前走去。恶龙生气地飞回他的宫殿，重新寻遍了宫殿的大厅和房间。可是，他没有找到公主。

恶龙只得又离开宫殿，前往寻找。

这时，伊凡和娜狄佳已经临近娜狄佳的父亲的地盘。当大地开始抖动、连空气也吓得凝固不动时，公主娜狄佳连忙把自己变作一只鸭子，事先把伊凡变成一池湖水。

恶龙飞过来，看到一只鸭子在湖水里浮游，自由自在。可是，他这回从鸭子的眼睛认出那是变化的公主。于是，他凑近河岸，蹲下身子，开始饮水。他要把湖水饮干，然后抓住鸭子。恶龙喝得又急又猛，把他的龙腹胀得鼓鼓的，而且越来越大，最后只听扑的一声，龙腹爆裂了。

伊凡和娜狄佳立刻恢复了人的模样，继续往前，一直来到娜狄佳的父亲治理的王国。国王看到丢失的女儿回来了，激动得热泪盈眶，连忙把女儿搂在怀里。

“你把我的女儿送回宫殿，”国王对伊凡说道，“那么，你可以娶我的女儿为妻，还可以得到我的半个王国。”

“我不要你的王国，你的女儿我却是要的。”伊凡回答。

国王立刻为他们举办盛大的婚礼。贫穷的伙计娶国王的女儿为妻，他顿时成为世界上最幸福的人。婚后不久，伊凡对他的妻子说道：“我必须去见我的主人，他是个商人。我要把三根龙毛亲自交到他的手上。”

“如果是这件事，我可以陪你一同前往。”妻子回答。

夫妻双双准备停当，立刻动身上路。不久，他们来到生长金苹果的王国，可惜苹果树还没有开花结果。伊凡来到国王面前对他说道：“我现在明白了，知道如何让树木重新开花结果。这棵树在根部有一条害虫，正在啃食树根。你只要把大树移栽到别处，那么它又会开花结果的。”

国王听从劝告，不久就收获了第一批的金苹果。国王不忘从前的承诺，决定给伊凡赠送半个王国。伊凡却带着他的妻子继续往前，不久来到泉水变得浑浊的王国。

“国王，我现在明白如何让泉水恢复清澈的原因了，”他对国王说道，“泉水中有一只癞蛤蟆。如果把它清除掉，那么泉水就会清澈见底，任何病人只要在泉中沐浴，立刻就会恢复健康。”

国王听从伊凡的建议，赠送半个王国给他作为礼物。伊凡又带着妻子一同上路，最后来到商人面前。商人从前把他打发出去让他寻找恶龙国王，但早就后悔莫及了，知道不该支走他的伙计，因为女儿看到父亲如此不仁，又气又恼，苦闷成病，不久以后撒手人寰。

现在，他看到伊凡站在自己的面前，知道伊凡是个大富大贵的人，心中十分害怕，担心伊凡将会趁机报复自己。

“伊凡，我请你原谅我的一切，”商人恳求着说道，“我愿把家中的一切财富，包括黄金和珠宝通通给你。”

“我原谅你，”伊凡回答，“你让我找到了自己的幸福。我娶了一位公主为妻，

统治着一个巨大的王国。我这回过来，只是为了给你送上恶龙头上的三根龙毛。”

说着，他拿出一根龙毛，往空中挥舞一下，只见汹涌澎湃的洪水从四面八方冲向商人的房屋。商人吓得浑身发抖，生怕他的货物毁于一旦。这时，伊凡又举起龙毛，重新挥舞一下。咦，洪水顿时倒退回去，地面上干干的，连水迹都没有留下。

接着，伊凡又掏出第二根龙毛，在空中挥舞一下。刹那时，许许多多的毒蛇、蜘蛛和害虫迎面而来，势不可挡。商人吓得面如土色，心想这回必死无疑了。伊凡重新挥舞一下手中的龙毛，那些动物全都消失不见了。

最后，他挥舞第三根龙毛。只见一阵祥和的清风徐徐而来，把他和他的妻子娜狄佳高高地托在空中，清风把他们一直送到娜狄佳的家乡。

他们受到热烈的欢迎。不久，伊凡继承王国当上国王，妻子娜狄佳当上王后。伊凡和娜狄佳治理王国时分外开明、仁慈。后来，他们高龄去世，王国上下一片悼念之情，久留人间。

世界的报酬

从前有一个农民，他来到林中开始伐木，这可是十分艰苦的劳动。

农民结结实实地干了一阵活，然后靠在一棵大树下休息，旁边是一块石头。突然，他听到一个声音：“你这个家伙，请垂怜自己。把石头移开吧，让我出来，我会报答你的。”

农民吃惊不已。可是，他仍然把石头移开，看到下面有个土洞。一条大蛇从洞中游出，冒出地面，说道：“我是耶察，即你们所说的妖怪。你解救了我，现在轮到你去死了。”

农民倒吸一口冷气。“这就是给我的报酬吗？”他不禁叫喊起来，“你不是请求我救你一命吗？我不是把你从囚禁中解救出来，让你重新见到阳光了吗？”

“是的！我完全按你的承诺行事，因为负恩忘义就是这个世界的报酬，我只能以世界适用的法则对付你。”

农民觉得这件事于情于理都是错的，因此，他们一起去找法官，请法官帮助明断是非。他们来到一座大院，看到里面拴着一条老狗。狗脖子上挂着铁链条，链条拴在树桩上。

“人类的忠实朋友，你好吗？”他们一起跟狗打招呼问道。

“正如你们亲眼所见！”

“我们在寻找一位法官，”长蛇说道，“因为我们之间出现了纠纷，无法判断谁更有道理。你且说说应该怎么办吧！”

狗答应了。

于是，农民走上一步，把他跟长蛇之间的事讲述一遍。老狗仔细地听着。等农民说完话，狗才开口汪汪地说道：“如果真的如你所说，那么你就应该死去。这就是世界给予的报酬。比如我吧，当我还在年轻的时候，我的主人对我十分垂青，带我一起去打猎。我给他捕捉狐狸，甚至跟恶狼搏斗。我的主人现在还穿着狼皮大衣呢。我为他守护家园，防止小偷和强盗。可是现在我老了，又疾病缠身，被可怜巴巴地拴在这里。主人说要把我卖给宰狗的屠户，把我打死，剥下狗皮。这就是世界对我的报酬。”

农民见狗嘴里吐不出真理，便请长蛇再去询问另外的法官。长蛇点点头，答应了。他们一起外出，寻找第二名法官。他们在林中空旷之处看到一匹老马。马的眼睛浑浊不堪，没有一点儿亮光，马的两侧更是空空落落的，显然早就吃不饱，没有营养了，身上还叮满了苍蝇。可怜的马儿精疲力竭，无法迈动步伐。

“高贵的骏马，你好吗？”

“正如你们亲眼所见！”

农民和长蛇把他们之间的故事对老马讲述一遍，也说到了老狗的判决。他们请马儿主持正义，说说自己的意见。老马仔细地听完他们的讲话，对农民摇摇头，说长蛇的话儿有理。

“蛇儿说得对，世界就是这般支付报酬的。我年轻的时候多么健壮，是主人心爱的坐骑，神奇的骏马。我驮着主人经历战争的厮杀，不止一回救过他的性命。那时候，我吃着最好的燕麦和最美的青草。夏天，他们给我支起一顶大蚊帐，防止苍蝇叮咬。可是现在我老了，重病缠身。人们把我赶到林中空旷之处，那是为了让我在夜里喂狼。”

“农民，你听到骏马是怎么说的了吗？”长蛇问道。

农民央求再去寻找第三位法官，长蛇也答应了。

他们找啊找，突然见到一只狐狸。“你且站住，听听我们的故事，为我们做个决断！”他们一起呼唤狐狸，然后把发生的一切向狐狸讲述明白，还告诉了它有关猎犬和骏马所说的判决。

狡猾的狐狸听完讲话，对农民挤了挤小眼睛，在他耳边悄悄地说道：“我可以帮助你脱离这道陷阱，可是，你们家养的鸡必须全部归我。”

“可以，我再给你补几只肥鹅！”农民一口答应。

于是，狐狸装做一脸严肃的模样，说道：“这是一个严重的问题，很难判定其中的是非，因为这里关乎生死的重大话题。当然，任何纠纷只能在它发生之地才能获得判决，明断是非。那么，我们走吧。”

他们三个一起上路，来到树林，见到前面有块巨石，那是把长蛇囚禁镇压的石头。“人们必须把事情从头到尾重新演绎一遍，”狐狸说道，“以便让大家看个明白。农民像从前一样坐在大树旁，而长蛇，也钻进洞里去吧！”

农民和长蛇像两个演员一样按照狐狸的吩咐表现着。狐狸看到长蛇躺在洞中时，对农民悄悄耳语：“快，把石头滚上去，压住！”长蛇又被镇压住了，无法动弹，更不用说重见天日了。农民对狐狸连连称谢，狐狸却大声说道：“明天我到你们家来，别忘了把鸡全部给我。”

狐狸说完，扭转屁股走掉了。农民迅速回到家中，把一切都告诉了妻子。他尤其夸奖狡猾的狐狸，还说到明天会到家中来拿走答应给它的公鸡和母鸡。妻子听罢讲话，看到丈夫活着回来了，自然感到高兴。可是，她想到即将失去那么多的公鸡和母鸡，心中又感到着实不愿意。

第二天，妻子赶在太阳升起前就站在窗口等候狐狸。当她看到狐狸过来时，连忙喊来了丈夫。

“有只狐狸过来了！”

“也许就是救过我命的那只狐狸，它是过来吃已经承诺给它的公鸡和母鸡的。”

“如果我把公鸡母鸡全部送给狐狸，那么连绵羊都会笑话我的，”妻子大声说道，“快拿猎枪，把它打死。你可以把狐狸皮卖给皮革商人。”

农民听妻子讲得有理，便按她的主意行事。他拿起猎枪，对准狐狸开了一枪。

“千真万确，忘恩负义这是世界的报酬！”狐狸大喊一声，死了。

骄横的沙皇

从前有个沙皇，是个骄傲而又横蛮的人。他除了强调自己的意见外，对别人的话是听不进去的。王国的官员们对他提出的任何劝告和建议都会遭到他的拒绝和谴责，沙皇甚至当着他们的面大声叫喊："我无法忍受你们教训我，我知道什么是最好的。"

如果还有人敢于顶撞他，沙皇会立刻下令把顶撞的人直截了当地送进牢房，或者干脆杀掉。

一天，沙皇走进教堂，听牧师朗读神圣的经文。牧师读到有关公平和仁义的条文时，沙皇听着觉得刺耳，当即命令牧师站在他的面前。

"这一段的内容你可以不读。"沙皇说道。

"我的主人，这是先人写的经文，我不能轻易地跳过它们。"

"你必须按我的命令行事，我命令你把它们删除。"

"沙皇，这些话不是我写的，我不敢把它们删除。"牧师据理力争。

沙皇不由得咆哮起来："你个可怜虫，竟敢违抗我的主意？我是沙皇，你必须听从我的主张，不得有任何的抵触。"

"沙皇，我在其他的一切方面都服从你的主张，"牧师说道，"只是在这方面，一切都得服从上帝。世人是不能对经文有所更改的。"

"我给你三天时间，去好好想想吧。然后你再告诉我，是否愿意服从我的意志，听从我的安排。如果你继续固执己见，那么到第二天你就比自己矮了一头。"

牧师心事重重地回家去了。他知道这回难以逃脱，必死无疑，因此寝食不安。直到黎明时分，他才感到疲倦难熬，慢慢地合眼睡着了。他在梦中见到一位天使，天使对他说道："你不用害怕！上帝派我下凡，前来帮助和保护你。"

牧师醒来后感到颇有安慰，因此信心百倍地穿上衣服。

沙皇已经及时起床。他看到阳光灿烂，便决定外出狩猎。沙皇来到林中，看到前面有一头白鹿从树丛中跳了出来。沙皇立刻拍马前往捕猎。白鹿朝着一条河流蹦跳而去，后来还跳入河中。沙皇见状，立刻脱下衣服，步入河水，准备捕捉猎物。他几乎就要抓住白鹿了，可是，白鹿却在眼前消失不见了。

原来，白鹿正是上帝派遣的天使变化而成的。他潜入水下，游回河岸，然后变成沙皇的模样。他穿上沙皇的衣裳，骑上沙皇的骏马，一路往前，回到自己的宫殿。

天使变作沙皇的模样，没有人看出其中的破绽。

真正的沙皇上岸以后，他看到衣服和马儿都不见了。他以为这些东西被人偷走了，只得赤身裸体地往前走着，希望有人能够帮助他。沙皇裸体地走了很长的路，看到前面树丛里冒烟，便赶上几步，看到是个烧砖的窑洞。

一群烧砖的工人看到一个裸体的男子，都很吃惊。裸体的男子双脚走在石头路上，走得鲜血淋漓。大家对他十分同情，便给他递上一件破旧的大衣，给他一点面包和黄瓜，供他充饥食用。

“你是谁呀，从何而来？”他们问。

“我是你们的沙皇，”裸体的人回答，“我回到宫殿后会加倍补偿你们的盛意。”

大家听到裸体的人一番疯言疯语，不由得哈哈大笑，对他耻笑不已，因为没有人听到过沙皇还有裸体的时候。裸体的人不禁生气了，大声说道：“我要让你们个个短下一截头来！”

烧窑的工人见赤身露体的人不仅模样不雅，而且出言不逊，便跳上前去给他一顿暴打。沙皇被他们赶走了。

他又来到第二座砖窑。烧砖的工人们看到他迈着一双鲜血淋漓的脚，知道他是个可怜的流浪汉，对他十分同情，给他送上两件破烂的衬衫和裤子。他们问流浪汉从何方来，问他是何身份，只听那人回答：“我是你们的沙皇！”

大家听到讲话笑得前俯后仰，差点儿跌倒在地上，说他是个愚弄别人的傻瓜，把他奚落一顿，赶走了。

沙皇跌跌撞撞地来到第三座砖窑旁。烧砖的工人看到来了个乞丐，对他十分同情，送给他一双旧凉鞋，免得他鲜血淋漓地走在石头路上。沙皇在他们询问他的来历之前，便开口问前往宫殿应该怎么走。他顺着通往宫殿的路走着，途中遇到一位监工，监工对他大喝一声：“停步，出示证件！”

“我没有证件。”

监工见他行迹可疑，干脆把他抓起来送进监狱。沙皇这回跟乞丐、小偷和强盗一起关在一座臭气熏天的牢房里。监牢里白天没有面包，晚上不能睡觉，度日如年。

过了几个星期，来了牢房管理员，开口询问他们每人到底身犯何罪，其中一个说因为打群架把别人的眼睛打瞎了，第二个偷窃了主人的皮包，第三个逃离了兵营。轮到沙皇时，他说道："我是沙皇，有一天……"牢房管理员见监狱里关了一个疯子，是个精神错乱的人，便不由分说地朝他后屁股踢上一脚，让他滚出牢房。

堂堂的沙皇，连坐牢的资格都没有了。

他只得到处流浪，四方乞讨，走遍了王国上下。他接受人们的任何脏活、累活，只是为了能够获得一块面包。有时候，他碰上好运气，可以在干草堆上睡一觉。否则，他只能走到哪里睡到哪里，街头、沟旁都是他的睡觉之所。

却说天使扮作沙皇的模样来到宫殿。三天以后，牧师来到宫殿，对沙皇说道："国王，如果真是你的愿望，那么请把我杀掉算了。可是，我是不会改动经文的，连一个字也不行。"

高高在上的沙皇温和地看了他一眼，回答："我给你的只是一回考验，你坚守自己的信念，我要提升你当红衣主教。"

沙皇的话就是命令。扮作沙皇模样的天使从来不去打猎，而是深入民间，体察民情。他要看看民众有何困苦难关，尽量帮助他们解决。当他发现不公不义之事时，他就坚决地起来反对。他严厉地惩罚贪官污吏，保护穷人，不让穷人成为贪得无厌之辈的牺牲品。

从此以后，王国上下的官司审理十分公平，降低了赋税。官员们拍手称赞，说国王改变了自己的残暴和横蛮。民众们额手称庆，相信自己赶上良好的时代。

三年时间过去，统治王国的沙皇发布命令，准备举办一回盛大的庆祝。任何人都可以前来参加，甚至连乞丐和流浪汉都接到了邀请。真正的沙皇也来到宫殿，坐上餐桌，又吃又喝。那个自称沙皇的人亲自为他端上餐食，而且给他双份。

聚餐结束以后，天使沙皇给每个客人送上一枚银币。轮到可怜的乞丐了，他从前可是这座宫殿的主人，他走上前时，天使沙皇给他递上三枚银币，算是跟他告别，让他在行乞途中稍有帮衬。

又过了三年，宫殿里重新举办盛大的宴会，邀请一切苦难之人共同庆祝。这一回，那个流浪汉又得到双份的膳食和三枚银币，然后退出宫殿。当然，其他的客人仍然是人手一枚银币，如同上回一样。

接着又是三年，宫殿举办第三回隆重的庆祝。王国上下的穷人和富人全都接到邀请。等到宴会结束，客人们准备告辞时，天使沙皇把那位衣衫褴褛的男子汉一把拦住，他从前曾是王国的第一强者，把他引进宫殿的豪华房间，对他说道："上帝为你定下命运，需要用九年时间抵偿你的骄傲和横蛮。他派我下凡来教导你，让你明白沙皇该如何治理他的王国。没有人知道，你这回身体力行，已经从社会的最底层亲自经历了穷人的苦难。我不会让任何人认出你当过乞丐和流浪汉，还三回进入宫殿参加庆祝和宴会，接受施舍。"

天使说罢消失不见了，只留下了沙皇的衣衫。真正的沙皇连连感谢上帝，然后换上衣裳，回到他的国王宝座。从此以后，他治理王国时聪明智慧，因为他接受过九年的良好教育。

怨妇巴巴卡埃

多瑙河穿过塞尔维亚的崇山峻岭，一路浩浩荡荡流向罗马尼亚，前往巴拿特山地。途中，多瑙河汹涌澎湃，浪花滔天，奔腾咆哮。突然，前方从河床中露出尖尖的山石，土耳其人把它们称做巴巴卡埃，说成当地的方言，大体上相当于"怨妇"的意思。

在土耳其人当政的时候，当地有一位残暴的总督。他只要看到美丽的姑娘，便立刻把她们抓住，送回自己的宫殿关押起来。在巴策亚斯城内有一位年轻的姑娘，她被总督抓了起来，经历了苦难的命运。姑娘不由得号啕大哭，连一位看守士兵都为之感动，决定拯救姑娘。

一天，士兵对囚禁的姑娘悄悄说道："今天夜里我可以释放你，可是，你要保持沉默。如果不小心走漏风声，不管是哪一个女人揭露了我们的意图，总督都会杀掉我们的。"姑娘连忙答应，心惊胆战地等待前来释放她的救星。

半夜时分，士兵如约来到宫殿，走进房间，牵住姑娘的手，把她引到野外。士兵还带上一些衣服让姑娘穿上，免得露出可疑的破绽。总督到处安插着他的耳目和走狗。姑娘刚刚换好衣服，那些耳目就从灌木丛中跳出来，把士兵和姑娘抓住，一直送到总督面前。

总督怒火冲天，当即命令把士兵推出去斩首。此外，他还想出更加残暴的刑罚，准备处置姑娘。一群仆人跳上前来，他们把不幸的姑娘五花大绑，然后送上一只小船，让小船顺多瑙河水流淌到一座山岩边上。

他们把姑娘拴在山壁的石头上，加上镣铐，任她自生自灭，听凭命运的安排。姑娘大叫大喊，哭得像个泪人儿，希望来往经过的船夫能够听到她的呼救声，救她一命。可是，附近连船影儿也不见。

不幸的姑娘呼救不绝，一声高过一声。可是，回答她的只是多瑙河的咆哮和奔腾，一浪高过一浪，还有狂风怒吼，一阵猛过一阵。姑娘哭着喊着，一连七天七夜。后来，死神来了，终于解脱了姑娘，免除了她的种种酷刑和折磨。

自此以后一连过了几百年，可是，人们始终在波涛的翻滚声里能够听到姑娘的悲憾和怨诉。“这是怨妇巴巴卡埃。”行人走过时都会说到她，一面连连地划着十字，希望为姑娘减免一点儿悲伤。

泼芦特和荷弗尔拉

罗马尼亚和摩尔多瓦共和国的边境几乎是由泼芦特河组成的。泼芦特在罗马尼亚东部城市伽拉茨的左侧流入多瑙河，不久，多瑙河就顺着它的三大支脉流经多瑙三角洲，高高兴兴地淌入黑海。

泼芦特河的源泉位于乌克兰的东部喀尔巴阡山，源于荷弗尔拉的山坡上。如何从那里引出一条几乎长达一千公里的大河，这里还有一个有趣的传说。而且，为什么那条河叫做泼芦特，那座山称做荷弗尔拉，它们也跟传说有关。

从前的从前，喀尔巴阡山的村庄里住着一个男孩。男孩的名字叫泼芦特，是个牧民，每天他都赶着羊群，绕着喀尔巴阡山岭放牧。

一天，泼芦特在放牧途中走远了。等到天色暗下来时，他还没有来得及回到平时落脚休息的草棚。泼芦特眼看没有办法了，便决定就在山里过夜。他找到一棵大松树，看到树枝远远地伸展出去，像个天然的屏障，适宜休息、睡觉。

泼芦特躺在针叶屋檐下呼呼大睡，夜里做了个神奇的怪梦。有个全身着绿的姑娘伸出柔软的手，抚摸着他的头发，一面轻轻地唱着。等他伸出手想要抓住姑娘时，只见姑娘倏忽一声，消失不见了。泼芦特醒了，可是眼前连个人影也不见。不过，他看到在一根深深垂挂的树枝上悬挂着一根草青的丝带。

泼芦特思量着，这可不是梦，绿姑娘真的来过了，我应该找到她。

第二天晚上，泼芦特又躺在同一棵树下，可是没有睡觉。等到天色完全暗下来时，他看到姑娘从地里冒出来，径直朝他的卧榻走来。泼芦特看到姑娘完全靠近自己了，于是一骨碌跳起身搂住姑娘。开始，姑娘惊恐地瞅着泼芦特，然后微微一笑。她从口中吐出唯一的字儿："荷弗尔拉。"

从此以后，泼芦特几乎从未回到村庄。白天，他在草地里牧放，让羊儿啃青吃草。晚上，他在大松树下跟荷弗尔拉共度良宵。荷弗尔拉是不能跟他回到村庄去的，她是山岭沙皇的女儿，不能走近人群。后来，沙皇知道她的女儿和凡人相爱，而凡人又是个平常不过的牧民子民时，立刻下令给他们降下灾殃。

当然，这不是平常的诅咒和驱逐，是惩罚孩子不听话的手段。这是一个严重的诅咒、严重的惩罚：荷弗尔拉再也无法走近泼芦特。荷弗尔拉虽然没有被关起来，可是，她不管走到哪里，只是无法靠近泼芦特。她从远处看到泼芦特翻山越岭、穿过牧场，到处寻找自己。等到她朝心爱的丈夫走去时，总是有一根无形的链条把她绊住，让她无法动弹，或者把他从眼前赶走，似乎连高山也变成一条湍急流动的河流。

姑娘看到自己面临绝境，毫无希望，只得以死抗争。

那一天，荷弗尔拉登上附近最高的山峰，那是属于父亲的地盘。姑娘来到山顶纵身跳下。天地顿时阴暗起来，乌云密布，环绕山头。不一会儿，一场暴风雨自天而降，连高山也被吹打得格格发抖。直到夜晚时分，风暴才停歇下来。第二天清晨，一轮红日冉冉升起，万丈光芒普照大地。

可是眼前的山谷不见了，取代它的是一座大山。

泼芦特还在寻找荷弗尔拉。后来，他登上自天而降的新山，希望能够找到他的妻子。他来到半山腰时，突然听到荷弗尔拉的声音。荷弗尔拉似乎正在寻找走出山间的道路。泼芦特立刻停止脚步，可怜夫妻二人只能听到相互的声音，却不能相互见面。他们真是无比悲伤，泪水直淌。

从此以后，泼芦特站着的脚下出现一条河流，河流以他的名字命名。从山顶轰然流向山谷，然后流入多瑙河，并且伴随着多瑙河流向黑海。山岭沙皇的魔力还一直起着作用，泼芦特无法跟他的妻子荷弗尔拉一起生活。可是，他至少还能通过短暂的途径来到山上，这座山现在就叫荷弗尔拉。

黛塔村的由来

特麦斯法是位于多瑙河附近不远处的一座小城。从前，城里有两个女妖，其中一个名叫黛塔，是个心地善良的漂亮姑娘。另一个名叫玛楚拉，玛楚拉不仅长相丑陋，而且心地歹毒，令人生厌。两个姑娘在一起时常纠纷不断，因为玛楚拉总想主宰一切，还妒忌黛塔的漂亮。

黛塔没有办法，只得离开特麦斯法，希望为自己寻找新的家园。姑娘一路往前，只是追着太阳的方向，渐渐地往西走动。正当姑娘信步往前时，耳旁传来流水的哗哗声，如同附近有一条湍急的河流。姑娘心想，这里是个好地方，希望能够留在这里。姑娘想罢心思，举起双手朝着天空说了句咒语。咦，眼前顿时出现一幢美丽的房子，紧挨着宽阔的河流。

黛塔虽然是个女妖，可是呵护人类，而且不喜欢离群索居。因此，她在第二天又朝天空举起双手，说了一道咒语。刹那间，姑娘的住房旁出现一家客栈，十分漂亮。不过，客栈前面无路可走。

“人们如何能够到达这里呢？”黛塔思量着。

第三天，她重新对着天空举起双手，说了一道咒语。眼前立刻出现一条大道，直通客栈。路上行人渐渐多起来。他们喜欢走近黛塔姑娘，因为姑娘不仅长相出众，而且心地善良，是位春风满面的女老板。有时候，她还给贫穷的路人送上一块面包和奶酪。

日月如梭，时光如箭，转眼间过去一年了。这年春天，从遥远的黑森林过来一群斯瓦本人，他们希望留在巴拿特生活，因为这里是三江合流的地方。这里有多瑙河、塔埃斯河和摩勒斯河。

客栈女老板黛塔看到附近有许多远方的客人，便走上前去对他们说道：“你们选择了多么漂亮的地方。这里有草地、田野、树林和河流，可以供应你们生活中需要的一切货物。你们可以找到活干，能够赚到面包。”

斯瓦本人朝着四面八方看了一阵，地方的确令他们满意，他们全都留下了，成了巴拿特的居民。又过了一年，猎人弗朗茨爱上女妖黛塔。弗朗茨是从远方过来的斯瓦本人。他向姑娘求婚，希望姑娘答应嫁给他为妻。

“弗朗茨，我愿意做你的妻子，”黛塔回答，“可是，你要答应我一个条件。你不能让我在巷道里抛头露面，也不能当着陌生人的面触碰我的身体。否则，你会遭遇巨大的不幸。”

弗朗茨立刻答应了。他们两人高高兴兴地举办婚礼，后来生下一个儿子和一个女儿，生活多么完美。

这时，斯瓦本人越来越多。他们在那里建造房屋、设立教堂，原来的居住区渐渐成为一个美丽的村庄。弗朗茨始终记住自己的承诺，从来不让妻子在巷道间抛头露面，尽管人们议论纷纷，说他也许根本不爱自己的妻子，只是看中女人的钱财。

一天，夫妻两人接到参加婚礼的邀请。弗朗茨希望显示自己多么心爱妻子，便领着妻子一同前往。

黛塔却回答：“不行，我愿意先走一步，你可以随后跟上。”

弗朗茨并不知晓自己的妻子是个善于变化腾挪的女妖，而且他也忘掉了婚前的诺言。于是，他跟在妻子的身后，一会儿便超越妻子。当他看到婚礼的队列走上巷道时，他还赶到妻子身旁吻了妻子一下。

“你为什么这样做？”黛塔绝望地问了一声，“现在，我彻底完了。”

姑娘的话音刚落，只见天空间亮起一道闪电，接着，一声沉闷的雷声自天而降。雷声过后，姑娘黛塔、她的住房和她的客栈全部消失不见了，这些东西好像从来都没有存在过一样。

弗朗茨后悔极了，痛恨自己没有信守诺言。村里人见黛塔不见了，他们不忘姑娘的善良和热情，于是把他们的美丽家园索性命名为黛塔村。

这个地方直到今天都叫这个名字。

山侏儒

从前，在巴拿特山地有一个贫穷的矿工，矿工来自斯塔埃村。他每天都会下矿井，那里有个过道，他要继续往前挖掘。中午时分，他往往坐下休息一阵，有时还躺下睡一觉。

一天，当他午休后准备重新干活时，不料大吃一惊，因为坑道竟然往前推进了一大截。这样的好事让矿工无比欢喜。可是，他却希望知道究竟是谁帮了他。他刚才熟睡不醒，显然没有干活。

第二天，又到了午休时间。矿工这回佯装睡着了，却不时用眯起的眼睛打量四周。突然，他看到一个小小的侏儒，蓄着长长的白须。小侏儒不停地敲打石块，起劲地劳动。矿工这才明白，原来帮助他干活的正是这位神秘的山精灵小侏儒。

第三天，旷工因为疲倦睡过头了。突然，他觉得有人推了推他的胳膊，对他说道："醒来吧！"矿工奇怪地揉了揉眼睛，因为山精灵小侏儒就在他的面前，告诉他已经干了多少活。矿工对他连连称谢，说道："你帮了我大忙。我该如何报答你呢？"

"干活让人容易饥饿，"山精灵回答，"你可以每天给我带一块小面包。另外，你的报酬我们对分。可是，你千万别把这样的话对别人说！"

于是，又过了一段时间。等到支付工资时，矿井管理员觉得十分奇怪，这个矿工如何能有这般巨大的进度。可是，矿工还是得到了合理的报酬。那可是个惊人的数目。矿工连忙跑回矿井，下到井下，山精灵正在等他。

山精灵小侏儒骑坐在木板上，木板横跨在一座矿井的上空。矿工坐在他的对面，两个人开始瓜分他们的报酬。

"你一块金币，我一块金币。这块归你，这块归我。"他们分来分去，最后只剩下一枚小硬币了。

"这真小硬币就归你吧，"山精灵说道，"你家里还有妻儿老小。"

"归你吧，"矿工回答，"你干得多。"

他们推来推去，都想把小硬币送给对方。最后，矿工找了把铁镐，把小硬币砸成两半。

"我很高兴，你是个诚实的人，"山精灵小侏儒说道，"因此，这里的报酬应该全部归你。我并不需要钱，我有足够的宝贝。可是，从今以后，请让我的宝山平静，你再也不要窥探我的矿井了。"

矿工开始完全遵守山精灵小侏儒的吩咐。可是，他的钱花完了。矿工不得已，只得重新下到矿井干活。他看到小侏儒已经站在他的面前，十分愤怒，开口说道："我不是说过，你应该让我的矿山安静吗？你为什么又来干扰我的平静？你立刻回去！否则，你会遭遇不幸！"

矿工没有理会山精灵的讲话，立刻拿起铁镐开始劳动。不过，当他开始砸下第一镐时，山体突然崩塌。矿工被埋在废墟下，死了。

可惜。

牧 笛

今天，摩尔多瓦王国已经分属三个国家，其中有乌克兰、摩尔多瓦，还有罗马尼亚。

从前，有个治理王国的沃伊沃特，他并不喜欢王国的宫廷琐事，感到国家事务和忧愁困苦都是同一回事。不过，他也的确没有治理王国的天分。他喜欢在空闲时间里游玩取乐，当然更喜欢饮酒用餐。

沃伊沃特有三个女儿，最小的女儿是个温柔体贴的小甜甜。有一回，她在王国都城拉锡周围的山坡间游玩，无意中认识一位放羊的牧人。牧人坐在草地旁的树桩上，看着他的羊群。姑娘从他身旁走过时，看到他从口袋里掏出一支牧笛，开始吹奏起来。

那是一支木质的笛子，笛音嘹亮，十分动听。姑娘禁不住停住脚步，侧耳倾听，而且反复要求牧人再来一曲。事情就这样开了个头。他们两人，牧人和公主立刻流淌进热烈的爱河之中，无法分开。

一天，沃伊沃特的女儿又来到城外的草地上。她这回来可不是为了跟牧人小憩一会儿，而是陪同父亲来摘草莓，她的两位姐姐也相随一旁。沃伊沃特是位食客，并不喜欢治理王国。因此，他跟女儿们相互约定，如果哪个女儿第一个给他送上满满的一篮森林草莓，他就把王国交给这位女儿去管理。

三个姑娘起劲地捡拾草莓，她们弯着腰，不知疲倦地劳动着，篮中的草莓堆得越来越高。最后，三位姑娘中的小妹，羊倌的女友第一个把篮子装满，胜利地完成任务。两位姐姐看到这样的结果，不禁生起气来。妹妹本来就是父亲的宠儿，而两位姐姐眼看着瓜分父亲王国时落得两手空空，这让她们如何能够服气。

两位姐姐相互埋怨，都把仇恨对准妹妹。结果，她们遏止不住自己的暴怒，把妹妹痛打一顿，把她打死了。她们把妹妹的尸体埋葬在一棵枫树下，大树孤孤单单地生长在草地上。接着，她们把死者捡拾的草莓对分。

沃伊沃特听说女儿死了的消息，悲伤不已。他把两个女儿交给自己的草莓不经意地堆放一旁。幸运的是，国王由于悲伤过度，竟然忘掉了对女儿们的承诺，不是要把王国交给她们治理的吗？也许由于悲伤，或者出于心地善良，沃伊沃特对两个女儿讲述的离奇故事一点儿也没有怀疑。她们带着满满的篮子回家，谎称有一头雄鹿袭击了妹妹，把她吃掉了。

羊倌很悲伤，他没有听说公主死亡的消息，只是等不到公主登上山坡游玩戏耍，因此再也见不到她了。当然，作为一个贫穷的牧民，他敢有何指望吗？公主也许出嫁了，和一位门第相当的骑士。

正如人间常常出现的那样，喜事成双，悲伤的事情也喜欢成对。羊倌现在无法吹奏牧笛抒发自己的满怀伤感了，因为他的牧笛不知怎么了，竟然发不出任何的声音。无论他如何使劲吹奏，只是不出声音，你说怪不怪？

羊倌一连三天没有听到有关公主的消息，他的牧笛也发不出任何的响声。羊倌万般无奈，只得赶着他的羊群去放牧。他一路来到长着那棵枫树的草地，他不知道树旁掩埋着日夜思念的公主。羊倌正想在树荫下躺着时，却看到树干旁冒出一根新枝条。

羊倌仔细看了看，感到枝条的大小正好可以切削一支牧笛。羊倌忙忙碌碌，花了半天时间做成一根笛子。等到他把笛子凑近唇边，不料笛声铿锵，顿时传送出来。当然，这里不是软绵绵的曲调，而是如诉如泣，诗歌一般：

吹奏吧，我的亲爱的！
我曾经是国王的公主，
后来变成过枫树枝条，
现在，我成了支木笛！
看云空万里，喷薄芬芳，
我的思想犹如甘露，萦绕着

金山银山，飞往辽阔的草原，
只留下不绝思念，一腔存想。

羊倌听到声音，料想事情有变。于是，他心事重重地回到都城，请求沃伊沃特能够接见他。沃伊沃特果然出来了。羊倌立刻凑上前去，掏出笛子，请国王尝试着吹奏一曲。国王刚刚把笛子凑在唇边，突然听到笛音悠扬，如诉如泣，诗歌一般：

吹奏吧，我的父亲！
我曾经是国王的女儿，
后来变成过枫树枝条。
现在，我成了一支木笛。
大海扬波，冲决数道闸门，
我的思想犹如坚冰，掩映
宇宙大地，飞往遥远的天空，
只留下不绝思念，一腔存想。

沃伊沃特立刻唤来两个女儿，要求她们吹奏木笛。等到大公主把木笛凑近唇边时，只听笛音愤怒，流淌而出：

吹奏吧，杀人的凶手！
从前我是国王的女儿，
后来变成过枫树枝条，
现在，我成了一支木笛。
清风飘香，看红日映照，
我的思想犹如明月，折射
万道光芒，飞往青青的牧场，
空留下不绝思念，一腔存想。

第二个公主尝试吹奏时也是这般声响，愤怒之音，如诉如泣。

沃伊沃特明白了，知道他的两个女儿做下何等恐怖的坏事。他立刻下令把她们押入大牢，关起来。不久，两位恶毒的公主被送到一条大船上。沃伊沃特亲自监督，催促船只沿着泼芦特河顺流而下，然后驶经多瑙河，到达黑海。

两个妒忌成性的公主被送上位于黑海深处的孤岛。岛上荒凉，不见人烟，连鸟儿也不愿意飞到那里去。沃伊沃特完成惩罚后回到拉锡，继续毫无心绪地担待着他的王国大事。羊倌又回到他的牧群旁，希望用心仪之女的枫树笛音平静自己的万般思念，一腔存想。

金鱼和贪婪的女人

从前，在谁也不知道位于何方的太阳岛上住着年迈的渔夫和他的妻子。他们两人十分贫穷，居住多年的小草房已经塌了，摇摇晃晃的，十分危险。他们的小船和渔网破旧不堪，无法捕捞大鱼大虾。

一天，渔夫又驶上大海，撒下渔网。等到他开始起网时，只感到网下沉重，不同往日。他收啊收，可是渔网似乎被石头羁绊住了，让他无法把渔网起上船。等到把网终于拉上来时，渔夫看到网中却是空的，里面只有一条小鱼，正在跳动。

渔夫从来没有见过这样金黄色的鱼儿，等他听到金鱼张开口，用人的声音开始说话时，渔夫不由得大吃一惊。他清清楚楚地听到金鱼说道："渔夫，请饶恕我吧！把我重新放回大海，我将为你服务，我可以满足你的任何愿望！"

渔夫思考一会儿，然后回答："我什么也不需要。你回去吧，重新游回大海！"渔夫说着，从网中捧起鱼儿，把它放入水中。等到渔夫回到家，他的妻子问他今天捕捉到什么时，只听渔夫说道："什么也没有，只是一条小金鱼。它用人的声音跟我说话，请求我把它重新放回大海，而且说可以满足我的任何请求。我对它十分同情，因此把它放回去了。"

"你什么愿望都没有提出吗？"女人奇怪地问道。

"没有，我应该提什么愿望呢？"

"你个老笨蛋，傻瓜！幸福落入你的手上，可是你却无法把它抓住！"

妻子见渔夫头脑简单，把他一直骂到深夜。第二天清晨，她对丈夫说道："你至少可以跟它要求一点儿面包吧！你除了那条鱼儿外什么也没有捕捉到，我们已经没有吃的了。"

渔夫饿得精疲力竭，另外架不住妻子的恶毒谩骂，便朝大海走去，希望向金鱼讨得一点儿面包。渔夫站在海岸上，对着大海开始说道："小鱼儿啊小鱼儿，请用你的尾巴站在大海上，朝我转动你的金脑袋！"

小鱼儿应声而至，游到岸边。"老人家，你要什么呀？"

"我的妻子对我十分愤怒，让我向你要点儿面包。"

"回家去吧，家中自有足够的面包！"鱼儿回答一声，游开了。

渔夫回到家中，问是否有面包。

"有有，足够的面包，"妻子回答，"可是，我的木盆漏了，你说该怎么办，我无法用它洗衣服。你去找金鱼，跟它要一个新木盆。"

老人走回去来到大海旁，高声呼唤："小鱼儿啊小鱼儿，请用你的尾巴站在大海上，朝我转动你的金脑袋！"

鱼儿游到岸边。"老人家，你要什么呀？"它开口问道。

"我的妻子让我过来，她想要一个新木盆。她的木盆已经坏了！"

"回去吧，那里有一只新木盆！"鱼儿回答一声，游开了。

渔夫回到家中，他还没有踏进门，只听妻子说道："你回去找金鱼，告诉它，我们要一幢新房子，这间草房无法居住，它快要倒塌了。"

老人转过身子，来到海岸旁大声呼唤："小鱼儿啊小鱼儿，请用你的尾巴站在大海上，朝我转动你的金脑袋！"

"你要什么呀，老人家？"鱼儿问道。

"给我们一幢新房子吧！"渔夫回答，"我的妻子对我生气了，让我不得安宁。她说我们的小草房无法居住，它快要倒塌了。"

"行啊，老人家，回家去吧，你的请求自会办妥的！"

老人回到家中，他看到什么了呀？一幢美丽的雕花房子、栎树大梁，多么牢固。原来的小草房不见了，它曾经在风雨中左右摇晃，多么可怜。

渔夫看到妻子站在门前，斥责他："你个老笨蛋、傻瓜，幸福站在你的面前，你都不认识它。你以为要求一幢房子已经足够了，不行，你立刻回去，对它说：

我不想当渔夫的妻子，而是当一位高贵的女士。我要让人们听从我的吩咐，让他们见到我时俯身鞠躬。”

渔夫重新来到海边：“小鱼儿啊小鱼儿，请用你的尾巴站在大海上，朝我转动你的金脑袋！”

鱼儿游过来了，用尾巴支撑着站直了身子。“你要什么呀，老人家？”鱼儿问道。

“老太婆不让我安静，她疯了，不愿当渔夫的老婆，想要成为一位高贵的女士。”

“好吧，老人家，别担忧，回家去吧，你的心愿自会实现的！”

渔夫回到住地时，看到刚才的大木房不见了。面前是一幢漂亮的花岗岩大房子，三层楼高，雕花的楼梯和扶手，同时装饰着大理石的圆球饰品。殷勤的仆人一路小跑，厨房间飘溢出佳肴美味。他的妻子身穿织锦缎的花裙，坐在高高的软椅上，发出各种各样的命令和指示。

“高贵的妻子！”渔夫走近她时说道。

身上裹满了织锦缎的妻子却大声叫喊起来：“多么的无耻！你竟敢有此胆量，把我叫做妻子。你不认识我，不知道我是高贵的女士吗？仆人们，过来，给这个老东西四十马鞭，让他长长见识！”

仆人立刻跳过来，抓住年迈的渔夫把他送入马厩。然后，他们抽起马鞭，一连抽打四十下，打得老人几乎站立不起。接着，女士命令仆人给渔夫送上一把扫帚和垃圾桶。“仁慈的夫人任命你管理房屋。你必须清扫大院，擦净房间内的地板。”

从此以后，渔夫只能在厨房用餐。他的妻子高高在上，那是不容他去相见的。可是，只要他在打扫时稍有疏忽，仆人们立刻把他拖到马厩，狠狠地鞭打一顿，决不留情。

时间慢慢地往前推移，妻子开始不满足当一名高贵的女士了。她把丈夫唤到面前，命令地说：“去找你的金鱼，你个不成器的老东西，对它说我根本不想做高贵的女士，我要当女王。”

于是，渔夫来到海边，呼唤美丽的小金鱼。金鱼还是问他有何愿望。

“我的老太婆更加疯狂了，”渔夫回答，“她不想当高贵的女士，而是要做女王。”

“别担忧，”鱼儿说道，“回去吧，你的请求自会满足的。”

如同先前一样，金鱼是守信的。原来的小宫殿现在变成辉煌的大王宫。清一色的花岗岩，黄金屋顶，武装的卫士在宫殿前后来回巡逻。

渔夫看到王宫后面有一座漂亮的公园，公园对外延伸，如同一座巨大的树林。前面的广场有一队士兵正在接受检阅，他们大声欢呼：“乌拉！”渔夫的妻子身上穿得如同王后一样，引领着大臣和绅士们登上围着宫殿一圈的巨大阳台。年迈的渔夫转过身子走了。

不久以后，渔夫的妻子不想当王后了。她命人前去寻找渔夫，把他引到自己面前。官员们不敢怠慢，全国动员起来，到处寻找。不过他们全都不知道王后希望寻找哪一位渔夫。

后来，人们在偶然的场合看到年迈的老人，把他送到王后面前。

“听着，你个年迈的魔鬼！”王后当即命令，“去找你的金鱼，告诉它我已经当腻了王后。现在，我要当大海的主宰，让世界上的任何水域和鱼儿全都臣服于我！”

年迈的渔夫想要反抗她的狂妄要求。可是，他该怎么办呢？他如果不能乖乖地动身前往，那就会冒着被杀头的危险，事关人头落地，当然不能轻举妄动。

于是，他只得违心地来到海边，站在海岸上大声呼唤：“小鱼儿啊小鱼儿，请用你的尾巴站在大海上，朝我转动你的金脑袋！”

可是金鱼没有过来。渔夫又呼唤一回，鱼儿还是没来。老人第四回呼唤金鱼。只见大海激烈地动荡起来，波涛汹涌，发出低沉的怒吼。刹那间，蔚蓝的天空和绿色的海洋变得一片漆黑。

金鱼游到岸边，问一声：“老人家，你要什么呀？”

“老太婆现在想要翻天了，她不愿意当王后，而是想做大海的主宰。她希望治理一切水域，可以对任何鱼儿发布命令！”

金鱼听完讲话，一声未吭。它默默地转过身子，消失在大海的深处。

年迈的渔夫只得回去，朝着从前穿破漏风的草房、现在成为金碧辉煌的宫殿走去。当他来到门前时，他几乎不敢相信自己的眼睛：金碧辉煌的宫殿消失不见了，取而代之的只是一座穿破漏风的旧草房。草房摇摇欲坠，十分危险。

他的妻子坐在草房内，身上穿一件支离破碎的长大褂。两个人如同从前一样，又生活在一起，不过更加贫穷了。年迈的渔夫还是出去打鱼。可是，他的鱼网如同着了魔的一样，再也捕捉不到鱼虾了，连小鱼小虾也没有。

图尔奴·塞弗琳的姐妹

多瑙河在奥尔色瓦城旁汹涌澎湃，夺路而去。它流经喀尔巴阡山，轰然有声地穿越雄伟的铁门峡谷，然后面临瓦拉哈埃平原。湍急的河流浩浩荡荡，气象万千。在奥尔色瓦的南方，图尔奴·塞弗琳城内生活着三个姐妹。她们分别叫做伊勒娜、卢迪卡和卢茨娅。

一天，阳光灿烂，晴空万里，姐妹三人辗转来到克尔娜山谷。她们站在河岸旁，稍稍休息一会儿。姑娘们俯身看着清清的河水，想要喝一口解渴。可是，她们却在水平面上看到自己的倒影，两个姐姐看到她们的妹妹卢茨娅比她们更加漂亮，这样的事实让两位姐姐难以接受。不仅如此，两位姐姐还十分妒忌，妒忌得脸都发青。她们决定跟妹妹分开。

有一回，她们三人在一棵大桤树下休息。两个姐姐看到卢茨娅在树下睡着了，便悄悄地离开，任凭妹妹独自一人留在树下。卢茨娅一直睡到傍晚。太阳已经下山了，姑娘突然醒来，看到自己孤孤单单，独自一人了。她惊讶地揉了揉眼睛，希望寻找两位姐姐。卢茨娅走来走去，找啊喊啊。可是，两个姐姐音信杳无，她们消失不见了。卢茨娅不由得十分害怕，立刻动身往家中走去。

姑娘正走着，突然听到从身后传来一阵沙沙的古怪声音，她回头观望，心脏紧张得几乎停止了跳动。在她的身后是一条巨龙，笔直地朝着她游过来。巨龙的眼睛如同熊熊烈火，而且长着七个脑袋，七张血盆大口，口中吐火，真是可怕得很。

卢茨娅急忙逃跑，那条巨龙也开始激烈地追赶。姑娘感到从身后传来呼哧呼哧的喘息声，热浪扑背，炙烤得厉害。姑娘绝望了，对着克尔娜河纵身跳下去，心想这回必死无疑。

却说克尔娜河中的女妖见到姑娘跳下，心中对她怜悯不已。女妖立刻把姑娘变成一条金枪鱼，让她潜入水中。

恶龙见姑娘跳下水去，心中愤怒，咆哮着回到自己的山洞。突然，它嗅到草地间有人肉的香味。原来是两位姐姐回家，她们走过的路上留下了人的踪迹。恶龙打着喷嚏，很快就找到两位姑娘的踪迹。恶龙立刻追赶上去，想要吞吃她们。

伊勒娜和卢迪卡见到终于摆脱了妹妹卢莰娅，心中大喜。可是，她们又深受良心的谴责。于是，她们不时地回头往后观望，看看妹妹是否跟在她们的身后。她们一路走，直到图尔奴·塞弗琳。

正当她们又一次回头观看时，却感到脚下的土地正在猛烈地抖动。一条丑陋的恶龙张开七个血盆大口从后面蠕动着身体扑了上来。它在口中喷吐火焰，模样十分可怕。两个姐姐受此惊吓，顿时呆住了，不敢动弹。她们变成了两块石头。

直到今天，人们在多瑙河畔的图尔奴·塞弗琳城还能看到那两块可憎而又可怜的石头。

赫尔库勒斯的故事

杜洛贝塔—图尔奴·塞弗琳是一座雄伟的城市，位于多瑙河铁门的北岸。说起这座城市，还有一个长长的故事。早在罗马人的时代，这里曾经是个人民集中居住的地方，名叫杜洛贝塔。直到今天，人们还能在特拉扬桥的多瑙河水下看到当年的遗迹。

中世纪时，这里出现了一个殖民区。它隶属于匈牙利的公爵塞弗琳。因此，城市获得跟公爵同样的名字。直到 1972 年时，人们才把罗马时代的名字“杜洛贝塔”加在图尔奴·塞弗琳的前面，以示历史久远。不过，根据当地人的传说，这个地方早在罗马人和达克人经历战争前就有重大的记录。那是在史前，甚至在神话传说的年代里。

伊凡·约尔戈汪是个了不起的大英雄，全世界的人都认识他。可是，他还有另外的名字，叫赫尔库勒斯，希腊大英雄的意思。他必须完成十二项任务，因为他犯下严重的错误。这是希腊神话里的故事。原来，大力士在疯癫状态时打死了他的妻子和孩子。他只有完成十二项任务时，才能得到宽恕和赦免。可是，它们是非常艰难的，除了伊凡·约尔戈汪，其他人无法完成。

他面临其中的一项任务就是斩杀许德拉，那是一条长着五个脑袋的恶龙。有人说是九个脑袋，更有人说是百个脑袋。可是，光有五个脑袋就已经十分可怕了，因为恶龙的脑袋是随斩随长，斩杀不尽的。不仅如此，从被斩杀的恶龙脑袋那里不仅长出一个，而是两个脑袋。后来的也是这样，都是斩一个长两个。

巨龙许德拉拥有这般的脑袋艺术，多么了得。

许德拉隐藏在山岭之中，现在把那些高山称做喀尔巴阡山。伊凡外出寻找时，已经发觉它的影踪了。原来，它就在克尔娜的山泉之侧，那里有个巨大的龙潭。伊凡走上一步，举起利剑猛地一击，斩下一颗龙头。许德拉感到剧痛难熬，不由得怪叫起来。可是，它从被斩下的脑袋茬中又长出两颗龙头，而且张牙舞爪地对着伊凡扑上来，想要把他撕碎。

伊凡十分敏捷，可以左躲右闪，避开六头恶龙的进攻。他顺手又斩下颗龙头，一面把手中高擎的火把凑近龙头的伤口，烫得伤口嗤嗤地冒油。这下行了，里面再也长不出新的脑袋来了。这头怪兽现在只有五颗脑袋，跟原来一样多。

伊凡又举起利剑斩下一颗，然后用火把烫得里面冒出黑烟。许德拉明白遇上对手了。它眼看着脑袋的生长后继无望，只得落荒而逃。

许德拉窜出洞外，来到河谷地带，它想逃到距离克尔娜很远的温泉去。那个地方是巴埃勒·赫尔库拉纳，今天叫做赫尔库勒斯澡池，为了让人们想起那回的遭遇和战斗。许德拉想在温泉里休息，它甚至相信在澡池可以治疗伤口，然后长出新的脑袋。后来，伊凡·约尔戈汪来到温泉，找到许德拉。伊凡重新点燃了他的火把，因为追赶匆忙，连火把都被大风吹熄了。

伊凡慢慢地朝恶龙许德拉走去。许德拉也许在逃跑途中想出了新的主意，用来对付伊凡。他们这回仇人相见，分外眼红，立刻打斗在一起，杀得难分上下。伊凡奋力迎战，战斗进行得十分野蛮。伊凡眼疾手快，又斩杀了许德拉的两颗脑袋，然后把火把凑上去，烫得伤口冒油。

伊凡在巴埃勒·赫尔库拉纳斩下许德拉的两颗脑袋，许德拉只剩下两颗脑袋了。他们这回进行的战斗是最激烈、最残酷的，而且耗时最长。伊凡差一点儿被恶龙张开的巨口咬住身子，撕成碎片。他简直无法施展手段，迎面斩杀。

伊凡稍稍镇定一会儿，他看准机会，挺上一剑，从恶龙齐脖子斩下一颗脑袋。许德拉只有一颗脑袋了。不过，它还是张牙舞爪地对着伊凡扑了上来。伊凡不慌不忙，挥舞一剑，便让许德拉的最后一颗龙头落地。落地的龙头还在地上打转，滚动不停。

许德拉成为无头恶龙。可是，它还能动弹，于是钻进多瑙岸边的山洞里。伊凡赶上一步，他看到附近有块巨石，立刻把石头滚动着移过来，堵住洞口。从此，他便把巨龙埋葬在洞内，让它无法危害地方。

伊凡斩杀了恶龙许德拉后又去挑战其他的任务了，为了获得宽恕和赦免，他还有很多的任务必须完成！

为了感谢英雄，人们在克尔娜河岸的岩石上雕刻一座伊凡·约尔戈汪的塑像。有人把它称做赫尔库勒斯像，表示当地人不忘前辈恩德的意思。还有人把塑像称做“赫尔库勒斯胸像”。

兄弟情谊

从前，世上还没有发明火柴。人们只能钻木砸石取火，生活十分艰难。

却说有兄弟两人，一个叫波克堂，十分富裕。另一个叫多罗，赤贫如洗。波克堂拥有一幢漂亮的大房子，还有菜地、田地、树林，家里牛马猪羊成群。不过，他的心却是冰冷的，非常吝啬。他甚至不愿意把年迈体衰、无法干体力活的母亲接回家来。

母亲只能来到多罗家，小儿子乐意侍奉母亲。多罗只有一幢简陋的草房，圈里也是空空的，没有家畜。不过，他倒有一副热心肠，是个心地善良的小伙子。

多罗穷得连买木柴取暖的钱都没有。他每天都到树林中捡拾树枝，回来生火。可是，树枝不经烧，而且火势也不旺，必须不断地添加。生火也是件麻烦事。有一天，多罗去找他的哥哥波克堂借火。等到第二天时，由年迈的母亲来到大儿子面前，请求送一点火苗。他们轮流着前往借火。

波克堂虽然给他们火苗，可是每次见到兄弟时都会数落他一顿，说他是懒虫，一无所有。他把兄弟说得一无是处。波克堂甚至还对母亲恶言恶语，多罗和他的母亲只得忍耐着，就这样过了一年。

年终岁底，又到了辞旧迎新的时刻，母亲不禁开口说道：“你的兄长让我十分生气，仅为了一点儿火苗就枉顾亲情。新年到了，我希望避免这样的矛盾。我们可以轮流着看火，一个人睡了，另一个人醒着。醒着的人要不断地添加树枝，别让火苗熄掉。现在，我看前半夜，你看后半夜。”

多罗同意了。可是轮到他看守时，他却睡着了。第二天清晨，等到他醒来时，火苗熄掉了。多罗立刻起来，匆匆忙忙地走进树林，希望在什么地方能够找到一点儿火苗，让他带回家中生火。他爬上一棵大栎树，伸头探脑地向四周张望。他还真的发现一道火光。多罗立刻朝火光走去。原来是一堆篝火，三个老人围坐一起生火取暖。

“早晨好，”多罗礼貌地问候老人，“我家里的火熄掉了。我能够从你们这里取一点儿木炭吗？”

“可以，可以！”三位老人异口同声，“不过，你应该先对我们讲讲你们村里穷人和富人的关系如何？”

“天哪！还能有什么关系吗？穷人为富人干活，一年到头，理所当然。富人给他们一点儿谷粒，算是报酬，不足挂齿。如果仔细算一下，谷粒的价格昂贵，劳动的报酬低廉，穷人相当于倒贴给富人，这就是穷人和富人的关系。”

老人们说道：“原来如此！”他们给多罗递上几块正在燃烧的木炭。

多罗无法用双手取拿木炭，他只得脱下皮帽来装火，带回家去。多罗回到家中，发现帽子早被木炭烧成一个洞，有几块火炭掉在院子和花园里，还有几块留在帽子中，烧得帽子吱吱响。

多罗立刻生火，同时唤醒他的母亲，因为天已大亮了。可是，等他们走进院子时，这回真是惊讶极了。原来院子里突然添加了几个牛棚马厩和猪圈羊舍，里面牲口成群，十分兴旺。此外，仓库里也堆放得满满的，全是谷粒和干草。

多罗和他的母亲揉了揉眼睛，转过身来——呵，眼前是一幢华丽的大房子，从前的小草房消失不见了。

这一天，波克堂在家中等着，他以为兄弟或者母亲一定会来借火的。可是，他白白等了一个上午。多罗直到中午才来到兄长面前，邀请他一起用餐。波克堂听说邀请自己前去赴宴，着实吃惊。可是，当他看到兄弟家的院子和花园以及那幢房子发生翻天覆地的变化时，惊讶得连口都合不拢。

他连连询问，这一切都是如何发生的。多罗对他讲述了事情的前因后果，一句假话都没有。波克堂听完讲话，不由得妒火中烧，日夜盼望，等待新年的到来。

辞旧迎新的一天终于来到了，波克堂迫不及待地希望得到自己的幸福。

他急急忙忙地走进树木，攀悬上一棵大栎树。果然，他也看到一堆火光，便顺迹而去。

那是一堆篝火，三个老人围坐在一起，烤火取暖。

“你怎么来到我们中间？”老人问他。

“我家里的火熄灭了，我可以从你们这里取几块火炭吗？”

“可以，可以！”老人们异口同声，“不过，你先告诉我们，你们村庄里富人是如何对待穷人的？”

“是这样的。富人给穷人谷粒，让他们充饥生活。可是，穷人必须为富人干活，整整一年。如果仔细核算，谷粒的价格如此昂贵，劳动的报酬如此低廉，穷人是倒贴给富人才是。这就是当今的世道。”

“原来如此！”老人们回答，异口同声。

波克堂果然从炭火中取出几块火炭。他拿得比较多，用大衣紧紧地托着。波克堂回到家时，他的大衣完好如初，根本没有被火炭烧坏。他只得亲自把火炭撒在院子、仓库、花园和厩棚里，然后躺下睡觉。

波克堂还没有睡着，只见外面烈火熊熊，烧得他的双眼生疼。他猛地从床上跳起来，看到家中已经烈烟腾腾，烧成一团。不仅如此，仓库、厩棚也被烧成一团黑灰。

波克堂狼狈逃窜，连身上的短裤都烧出几个洞眼。无比富裕的波克堂在一夜之际就变成赤贫如洗的乞丐。从此以后，他每天都到兄弟家乞讨一点火苗，回家生火取暖。

世道无常，贫富如同浮光掠影一般，无法生根。

多瑙国王和多瑙渔夫

多瑙国王的宫殿坐落在多瑙河床上。那是一座水晶宫，装饰着闪闪发光的贝壳和珍珠。宫殿位于漂亮的花园中央，公园里长着绿油油的海藻，多么茂盛。

宫殿周围建着几座美丽的塔楼，上面游动着一群群小鱼，如同陆地上燕子飞过屋顶一样。一队六须鲇和梭子鱼担任守卫水晶宫的任务，它们之中最大和最厉害的六须鲇直接站在宫殿的大门前。他一双炯炯有神的小眼睛警惕地盯着四周，连多瑙姑娘，那是多瑙国王的女儿看到他时也在心里发怵。

多瑙国王的女儿不是一个，而是一群。她们个个如鱼似虾，十分漂亮，只是她们的父亲长得奇丑无比。就说一头蓝发吧，如果长在女儿们的头上真是充满着妩媚，可是长在国王头上简直如同一堆烂草，那么生硬，催人呕吐。

再说他的一部长须，介乎深蓝和深绿的光芒之间。胡须里面塞满了活生生的海藻和陈旧了几百年的垃圾和废墟，都是顺着河水一路漂流和堵塞起来的浮木、鱼刺，以及一些其他的物品。

可是，最让人感到恐怖的还是他的那张脸。他有人的眼睛和人的鼻子，一张鱼儿嘴。他的头上顶着光芒四射的王冠，如同他的宫殿，也是水晶的。王冠上布满了漂亮的珍珠、贝壳和昂贵的钻石。

多瑙国王并不喜欢人类，人类也不待见他。谁遇到他，那就是倒霉一千年，会被他拖入水中，再无出头之日。当多瑙国王浮出水面时，他会伸出又湿又滑的双手，抓住让他能够抓到的人，把他们拖入水下。有时候，他会诳骗无害的人。他以友好的声音显示自己的忠诚和可信："你别怕，我不会伤害你的，我过来只是为了满足你的愿望。"

不过，他只有在自己的水晶宫内才能满足别人的愿望。愿意接受多瑙国王提出的条件的人，那就会一去不复返，再无被救出的可能，因为多瑙河的河底对活生生的人说来，死亡是不可避免的。不过，如果有人在身上带着赐福的吉祥物，那又另当别论。

有一回，多瑙国王从下奥州接到一位姑娘，那是渔夫的女儿。渔夫家住在芙赖茵山脚下。那里有一座城堡雄踞山头，俯视多瑙。今天，城堡已经成为废墟。

女儿对父亲十分孝顺。每当父亲外出捕鱼时，姑娘总是伴随着父亲来到河边，帮助父亲把渔船送入水中。当父亲捕鱼回来时，她又帮父亲把船拉上岸，然后把捕得的鱼儿拿回家。

可是一天傍晚，姑娘没有站在多瑙岸边，父亲只得独自把船从水中拉上来，然后拎着捕捉的鱼儿回家。渔夫来到家门口时看到前面围着一群人，他们似乎十分激动，相互激烈地议论着什么。渔夫连忙放下手中的渔网和鱼儿，朝人群走去，询问发生了什么事。

他们看到渔夫回来时，全都一反常态，突然闷声不响，集体沉默了。

“怎么了？”渔夫又问了一声。

有个渔民壮起胆子回答道：“多瑙国王把你的女儿接去了！”

“我的女儿？多瑙国王？”年迈的渔夫讷讷地说道，“那是不可能的呀！”

在场的人立刻七嘴八舌地说了起来：“我亲眼看到的，对天发誓，千真万确。”

“我们可以作证，都是亲眼所见！”

“国王一把抓住姑娘，我是看到的。”

“我正要去洗衣服，突然听到一声叫喊，我是亲耳听到的。”

“我也听到叫喊了，我正要撑船外出。你的女儿在河中沐浴，就在离岸边不远的浅滩上。我从前也在那里看到过她。我听到她的叫喊声，连忙朝那里看，看到国王抓住她，而且张开了血盆大口。国王很快就抓住了姑娘，把她拖下水去。”

“你们亲眼看到多瑙国王把她接过去，可是没有帮我女儿一把，是吗？你们这群懦夫，多么的自私！”年迈的渔夫大声喊叫起来。

“我想帮助姑娘的，”那个准备撑船外出的男人解释起来，“而且立刻摇船过去了，然后到处寻找。可是，你的女儿已经影踪全无，一切都恢复平静。你自己也是聪明人，多瑙国王一旦抓住什么人，把他拖入水下，他还会大发慈悲，把那个人释放回来吗？那还是多瑙国王吗？”

年迈的渔夫听到讲话，知道没有希望了。这时，他在脑子里唯一出现的就是两个字：报仇。出事后的第二天，渔夫怀着绝望中的希望，重新沿河寻找一番，可是毫无收获。在后来的几个星期，年迈的渔夫总是在夜里驶上多瑙河。他寻思着也许可以利用深夜黑暗的有利条件引诱国王出来，然后对他进行反击。

一天夜里，他趁着月光驶上多瑙河，看到多瑙国王果然从水下漂浮上来。国王的水晶冠闪闪发光。接着，他用鱼尾巴打一个跳，咚地一声上了年迈渔夫的小船。

“你别害怕，”多瑙国王说道，“我不会伤害你的。我可以满足你的一个愿望，你有任何愿望吗？”

“是的，我有，我有愿望，你应该立刻满足它。”渔夫听到讲话，连声回答道。

渔夫举起一支船桨，奋力朝国王的头上劈将下去。多瑙国王没有防备有此打击，急忙潜入水底。渔夫举起的船桨是件受过主教赐福的吉祥物，上面还包裹着玫瑰花环。它猛地打在国王的王冠上，把上面的四颗宝石打得飞溅出去，宝石落到多瑙河岸上。

从此以后，多瑙国王每天夜晚都要过来寻找。只要这王冠上没有宝石，那么他就无法回到自己的水晶宫，而且守卫门旁的六须鲇也不会让他跨入门槛。多瑙国王找啊找，就是不得如愿，找不到他的王冠宝石。

听说他现在还在寻找。如果你在深夜时分走上多瑙河岸，说不定还能遇到寻找王冠宝石的多瑙国王呢！

玛摩狄亚

从前，当奥斯曼帝国往北延伸时，国王玛摩特一世来到今日的罗马尼亚。他是从康斯坦丁堡沿水路而下，希望在多瑙河逆流而上。

国王乘坐华丽的大船，金碧辉煌，来到岸边。他发现眼前似乎不是一条河进入黑海口，而是三条河直奔大海。国王问船长是否航行错了，因为国王希望进入多瑙河，不是三条河。

船长却安慰他："这里的三条河就是多瑙，你可以看看那边的地图。三条河一路往上，只要一天的航程，它们三条河就汇合在一起了。"

"这里的三条河都能通船吗？"国王还是不放心地问道。

"不是的，我的国王，"船长回答，"从前，当我问路时，有个摩尔多瓦地区的商人告诉我，只有最南面的那条河可以通航。"

"真是万般如意，"国王禁不住大声说道，"那也是离这里最近的河！"

船长随即驾着国王的船只进入南端的多瑙河支流，这条支流跟入海口的村庄同名，那个村庄叫圣乔治。可是，这里的谬误多大呵！它究竟出于船长的误解，还是打听到了错误的信息，这就让人说不清楚了。可是，多瑙河的南支流却是最难航行的河流。

支流弯弯曲曲的，几乎让国王的大船无法通过。离开入海口一段路程后，河面开始宽阔起来，河水几乎笔直流动。可是，峰回路转，河面又开始弯曲起来。船长必须紧紧地控制船只，小心翼翼地往前航行，避免在浑浊的水面上触礁生祸。

经过多道盘旋，驶过一道弯道，来到一座小小的村庄前。船长的目光从河面上转到岸边的房子上，一旁还有一些行人。不料他的船只却遇到沙滩而搁浅，无法动弹。

国王玛摩特正躺在他的华盖下休息，观赏着两岸风光。可是，船只停止不动了。他急得从华盖下冲出去，对着船长大声叫嚷："可以通行？你怎么可以相信摩尔多瓦商人的鬼话？船长不应该清楚航程吗？他在世界上胡乱航行，哪有有这种道理？"

国王急得暴跳如雷，船长却已经担忧生命安危了。不过，他知道只要有几匹壮马，顿时就可以把船只拖行起来，让它脱离搁浅的沙滩。可是，国王突然停止叫唤，变得安静起来。他的脸上完全没有了怒意，嘴角还泛起一丝笑容，里面掺杂着童贞般的激动和怯意。

"你且关心船只，"国王说道，"把我送上岸去！"

原来，岸上站着一个漂亮的姑娘，姑娘还不到十八岁，名叫勃朗杜萨，无限秋天的意思。勃朗杜萨看到河面上有一条搁浅的船，立刻跟她的女友一起朝沙滩奔跑过来。她们来到沙滩前，看到有个衣着华丽的男人正在大声叫唤。男人看到她们后，突然安静下来。

船只停靠在岸旁一块平坦的地方。从船上跳下一位水手，想在泥地上铺放一块地毯。国王玛摩特站在船头，然后慢慢地步上地毯，转过身，看着姑娘勃朗杜萨。

"我叫玛摩特，是康斯坦丁堡王国的国王。我要娶你为妻，你叫什么名字？"

周围的人都明白"康斯坦丁堡"和"国王"是什么意思。有个年迈的渔夫曾经远洋闯荡过，所以听懂了国王的讲话。他给周围的人和姑娘勃朗杜萨翻译国王的讲话，然后补充着说道："姑娘，这是多么巨大的幸福啊！当然，它也可能是巨大的不幸。不知你和你的约奴特意下如何"？

勃朗杜萨看着身旁刚刚打鱼回来的年轻人，开口说道："请你告诉国王，他尽可以沿着多瑙河顺流而下，或者溯流而上，我是无所谓的。我会留在村里，嫁给约奴特为妻！"

老人翻译给国王说姑娘已经订婚了，这样的事是不能解除、不能破坏的。国王听到讲话，沉默一会儿。

“行！”国王接着说道，“可是，姑娘必须给我织一件衣服，衣服必须滴水不漏。”

国王讲话时看到贫穷的渔家茅舍间冒出了滚滚浓烟，国王知道正值午间时分，于是又补充说道：“当然，衣服还必须能够防火。明天出太阳前，我会派人前来取拿衣服。否则，我就杀掉这个年轻人！”国王说完，重新踏着地毯回到船上。水手们抓住约奴特，押解上船。

村庄里的人听年迈的渔夫翻译这一通话来，知道了国王的意思。他们不由得倒吸一口冷气，十分害怕。勃朗杜萨早已哭得泪人儿一般。她还竭力诅咒国王，心中恼恨不已。接着，姑娘通宵未曾合眼，村子里谁也帮助不了她。姑娘又恨又恼，双眼和嘴唇全都毫无血色。姑娘的父母躺在床上，出了一身又一身的冷汗，心情无法平静，更不用说进入梦乡了。

船上传出一阵红里透黄的灯光，然后就是流水的声音。姑娘受尽了煎熬，等到东方呈现鱼白肚时，她悄悄地走进茅屋，来到河岸旁。姑娘背靠一棵高大的杨树，双眼盯着水面。有时候，她抬起目光，心里充满恨意又万般恐惧，充满了绝望。

她看到眼前黑乎乎的大船如同恶魔一样依靠在沙滩上，不由得又呜呜咽咽地哭了起来，豆大的泪珠滚落在多瑙河中。突然，姑娘看到从河面上升起一个身影，是个水中精灵。精灵可以从声音上辨别是河水还是泪水，她知道姑娘心急如焚，而且明白出于什么原因。

水精灵悄悄地走上河岸，碰了碰姑娘的大腿。她在手上托着一件衬衣，做工精致，绣出的花纹行云流水，闪闪发光。“这是在水下织成的，因此可以滴水不漏。因为它是用水织成的，所以不怕火焰。”女精灵开口说道，简直如同仙女一般。

太阳还没有升起时，水面上驶来一条红红的小船，小船把姑娘勃朗杜萨接了过去。国王玛摩特不愿意亲自过去，因为他在那里遭到姑娘的拒绝，余恨未消。姑娘把衬衣递上去。国王接过衣服，他朝衣服浇上一盆水，衬衣上滴水不沾，全部滚落下来，形成一串串美丽的水珠。

国王还是不相信，他让两个仆人拎起衣服，猛地抖动起来，看看衣服是否沾水。结果，衣服是干的。国王的脸上却溅满了水珠，一片潮湿。接着，国王用钳子从火中取出一块木炭，搁在衣服上。衬衣上传来嗤嗤的响声，冒着一片白雾，可是毫无损伤。美丽的衬衣水火不沾。

国王看到自己拥有如此宝贵的衬衣，心里顿时高兴起来。他命令把约奴特送到面前，然后吩咐他和姑娘勃朗杜萨一起坐小船回去。国王知道自己卑鄙无耻，心里感到后悔不已。于是，他把地毯送给他们，还给他们送上大捆的丝绸和一套金光闪闪的餐具。

小船把勃朗杜萨和约奴特送到岸上。说来奇怪，搁浅大船顿时漂浮起来。国王当即命令开船。至于后来的情况，国王有没有遇上新的麻烦，是否出现新的问题，故事里没有交待，谁也说不清。

勃朗杜萨和约奴特的渔村为了纪念这件大事，从此以后开始有了另外的名字，叫玛摩迪亚。

弹竖琴的乐手

黑海边上有一座美丽的城市，康斯坦察。从前，那里住着一个富裕的商人。商人有个儿子，名叫亚历山大，儿子当然是父亲的继承人。

一天，儿子对父亲说道："我想到布加勒斯特参加博览会，你给我一点货币吧，我希望在城里做买卖。"老人看到儿子如此勤奋，心中高兴，便给他一千杜卡登金币。亚历山大启程前往布加勒斯特。可是，当他亲临其境时，却对博览会和商人们的生意活动并不满意。于是，他去拜访高级的学校，那里有许多德高望重的老师授课。

"我想读书，可以从早到晚从晚到早，绝不间断。如果你们教我知晓世界的知识，我愿意给你们支付一千杜卡登金币。"

老先生们听到讲话，眼睛里全都闪亮出光芒，他们手把手地教育亚历山大，让他学习深奥而又广博的世界知识。等到亚历山大学完一切，而且明白自己希望学习什么专门知识时，他告别众位老师，回家去了。

"父亲，"他对父亲说道，"生意场上你赢我输，实在可怕。我这回是彻底输了。”

老人听罢讲话，不由得大吃一惊，因为钱财和货物是他的命根，那是分外重要的两件大事。可是，他又爱子心切，于是回答：“行啊，行啊，我的儿子，损失可以让人学得聪明，你下一回便能找到幸福了。”

一年以后，亚历山大再度前往布加勒斯特参加博览会，父亲又给他一千杜卡登作为盘缠，另外给他一千杜卡登，以备不时之需。可是，这回也没有引得亚历山大的经商兴趣。他不想从事买卖，相反来到音乐家的行列之中，与他们为伍。

他饶有兴趣地听着和看着他们如何拉小提琴，如何擂大鼓、吹喇叭、弹齐特琴，真是敲锣打鼓，其乐无穷。亚历山大不由得开口说道：“我愿意跟你们学习唱歌跳舞。我愿意从早到晚从晚到早地学习，直到我终有一天掌握高超的技艺，让林中的野兽听到音乐都能够停止争斗，让天空中的鸟儿听到乐曲都能够放弃贪念。如果真能这样，我可以向你们支付一千杜卡登金币。”

音乐家们听到讲话，都很赞同他的愿望，于是不辞早晚地教导他学习音乐，让他学习拉小提琴、擂大鼓。他们教导亚历山大吹弹拉唱，等他把一切全都学会了，他便向老师们支付一千杜卡登金币，然后一路辛苦，回家去了。

“父亲，”亚历山大对父亲说道，“我是肯定成不了一位真正的商人。我上了一个骗子的当，他把我的钱财全部拿走了。”

“我的儿子，真是十分令人悲伤，你为什么没有万分留心呐？世上充满了欺骗和盗贼，你必须提防他们！”

等到亚历山大第三回前往布加勒斯特参加博览会时，父亲又给他奉上一千杜卡登金币，另外给他一千杜卡登，勉励他好自为之。可是，商人的地位和算计实在让亚历山大极为不满，他不喜欢那样的生活方式。因此，他这回去找巫师、魔术师，找那些骗子和杂耍人，向他们请教，希望他们从早到晚从晚到早地教自己学会他们所拥有的一切本领。

后来，他把坑蒙拐骗和三教九流的本领全部学到手，于是付清报酬，回到家中。他对父亲承认，这回又未能赢利，反而把一切都输了。

父亲听到这里，不由得勃然大怒。

“你是个不听劝告的人，”父亲吼叫起来，“滚吧，滚到你丢失三千个杜卡登金币的地方去。”

亚历山大万般无奈，只得离家外出。他刚刚跨出家门，不禁回头看了一眼，他看到父亲热泪盈眶。对老人说来，钱财和货物是高于一切的。可是，他仍然爱子心切，因此，眼前的分别让他心痛如绞。

“父亲，请安慰自己吧，”亚历山大说道，“我们一定会重新见面的。”说完，他就迈出家门，前往遥远的世界，希望寻找自己的幸福。

他正在走着，却遇到一位职务显赫的官员。

“什么风把你吹到我这里来呀？”官员问道。

“不是风吹来的，而是我的一双脚把我搬来的。我跑得脚底板上生了泡，倒是需要吹一下。”

“你是谁呀，你从哪里来？”

“我知书识字，还拥有许多其他的本领。我可以教你学习，你想学什么都行。”

“我用不着学，”官员说道，“我已经聪明绝顶了。不过，你可以教我的几个孩子，我会给你支付巨大的报酬。”

亚历山大同意了，官员的几个孩子在很短的时间内学会了生活所必需的本领。

“你的工作十分出色。我该如何支付报酬呢？”官员看到亚历山大准备告别时问道。

“你给我一把竖琴，作为这回教学的报酬。”

官员立刻买下一把最漂亮和最贵重的竖琴，亲自把它交到亚历山大的手上。亚历山大又踏上闯荡世界的茫茫大道。他一路往前来到一座高山旁，山上树林密布，十分奇特。亚历山大登上山峰，在山顶上建造一幢草房。他独自坐在门前，操起竖琴弹奏起来。真是志在高山流水，乐在其中。

林中的野兽纷纷前来倾听着美丽的琴声，它们流连忘返。狐狸平静地坐在兔子旁，黄鼠狼与老母鸡相互为邻，公狼甚至跟羊羔相互拥抱，老鼠在猫的眼前翩翩起舞。平日叽叽喳喳鸣叫不已的鸟儿这时也鸦雀无声，因为它们从未听到如此绝妙的乐曲。

弹竖琴的人每天都在演奏，动物们始终都不会缺席。

却说这座高山所在的王国有一位沙皇。可怜沙皇称病在身，卧床不起。原来有条毒虫正在咬食沙皇的内脏。沙皇一天比一天虚弱，眼看着生命不保，大限在即。

一天夜里，他又无法入眠时，依稀听到一支神奇的乐曲声。这支乐曲如此美丽、动人，连那条毒虫都在侧耳倾听，停止咬食沙皇的肝脏。最后，沙皇和毒虫全都沉入梦乡，自然也没有任何的痛苦。

第二天清晨，沙皇命令仆人前去寻找那位音乐大师。仆人们倾巢而出，顺着乐曲声一直攀登到高山峰顶。他们在一幢简陋的草房前找到了演奏竖琴的亚历山大。

“我们的沙皇请你前往宫殿作客，演奏你的竖琴。他身患重病，只有你才能让他恢复健康。”仆人们异口同声。

“我可不行，”亚历山大回答，一面操起竖琴，“你们看，周围的动物们聚集一道，多么平静。它们曾经互不容忍，相互撕咬。现在，它们却能相安无事，一起倾听我的音乐。如果我真的离开，它们顿时就会兽性大发，弱肉强食，一物降一物，欺凌不断。因此，请告诉你们的主人，他可以亲自前来。当然，他可以让一位武士身佩宝剑陪同着一起登上山峦。”

仆人们不敢耽搁，立刻把消息带回宫殿，告诉沙皇。

不久，沙皇果然在佩剑武士的护卫下来到山顶，见到演奏竖琴的乐手。亚历山大命令沙皇仰面躺下，然后把他捆绑结实，让他无法侧转翻身，无法动弹。然后，他操起竖琴开始弹奏。真是天籁之音，萦绕天空云端，如此喷薄芬芳，世上少有。

沙皇腹中的毒虫抵敌不住音乐的诱惑，竟然从他的腹中游上来。等到毒虫游到沙皇口中正要出来时，守卫在旁的武士一把捉住毒虫，挥起利剑把毒虫斩成数段。沙皇的身体顿时恢复了健康。

“跟我来吧，”沙皇邀请亚历山大，“你治愈了我的疾病，让我解除了痛苦。从此以后，你就是我的兄弟，跟我一起生活在宫中，享受无限的幸福。”

“好吧，我来。可是，我希望先给动物们演奏一曲。”亚历山大回答，然后拨动竖琴的琴弦。

亚历山大弹奏出天籁之音，惊天动地。动物们听得摇头晃脑，如醉如痴，忘掉了相互之间曾经扑食撕咬的往昔。现在，它们一起翩翩起舞，其乐融融。老狼搂着年轻的绵羊舞兴不绝，老鼠围着公猫跳个不停。狐狸一会儿来到老母鸡前，一会儿来到小鸭子前，恭恭敬敬地邀请它们一起舞蹈。

这就是亚历山大的告别之曲。歌舞既罢，森林动物们使劲地拍击爪子，发出更加热烈的鼓掌声。鸟儿们交喙告别，昆虫在耳旁嗡嗡欢乐，蛇儿游到亚历山大脚前，它们频频点头，算是告别。然后动物们重新回到它们的世界。凶猛的动物进入树林后立刻兽性大发，忘掉接受过的音乐教学。

亚历山大跟着沙皇一起走进他的豪华宫殿。

“我该如何报答你呢？”沙皇问道，“你要黄金吗？你要珠宝吗？告诉我，你想要什么？你让我恢复了健康，我希望满足你的任何心愿。”

“我只有唯一的心愿，那就是让我的父亲过来。他对我来说远远胜过任何的黄金和珠宝，我已经很久没有见到他了。”

事情果然如此。

当父亲把儿子幸福地搂抱在自己的怀里时，只听儿子亚历山大对他说道：“父亲，你瞧，我没有白白浪费你的三千杜卡登金币。我虽然没有赚得布料、香料和贵重物品，可是我获得了知识和技能。”直到此时，年迈的商人才看到，钱财货物虽然重要，可是世上还有比它们更加重要和昂贵的事物。

“对，你说得有理，我的儿子，”父亲说道，“世上的一切宝物都是稍纵即逝、不留痕迹的。人们会抛弃它们，有时甚至遭贼偷、遭强盗抢。可是，你的知识和你的本领是任何人都无法强占和偷窃得去的，它将跟随和帮助你度过幸福的一生。”

玛特夏波纳的磨坊师

多瑙河流经多勃鲁佳平原时气势宏伟，河面开阔。真是波涛汹涌滚滚来，奔流到海不复回。穿越多勃鲁佳平原后，多瑙河在图尔克阿城旁摇身变作三条强大的支流，组成气象万千的多瑙河三角洲，然后一路凯歌，奔腾着跃入黑海，结束河流的欢乐旅程。

从前，多瑙河三角洲是个多民族聚居之地，这里有鞑靼人、土耳其人、罗马尼亚人、鲁提尼人、塞尔维亚人、保加利亚人、高加索人，还有从北方而来的德国人。几百年来，他们在这里生息繁殖，形成一方独特的风貌和文化。他们一起耕田、捕鱼、做生意，努力赚取自己的面包和盐巴。

从前，就在多瑙河三角洲的某个村庄里还有一座巨大的风磨，村庄位于黑海旁的玛特夏波纳。那座风磨给人们留下特殊的记忆和传说。

风磨为周围的村庄提供许多的方便，帮助土耳其人、鞑靼人、德意志人和高加索人轧磨玉米面，那是日常生活中必不可少的工具。可是，那个磨坊师却不是诚实之人。每当农民来领取磨完的玉米面时，他总是会克扣一口袋，归了自己。

日程月累，磨坊师成为一位富人。村民们虽然讥笑他，说他的财富都是运用不正当途径获得的。可是，没有人说得出所以然，无法指出他究竟采用何种不正当的手段。

不过，古老的谚语说得好，不义之财不发迹。在玛特夏波纳也是这样。

那是深秋的一天，磨坊师又把几袋面粉留作己用，搁在一旁。突然，天空上乌云密布，雷声隆隆，电闪阵阵。不一会，磨坊间燃起了熊熊大火。磨坊师立刻进入面粉库房，想把留给自己的面粉全部搬出来，以免遭受巨大的损失。可是，整个磨坊都陷入火海之中，烈火围着磨坊师烧个不停。刹那间，磨坊倒塌下来，成为一片废墟，只留下两片石磨没有被烧毁。

从此以后，围绕着磨坊留下一个传说。每年到了磨坊被烧毁的那天深夜，人们总是能够听到一阵可怕的呻吟和叹息。那是磨坊师，他已经成了精灵，可是因为生前无比贪婪，所以死后也得接受惩罚，推动磨盘转动。磨坊师迫不得已，只得接受惩罚，推动巨大的磨盘一面叹息，一面呻吟。

一天，有个农民赶着马车在深夜时分经过磨盘时，他看到磨坊师正在推磨。

“帮我一下吧！”磨坊师央求着，声音凄厉。

农民勒住马车，跳下马，准备帮助他。可是，农民刚刚触摸到磨盘，磨坊师却消失不见了。

后来有一年，多勃鲁佳地区发生地震，磨盘通地一声掉进地下去了。从此以后，原来存放磨盘的地方光溜溜的，寸草不生。如果有人躺在那里，他会听到从地下传来声声叹息和呻吟。那是磨坊师，他还在一刻不停地推动石磨。

“他生前做了坏事，现在必须接受惩罚。”多勃鲁佳的农民对故事深信不疑。

多瑙河是如何形成的

多瑙河流经罗马尼亚时真是精彩极了，它一会儿跟塞尔维亚接壤，一会儿跟保加利亚交界，然后又作为罗马尼亚的内河。它在流入黑海前仍然不甘寂寞，又跟摩尔多瓦和乌克兰分界而行。多瑙河真是忙碌不已，滔滔不绝。

当它开始进入罗马尼亚，流经巴拿特山区的巴策亚斯时，离开自己从黑松林的起源地已经一千八百公里了。这里的人并不知道精灵勃莱克和勃里伽赫的传说，他们有自己的女妖、仙女和故事。

在多瑙河的入海口，人们谈论起河流的起源时，都会讲到一则爱情故事，不过十分凄惨。

那是从前的从前，天堂是一个幸运的场所。太阳和月亮就住在天上，他们的衣衫多么漂亮，全是黄金白银织成的，所以光芒万丈。星星伴随着太阳和月亮。他们欢快享乐，每天都是节日，享受不尽。周围永远是光明，大地间没有任何的恶毒之事，因为任何卑鄙龌龊和玩弄阴谋诡计的人都没有藏身之地。

太阳主管一切。她只要发现有恶人的存在，立刻就对准那里射去一箭，把那些恶毒的人通通暴露在阳光底下，让他们无法躲藏。那时候的太阳还很年轻，她长得多么齐整、漂亮。太阳和月亮朝夕相处，日夜厮磨，慢慢地就产生了感情。尤其是月亮，对他的天庭女邻更是情牵意惹，放怀不下。

月亮是个浪漫的年轻男子，性格温和、柔软。有时候，他躲藏在云层后面，十分腼腆。一天晚上，他独自站在天空上，心中暗自思量，他如果能够娶太阳为妻，一定会夫妻恩爱，十分般配。

可是太阳不这么想。

有一回，当月亮穿上银光万道的衣衫来到太阳跟前，对她吐露自己的万般爱意时，太阳只是微微一笑，别转脸去注视着另外的地方。浪漫的月亮自觉无趣，不过在心里也微有愠怒。那是天底下任何男人在遭到拒绝时都会表露的神情。

太阳的目光注视着遥远的天空，那里什么也没有，一片漆黑，如同夜晚一般。当然，太阳在平日里是不会朝那个方向看上一眼的。那里有一颗星星。星星看到太阳时，立刻爱上太阳，觉得那是多么美丽的姑娘，浑身上下透露出青春的光芒。星星感到如果没有太阳，他简直就无法生活下去了。

太阳曾经听月亮向自己诉述的爱情誓言，并没有上心。现在，她看到一个小小的陌生身影，顿时不一样了，立刻接受了星星的爱情。不久，天下流传太阳即将嫁给星星的消息，那颗星星有名有姓，叫多瑙。

月亮从树丛间听到消息，感到自己的骄傲受到严重的伤害，一颗心愤怒得几乎崩裂，脸上堆满了乌云。月亮感到咽不下这口气，寻思着报复。于是，他唤来三个恶毒的精灵，向他们征求意见，请他们帮助。

精灵们满口答应，同时给他送上几个咒语，然后送他上路，让他赶赴太阳和多瑙的喜庆婚礼。太阳没有发觉月亮受到多大的伤害，更不明白爱情的伤痛有时会转化成仇恨。相反，她还发出邀请，希望月亮参加她的结婚典礼。

太阳和星星的婚礼在天空中的一块草坪上举行。一切都是光芒闪闪的，金碧辉煌，无比美丽。月亮赶到草坪，他立刻把星星拉到自己的身旁，对着星星说了一通咒语。刹那间，天空上出现一个漏洞，星星顺着洞口滚落下去，身后拖着一根长长的尾巴，如同扫帚一样。

最后，星星掉在一座巨大的森林里。那个地方就叫黑森林，里面一片漆黑，黑得高深莫测。月亮吩咐高大的树木紧密排列，齐刷刷地往上生长，让太阳照不到地面，无法看到她的星星到底滚落在什么地方。

太阳看到多瑙闪烁着长长的白金尾巴，后来便不见踪影了。

却说星星落到地面时，他摇身变成一汪湖水。湖水冰冷，湖面清澈，周围环抱着密不透风的高大树木。

一天，有个仙女来到湖边。她看到湖面上映着满天星光，顿时高兴极了。仙女脱下衣服，准备在湖水里沐浴。她的双脚刚刚接触到湖水就感觉到，多瑙湖似乎想要对她讲述什么。仙女索性沉入水中，听湖水对她说了一通肺腑之言，原来星星不忘爱情，希望看到可爱的太阳。

多瑙湖说完心头之意，突然生出一条腿，朝着东方一路迅跑，那是太阳升起的方向。仙女看到多瑙的意愿如此强烈，便希望帮助他，让他成为一条宽广、湍急的河流。于是，仙女一路上召集许多的小溪小河，让他们把自己的积水全都注入多瑙河。

月亮看到这里，立刻从自己的王冠上摘下一块宝石扔向大地，想要阻拦多瑙河滔滔东流的河水。宝石落在地上，变成一座大山。可是，多瑙河从悬崖峭壁间掘地而起，打通一条水路。今天，人们把那座高山称做“铁门”。多瑙河穿过铁门，继续朝着太阳升起的方向一路流淌，最后来到大海边，纵身跳入黑海，跟大海拥抱在一起。

这是多么欢欣鼓舞的幸福时刻！从此以后，多瑙河在海水中掩映着蓝天白云的金色阳光，跟太阳传递着相互的渴望和爱情，此情此景，如同人间天堂。

月亮看到这一切，对自己的恶作剧后悔不迭。于是，他请太阳原谅自己的过错。当然，他还没有忘掉及时地提醒一句，问太阳能否嫁给自己，让他们从此以后共享天堂之乐。

太阳并没有打消自己的怒气，她发誓再也不跟月亮共事，不跟他讲话了。因此，她驾赶着金色的马车独自行走，不跟月亮并驾齐驱。

太阳不跟月亮打照面，可是对多瑙河却情有独钟。她始终注视着多瑙河的河面，让多瑙河波光粼粼，让河水发出朗朗笑声。

可是，月亮在天空上却离群索居，始终孤孤单单的，没有伙伴。

后　记

翻译《多瑙河传奇》是我怀揣多年的梦想。今天，《多瑙河传奇》能够顺利地付梓问世，我要感谢上海九久读书人文化实业有限公司，感谢编辑的鼎力支持和帮助。他们的厚爱和扶持才让《多瑙河传奇》来到读者面前，跟他们结下不解之缘，成为朋友。

《多瑙河传奇》故事短小精悍，全书有多层次、全方位、语言生动活泼的三大特色。《多瑙河传奇》深刻地反映了多瑙河的人文风光和精神面貌，它为广大读者希望了解陌生的世界、希望熟悉蓝色的多瑙河增加了一本传奇之书。

多瑙河发源于德国南部的黑森林地区。它是欧洲唯一东西方向流动的大河，前后穿越欧洲十个国家，成为连接东方和西方两大文化的交通枢纽。多瑙河在流淌，时而和缓，时而湍急。它除了在流淌时发出悦耳的轰鸣声外，还娓娓动听地叙述了许多精彩的传奇故事，多层次地表现和反映河流的历史。

于是，读者的眼前出现了骑士、国王、公主、瘟疫、强盗，便有了尼伯龙根之歌和多瑙国王的种种传说，展现昔日的美好和苦难。那是个充满着欢乐和凄惨泪水的年代。有时候，它会露出和谐的笑容。有时候，它又被扭曲得面目全非，甚至露出食人的狰狞面貌。不过，它们全都发生在重重叠叠的过去，是从回忆中挖掘出来的残破文物，古色古香，清清楚楚地刻画着往昔时代的年谱。

说是全方位，意思是书中的故事覆盖多瑙河全流域，二千八百五十七公里，一里不差。《多瑙河传奇》从源头上两棵令人难以忘怀的松树讲起，让读者从松树迎着风儿发出的沙沙声中如同听到《送君行》，饱含着无尽的祝福和叮咛。

《多瑙河传奇》让河水在三角洲跃入黑海前还不忘交待《多瑙河是如何形成的》，它跟两棵难忘的松树前后呼应，多么灵巧、默契，艺术匠心力透纸背。

我们看到，《多瑙河传奇》在行进途中诗兴大发，一路上滔滔不绝，讲述着《多瑙女妖》《沉降的大钟》《蓝色锅的来历》，讲到了《菩提树》《少女塔》《姑娘堡》

等等。美丽精彩的故事顺着河水舞蹈而至，而且与河旁的地名真实相连，读过以后让人难忘，甚至痴心地希望寻根溯源，探访从前的精灵古堡是否真有其事。他们直到终于明白原来这一切都是民间智慧的艺术创造时，方才意味深长地发一声“呵”，可是心里仍然恋恋不舍，并不希望退出故事的艺术宫殿。

语言生动活泼是《多瑙河传奇》一书的第三特点。这里书中的语言既有平铺直叙，又不失错落有致，还照顾到故事的悬念迭起，让读者在视觉和听觉方面获得享受，在思想和精神上受到熏陶。也许，这就是人们在读书时所希望取得的效果。另外，书中虽然出现过魔鬼、精灵、疾病、瘟疫等负面角色，可是这些故事却始终沐浴着蓝色多瑙河上的阳光雨露，一点儿都没有装神弄鬼的败笔之处，让全书如同多瑙河一样坚定不渝地向着东方、迎着朝霞滚滚流淌。

我在翻译《多瑙河传奇》时，思想始终离不开流经我们苏北地区的淮河。发源于河南省桐柏山地区的淮河跟欧洲的多瑙河共同拥有称奇于世界的不二之处，两条大河都是用水井圈住它们的起源之地。瑙河的起源之地是一座宫殿花园，淮河起源地的水井背后是一座庄严肃穆的神庙。它比起多瑙新根的模式显得更加雄伟，震撼人心。中国的淮河流经河南、安徽和江苏三个文化大省。

我甚至不敢相信，世界上还有另外一条大河的文化沉淀能够高于这个地区。我殷切地期待着精彩动人的《淮河传奇》能够跃出水面，来到人间，以飨读者。试想，光是名闻遐迩的淮扬菜，其中哪一道菜肴后面没有成堆的传说和故事，更不用说还有吴承恩、施耐庵等名贯中西的文学大家，他们的传说和故事还会少吗？我们的安徽省生产文房四宝，这里的哪一宝不跟传奇有关？至于河南省，我的朋友艾英先生说过，人们只要在地上不经意地抓起一把泥土，放在手上捻一捻，也许就能拨弄出两三个精彩的故事来。这就是地区的文化沉淀。

这里，我还要感谢维也纳新村的埃娃·勃兰克（Eva Blank）女士，她给我赠送过《多瑙河传奇》的原书。此外，她还送给我关于多瑙河的漂亮画册，让我读过书后欣赏不尽，终于产生编译《多瑙河传奇》的愿望和思想。

我虔诚地祝福《多瑙河传奇》在我们伟大祖国的百花园地上浩浩荡荡，祝愿它为自己寻觅到更多的知音和朋友！

曹乃云

丙申年端午识于维也纳

人地名一览表

Aachtopf　阿赫鉢（地）
Aggstein　阿克山（地）
Agnes　阿格纳斯（人）
Agusburg　奥古斯堡（地）
Ahasver　哈斯弗（人）
Aist　阿埃斯特（河）
Akkon　阿空（地）
Alber　阿尔勃（地）
Alberich　阿尔卑律希（人）
Albin　阿尔平（人）
Albrecht　阿尔勃莱希特（人）
Aljoscha Popowitsch　阿辽莎·波波维奇（人）
Alburga　阿尔波尔伽（人）
Alma　阿尔玛（人）
Altmuehltal　老磨房山谷
Andras　安特拉斯（人）
Andrej　安德列（人）
Arber　阿尔勃（地）
Arpat　阿尔帕特（人）
Aschach　阿夏赫（地）
Attila　阿铁拉（人）
Auwald　沃林（地）
Babenberg　巴奔山（地）
Babakay　巴巴卡埃（人）
Balmung　巴尔蒙（剑）
Baile Herculane　巴埃勒·赫尔库拉纳（地）
Bakonybel　巴柯尼贝尔（地）
Batschka　巴济卡（地）
Banat　巴拿特（地）
Bayern　巴伐利亚（地）
Bazias　巴策亚斯（地）
Bechlaren　贝希拉恩（地）
Belgrad　贝尔格莱德（地）
Berta　贝尔塔（人）
Bernauer　贝尔娜（人）
Berthold　贝尔托尔特（人）
Beessarabien 贝萨拉比亚（地）
Bisamberg　比萨姆山（地）
Blaubeuren　蓝包楞（地）
Blaustein　蓝山（地）
Blondel　勃隆特尔（人）
Bodensee　博登湖（地）
Bogdan　波克堂（人）

Bogen　波根（地）
Brandusa　勃朗杜萨（人）
Bratislava　布拉迪斯拉伐（地）
Breg　勃莱克（河）
Breuner　勃劳雨纳（人）
Brenztal　勃伦茨谷（地）
Brigach　勃里伽赫（河）
Buchberg　书山（地）
Buda　布达（地）
Buekler　毕克（地）
Buldi　波尔迪（人）
Burgunden　布尔恭腾（地）
Buyan　不阳（地）

Calw　卡尔芙（人）
Carnuntum　卡尔农图姆（地）
Cerna　克尔娜（地）
Christoph Zeller　克里斯托夫·策勒（人）
Cica　齐卡（人）
Columbarium　戈洛巴留姆（地）
Constanca　康斯坦察（地）

Damad Ali　达玛特·阿里（人）
Daker　达克（族）
Deggendorf　台根村（地）
Deldap　特尔达泼（地）
Devin　特文（地）
Detta　黛塔（地）
Dietlind　狄特林特（人）
Djerdap　狄尔达泼（地）
Dietrich von Bern　伯尔尼的狄特利希（人）
Dobrudscha　多勃鲁佳（地）
Donausingen　多瑙新根（地）
Donauwoerth　多瑙维特（地）
Doro　多罗（人）
Drau　特劳（河）
Drobeta-Turnu Severin　杜洛贝塔—图尔奴·塞弗琳（城）
Duernstein　狄恩山（地）

Eferding　埃弗尔丁（地）
Eisenbach　铁溪（地）
Eisenburg　铁堡（地）
Elena　埃勒娜（人）
Else　埃尔塞（人）
Elsele　埃尔塞勒（人）
St.Emmeran　圣埃默朗（地）
Emmerich　埃默利希（人）
Engelhardszell　天使哈埃策尔（地）
Enns　埃恩斯（河）
Erdberg　土山（地）
Erdely　埃尔特律（地）
Erla　埃尔拉（河）
Ernst　恩斯特（人）
Erzengel　埃尔岑格尔（地）
Etzel　埃策尔（人）

Eugen　欧根（人）
Eveline　埃弗里纳（人）

Fadinger　法亭格（人）
Faimingen　法埃命根（地）
Faust　浮士德（人）
Fischamend　菲夏门特（地）
Franjo　弗朗约（人）
Freyenstein　弗莱恩山（地）
Freyung　弗拉埃翁（地）
Friedrich Barbarossa　弗里特利希·巴巴罗萨（人）
Furtwangen　福尔特汪根（地）

Gabler　伽百列（人）
Galatz　伽拉茨（城）
Gansbach　鹅溪（地）
Garaboncza　伽拉崩克察（人）
Geisingen　伽埃辛根（地）
Gellert　格莱尔特（地）
Gessling　盖世林（地）
Gernot　盖尔诺特（人）
Gieselher　吉塞尔赫（人）
Gingen　金根（地）
Giorsio di Sagredo　乔治·迪·莎格莱杜（人）
Golubac　果洛巴克（地）
Golgatha　戈尔伽塔（地）
Golubana　戈洛巴娜（人）
Gossam　戈萨姆（地）
Gottweig　戈特魏克（地）
Grafenwoerth　格拉芬维尔特（地）
Greifenstein　格拉芬山（地）
Grein　格拉茵（地）
Griessbach　格利斯溪（地）
Groppertal　格罗泼山谷（地）
Gruica　格如意卡（人）
Gundelfing　恭特尔芬（地）
Gunther　恭特尔（人）
Guenzburg　君茨堡（地）
Guessenburg　决森堡（地）
Guevercinlik　戈弗琴利克（地）

Hagen　哈根（人）
Hadmar　哈特玛（人）
Hainburg　哈茵堡（地）
Hammereisenbach　铁锤河（地）
Haichenbach　海星小溪（地）
Hanno　汉诺（人）
Hans Prachatitz　汉斯·泼拉哈铁茨（人）
Hans Puchsbaum　汉斯·普克斯包姆（人）
Hecktal　海克山谷（地）
Heimburg　哈埃摩堡（地）
Heining　海宁（地）
Helena　海伦（人）
Heinrich　亨利希（人）

Herkules 赫尔库勒斯（人）
Hildegard 希尔特伽特（人）
Herbstorf 赫尔泼斯托尔芙（人）
Hoeflein 小亭园（地）
Hochstaedt 高城（地）
Hohengerhausen 荷恩格赫森（地）
Honberg 红山（地）
Hoessgang 徐氏岗（地）
Howerla 荷弗尔拉（山）
Huefingen 许芬根（地）
Huldsteeten 荷尔特斯特顿（地）
Hundsheimberg 洪茨哈姆山（地）
Hunyadi Janos 洪亚迪·亚奴斯（人）
Hydra 许德拉（蛇）

Ilz 伊尔茨河（地）
Ilena 伊勒娜（人）
Ilja Morumez 伊尔佳·莫罗麦茨（人）
Ingolstadt 英戈尔城（地）
Imre 伊麦勒（人）
Inn 茵河（地）
Ionut 约奴特（人）
Iovan Iorgovan 伊凡·约尔戈汪（人）
Irina 伊列娜（人）
Isenheim 伊森赫姆（地）
Isa 伊莎（人）
Island 冰岛（地）
Iwan 伊凡（人）

Ykobus 雅科泼（人）
Yanek 雅纳克（人）
Yanos 亚奴斯（人）
Jerusalem 耶路撒冷（地）
Jochen 约亨山（地）
Johannes Riemann 约翰·里曼（人）
Joseph 约瑟夫（人）
Joseph Schulz 约瑟夫·舒尔茨（人）
Jura 尤拉（人）
Jurko 尤尔柯（人）

Kaeferberg 甲虫山（地）
Kalin 卡琳（人）
Kahlenberg 秃山（地）
Kaltenbach 冷溪（地）
Karnten 凯安顿（地）
Kalykadnos 卡吕卡德诺斯（地）
Kartnerstarasse 凯安特纳大街（地）
Kelheim 克尔赫姆（地）
Kiew 基辅（地）
Kiskunsag 契斯孔萨格（地）
Kittsee 奇特湖（地）
Klaus 克劳斯（人）
Konstantinopel 康斯坦丁堡（地）
Komarno 柯玛尔诺（地）
Korneuburg 柯尔诺宇堡（地）
Kraljevic Marko 克拉耶维奇·玛尔科（人）
Kreuzenstein 十字山（地）

Kriemhild　克里姆希尔特（人）
Krems　克莱姆斯（地）
Kuchelfesen　枯黑岩（地）
Kuenring　枯恩林（地）
Kuningen　枯宁根（人）
Kuernberg　库恩山（地）
Kursk　库尔斯克（地）
Kuschkundaleo　库西孔达勒奥（地）
Kusenberg　库仁山（地）
Kusid　库西特（人）

Laach　拉赫（地）
Laibach　拉埃巴赫（地）
Landshaag　狼齿哈格（地）
Landshut　狼子湖特（地）
Lasi　拉锡（城）
Lau　劳（人）
Lauingen　老鹰根（地）
Leanyvar　雷阿尼法（地）
Leopold　雷沃包尔德（人）
Levente　勒文特（人）
Linz　林茨（地）
Lucia　卢茨娅（人）

Maeandern　麦安特尔（地）
Machland　玛赫朗特（地）
Madschapunar　玛特夏波纳（地）
Mahmud　玛摩特（人）
Mahmudia　玛摩狄亚（地）
Mandula　曼杜拉（人）
Marbach　玛尔巴赫（地）
March　玛尔赫（地）
Margarethe　玛尔伽勒特（人）
Maria Taferl　玛丽亚·塔弗尔（人）
Marie　玛莉（人）
Marko Kraljevic　玛尔柯·克拉耶维奇（人）
Mark Aurel　玛尔克·奥勒安（人）
Martinskapelle　马丁教堂（地）
Martinus Jakobis Rothard　马丁奴斯·亚科比斯·罗特哈特（人）
Matus　玛托斯（人）
Matthias Corvinus　玛提亚斯·科尔维奴斯（人）
Matya　玛蒂亚（人）
Mautenhausen　茅特豪森（地）
Mautern　摩塔伦（地）
Mazura　玛楚拉（人）
Melk　梅尔克（地）
Metten　麦顿（地）
Milan Toplica　弥兰·托泼利卡（人）
Milo　弥洛（人）
Milos Obilic　弥洛斯·欧泼律克（人）
Mirko　弥尔柯（人）
Moldau　摩尔道（地）
Moeringen　摩林根（地）
Muehlviertel　磨区（地）
Mummelsee　摩默尔湖（地）

Mundenkingen　蒙特金根（地）
Mures　摩勒斯（河）

Naab　纳泼（河）
Naar　娜尔（河）
Nadija　娜狄佳（人）
Neledika　纳勒狄卡（人）
Neuburg　新堡（地）
Neufen　瑙宇芬（人）
Neufuerstenberg　君侯山（地）
Nikolaus　尼古拉（人）
Novi Sad　诺维·赛特（地）
Nussdorf　核桃村（地）

Odoaker　欧杜阿克（人）
Olt　欧尔特（河）
Orsova　奥尔色瓦（地）

Pannonhalma　帕农哈尔玛（地）
Panonien　帕诺尼亚（地）
Passau　帕骚（地）
Paul　保尔（人）
Perdonkorten　佩冬柯尔腾（地）
Peterus　彼得罗斯（人）
Peterwardein 彼得瓦达因（地）
Petronell　佩特罗纳尔（地）
Pfoerring　泼菲尔岭（地）
Philip　菲力普（人）
Pilgrim　皮尔格林（人）
Poechlarn　帕西朗（地）
Pozsony　帕茨索尼（地）
Pressburg　泼莱斯堡（地）
Prilip　泼里利泼（地）
Prokula　帕洛库拉（人）
Pruth　泼卢特（河）

Rannariedl　拉那律特尔（地）
Regensburg　雷根堡（地）
Reinhard　拉茵哈尔特（人）
Richard Loewenherz　狮心理查特（人）
Rodika　卢迪卡（人）
Romaias　罗玛埃阿（人）
Romuald　罗摩阿尔特（人）
Rosawa　罗萨娃（人）
Rothard　罗特哈尔特（人）
Ruck　鲁克（地）
Ruclenburg　罗腾堡（地）
Ruediger　吕狄格（人）
Rudolf　罗道尔夫（人）
Rupert　鲁佩尔特（人）
Ruse　卢塞（地）

Saladin　萨拉丁（人）
Saleph　萨雷芙（地）
Samovila　萨莫维拉（人）
Sauwald　母猪林（地）
Sarac　萨拉克（马）
Save　萨弗（河）

Scheck　谢克（人）
Schloegener Schlinge　施律根河套（地）
Schwarzwald 黑森林（地）
Schilbung　希尔彭（人）
Schoenbuehel　雷啤赫尔（地）
Schotten　肖腾（地）
Schwertberg　剑山（地）
Sebastian　塞巴斯蒂安（人）
Seebach　湖溪（地）
Serbien　塞尔维亚（地）
Severin　塞弗林（人）
Siegfried　西格弗里特（人）
Sieghart　西格哈尔特（人）
Sigiboto　辛吉波托（人）
Slavko　斯拉夫柯（人）
Slawonien　斯拉弗尼亚（地）
Soeldenau　苏尔特瑙（地）
Spinner　施冰纳（人）
Spitz　斯比茨（地）
Staubing　斯托平（地）
Stein　斯塔因（地）
Steierdorf　斯塔埃村（地）
Steinheim　斯塔因哈埃姆（地）
Stephan　斯特凡（人）
Stephan Lazarevisie　斯特凡·拉扎勒维西（人）
Straubing　斯特劳平（地）
Strauchgasse 斯特劳赫胡同（地）
Strudengau　斯特鲁腾区（地）
St. Georgen　圣·格奥尔根（地）
Suleiman　素拉埃曼（人）
Sussane　苏姗纳（人）
Swatopluk　斯瓦托泼洛克（人）

Tassilo　塔西洛（人）
Tekija　太极亚（地）
Temesvar　特麦斯法（地）
Theiss　塔埃斯（河）
Thomastag　托马斯节（节日）
Tisza　铁斯察（河）
Tokaier　托卡埃尔（地）
Tollbat　托尔巴特（地）
Toplet　托泼勒特（地）
Toplica　托泼利卡（人）
Triester Str.　特里斯特大街（地）
Trojan　特洛扬（人）
Trutzburg　特鲁茨堡（地）
Tronje　特隆页（地）
Tuebingen　图宾根（地）
Tulln　图尔恩（地）
Tulcea　图尔策阿（地）
Tellnerfeld　图安纳费尔特（地）
Tulnus Severin　图尔奴·塞弗琳（人）
Tuschl　图塞尔（人）
Tuttlingen　托特林根（地）

Ulm　乌尔姆（地）
Ulrich　乌尔利希（人）

Untermuehl　下磨坊村（地）
Urach　乌拉赫（地）
Ute　乌特（人）

Valadin　法拉亭（地）
Vatha　法塔（人）
Velimir　弗列弥尔（人）
Veszprem　威斯茨泼莱姆（地）
Villingen　维林根（地）
Vilshofen　维尔斯荷芬（地）
Vorburg　福堡（地）
Voehrenbach　菲伦巴赫（地）
Vojvodina　伏伊福狄那（地）
Vuca　伍卡（人）
Vukovar　伍科洼（地）

Wachau　瓦豪（地）
Walachei　瓦拉哈埃（地）
Walburga　瓦尔波尔伽（人）
Wallsee　滚湖（地）
Walpurga　瓦尔扑尔佳（人）
Weissenbach　白溪（地）
Weitra　瓦埃特拉（地）
Weltenburg　世堡（地）
Werfenstein　抛山（地）
Windegg　文特格（地）
Wigand　维冈特（人）
Wodan　沃堂（神）
Woiwode　沃伊沃特（名）
Wolf　沃尔夫（人）
Wolfsberg　狼山（地）
Wolodymir　伏洛狄弥尔（人）
Worms　沃尔姆斯（地）
Woerth　维尔特（地）
Wuotis　沃提斯（人）

Xanten　桑腾（地）

Ybbys　伊泼斯（地）

Zeiselmauer　塞埃寒尔墙（地）